Sarah Barukh

Puisque le soleil brille encore

roman

CALMANN LÉVY

COUVERTURE
Maquette : Julien Vermeesch
Photographie : © Gamze Avcu/EyeEm/Getty Images

ISBN 978-2-7021-6893-6

À ma mère,
À ma fille,
Et à toutes mes femmes, si fortes et si aimantes.

Ce roman est inspiré d'histoires vraies.
Tous les articles et documents cités sont réels.

I

Et Pourtant tu t'en vas

Sophie

Jeudi 5 novembre 2015, Paris

Je raccompagne mon client aux ascenseurs. Serrage de main, large sourire. Une affaire comme je les aime. Ça va se jouer à un cheveu, il faudra juste que je sois la plus endurante. Je retourne à mon bureau et m'arrête aussitôt.

— Qu'est-ce qui empeste comme ça ?

Béatrice, mon assistante, se fige, le nez pointé vers le sol.

— Ne me dites pas qu'ils ont osé !

Je fonce vers la petite salle de réunion.

— C'est vraiment exceptionnel, maître Perez, ils ont promis de tout ranger après…, bégaie-t-elle.

Je claque la porte, les dix stagiaires à l'intérieur de la pièce écarquillent les yeux. Ils reposent leurs fourchettes, referment les bouteilles d'eau.

— On ne mange pas dans les bureaux ! Je ne vous paie pas pour que mon cabinet ressemble à un Buffalo Grill !

Stéphanie, la petite à lunettes, se cache sous sa frange, les quatre garçons évitent mon regard, Nadia et Gabrielle rangent des gâteaux dans leur sac.

— C'est qu'on a beaucoup de travail… On n'a pas le temps d'aller déjeuner dehors, maître Perez, bafouille Chloé, la plus ancienne.

— Je vous ai aménagé un espace pour ça !

— Mais… Il pleut, madame, on peut quand même pas manger sur la terrasse…

Je m'approche des boîtes en carton Picard. Poulet au curry, crevettes thaïes… Non seulement c'est mauvais, mais cette odeur… Une infection ! Ils me fatiguent.

— Je vais tout remettre en ordre, je m'en occupe, madame, tempère Béatrice.

Mon assistante s'y connaît autant en ménage qu'en physique quantique. Une chance sur deux pour que je doive repasser derrière avant de rentrer.

Silence de mort dans la pièce. Je sais que j'abuse. Mais c'est plus fort que moi. Je ne supporte pas les miettes, les odeurs, le laisser-aller. Mes stagiaires sont très bien payés, je veille à leurs horaires, à leur formation. La plupart se battent pour travailler chez moi. Mais il y a une condition : la propreté des locaux. On n'apporte pas de goûter, de sodas, on ne mange pas ici, on accroche son manteau, on nettoie son ordinateur, on classe ses dossiers.

Je regarde à travers la fenêtre. Il pleut des cordes. La terrasse est inondée. Je soupire. Ils ont raison. Impossible de déjeuner dehors. J'ai honte et je m'en veux.

Je n'ai presque pas dormi depuis le début de la semaine. Un de mes clients est persuadé de s'être fait voler son concept alors qu'il est incapable de l'expliquer. Totalement égocentrique, il se définit comme un génie de la communication. À l'entendre, il a tout inventé. Pourquoi tant de gens ont-ils besoin de croire qu'ils révolutionnent le monde ? Les aigris qui manquent de confiance en eux sont les pires. Aucun argument ne les raisonne. Et lui est un modèle du genre. En revanche, son carnet d'adresses est long comme le bras. Perdre n'est donc pas une option. Les premières audiences ne sont pas en ma faveur. J'ai peu de temps pour trouver comment faire la différence. Mes associés sont pendus à mes lèvres. La réputation du cabinet dépend de mes victoires.

Le lendemain matin, c'est Lisa qui me ramène à la réalité. Je me suis assoupie, la tête sur mes notes. Six ans et elle est déjà rodée, elle sait programmer son réveil, s'habiller, faire ses devoirs seule.

— Maman, je veux pas être en retard à l'école.

7 h 45. J'ai dix minutes pour donner son petit déjeuner à ma fille, préparer le sac pour sa semaine chez son père et m'habiller. Céréales dans le bol, lait sur la table, sac à dos Hello Kitty, culottes, chaussettes, T-shirt, affaires de danse, le reste est en double chez Baptiste.

Je file sous la douche et saisis ma brosse à dents. Plus de dentifrice. J'appuie sur le tube, rien ne sort, il est complètement vide. Je redoute ce moment depuis trois jours. J'ai soudain du mal à respirer et je prends appui sur le mur, espérant que l'eau chaude sur ma poitrine parviendra à me calmer. Sans effet.

Mes tocs. La psy avait bien insisté : « Ce n'est pas un détail, madame Perez, ces peurs ont une raison profonde, vous n'avancerez pas si vous ne l'admettez pas. » J'ai arrêté les séances, gardé les terreurs. Je ne supporte pas la fin des choses, les cycles qui se terminent. Un tube de dentifrice vide, la dernière feuille de papier toilette, une serviette de bain qu'il faut laver. J'ai peur que ce soit un signe, que tout s'écroule ensuite. Ces superstitions m'épuisent.

En sortant de la salle de bains, je bute sur un sac et manque de tomber dans le couloir.

— Qu'est-ce que c'est ? je crie.

Lisa ramasse le sac, vérifie son contenu.

— C'est pour les clochards…

— Je t'ai déjà dit que je n'étais pas d'accord.

— Mais je les touche pas, maman, je pose juste le sac à côté d'eux.

C'est ma faute. Je ne supporte pas que la nourriture de ma fille pourrisse dans les placards quand elle passe la semaine chez son père. Alors je jette tout et rachète le lait, les céréales, les gâteaux, le jambon, les pâtes quand je la récupère. Les sachets ouverts attirent les bêtes et je ne pourrais pas tenir dans un appartement infesté d'insectes. Lisa a découvert mon manège. Elle a compris que beaucoup de gens sur terre mouraient de faim et m'a fait la morale sur le ridicule de la situation. « Pourquoi tu les donnes pas plutôt aux clochards ? Comme ça, c'est pas fichu. » Elle n'a pas attendu ma réponse, à présent, chaque fois qu'elle part chez Baptiste, elle emballe tout ce qui a été ouvert pour le distribuer aux SDF du quartier. À ce rythme, elle ne va pas tarder à se faire des dreadlocks et s'installer dans une ZAD ! Comment fait-elle pour ne pas tomber dans mes pièges ? Ma fille est si forte, si volontaire. Si douce aussi. À croire que ce n'est pas la mienne.

Lisa m'embrasse avant de courir retrouver ses copines devant l'école.

— Ce soir, c'est papa qui vient te chercher, ma puce.

— Je sais, maman, me coupe-t-elle.

— Je t'aime.

— Oui. Bon, j'y vais.

Ma fille n'a déjà plus besoin de moi. Un étau se resserre autour de ma gorge. Je paie le prix de mes absences, de ma dépendance au travail. Je passe à côté de l'essentiel. Mais que faudrait-il que je fasse ? Tout lâcher ? Je me suis toujours promis de ne pas ressembler à ma mère. Paula s'est sacrifiée pour nous, pour nous éduquer. Je ne veux pas que ma fille croule sous le poids de ma frustration. Je ne suis pas assez présente, mais je montre la voie. Elle le comprendra plus tard. C'est la vie. De toute façon, je n'ai pas le temps de m'appesantir, les réunions au cabinet vont s'enchaîner toute la journée, je dois me préparer. Dans le dossier du mégalo, j'ai peut-être trouvé une faille, il faut que je confronte mes idées à celles de mes associés pour m'en assurer.

Je ne vois pas la journée passer. Il fait nuit depuis longtemps quand je lève la tête à la remarque de ma secrétaire :

— Je commande à dîner pour tout le monde, que voulez-vous, maître Perez ?

— Comme d'habitude, merci, Béatrice.

21 h 30, nous entrons en réunion. La dernière de la journée, j'espère. Aucun doute sur le fait que je vais passer mon week-end derrière mon ordinateur pour préparer l'audience de lundi. Selon mes collègues, ma piste est intéressante, mais je dois la blinder, l'envisager sous tous les angles, être mon propre ennemi.

Mon téléphone sonne. Le prénom d'Aurélie s'affiche. Ma sœur ne m'a pas parlé depuis des semaines. J'ai essayé de comprendre, mais Aurélie déteste les conflits. Elle préfère bouder. Ça m'exaspère. Ce comportement passait quand nous étions enfants ; à l'approche de la quarantaine, il est tout simplement stupide. Aucune envie d'endurer ses sous-entendus censés me faire saisir l'insupportable personne que je suis. Je verrai plus tard. Dans quelques jours peut-être.

Elle insiste et finit par laisser un SMS : *Rappelle, vite.*

Encore un caprice. Elle peut s'accrocher pour que je lui obéisse. S'affiche alors un numéro inconnu. Étrange. Je m'excuse auprès de mes collaborateurs. Je pense aussitôt à Lisa. S'il lui était arrivé quelque chose ? Mes mains tremblent, j'imagine un accident de voiture, Baptiste dans le coma et ma fille agonisante. Aurélie a essayé de m'avertir, mais c'est trop tard, je n'ai pas répondu. Ma voix n'est qu'un souffle de terreur quand je décroche.

— Allô ?

— Bonjour, madame Sophie Perez ?

— C'est ma fille ? Que se passe-t-il ? parviens-je à prononcer avec difficulté.

— Non, madame.

La pièce autour de moi retrouve ses couleurs, mais le soulagement est de courte durée.

— Votre père a fait un malaise. Il faudrait que vous veniez à l'hôpital.

— Mon père ?

Mon père, mon pilier, le grand Thiago Perez. Ils doivent se tromper. L'indestructible magistrat, mon immuable modèle ne fait pas de malaise. J'insiste pour que l'infirmière au téléphone me confirme son identité.

— Votre sœur est déjà là, elle a essayé de vous joindre. Son état est assez sérieux.

— Comment ça, sérieux ?

— Je ne suis pas habilitée à vous donner davantage d'informations, madame, mais il faudrait que vous veniez.

Nahuel

Vendredi 6 novembre 2015, Buenos Aires

Nahuel ne pensait pas être impressionné. Mais tant d'aisance… Il se sent tout petit, pas du tout à sa place. Il aimerait faire demi-tour. Peut-être est-il encore temps ? Il n'a pas sonné, personne n'a pu le voir arriver. Il expliquera à Camila qu'une urgence au travail l'a retenu. Ou que sa mère a eu un accident. Il trouvera bien. La justification importe peu, Camila ne le croira pas. Des mois qu'elle insiste pour qu'il rencontre sa famille. Autant de mois qu'il repousse cette perspective. Cette fois, il a cédé, et il s'en veut.

Il lui a expliqué pourtant : il l'aime, il est heureux qu'elle soit dans sa vie, mais il n'est pas ce genre d'homme. Il ne deviendra jamais le gendre idéal, ne jouera pas au golf avec son père, ne trahira pas ses convictions pour lui faire bonne impression. Il se fiche de ce que l'on pense de lui. Toute sa vie, il a œuvré pour toucher cette liberté du doigt, pour cesser d'être enfermé dans le regard de l'autre ou dans ce que l'on attend de lui.

Il abhorre les clans, les fêtes où faire semblant est la seule issue, où le masque est de rigueur. Une famille nombreuse, aimante, avec des rendez-vous réguliers, des cousins qui grandissent ensemble, des grands-parents empilant des montagnes de cadeaux pour Noël avant de dîner à une table gigantesque où les adultes mangeront de quoi nourrir le Guatemala, il ne sait pas ce que c'est. Ces attroupements l'effraient-ils ou cherche-t-il à étouffer dans l'œuf une attirance inavouable ? Il ne veut pas prendre le risque d'être déçu. Chez lui, il n'y avait que sa mère.

Ne pas s'attacher. Ne pas se laisser attendrir ni créer de possibilité d'être abandonné. Il sort son portable, commence à rédiger un message pour Camila mais la porte s'ouvre. Une femme avec un tablier blanc lui sourit.

— Vous êtes Nahuel, n'est-ce pas ? Le gardien m'a informée de votre présence.

Nahuel lève la tête, il n'avait pas remarqué la caméra.

— Suivez-moi, tout le monde vous attend. Vous avez de la chance, le bébé est réveillé.

Il hoche la tête. Que faire d'autre ? Il longe l'interminable couloir. Sur les murs, des tableaux ornés de cadres dorés très épais ; au sol, du marbre. On doit traverser trois pièces avant d'arriver sur le lieu de la fête. Au moins quatre mètres sous plafond, des baies vitrées garnies de majestueux rideaux en velours. Tout semble se trouver à une place calculée, l'œuvre d'un architecte minutieux qui a su accorder les différents styles et matières. Noble et faste. Et Nahuel ne peut s'empêcher de penser à l'appartement de sa mère, sale et minuscule.

Camila se jette dans ses bras et l'embrasse devant tout le monde.

— Je vous présente Nahuel !

Il serre les mains qu'on lui tend, essaie de retenir les prénoms. Il y a les parents de Camila, sa sœur, son mari et leur nouveau-né, des cousines et leurs conjoints, les grands-parents et des enfants. Il a oublié qui étaient les parents de qui.

— Alors, bientôt votre tour ! plaisante la sœur de Camila.

Il s'était attendu à ce genre de remarque. Il ferme le poing pour ne pas la remettre à sa place. Camila sent son malaise et lui caresse la joue. Comme à un chien que l'on récompense de ne pas avoir mordu. Dehors, le jardinier répare la barrière qui délimite le jardin. Ses coups de marteau résonnent dans le salon. Personne ne semble le remarquer. Pourtant, Nahuel ne parvient plus à penser à autre chose.

On lui tend le nourrisson. Un petit garçon joufflu et chauve. Il ne sait pas comment s'y prendre, il n'a jamais porté de bébé et celui-ci est si petit. Quelques jours à peine. Aujourd'hui, on le présente à la famille. Camila n'aurait pas supporté d'être seule face à eux tous. Elle est la dernière à ne pas être mariée, à ne pas avoir d'enfants. Elle a beau n'avoir que vingt-sept ans, cette situation la désespère. Elle a des contre-exemples pour toutes les justifications de Nahuel.

« Si, on peut très bien se fiancer vite, regarde ma sœur, au bout d'un an ils étaient mariés, trois mois après elle était enceinte et ils sont très heureux. » Comme si elle savait ce qui se passait chez eux une fois la porte fermée. « Si, on peut vivre ensemble sans avoir encore une situation confortable, mes parents n'avaient rien quand ils se sont fiancés. » Comme si la fortune de son père, la chance dont il a bénéficié étaient communes.

On le prend en photo avec le bébé dans les bras. On lui propose un verre. Curieux mélange. L'employée qui lui avait ouvert annonce que le buffet est dressé. Tous se précipitent sur des assiettes en porcelaine et piochent dans les plats. Ils reviennent avec des mélanges improbables de viandes et de salades en tout genre. Gina, la sœur de Camila, demande à sa nourrice de donner le biberon au petit pendant qu'elle mange. La jeune femme s'exécute. Gina la reprend, « moins incliné, plus vite, attention au bavoir ». Le petit régurgite et Gina se met à hurler sur la pauvre fille. Elles s'isolent dans une pièce à part, sans que cela n'empêche les cris de parvenir aux invités. Personne ne relève.

— Tu vois, ça se passe pas si mal ?

Nahuel se tourne vers Camila. Il n'y a décidément pas plus aveugle que celui qui ne veut pas voir. Il est sur un radeau à la dérive, et elle, tranquille sur son île.

— Oui, ils sont tous très gentils, ment-il.

Elle affiche un sourire radieux. Qu'il aime sa famille est ce qui pouvait la ravir le plus au monde. Elle pense que le reste suivra. Une vie dans le rang. Un mariage, des enfants.

— Alors vous travaillez pour la télévision, Nahuel ? les interrompt son père.

Les boutons de sa chemise tirent au niveau du nombril. Il parle la bouche pleine d'un morceau de côte d'agneau.

— Oui, il est monteur, répond fièrement Camila.

— C'est bien, ça. La télévision, tout le monde la regarde !

La nourrice revient s'asseoir, les yeux rougis et le petit endormi contre sa poitrine.

— Je m'occupe surtout de documentaires…

— Nahuel est excellent, il a l'art de transformer les films.

Camila se démène pour que son père approuve leur union. C'est quand il la voit aussi fébrile que Nahuel se rappelle combien il l'aime et combien il s'en veut de savoir qu'il ne la rendra jamais heureuse.

— Mais dis-moi Nahuel, je peux te tutoyer, n'est-ce pas ?

— Bien sûr, monsieur.

— Juan, fils. Appelle-moi Juan. Que font tes parents dans la vie ?

Dehors le jardinier tape de plus belle. Cette question-là aussi, il s'y était préparé. Mais cette fois il n'y arrive plus. Il n'est pas capable de parler de sa mère, encore moins de son père. D'évoquer ce fardeau qu'est sa famille. Le bébé se met à pleurer, attirant soudain tous les regards. Un nourrisson pas si inutile finalement.

Sophie

Vendredi 6 novembre 2015, Paris

Dans la salle d'attente des urgences, le silence pèse si lourd que j'ai envie de hurler. Aurélie feuillette un magazine de déco. L'a-t-elle trouvé ici ou a-t-elle pensé à le prendre en partant de chez elle ? Je serais bien étonnée que l'hôpital public propose *IDEAT* à ses patients... Du Aurélie craché. Ma sœur est résistante à toute épreuve, malgré ses complaintes continuelles.

Depuis toujours, elle est la « fragile » de la famille, celle qui grossit par dizaines de kilos, s'affame, en perd quinze, en reprend vingt l'année suivante, celle qui s'est tant cherchée, faisant payer à mes parents des frais d'inscription dans des écoles et des facultés aussi chères qu'inutiles, essayant dix formations différentes pour finir par s'autoproclamer décoratrice d'intérieur, vantant ses chantiers à succès, alors qu'il s'agit de son propre appartement, de celui de mes parents et du bureau de mon père... Aurélie encore, qui clame chercher la paix dans le monde et dans sa vie, mais se vexe pour un rien et boude des mois durant.

Nous sommes assises côte à côte, attendant que le médecin nous explique ce qu'il en est de l'état de Thiago. J'ai beau chercher, je ne me souviens plus de ce qui a déclenché notre énième dispute. Une histoire avec Igor, son fils, je crois. Me revient enfin un après-midi ensoleillé dans son jardin, qui m'a laissé un goût amer.

Igor, onze ans, un mètre soixante-cinq, quatre-vingts kilos, n'avait rien trouvé de mieux que de « jouer au catch » avec Lisa… La petite étouffait, se débattant pour qu'on la libère du colosse étalé sur son dos. Le gamin hurlait sa victoire écrasante. Écrasante, en effet. Ma colère était montée d'un coup. « Enfin, t'as vu le poids qu'il fait ? Il va la broyer, s'il continue ! » Le petit s'était vexé et était monté dans sa chambre. Aurélie m'avait fusillée du regard. « Bah, c'est la vérité », m'étais-je justifiée. Ma sœur en avait déduit que je n'aimais pas ses enfants, que je les stigmatisais à cause de leur surpoids. Je dis juste les choses telles qu'elles sont.

Aurélie sait qu'elle peut tout se permettre. L'enfance nous a attribué des rôles. Je suis la favorite de mon père, elle de ma mère. Personne ne semble avoir cherché à dénoncer cette répartition, adultes comme enfants. Pourtant, puisque j'ai toujours souffert du rejet de ma mère, il a dû en être de même pour Aurélie vis-à-vis de Thiago. Mais le sujet est tabou.

J'ai presque huit ans. C'est un matin lumineux, je me souviens du rayon de soleil qui perce la vitre de notre salon. Ma sœur arrive dans quelques jours. Mon cadeau pour mes huit ans, m'a dit ma mère. Elle m'a aussi expliqué que j'aurais un rôle important à tenir, je serai une petite maman, je vais devoir l'aider. Elle hésite entre deux prénoms, Justine et Aurélie. C'est moi qui choisis. Je nomme ma sœur. Bientôt, mon père m'accompagne à l'hôpital, ma mère est étendue sur un lit. Ce qui me saisit, ce sont tous ces pansements. Elle est si pâle. J'en suis pétrifiée. Elle me présente Aurélie, mon père la dépose dans mes bras, je dois la serrer pour ne pas qu'elle tombe, c'est ma responsabilité de petite maman. Le bébé ne me regarde pas, tire la langue en se cabrant et se met à pleurer. Qu'ai-je fait de mal ? Personne ne me rassure, ma mère reprend l'enfant et lui donne un biberon.

Quelques jours plus tard, Paula me confie une nouvelle mission. Elle va prendre une douche et me demande de venir la chercher si Aurélie se met à pleurer. « Ne t'inquiète pas, je viens de l'endormir, mais si elle se réveille, je laisse la porte de la salle de bains ouverte. » Je prends ma tâche très au sérieux, me poste au pied du berceau et observe, immobile, le moindre geste de ma sœur. Au loin, le bruit de la douche résonne dans l'appartement. La survie d'Aurélie ne dépend plus que de moi. Le bébé sursaute et se calme aussitôt, pas de quoi réagir. Mais soudain, elle se met à pleurer. Est-ce ma faute ? Je ne veux pas décevoir ma mère. Je l'ai vue bercer l'enfant. Je n'ai qu'à l'imiter, Aurélie se rendormira et je serai une parfaite petite maman.

J'appuie doucement sur la anse en osier, mais le mouvement de bascule semble n'avoir aucune influence et les pleurs se transforment bientôt en cris. J'hésite à aller chercher ma mère, mais je voudrais tant lui prouver qu'elle peut compter sur moi… Il faut bercer plus fort, me dis-je. Le geste a un effet grisant, un manège que j'actionne. Je ne me rends pas compte que je vais trop vite. Soudain la situation m'échappe, je ne sais comment ceci se produit, mais en une seconde, le berceau est par terre, ma sœur a roulé à côté. Terrifiée, je pars alerter ma mère. « Le bébé est tombé ! Le bébé est tombé ! » Elle accourt, les cheveux pleins de mousse, une serviette à peine posée sur le dos. Elle crie en découvrant le spectacle, ramasse l'enfant et le serre contre sa poitrine. Ma mère se met à pleurer. Elle m'interroge : « Que s'est-il passé ? Qu'as-tu fait ? » Je bredouille des explications, les pleurs de la petite, les bercements, j'ai voulu l'imiter… « Je t'avais dit de venir me chercher ! » explose ma mère. Je suis tétanisée.

Elle appelle mon père. La conversation me parvient de loin, je suis dans un autre monde, je sombre à des kilomètres sous terre. « Elle a fait tomber le bébé ! Sophie ! Elle l'a fait tomber ! » Silence. Ma mère pleure. « J'étais sous la douche ! Je lui avais dit de la regarder ! » Je ne sens plus mes jambes, je m'enfonce dans le sol. « D'accord, d'accord. » Elle raccroche, essuie ses larmes. « Bon, Soso, tu vas me montrer exactement comment est tombée Aurélie. » Mon corps entier se met à trembler. « Ne t'inquiète pas, je ne vais pas te gronder. » Sa voix sonne faux. Mes parents vont se débarrasser de moi, ils vont me jeter dans une poubelle, je suis la pire des petites mamans, je ne me souviens de rien. Une seconde, elle était dans son berceau, l'autre par terre.

Ma mère prend une de mes poupées pour reconstituer la scène. « Est-ce qu'elle est tombée comme ça ? », me dit-elle en mettant la tête du baigneur sur le sol, « ou comme ça ? », en déposant d'abord les jambes. Je n'en ai aucune idée, je choisis au hasard la première option, ma mère éclate en sanglots. « Non, non, c'est l'autre », je corrige. Ma mère reprend espoir. « Tu es sûre ? Tu me dis la vérité ? » Goût de métal dans ma bouche. Je n'arrive pas à parler. Je lis dans son regard qu'à jamais je l'ai déçue.

Je ne me souviens pas de ce qui s'est passé ensuite. Ma mère a sûrement dû appeler un médecin. Ma sœur n'avait rien. Mais depuis ce jour, j'ai senti qu'elles formaient un tout. Je n'avais pas ma place dans leur cercle. Paula prenait toujours sa défense, brandissant la supposée fragilité d'Aurélie comme un argument auquel on ne pouvait rien opposer. Elles partaient parfois seules en vacances. Aurélie rentrait remontée contre mon père, influencée par la complainte incessante de ma mère. Même lorsque j'ai épousé Baptiste, il a fallu que ma sœur choisisse le jour de mes noces pour s'installer avec son petit ami de l'époque. Ma mère l'a soutenue. Le matin avant l'église, Paula faisait des cartons avec Aurélie. Elle enveloppait la vaisselle dans des torchons, pliait les vêtements de ma sœur, chargeait sa voiture des objets de valeur qu'elle ne voulait pas laisser aux déménageurs, me laissant me préparer seule pour la cérémonie.

La lumière du couloir de l'hôpital me fait mal aux yeux. Henri s'approche de nous avec une bouteille d'eau. Aurélie ne le remercie pas. Henri est un époux philosophe, il pardonne tous ses excès à ma sœur.

Je pense même qu'il sait qu'elle l'a trompé à maintes reprises. Peut-être agit-il de même ? Dans son milieu, il est très respecté, adulé parfois. Publicitaire célèbre, une fortune estimable. Pourtant, devant Aurélie, il se transforme en agneau docile. Il a accepté la salle de pilates à la maison, la nourriture provenant exclusivement d'une Amap certifiée à trente kilomètres de chez eux, la disparition des pizzas et des produits industriels. Il se plie à toutes ses exigences. Lui aussi, elle l'a berné. Plusieurs fois, Henri m'a téléphoné à son insu, me demandant d'être « gentille » avec ma cadette, qu'elle tenait à moi, souffrait de mon absence, « mais tu la connais, Aurélie ne sait pas dire ces choses-là ». J'ai explosé. En quoi n'étais-je pas « gentille » ? Était-ce d'ailleurs un adjectif qui convenait à une femme de mon âge ? « Ce n'est pas facile pour Aurélie non plus, dans votre famille de fous ! »

Sophie

Vendredi 6 novembre 2015, Paris

— J'en sais un peu plus, annonce Henri.

Il a mené son enquête. J'en étais incapable, mon corps est amorphe. La peur a tout anéanti. Les scénarios s'enchaînent dans mon esprit, plus noirs les uns que les autres. De quoi souffre mon père ?

— Les médecins font encore des analyses, ils ne pensent pas pouvoir poser un diagnostic avant quelques jours.

— Mais c'est grave ? demande Aurélie.

— Personne ne me répond franchement.

— Comment ça ? Mais oblige-les !

— Je ne vais pas plaquer les médecins au sol, So... Ils nous expliqueront quand ils seront sûrs.

— Est-ce qu'ils t'ont dit ce qui s'est passé ? enchaîne Aurélie, plus calmement.

Henri nous rapporte les propos d'une infirmière qui a résumé ce qu'ont décrit les pompiers. Mon père était à l'Opéra Garnier. Il m'en avait parlé deux jours plus tôt, il était ravi d'avoir eu une place au deuxième rang pour *Roméo et Juliette*, l'un de ses ballets préférés.

Pour mon père, le ballet est la définition même de l'élégance, de ce que la vie peut avoir de plus raffiné. Il admire les danseurs, leur dévouement infaillible à la musique, leur discipline, leur faculté de réduire leur corps à un instrument dont ils maîtrisent chaque inflexion.

À la maison, quand nous étions enfants, il repassait en boucle la *Danse des chevaliers* de Prokofiev. Avec ma sœur, nous jouions alors aux guerrières et aux princesses, combattant lorsque les percussions s'enflammaient, fuyant quand les violons prenaient le relais. Nous ne connaissions rien de l'histoire de *Roméo et Juliette*, rien non plus de la majesté de la danse classique. Nous nous laissions porter par ce que nous inspirait la mélodie. Notre père nous regardait, amusé. Il nous avait promis que, pour nos quatorze ans, il nous amènerait voir ce ballet dans un grand Opéra, peu importait s'il fallait voyager pour trouver une ville où il serait dansé au bon moment. Il tint parole. C'est ainsi que j'assistai à une merveilleuse chorégraphie à l'Opéra de Moscou et Aurélie, huit ans plus tard, à celui de Berlin.

Ma sœur avait profité de notre absence pour traîner sans me le dire ma mère à Eurodisney. Le parc avait ouvert l'année précédente et nos parents reportaient sans cesse le week-end qu'Aurélie et moi espérions tant. Lorsque avec mon père, nous avions ouvert la porte le dimanche soir, une odeur sucrée planait dans l'air. Aurélie était apparue au bout du couloir dans son nouveau pyjama Minnie, la poitrine gonflée de fierté. Sur son lit étaient étalés tout un tas de carnets, de vêtements, d'accessoires : diadème de Cendrillon, baguette magique, figurines des sept nains et de Blanche-Neige. Un sourire malicieux au coin des lèvres, elle m'avait tendu une paille en tourbillon qui dessinait deux grandes oreilles. « C'est pour toi ! » Une phrase qui m'avait transpercé le cœur. J'avais du mal à exprimer clairement ma déception. « M'enfin de quoi tu te plains ? Madame rentre de Russie, qu'est-ce qu'il te faut de plus ? » avait crié ma mère quand l'histoire avait pris de l'ampleur.

Elle ne comprenait pas ma colère, ou ne voulait pas la comprendre. Ce week-end devait être le mien, celui où je devais vivre un moment exceptionnel. Ma sœur y aurait eu droit au même âge, il n'y aurait pas eu de différences. Au lieu de ça, elle m'avait surpassée. Elle avait découvert ce parc avant moi, seule avec ma mère. Elles avaient prévu leur coup en douce, toutes les deux, m'excluant encore. Paula avait gâté Aurélie comme si ses armoires étaient vides, et elles s'étaient donné bonne conscience en me rapportant une paille ! Je me sentais humiliée, trahie. Inconsolable, j'étais partie me réfugier dans ma chambre et m'étais couchée, sans prendre la peine de me déshabiller.

Au bout d'un moment, mon père avait frappé à la porte.

— Je peux entrer ?

J'avais acquiescé. Il m'avait serrée dans ses bras.

— On s'en fiche, allons ! On n'était pas bien tous les deux, ma Soso ?

Pensant me consoler, il ne faisait qu'entériner l'existence des deux clans, nous et elles.

Henri se faufile derrière le chariot des infirmières, rempli de flacons et de compresses. Il s'assoit à côté de moi et pose sa main sur mon épaule. Il croit toujours que ça m'apaise, alors que je ne supporte pas qu'on me touche. Il me décrit la scène telle qu'il l'a comprise. Thiago a fait un malaise peu avant l'entracte. Son voisin a alerté le service de sécurité. Une ambulance l'a conduit à l'hôpital. Il avait, paraît-il, beaucoup de mal à respirer et se tenait la gorge à deux mains. Je pense aussitôt à cette angine qu'il traîne depuis des semaines. Je lui ai dit un nombre incalculable de fois de consulter un médecin. L'infection a dû s'étendre. À son âge, on ne guérit pas facilement d'une septicémie, mais je me sens tout de même mieux d'avoir identifié le mal. Son séjour ici sera court, tout rentrera bientôt dans l'ordre.

J'essaie de m'en convaincre. Si la dame devant tousse encore, j'ai raison. Lier le destin de mon père à cette inconnue… On n'a pas idée d'être aussi stupide.

Sophie

Samedi 7 novembre 2015, Paris

Le médecin semble légèrement plus âgé que moi. Il nous a conviés dans son bureau, nous a demandé de nous asseoir. Son visage ne laisse paraître aucune émotion et je me demande si c'est bon signe. La veille, on nous a assuré que notre père ne se réveillerait pas de la nuit, que nous pouvions rentrer. L'infirmière en chef nous a donné un rendez-vous avec le responsable de son cas à 10 heures ce matin. Mon père est devenu un cas. J'ai eu envie de lui répondre qu'il l'a toujours été, mais je garde mon mauvais humour pour moi.

Le docteur Gharbi se tient face à nous, les mains croisées comme une barrière protectrice. Il prend un air grave. Je me sens défaillir. J'ai envie de fuir. Si je ne sais rien, la vie continuera comme avant.

— Je suis désolé d'avoir à vous annoncer cette nouvelle, mais votre père est gravement malade.

Une chape de plomb s'abat sur la pièce. Ni Aurélie ni moi ne parvenons à parler, c'est Henri qui demande :

— De quoi souffre-t-il ?

— Nous avons encore besoin de pratiquer quelques examens. Nous avons effectué une biopsie dont les résultats devraient nous parvenir dans la journée de demain, mais nous sommes à peu près certains qu'il s'agit d'un cancer de la gorge assez avancé, probablement métastasé.

Le temps s'arrête. Des infirmières rient dans le couloir, un chien aboie dans la rue derrière la fenêtre, plus loin, des voitures klaxonnent, le tic-tac de l'horloge accrochée au mur emplit la pièce. Tout me parvient avec une intensité nouvelle, comme si ce monde insolent tenait à nous signifier qu'il continue de vivre malgré ce qui nous arrive.

— Il faut vous préparer, reprend le médecin. Les mois qui vont venir risquent d'être difficiles. Nous ferons tout notre possible pour que votre père ne souffre pas.

— Mais… Il peut guérir ? hésite Aurélie. Aujourd'hui, on en guérit, du cancer…

— J'ai bien peur que celui dont souffre M. Perez soit incurable. Encore une fois, il nous manque quelques résultats pour établir un diagnostic sans équivoque.

Un long silence. Cancer. Incurable. Souffrance. Les mots du médecin sont d'une violence inouïe. Ils lacèrent mon crâne. Thiago, mon père, mon petit papa, mon clan… Au secours. Pas lui, pas nous. Mon regard se fixe sur une plaque dorée où je lis *Docteur M. Gharbi, oncologue.* Je n'avais même pas remarqué le nom du service. Mon esprit a rejeté cette information. Papa n'avait qu'une angine infectée, le médecin devait nous faire la morale, s'occupait-on assez bien de lui ?

— Et… il est au courant ? parviens-je à articuler d'une voix faible.

— Non. Nous voulions en parler avec vous d'abord, pour envisager la meilleure façon de l'informer. Nous avons remarqué que l'annonce conditionne souvent la suite… Et les proches nous sont d'une grande aide. Et puis nous devons être sûrs avant…

Je n'écoute pas la fin de la phrase.

Une main serre mon bras. Je sursaute.

— Alors, tu viens ? me dit Aurélie.

— Où ça ?

J'ai manqué une partie de la conversation.

— On peut aller voir papa, me répète-t-elle.

— Maintenant ?

Nous nous levons. Mes mouvements sont mal assurés. Une fois dans le couloir, j'attrape Aurélie par son manteau pour qu'elle s'arrête.

— Je peux pas… Je peux pas y aller.

Je la supplie. Je suis incapable de mentir à mon père. Je le sais condamné, comment me retrouver dans la même pièce que lui qui l'ignore ? Je m'appuie au mur, un courant terrible m'emporte vers la tempête et je vais couler.

— Allez, me rétorque ma sœur, c'est pas le moment de flancher. Papa a besoin de nous.

— Je vais pas y arriver…

— On n'a pas le choix, So.

Elle ouvre la porte.

— Mes deux beautés ! s'exclame mon père d'une voix faible.

Mon estomac se noue. J'embrasse Thiago pour qu'il ne voie pas l'expression de mon visage. Je m'apprête à lui demander comment il va mais les mots butent sur mes lèvres.

— Comment tu te sens ? dit Aurélie.

Le sang-froid de « la fragile de la famille » m'impressionne.

— Fatigué. Ils n'arrêtent pas de me torturer depuis hier… Je suis juste surmené ! Je croule sous les dossiers…

— Ils savent ce qu'ils font, rétorque Henri.

— Oui… Je me laisse faire.

— Pour une fois ! pique Aurélie avec un sourire.

Comment y parvient-elle ? Mon père me semble soudain si petit dans son lit d'hôpital. Mon invincible papa que rien ni personne n'a jamais fait reculer règne désormais sur un territoire limité, un lit étroit d'un mètre sur deux. Je ne peux m'y résoudre. Thiago Perez, la légende du barreau de Paris, économe en paroles mais au regard perçant, au charisme fou, a une maladie incurable. Mon père, assoiffé de justice, bourreau de travail, défenseur infaillible des droits de l'homme…

— Eh bien, Soso, tu as perdu ta langue ? me demande-t-il.

— Pardon, non… Tu as besoin de quelque chose ?

— Tout va bien, ne vous inquiétez pas.

Une gifle. Non papa, tout ne va pas bien… Si papa, on s'inquiète terriblement.

Henri part acheter des magazines, Aurélie ajuste les oreillers. Je la regarde s'affairer, sidérée. Bientôt, une infirmière entre. Il est l'heure de manger. Mon père grimace en découvrant son filet de colin aux épinards et sa compote d'abricots. Il a du mal à se nourrir, sa gorge lui fait mal.

— Saleté d'angine, râle-t-il.

— Il faut que j'aille aux toilettes, dis-je en sortant de la chambre.

Je ne tiens plus. Cette scène hypocrite est en train de m'achever. Incurable, a dit le médecin. Un monde sans mon père, une journée sans lui parler, c'est impossible. Impossible.

Sol

Dimanche 8 novembre 2015, Buenos Aires

Le téléphone sonne. Étrange, personne n'appelle jamais le dimanche. Personne n'appelle jamais d'ailleurs, à part Nahuel. Sol décroche, persuadée qu'il s'agit d'une erreur.

— Soledad Romero ?

— Oui, c'est moi.

— Je suis désolée de vous déranger, je m'appelle Blanca Flores. Vous ne me connaissez pas.

— Que voulez-vous ?

— Il faut que je vous parle.

— À propos de quoi ?

— Du procès de l'ESMA[1].

— J'ai déjà dit non, au revoir.

— S'il vous plaît, moi aussi, j'étais enfermée là-bas…

1. **La Escuela de mecánica de la armada (École supérieure de mécanique de la marine, ou ESMA) était une école de la marine argentine située à Buenos Aires. De 1976 à 1983, le bâtiment, tout comme le Club atlético et automotores Orletti, est utilisé par la dictature militaire argentine comme centre clandestin de détention où sont pratiqués des actes de torture et des assassinats.*

Sol cherche ses mots. Toujours le même sentiment envers ceux qui ont subi un sort similaire au sien. La proximité qu'auraient les membres d'une même famille qui ne se seraient jamais rencontrés, et à la fois une distance évidente. Avoir souffert dans les mêmes conditions n'implique pas de se ressembler. Les gens, leur caractère, leurs priorités ne changent pas. Elle a essayé plusieurs fois de se lier à d'autres victimes. Plutôt que de se sentir entourée des siens, l'impression d'être jugée l'emportait. Untel avait été enfermé trois mois de plus qu'elle, tel autre boitait encore alors que, chez elle, les blessures étaient devenues invisibles… La comparaison bousillait tout.

— Je préfère ne pas revenir sur cette période de ma vie, je suis désolée.

— Sol, s'il vous plaît. Il faut que je vous parle, c'est très important.

— Non, vraiment.

— Un simple café et je disparais.

Blanca Flores insiste un temps infini. En réalité, une minute tout au plus, mais lorsqu'il s'agit de cette époque, les repères de Sol disparaissent. À court d'arguments, elle finit par accepter.

Blanca Flores l'attend dans un petit bar, à quelques minutes à pied. Sol se recoiffe, enfile une longue chemise, un foulard, et sort de chez elle, manquant d'oublier ses clefs.

— Merci d'être venue, chère Sol, lui lance Blanca Flores en ouvrant grand ses bras.

Sol se retient pour ne pas la reprendre. Elle n'est la « chère » de personne.

— Je m'occupe depuis six ans maintenant de la recherche de témoins pour le procès de l'ESMA, vous en avez sûrement entendu parler.

— On m'a déjà contactée, j'ai dit que je ne voulais pas...

— Je comprends, mais ce procès va vraiment marquer les esprits... Chaque personne compte... Le monde va nous regarder.

— Le monde se fout de nous. Le monde continue sa course sans se soucier des victimes, ni des bourreaux d'ailleurs.

— Sol, vous êtes restée de longs mois emprisonnée, vous avez été l'épouse de Jorge Lederer, vous avez eu un enfant avec Leandro Ramon. Vous devez savoir beaucoup de choses, avoir croisé beaucoup de gens qu'il vous serait facile de reconnaître... Votre témoignage ne serait pas une simple participation, il serait capital.

— D'où tenez-vous cela ?

— Je vous l'ai dit, j'ai consacré ma vie à poursuivre ces enfants de putains.

— Ce n'est pas contre vous, Blanca... Mais je ne veux plus repenser à ça.

— Sol, nous serons près de huit cents victimes à témoigner sur les cinq mille à être passées dans ce camp. Nous avons réussi à faire arrêter cinquante bourreaux et militaires. Ils vont être jugés et enfermés. La vérité sur cet endroit de malheur va éclater. Plus personne ne pourra dire qu'il ne savait pas. Les tortures, les éliminations, les vols de la mort. Tout. Ils vont devoir tout cracher.

— C'est très bien... Mais...

Sol ne sait plus comment se justifier. C'est toujours pareil. Plus de quatre cents procès en cours dans le pays, et presque autant de sollicitations pour témoigner. Sans compter l'insistance de Nahuel. Combien de fois se sont-ils disputés parce qu'elle refusait d'être appelée à la barre ? Comme si, en plus de ce qu'elle avait vécu, elle devait encore quelque chose à cette société qui, quarante ans plus tôt, l'avait condamnée.

Elle se souvient de ce premier rendez-vous avec une femme du même genre que Blanca Flores. Nahuel était très jeune. Sol essayait en vain d'aller de l'avant, enchaînait les petits boulots, fuyant les discussions, les questions de son fils sur son passé, ses cicatrices et les photos de la petite. L'équilibre était précaire, l'avenir peu prometteur, mais elle finissait chaque mois par s'en sortir.

Puis il y avait eu cet échange… Une ancienne détenue, d'un autre camp. L'inconnue avait décrit ses blessures, son désir de vengeance, ceux qu'elle avait croisés en détention, qui avaient disparu. Elle entendait encore leurs cris dans son sommeil. Jamais elle ne trouverait la paix tant que tous les bourreaux ne seraient pas en cellule. Tant pis si elle ne faisait rien d'autre de sa vie. Le gouvernement plierait, la justice se rallierait à leur cause, leur statut de victimes serait reconnu. Chaque parcelle de son corps s'animait tandis qu'elle prononçait ce discours bien rodé. Sol se sentait en dehors.

Elle avait promis de réfléchir. La femme était partie, laissant Sol seule face à une tasse de café froid. Elle y avait vidé un à un les sachets de sucre, formant un sirop écœurant. S'hypnotiser pour oublier le visage de son amie Suzanna. Son sourire enfantin, ses grands yeux bleus pleins d'espoir. Sa certitude qu'elles s'en sortiraient. Suzanna, sa grossesse en cellule aux côtés de Sol, leurs confidences, des mois durant, entre les séances de torture, et sa disparition un matin. Suzanna. Suzanna… Comme elle lui manquait ! Il fallait se rendre à l'évidence, l'horreur était encore en elle, à peine tapie sous sa peau, jamais elle ne la lâcherait.

Quelques clients du bar riaient, un verre à la main. Elle les avait imités. À la quatrième gorgée, elle avait su qu'un nouveau combat s'engageait. Soudain, elle se sentait mieux, comme soulagée d'un poids qui, jusque-là, écrasait sa poitrine. Les pensées, les souvenirs étaient toujours présents, mais ils ne faisaient plus mal. Le lendemain, elle était revenue au bar. Le reste de la semaine aussi. Puis elle avait acheté des bouteilles au supermarché, attendant que Nahuel dorme pour boire. Elle avait encore conscience de ce qu'elle faisait. Elle pensait avoir le pouvoir de dire non, mais c'était si agréable… Elle s'était enfoncée comme ça pendant des semaines. Jusqu'à ce que Nahuel la découvre allongée par terre un matin, une bouteille à la main. Elle s'était alors promis d'arrêter.

Elle s'était rendue aux Alcooliques anonymes et engagée à tout un tas de résolutions. Elle avait repris ses études de langue et de marketing. Elle s'était démenée, deux années durant, pour obtenir son diplôme, avait trouvé un poste dans une grande entreprise. Elle avait réussi à tuer les démons.

Mais, bien sûr, elle avait fini par replonger. Toute sa vie depuis s'était réduite à alterner les phases de relative sobriété et le chaos. Chaque fois le déclencheur était différent. Une lettre de Paula, un bébé croisé dans la rue, une question de Nahuel. Au fond, elle n'attendait que ça : un prétexte pour flancher.

Aujourd'hui, Blanca Flores ne peut rien contre elle. Sol est déjà au fond du trou. Elle a juste besoin qu'on la laisse tranquille. Procès de l'ESMA ou pas.

— J'ai tout oublié, tranche-t-elle. Je ne vous serais d'aucune aide, désolée.

Sol se lève, abandonnant l'inconnue, bouche bée.

Elle a terriblement soif.

Sophie

Dimanche 8 novembre 2015, Paris

La piscine est vide, j'ai le couloir pour moi. Je nage depuis plus d'une heure. Aujourd'hui pourtant, au lieu de me calmer, les mouvements déchaînent mes émotions. Mon masque est plein de gouttes. Des larmes. Je peine à reprendre mon souffle et, à chaque brasse, mes sanglots m'étouffent.

Ce matin, la sentence est tombée. Mon père souffre d'un cancer de l'oropharynx de grade quatre, le plus grave, métastasé à l'œsophage et au poumon. Le docteur Gharbi nous a expliqué le fonctionnement de la maladie, son évolution. Mon père aurait quatre à six mois devant lui. Inutile de tenter des traitements curatifs, ils le feraient souffrir inutilement. Rien ne pourra guérir Thiago. Il sera placé dès demain en unité de soins palliatifs où on lui administrera une chimiothérapie de confort, sinon, en grossissant encore, les tumeurs pourraient lui occasionner des souffrances insupportables. « Aujourd'hui, on ne laisse plus les gens agoniser », a insisté le docteur. Pensait-il réellement me tranquilliser avec cet argument ? Chimiothérapie de confort, deux mots peuvent-ils s'opposer davantage ?

Aurélie a encaissé, Henri lui tenait la main. J'ai fondu en larmes et n'ai pas arrêté depuis. Mes yeux brûlent et j'ai honte. Plus rien de ce qui m'arrive n'a d'importance.

En sortant, plusieurs messages m'attendent. Le cabinet. Je n'ai pas avancé du week-end. L'audience de demain me paraît si lointaine... Mais pour mes collaborateurs, depuis vendredi, elle est restée la priorité et ils s'étonnent de mon silence. Enfin... ils s'étonnent dans les premiers messages... À présent, ils s'offusquent. Je n'ai plus envie de défendre qui que ce soit. Cancer de grade quatre, métastases.

Tristan m'a laissé un SMS. Il est d'accord pour doubler mes antidépresseurs. Je soupire de soulagement. Je lui ai dit que c'était grave, que je lui expliquerais mais que j'avais besoin de lui. Tristan est un ami médecin. Lorsque j'ai arrêté ma thérapie il y a dix ans, je ne me sentais pas capable d'interrompre aussi le traitement, je me serais écroulée. Mais je ne pouvais plus retourner chez ma psy. J'étais venue consulter pour me plaindre de la relation fusionnelle de ma mère et de ma sœur, de leur façon de me rejeter, l'air de rien. Je voulais comprendre pourquoi je ne trouvais pas ma place parmi elles. Aurélie et Paula m'ont toujours semblées si différentes de moi. Aucun intérêt commun, aucun atome crochu. Chaque appel de ma mère était un supplice. Comment devait-elle s'habiller pour la fête de Noël du bureau de mon père ? Du poulet ou son ragoût de bœuf pour leurs amis ? Est-ce que je voulais des draps ? Ils étaient en promotion au Printemps, elle venait de s'en prendre trois paires, une affaire, et ce n'était rien comparé au prix des casseroles... Ma patience était limitée. Ces discussions m'énervaient sans que je comprenne pourquoi. Quand elle sentait qu'elle m'ennuyait, ma mère se réfugiait chez ma sœur et, ensemble, elles partaient faire des courses, échangeaient des potins en parcourant les allées des grands magasins et me rapportaient « un petit quelque chose », même si « on ne sait jamais si ça va te faire plaisir ».

Cette dernière phrase est un douloureux écho à mes seize ans. Je suis en pleine crise. J'ai des boutons partout, de grandes lunettes, des bagues sur les dents. Je suis si maigre que je n'ai pas encore besoin de soutien-gorge alors qu'Aurélie porte celui que ma mère s'est empressée de lui acheter. Au moins, avec cette fille-là, elle peut s'amuser. Mon père travaille tellement que je ne le vois jamais. Notre clan ne peut pas faire le poids.

Ma mère apporte un gâteau orné de bougies, ma sœur suit avec un paquet dans les mains. Mon père me prend en photo tandis que je souffle. J'ouvre mon cadeau, un pull de laine moulant, encolure en V profonde. Je ne porte jamais rien près du corps, je ne veux pas que l'on voie que j'ai la peau sur les os, pas plus que de col en V qui ferait ressortir mon absence de formes. Ce cadeau est la preuve qu'elles ne m'aiment pas, ne me regardent pas. Mon père me dira plus tard, quand, encore, il viendra me consoler, qu'en découvrant leur « chiffon », je suis devenue écarlate, que mes lèvres ont tremblé. Je n'ai pas voulu essayer le pull en cachemire qui avait « coûté une fortune ». J'étais inconsolable d'être si seule.

Depuis ce jour, l'autre clan ne me fait plus de cadeaux. On me demande d'abord ce qui me ferait plaisir, on ne veut pas tenter le diable, qu'une gentille attention vire au pugilat, peu importent mes sentiments.

À l'approche de la trentaine, mon malaise était devenu trop pesant et j'avais fini par accepter de « me faire suivre ». En entrant dans le cabinet du docteur Friedman, je voulais crever l'abcès. Vomir ces souvenirs et les laisser là, qu'ils cessent de tout ronger à l'intérieur de moi. La psychiatre a commencé par m'écouter sans rien dire, puis, très vite, elle a voulu prendre le contrôle, orienter les séances vers mon père. Pour elle, le problème était là. L'importance que je lui donnais, la mythification que j'en faisais, cet œdipe non résolu m'empêchait d'avancer.

Elle m'a prévenue, « ce sera dur ». Je l'ai vue écrire des noms compliqués sur une ordonnance, Deroxat, Lexomil, Stilnox. Elle m'a expliqué à quel moment les prendre. Nous avions un pacte tacite : elle m'accordait des amortisseurs, mais en retour, je devais plonger en moi-même. Pourtant, à chaque séance, je revenais invariablement sur ma mère et ma colère à son égard. Le docteur Friedman me signifiait de m'en tenir à Thiago. Mais mon père ne pouvait pas avoir tort. Je lui trouvais toujours des excuses. Et pourquoi devais-je apprendre à moins l'aimer ? « Ce n'est pas ce que je vous demande, madame Perez, je veux vous aider à le voir pour ce qu'il est, un homme comme les autres, avec ses qualités mais aussi ses défauts. »

J'ai cessé d'y aller. Baptiste m'a demandée en mariage, j'ai cru que ma nouvelle vie effacerait les dégâts de l'ancienne. Je me suis trompée. Impossible de retourner chez le docteur Friedman après le divorce, j'avais trop honte. Je me suis confiée à Tristan. Depuis, il me fait mes ordonnances. Il se donne bonne conscience en me répétant que ces médicaments ne doivent pas se prendre en dehors du cadre d'une thérapie, qu'il peut m'adresser à de bons confrères. J'acquiesce, promets que j'arrêterai bientôt, que je dois juste tenir le temps d'une affaire compliquée, que j'ai simplement un coup de blues, que j'ai besoin de dormir parce que Lisa a été malade et que je n'ai pas fermé l'œil de la semaine. Pourtant, les années passent et rien ne change.

Enfin si, depuis ce matin, quelque chose a changé. Mon père va mourir.

La photo de mon ex-mari s'affiche sur mon portable. Je décroche.

— Enfin, t'es où ? Ça fait une heure que je t'attends ! Tu le fais exprès ou quoi ?

J'ai oublié. Il m'avait demandé de passer prendre Lisa plus tôt que d'habitude. Un dîner chez son père. Depuis deux jours, ma tête est une passoire.

— T'es vraiment chiante, Sophie…

— Calme-toi, ça va rien changer que tu me cries dessus.

— T'es là dans combien de temps ?

— Bientôt.

— Je te connais, quand tu dis ça, c'est que t'es à l'autre bout de la ville. Tu n'es vraiment qu'une égoïste !

Je connais ses reproches par cœur. Je le laisse les déballer. Un vieux disque que je n'entends plus. Je veux bien admettre que les circonstances plaident en sa faveur. Il va être en retard et je sais à quel point son père déteste ça. Le vieux va encore se plaindre d'avoir raté l'éducation de son benjamin. « L'exactitude est la politesse des rois », va-t-il asséner. J'ai envie de lui répondre que, de royal, son père n'a rien et qu'il est bien mal placé pour juger les autres.

Me revient ce fameux Noël qui avait suivi la demande en mariage de Baptiste. J'avais accepté de le passer dans sa famille que je connaissais à peine. Nous avions fait la route jusqu'en Bourgogne. Distribution de cadeaux, larges sourires crispés et repas qui semblait ne jamais devoir finir. Les bouteilles de vin s'enchaînaient. Puis Antoine Legall, vénéré patriarche, avait commencé à déblatérer des ignominies que l'alcool seul ne pouvait justifier. Les Arabes étaient des voleurs, des terroristes, des hypocrites, il n'y avait qu'à les voir dans les souks de Marrakech, marchandant, mendiant presque pour s'emparer de l'argent occidental et critiquer les colonisateurs ensuite ! Les Algériens étaient des traîtres, des ingrats incapables de reconnaître ce que la France leur avait apporté ! Les Juifs, obsédés par la réussite, imposaient leur vision du monde à coups de rachats de journaux et de chaînes de télévision, toujours prêts à s'unir pour écraser les autres. Antoine

Legall fustigeait leur entre-soi, leur arrogance de peuple « élu ». Il ne voulait choquer personne, mais il fallait bien reconnaître que sous certains aspects, notamment logistiques, Hitler avait eu du génie !

Baptiste avait dû user d'une tendresse infinie pour que j'accepte de passer la nuit dans cette maison de l'horreur. Il détestait son père, il abhorrait le racisme, il ne leur ressemblait pas. Nous nous fréquentions depuis plusieurs années déjà, avais-je suspecté la moindre pensée intolérante chez lui ? Évidemment non. Il ne pourrait jamais devenir comme son père, il avait eu un contre-exemple, la meilleure éducation qui soit, finalement. Il ne voyait jamais les siens. Il avait fait l'effort ce soir-là parce que sa mère avait beaucoup insisté. Elle était lâche, subissait une situation insupportable depuis toujours, sans broncher, mais elle était sa mère… Et si nous partions le soir même, j'ignorerais tout de la véritable raison de notre présence : sa grand-mère.

La vieille femme perdait la raison. Antoine Legall n'ayant pas suffisamment de patience pour tolérer sa belle-mère chez lui, Mireille avait été placée dans une maison de retraite à quelques kilomètres de la demeure familiale qui comptait pourtant cinq chambres vides et trois domestiques. Baptiste adorait sa grand-mère. Elle s'était occupée de lui pendant une bonne partie de son enfance et avait été la seule à lui témoigner un amour sans bornes. Il ne supportait pas de la savoir dans ce mouroir. Il s'était mis à pleurer en me décrivant la femme incroyable qu'elle avait été, élevant seule ses quatre enfants après avoir perdu son mari à la guerre. Elle avait trimé nuit et jour à l'usine. Toute sa vie, elle s'était privée pour pouvoir nourrir ses enfants, leur procurer des vêtements dignes. Personne ne sortirait de chez elle avec un col mal amidonné ou un pull troué.

J'avais enfin découvert une faiblesse chez Baptiste, pourtant si fort, si imperturbable. J'aimais ça. Je l'avais consolé en le serrant dans mes bras, me représentant cette femme et cet amour inconditionnel entre eux. Jusque-là, Mireille n'avait été pour moi qu'une série de coups de téléphone. Sa seule occupation semblait être d'appeler son petit-fils, six, sept fois à la suite, à plusieurs reprises dans la journée. Elle l'appelait pour être certaine que son téléphone fonctionnait et demandait qu'on la joigne en retour juste pour vérifier que la sonnerie était assez forte. Un dialogue de fous. Mais Baptiste gardait son calme, répétait la même phrase sans s'énerver. Mireille ne devait pas se rendre compte qu'elle devenait sénile. Du moins pas avec lui.

Quelque chose de mouillé. Tandis qu'au téléphone, Baptiste poursuit son monologue, je pose mon sac de piscine par terre et remarque une large tache sur mon pantalon. Mon maillot de bain… J'ai oublié de le ranger dans le plastique. Tout a coulé.

— T'es pas fiable, Sophie, vraiment, j'en ai marre ! À la rigueur, moi, je m'en fous, mais tu fais toujours passer ta fille en second, c'est dégueulasse !

— Mon père va crever, tu vas pouvoir te réjouir, mais moi là, je suis pas en état pour tes reproches à la con.

Quand nous étions jeunes mariés, Baptiste avait parlé à mon père de sa passion pour les voitures, les coupés en particulier. Il rêvait de posséder un jour une Aston Martin. Je savais bien que Baptiste était beaucoup plus profond qu'il ne le laissait paraître, mais mon père s'était arrêté là. J'avais choisi un beau gosse, riche de naissance, « bien français », futur grand avocat, qui aime les belles filles (puisqu'il m'aimait moi…) et les voitures décapotables, le cliché dans toute sa splendeur en somme. Baptiste ne lui avait jamais pardonné de l'avoir ainsi caricaturé.

Je sais bien que je ne suis pas juste. Il ne déteste pas Thiago. Il aurait aimé être davantage accepté dans notre famille.

Longtemps après notre divorce, Baptiste n'a cessé d'invoquer la responsabilité de mon père dans notre séparation. J'idéalisais trop mon « petit papa », considérais chacune de ses paroles comme une vérité absolue et, du jour où il l'avait condamné, mon désamour avait commencé. Si Thiago s'était abstenu de me révéler ses doutes, nous serions encore ensemble et heureux, Baptiste en était certain.

Il faut reconnaître que notre histoire avait de quoi tenir la distance. On m'a souvent dit que l'amour se nourrit de sa propre légende… Mais les légendes résistent-elles au regard des autres ?

Nous nous étions rencontrés en fac de droit. Premier jour, première heure de cours. Baptiste était arrivé en retard et s'était assis à côté de moi. J'avais fait des jalouses dans l'amphi : il était probablement le plus beau de la promo, avec ses yeux pétillants et sa démarche nonchalante. Il savait qu'il était au-dessus du lot. Venu les mains dans les poches, il m'avait demandé des feuilles et un stylo. « Tu te prends pour qui ? Je te préviens, je suis pas là pour glander, alors tu te tais ou tu changes de place », avais-je pesté. Il s'était excusé de m'avoir dérangée et m'avait observée pendant le reste de la leçon. Il regardait ma façon d'écrire, de griffonner des questions dans la marge, de surligner en différentes couleurs les titres et les sous-titres. Plusieurs fois, il avait souri. Quand le cours s'était terminé, il m'avait retenue pour me lancer, ses yeux plantés dans les miens : « Bientôt, j'aurai une Ferrari, un deux cents-mètres carrés dans le 17e et tu seras ma femme. » Dans cet ordre. Puis il avait tourné les talons sans me laisser le temps de répondre. J'avais fait mine de le détester, tenté de me convaincre qu'il n'était qu'un fin de race prétentieux et macho, mais au fond de moi, j'avais adoré cette assurance.

Il ne me fallut pas beaucoup de temps pour m'apercevoir que Baptiste ne s'intéressait pas au droit en dilettante. Dès les premières épreuves, le ton avait été donné : j'étais première, il était second, et durant les huit années que durèrent nos études, notre duel pour la première place ne fit que s'intensifier. Tantôt lui, tantôt moi, avec les taquineries qui s'ensuivaient. Petit à petit, Baptiste était devenu mon ami et, au bout de quelques années, mon grand amour.

Notre relation était construite sur l'honnêteté, du moins, c'est ce que je croyais. Nous nous disions tout, même ce qui pouvait faire mal. Baptiste m'avait raconté la fois où Aurélie avait tenté de le séduire chez nous, tandis que je prenais ma douche. Malgré le choc, je lui avais fait confiance. Nous étions seuls contre tous, dans un cercle infranchissable pour les autres… À l'exception de mon père.

J'ai découvert qu'il prenait de la cocaïne à un dîner chez ses collègues. Vers minuit, un type que j'avais d'emblée trouvé antipathique avait sorti un petit sachet transparent, étalé une poudre blanche sur la table basse du salon et formé sept lignes pour les sept invités. Il avait roulé un ticket de métro et s'était lancé, les autres avaient suivi. Quand son tour était venu, Baptiste avait accepté et mon monde s'était écroulé. Il avait eu beau poser sa main sur ma cuisse pour me rassurer, me faire croire que notre union n'en serait pas ébranlée, j'étais détruite. L'aisance de ses gestes confirmait ce que je craignais : ce n'était pas la première fois. Des semaines de disputes avaient suivi. Je voulais savoir depuis quand, où, combien de fois par semaine, s'il en avait déjà pris avant de s'occuper de Lisa.

Il m'avait raconté que tout avait commencé au cabinet, un soir. Il était épuisé, entre ses dossiers et la petite qui ne faisait pas ses nuits. Il luttait contre le sommeil, se reprochant de n'être qu'un bon à rien, quand un collègue lui avait proposé de l'accompagner aux toilettes où attendait le reste de l'équipe. Il avait enfin percé le secret de leur efficacité. Désespéré, il avait succombé à la tentation, se penchant sur la cuvette. La toute-puissance était revenue d'un coup, le grand Baptiste ne ploierait plus. Dès lors, le rituel s'était installé au bureau. Jamais à la maison, m'avait-il promis, mais je ne le croyais plus. Malgré plus de dix ans collés l'un à l'autre, il était devenu un étranger.

Beaucoup plus tard, j'avais fini par comprendre les dessous de cette histoire. En réalité, ce n'était pas tant la peur de ne plus être efficace qui le hantait, mais celle de se découvrir fragile. Baptiste Legall avait un cœur, des sentiments qu'il ne contrôlait plus et il en était terrorisé. Ça avait commencé à l'annonce de ma grossesse. Une faille. Puis un procès contre une vieille femme qui s'était retrouvée à la rue parce qu'il avait gagné. Tout avait lâché, des vannes de culpabilité s'étaient ouvertes. S'il se laissait aller, il ne pourrait plus être lui-même. Sa vie, sa carrière seraient fichues.

Notre séparation fut un cauchemar. Des mois à s'insulter, se supplier, s'aimer encore et se détester de plus belle. Tous les coups étaient permis. J'avais cabossé sa voiture, il avait jeté mes chaussures. Chaque semaine, un nouveau drame aussi cruel que ridicule. Un soir, nous nous étions retrouvés dans un appartement saccagé. Les assiettes brisées jonchaient le sol et les plumes des coussins volaient dans le salon quand Lisa s'était mise à pleurer. Impossible de retrouver ses biberons dans ce carnage. Baptiste avait fini par descendre à la pharmacie de garde tandis que j'essayais de calmer la petite. Nous étions allés trop loin. Cette nuit-là avait marqué le début d'une nouvelle phase, celle du divorce « apaisé ». Nous devions au moins nous respecter pour que notre fille n'ait plus jamais à souffrir de notre incapacité à surmonter nos épreuves de couple.

Je ne sais pas vraiment ce que nous représentons l'un pour l'autre aujourd'hui. Nous nous sommes trop aimés pour être amis. Nous sommes les parents de Lisa, et nous avons accepté notre échec.

Quelqu'un me bouscule pour entrer dans le bâtiment de la piscine municipale. Petit, sec. Une bourrasque s'infiltre dans mes cheveux encore mouillés. J'ai oublié mon bonnet.

— Comment ça, ton père va crever ? me demande Baptiste.

Alors je lui raconte les derniers jours. Il accuse le coup.

— Je suis désolé, So. Je peux faire quelque chose ?

— Non. Personne ne peut rien faire.

Je lui demande pardon pour mon retard. Il me répond que ça ne fait rien. Un silence s'installe. J'y entends tout ce que nous nous sommes tant de fois répété. « Je t'aime », « ne me quitte pas », « je te hais », « tu as gâché ma vie », « je suis désolé », « dans l'intérêt de Lisa », « personne ne te remplacera », « tu seras toujours la seule », « pour la vie ». Des mots… Le temps passe, et pourtant leur souvenir me laisse encore cette amertume.

— Et comment tu vas, sinon ? je lui demande.

Car il faut bien passer à autre chose.

— Rien de spécial…

— Vraiment ?

Je perçois un léger sourire derrière le téléphone.

— Si, enfin… J'ai une nouvelle copine.

Je ris.

— Te marre pas, reprend-il. Elle est top. Une Rwandaise, Sheba. Elle est avocate, spécialisée dans les droits de l'homme, tu l'aimerais beaucoup…

— Ben voyons !

— Je suis là, tu sais, me dit-il après un temps.

Puis il me propose de me ramener la petite et de passer la soirée avec moi. Je refuse, mais je sais que je vais le regretter. J'ai besoin de lui. Et je me déteste pour ça.

SOPHIE

Lundi 9 novembre 2015, Paris

Un passant frappe à la porte de ma voiture.

— Tout va bien ?

Je hoche la tête en attendant qu'il parte. Il semble chercher quelque chose dans sa poche et me tend un paquet de Kleenex.

— Ça va aller, madame.

J'accepte les mouchoirs. Je ne trouve rien à répondre tandis qu'il s'éloigne. Ses mots résonnent. « Ça va aller. » Non, monsieur, ça ne va pas aller. En quelques heures, ma vie est devenue un cauchemar. Plus rien n'a de sens, je suis épuisée, désemparée et j'ai peur. Terriblement peur de ce qui nous attend. Les sanglots reprennent de plus belle. Il n'y a rien que je puisse faire pour les refréner. Je ne m'appartiens plus. J'entends des hurlements et mets un temps fou à me rendre compte qu'ils sont les miens. Une dame s'arrête sur le trottoir, un chien au bout d'une laisse. Elle s'approche à son tour, me lance un regard de pitié et me dit assez fort pour que je l'entende à travers la vitre :

— Que se passe-t-il, ma petite ?

« Ma petite. » Pauvre idiote.

— Barre-toi !

Elle écarquille les yeux. Mais qu'est-ce que tu crois, mamie, que je suis là pour te donner bonne conscience ? Non, tes paroles doucereuses de merde ne changeront rien à ce qui m'arrive. Dégage avec ton clébard, retourne à ta vie sans problème. Ce qui nous arrive est si injuste. J'ai envie de m'en prendre à la terre entière.

J'ai très peu dormi. Je me suis rendue directement au tribunal après avoir déposé Lisa à l'école ce matin. Mes associés m'ont dévisagée, l'air effaré.

— Tu as vraiment une sale tête, Sophie…

— On a essayé de te joindre tout le week-end.

Je n'ai rien expliqué, rien justifié. J'ai enfilé ma robe et je me suis postée devant les témoins de l'accusation. Je savais quelles questions poser pour les déstabiliser. Je connais toutes les combines pour que la culpabilité prenne le dessus. Mais rien n'est venu.

La séance est un fiasco, mes associés me méprisent. Les avocats de la défense sont aussi réjouis qu'étonnés : ce n'est pas le genre de maître Perez, la pitié. Peut-être est-ce une tactique pour frapper plus fort à la prochaine audience ? Ils se méfient de ma soudaine gentillesse. Tout cela me laisse songeuse : est-ce que je me bats vraiment au quotidien pour que justice soit faite, comme je me l'étais promis ?

Je ne pense qu'à mon père, à la visite de cet après-midi où le médecin va nous réunir dans sa chambre et mettre des mots définitifs sur le mal qui le ronge. Il va prononcer la sentence, dessiner notre avenir. J'ai menti à Thiago. En lui cachant la vérité, nous lui avons tous menti.

Je file à l'hôpital, j'y retrouve Aurélie et Henri. Ils se sont libérés de leurs obligations professionnelles pour soutenir papa, me disent-ils. Qu'attendent-ils, une médaille ? Mon père est paisible sur son lit. Il ne semble pas inquiet, pas même nerveux, comme s'il savait déjà. J'ose à peine le regarder, je me contente de l'embrasser.

Le médecin entre dans la chambre, affiche de nouveau son visage impassible. Il répète ce qu'il nous a expliqué l'avant-veille, mais cette fois, avec preuves à l'appui. Gestion de la douleur, soins palliatifs, tumeurs, ces mots font désormais partie de mon quotidien. Je les laisse m'envahir, tétanisée.

Mon père encaisse, reste digne. Même à l'annonce de sa mort, il nous protège. Il ne serre pas davantage ma main, ne transpire pas. A-t-il conscience que l'on parle de lui ?

— Je vais vous laisser digérer cette nouvelle, dit le médecin. Je suis au bout du couloir en cas de besoin.

Aurélie se met à pleurer et enlace Thiago. Je ne sais pas quoi faire ni quoi dire.

— Ça va aller, répète mon père.

Elle lui caresse le dos.

— Mais on peut pas vivre sans toi, murmure ma sœur.

— Pour l'instant je suis là, non ?

Pour l'instant. Cette phrase est un contrat de mort. Je me sens défaillir.

— Il faudrait quand même qu'on le dise à maman, suggère Aurélie une fois dehors.

— Je sais pas… Tu crois pas que ça risque d'aggraver encore son état ?

— T'es plutôt mal placée pour dire ça…, tranche ma sœur.

Henri se racle la gorge.

— C'est pas ce que je voulais dire, se reprend-elle.

Je sais que c'est exactement ce qu'elle voulait dire. Pour elle, je suis toujours coupable de l'état végétatif de notre mère.

C'est une belle journée. Lisa vient d'avoir six mois. Nous sortons la promener au parc Monceau, près de la maison, avec Baptiste. Nous admirons notre bébé, chérissons notre chance. Nous sommes convaincus que nous ne devons notre réussite qu'à nous-mêmes, à notre travail acharné…

Baptiste allume une cigarette. La colère monte aussitôt : je refuse qu'il fume à côté de notre fille. Il peste : nous sommes en plein air, Lisa ne risque rien. La dispute s'envenime, nous nous reprochons des choses stupides, puis c'est l'escalade. Baptiste est le premier à ressortir un vieux dossier, je riposte aussitôt et dégaine le plus agressif des miens. Nous en avons chacun une série. Des remarques qui font mal, des erreurs que l'on a juré avoir pardonnées. Les gens nous dévisagent. Il m'attrape le poignet, je tape sur son bras. Il me crie de me calmer, je lui écrase le pied.

— Tu vas finir par réveiller la petite ! je hurle.

Baptiste m'entraîne alors quelques mètres plus loin, pinçant mon bras à travers mon manteau. Je me débats.

— Tu ne comprends jamais rien ! Tu es ma pire connerie !

Je clos la dispute et m'en vais récupérer mon bébé pour fuir cet incapable. Soudain, mon cœur s'arrête : Lisa n'est plus dans son landau.

Nous l'appelons à tue-tête, comme si elle pouvait nous répondre. Des passants, à leur tour affolés, nous aident à parcourir le parc de long en large. Ma fille, on a enlevé ma fille, il n'y a pas d'autre explication. J'imagine les pires scénarios. Je pense à des tortures, à des sévices, un bébé retrouvé mort, des os déterrés des années plus tard, je redoute l'attente, je sais que notre avenir a basculé. Je ne m'en remettrai pas, Baptiste non plus.

J'appelle mes parents, je bégaie au téléphone. J'entends ma mère hurler derrière le combiné. Mon père me demande de lui raconter comment ça s'est passé. Il m'intime de garder mon calme, mais j'entends bien au son de sa voix qu'il est proche de la crise. Une foule s'est formée autour de nous. Ils nous dévisagent. Nous sommes les parents fautifs, nous avons laissé notre enfant se faire kidnapper. Le visage de Baptiste est décomposé, ses yeux se sont affaissés, ses lèvres tombent vers son menton et je devine à sa façon de me regarder que je n'offre pas un meilleur spectacle. Nous vivons l'horreur.

J'ai peur que ma fille ait froid, qu'elle ait faim, je hurle en découvrant son biberon resté dans mon sac. Baptiste me rattrape au moment où je m'écroule. Un inconnu me donne de l'eau, on me tapote la joue. Ma fille, je veux ma fille.

Le service de sécurité du parc a appelé la police, on nous conduit au commissariat. Mon père est avec nous, je ne sais plus à quel moment il est arrivé. Nous donnons une photo, celle que j'aime tant, qui ne quitte jamais mon portefeuille. Nous décrivons les vêtements, la couverture qui l'enveloppe. Les policiers ne nous reprochent rien quand nous racontons le déroulement de la scène, mais les silences pèsent lourd tandis que je les entends taper notre déposition.

Non, personne ne nous a menacés récemment ; non, nous n'avons pas été suivis ; non, personne ne pourrait nous en vouloir… Ils nous demandent nos métiers, leurs yeux s'allument : n'avons-nous pas envoyé des gens en prison ? Si, bien sûr… Ils échangent de brefs regards. Nous comprenons. En réalité, des gens qui nous en veulent, il doit y en avoir des tas… Ils nous demandent de lister nos dossiers, de nommer les coupables potentiels, leurs familles… Cela va prendre des heures, et pendant ce temps…

En fin de journée pourtant, les policiers nous apprennent qu'un bébé a été retrouvé devant un kiosque à crêpes. Une petite fille qui correspond à la description de Lisa. Elle va bien, paraît-il. Nous y retournons aussitôt. Miracle. Elle est là. Je serre ma fille dans mes bras, la couvre de baisers, Baptiste nous enlace toutes les deux, nous pleurons de joie. Nous la conduisons à l'hôpital pour vérifier que tout va bien. Notre enfant est en parfait état, elle n'a subi aucune violence physique. L'enquête ne mènera nulle part, l'œuvre d'un fou sûrement. Nous rentrons chez nous, encore sonnés par cette journée. Nous nous promettons de ne plus jamais nous disputer, de nous aimer toujours, de faire bientôt un autre enfant. Lisa est notre merveille, notre amour infini.

Vers 22 heures, ma sœur nous appelle. Je pense qu'elle veut nous témoigner son soulagement.

— C'est maman… Elle est à l'hôpital.

Je ne comprends pas. Aurélie m'explique. Un choc trop important, elle a fait un AVC, et en perdant connaissance, elle est tombée. Traumatisme crânien.

— Elle est entre la vie et la mort, papa est avec elle, mais on devrait y aller.

Baptiste reste avec la petite à la maison tandis que je saute dans un taxi, sidérée par la possibilité qu'une journée qui avait si bien fini ait pu se transformer de nouveau en une telle catastrophe.

L'état de ma mère se stabilise. Les médecins peinent à déterminer les conséquences définitives de l'AVC. En attendant, notre mère ne parle plus, ne bouge plus. Il ne nous faudra que quelques mois pour comprendre que la garder à la maison est impossible, la placer dans un institut spécialisé est la seule solution.

Une déchirure. Aurélie finira par me dire que, si j'avais surveillé ma fille, notre mère serait encore en pleine santé et notre relation en sera à jamais ébranlée.

Sol

Mardi 10 novembre 2015, Buenos Aires

Ce soir, il y a réunion. Sol s'est engagée à venir. Personne n'est dupe. Elle a replongé. Ça se voit. Ça se sent malgré les bonbons mentholés. Elle regarde le mur, les mêmes mots reviennent, affichés sur des panneaux blancs : *Partager*, *Parler*, *Écouter*, *S'entraider*. Les Alcooliques anonymes ont des slogans, des supports de communication efficaces. À l'entrée de la salle est proposé le questionnaire, celui qui vous permettra de reconnaître que vous avez un problème avec l'alcool.

1. *Avez-vous déjà résolu d'arrêter de boire pendant une semaine ou deux, sans pouvoir tenir plus de quelques jours ?*

À ton avis, si je suis là, imbécile ?

2. *Aimeriez-vous que les gens se mêlent de leurs affaires, qu'ils cessent de vous dire quoi faire ?*

Des gens ? Quels gens ?

3. *Avez-vous déjà essayé d'autres boissons dans l'espoir d'éviter de vous enivrer ?*

Justement, non !

4. *Avez-vous eu des problèmes liés à l'alcool au cours de la dernière année ?*

Si peu…

5. *Votre façon de boire a-t-elle causé des problèmes à la maison ?*

Des problèmes ? Qu'est-ce ?

6. *Avez-vous déjà eu l'impression que la vie serait plus belle si vous ne buviez pas ?*

À celle-ci, Sol préfère ne pas répondre, même pour s'amuser.

Les participants forment un cercle. Derrière, il y a un buffet avec des infusions et de l'eau, pas d'excitants ni rien à manger. Après les alcooliques, le local est prêté aux narcotiques et aux boulimiques… Ici, on ne vous promet pas de miracle. Lina, la responsable de la réunion, le répète à l'ouverture de chaque session. « On vous apprend à vivre sans alcool, une journée à la fois, comment se tenir loin du premier verre, surtout par la pensée, ce verre qui entraîne tous les autres. Une fois libérés de l'alcool, vous verrez, la vie devient beaucoup plus facile. Vous n'êtes pas responsables de votre maladie, vous l'êtes de votre rétablissement. Tous ensemble, nous pouvons devenir et rester des abstinents épanouis. » Une secte. Mais dont Sol ne peut se passer.

Lina est abstinente depuis seize ans. Elle raconte son histoire, encore et encore. Son divorce, la perte de ses enfants, la sentence du juge et de l'assistante sociale, puis son chien qu'elle a écrasé en rentrant d'une soirée. Son seul compagnon, qu'elle avait oublié et retrouvé le lendemain, coincé sous la roue de sa voiture. L'agonie de la pauvre bête avait duré des heures. Affalée sur son fauteuil, Lina ne s'était rendu compte de rien. Elle relate les étapes de sa guérison, l'humilité dont elle a dû faire preuve, « acceptez que vous n'en pouvez plus, que vous n'y arrivez pas seul ».

Elle cède la parole à Julieta qui a « quelque chose à partager avec le groupe ». Julieta vient depuis quelques mois, elle croit encore que le chemin vers la sobriété est linéaire, qu'elle ne replongera pas. « Trente-septième jour sans alcool », clame-t-elle. Lina la félicite, insistant sur le fait qu'elle doit inscrire cette fierté en elle pour s'en souvenir dans les moments difficiles. Le sourire de Julieta se ternit. Des moments difficiles ? Encore ? Elle n'envisageait pas cette option.

Puis c'est au tour de Joaquin. Il n'en est pas encore au stade où il essaie d'arrêter. Tomas, son cousin, l'a conduit ici deux semaines plus tôt. Joaquin ne voulait pas admettre qu'il était alcoolique. « Je peux plus continuer à le voir se traîner comme ça ! Il se tue à petit feu, il humilie la famille », s'était plaint Tomas. Joaquin a passé les trois premières réunions à nier. Aujourd'hui, il pleure. Il a compté. Depuis ce matin, il a bu trente-huit bières. Trente-huit. Il n'en revient pas. D'autant qu'il savait qu'il venait ce soir, alors il s'est refréné… Lina l'incite à développer, à décrire ses sensations avant chaque bière, et après. Elle l'encourage à mettre des mots sur le vide en lui, qui le pousse à se remplir, à s'abrutir chaque jour.

Malena lève la main, l'air accablé. Lina lui donne la parole. Son mari l'a prise en flagrant délit. Il a découvert la bouteille cachée sous l'évier, l'a vue accroupie, la tête derrière la poubelle, à boire au goulot. Il a hurlé, l'a forcée à avouer, à vider le liquide ambré dans les toilettes. Les enfants ont entendu. Sa famille la méprise. Personne ne la comprend, elle a tout pour être heureuse, lui répète-t-on, alors pourquoi gâcher sa vie et celle des autres ?

Sol est soudain replongée dans ces années qu'elle a tenté toute sa vie d'oublier… Quand son ex-mari la recherchait pour la tuer, que le suivant l'avait abandonnée, la laissant seule, désarmée, avec Nahuel. « Gâcher sa vie et celle des autres »… Une phrase qui résonne douloureusement en elle. C'était celle qu'on lui avait servie quand on l'avait privée de son enfant. La petite était mal dans sa peau, elle se posait des questions que les adolescentes ne se posent pas normalement, alors mieux valait la laisser tranquille avec « sa famille » désormais, et l'oublier. Sol avait dû se contenter des dernières photos d'Abril, une jeune fille qui lui ressemblait tant. Il n'y aurait plus de courrier, sa nouvelle mère l'avait décrété. Nahuel serait son unique enfant.

Sol s'était mise à boire quelques années après la fin du régime. Après le départ du père de Nahuel. Mais elle maîtrisait la situation. À son travail, personne ne suspectait rien. Elle avait gravi les échelons jusqu'à se hisser à la place de directrice du service de la communication d'une grande société d'assurances argentine. Sa fille aurait été fière d'elle. Tout lui raconter un jour avait été son moteur. Mais après cette dernière lettre, celle qui avait tout rompu, elle n'était plus parvenue à se retenir le midi. Du vin, un apéritif, un digestif… Elle gardait des flasques dans les tiroirs de son bureau, se rendait à tous les pots de départ, se laissant griser par le champagne. Elle n'avait pas prêté attention aux regards en coin, aux moqueries sur sa démarche, aux réactions des gens quand ils sentaient son haleine. Elle vivait pour l'alcool.

Les fêtes de Noël étaient arrivées vite, elle avait été chargée d'annoncer le discours du directeur, avant le spectacle financé par le CE. On lui avait recommandé d'être brève et flatteuse. Des jours à trouver les bons mots, le ton approprié. Impossible pourtant d'oublier la lettre qu'elle emportait partout avec elle. Cette courte page qui se terminait par une terrible sentence : Sol ne devait pas « gâcher sa vie et celle des autres »… Ivre, elle s'était écroulée dans les coulisses. Deux collègues l'avaient portée jusqu'à son bureau. Ils avaient dû passer devant tout le monde. Elle délirait, réclamait à boire. Du moins, c'est ce que la DRH lui avait rapporté deux semaines plus tard pour justifier son licenciement. Elle n'avait pas osé récupérer ses affaires, on lui avait renvoyé un carton avec ses effets personnels : des bouteilles, des chewing-gums, du déodorant et une photo d'Abril, enfant.

Pendant des semaines à l'hôpital, on avait tenté de remonter le fil. Comment, pourquoi en était-elle arrivée là ? On l'avait menacée de lui prendre Nahuel, son deuxième enfant. Elle n'était pas capable de s'occuper seule d'un petit garçon. Elle avait supplié, promis, suivi le parcours de réinsertion, toutes les figures imposées. Elle avait lutté contre le vide, cherché le soulagement ailleurs que dans l'ivresse. En vain. Elle criait sans raison sur son fils, s'emportait quand, lors de ses entretiens d'embauche, on rejetait sa candidature.

Elle repensait à ses jeunes années à la Boca. Petite fille aimée, studieuse, toujours bien vêtue pour aller à l'école. Elle avait honte vis-à-vis de cette enfant-là aussi. Elle n'avait pas tenu les promesses du destin. Elle dégoûtait tous ceux qui souhaitaient l'approcher. Même Nahuel, huit ans à peine, avait tout compris de sa médiocrité. Elle n'y pouvait rien. On lui avait arraché une part d'elle-même. Sans sa fille, il n'y aurait jamais d'équilibre.

Lina demande si quelqu'un a encore quelque chose à partager. Sol ne prendra pas la parole ce soir. Elle n'a rien à dire de plus que tout ce qu'elle répète depuis des années… Elle dérive. Lina ne fait plus attention à elle. Sol est un cas désespéré, mieux vaut ne pas montrer au groupe l'incarnation des limites de la méthode…

À la fin, chacun se lève et prend la main de ses voisins. Ensemble, ils répètent une phrase de Marc Aurèle qui clôt toutes les séances.

« Puissé-je avoir la sérénité d'accepter les choses que je ne peux changer, le courage de changer les choses qui peuvent l'être et la sagesse d'en connaître la différence. »

Ils sortent tous ragaillardis par ce moment. Ils ont l'impression d'être sur le bon chemin, de prendre leur vie en main. Sol s'en amuse et entre dans le premier bar.

Sophie

Mercredi 11 novembre 2015, Paris

Thiago m'a demandé de lui apporter quelques affaires à l'hôpital. J'entre dans l'appartement de mes parents où mon père vit seul depuis sept ans maintenant. L'ordre, la propreté qui règnent ici me ravissent chaque fois. Thiago aime que chaque chose soit à sa place. Surtout depuis que ma mère n'habite plus là.

Avec le temps, il s'est débarrassé du superflu. Moins de bibelots sur les étagères, moins de nourriture dans les placards, il préfère dîner au restaurant. Il a jeté les services de table pour les invités, les nappes des grandes occasions. Seuls trônent au milieu du salon sa dizaine de bonsaïs. Mon père aime les arbres et, à défaut de posséder une forêt, chaque année il achète au moins deux spécimens. Il les arrose dans la baignoire comme on le ferait pour un nourrisson, avec de l'eau ni trop chaude ni trop froide. Il examine leurs feuilles, leur tronc, traque les cochenilles. Il élague, taille, dépote. Je lui ai promis de veiller sur eux durant son séjour à l'hôpital. Nous n'avons pas parlé de l'après.

J'ai un pincement au cœur en remontant le couloir. Il me semblait si long quand j'étais enfant... En réalité, il ne me faut que cinq pas pour gagner notre ancienne chambre, à Aurélie et moi, celle que nous occupions avant que l'on débarrasse le bureau du fond pour que nous soyons enfin séparées. Je n'aime pas venir ici. Depuis quelques années, avant même que ma mère ne sombre, j'ai cessé de m'y rendre. Je ne suis pas faite pour les plongeons nostalgiques, après je suis hantée pendant des jours. L'appartement de mes parents est la preuve du temps qui a passé, de l'enfance qui s'est évanouie, de la mort certaine au bout du chemin, de plus en plus palpable. Aujourd'hui, bien sûr, plus qu'avant.

Ma chambre est restée intacte. S'y côtoient mes livres et mes vieilles poupées. Celles pour lesquelles nous nous sommes battues tant de fois avec Aurélie. Il lui fallait toujours la Barbie que je m'étais choisie, la brosse qui me servait de micro devant la glace, la barrette qui retenait mes cheveux. « Sois gentille avec ta sœur, c'est toi la grande », répétait ma mère, et je redevenais la maman coupable. Si je voulais faire partie de leur clan, je devais céder. Pourtant, rien ne changeait.

Une musique me revient. *Papa don't preach* de Madonna, dont Aurélie et moi collectionnions les albums. Nos parents nous avaient offert un lecteur CD, une révolution à l'époque. Des après-midi entiers, nous repassions ce titre, nous trémoussant devant le miroir. Je revois Aurélie, elle tient un peigne devant sa bouche et moi le sèche-cheveux de notre mère. Nous chantons en play-back sans rien comprendre aux paroles, inventons des chorégraphies que nous pensons formidables, dignes de notre modèle. Nous sommes les futures Madonna. Un jour, nous partirons à la conquête de l'Amérique. Nous sommes en sueur, essoufflées, mais rien ne nous arrête.

Je sors de la pièce et m'efforce de ne considérer cet appartement que pour ce qu'il est : une série de murs et de planches de bois au sol, tout sauf le tombeau de ma jeunesse. Mes paumes sont si moites que je dois les essuyer sur mon pantalon. Je me dirige vers la chambre de mes parents. Il y a une odeur ici, quelque chose qui m'angoisse. À la hâte, je rassemble chemises, pantalons, dessous, chaussettes. Je sais, je suis stupide. Il n'en aura pas besoin, l'hôpital lui fournira chaque jour une affreuse chemise de nuit ouverte à l'arrière. Je me mens. Je lui mens encore avec cette valise qui ne servira pas. Je prends le roman entamé sur son chevet et une dizaine d'autres de sa pile à lire, ses lunettes, son chargeur de téléphone. De quoi a-t-on besoin pour mourir ? Vite, un verre d'eau, ma gorge est en feu. Dans la cuisine, j'aperçois un bol de café posé sur la table, à côté d'une assiette et d'un couteau. Le dernier petit déjeuner de mon père chez lui, qu'il n'a pas eu le temps de débarrasser. Je nettoie en vitesse.

Au moment de partir, je passe devant mon diplôme de « future grande avocate » et je dois m'appuyer au mur pour ne pas tomber. Chaque samedi matin, enfant, mon père me donnait des cours particuliers de droit, me racontait son métier, les personnes qu'il devait défendre, parfois sans être en accord avec leurs actes. « Ce qui compte, c'est que la justice soit respectée et, en France, tout le monde a le droit d'être défendu, c'est ça, la démocratie », répétait-il face à mes moues dubitatives. Je retenais les articles juridiques, débattais avec lui des arguments de la défense et de l'accusation. Jalouse, Aurélie essayait de se joindre à nous, mais les subtilités du droit l'ennuyaient. J'en étais ravie : inutile de marquer mon territoire. Au bout de quelques années, il m'avait décerné ce diplôme qu'il avait inventé et accroché au mur. À côté, il avait laissé une place afin d'y mettre « le vrai », qu'il avait finalement rangé à l'abri dans le coffre au fond du dressing. Pour mon père, je n'étais qu'un prolongement naturel de lui-même, je devais être lui en mieux, c'était le pacte.

SOPHIE

Mercredi 11 novembre 2015, Paris

J'arrive à l'hôpital, traînant la valise. Mon père me demande des nouvelles de ses bonsaïs. Je le rassure, m'attarde sur les détails. J'ai peur que cette conversation se termine, que nous soyons confrontés à la maladie. Depuis qu'il est ici, je n'ai pas eu de moment seule avec lui. Nous avons décidé de nous relayer, Aurélie et moi. Aujourd'hui, c'est mon tour. J'en rajoute : il faudrait peut-être tailler celui dans le pot bleu. Mon père se laisse emporter et digresse autour de ses précieux petits arbres japonais.

Un tube relie son bras à un goutte-à-goutte. Je viens de m'en apercevoir. De la morphine ? Déjà ? Comment ai-je pu ne rien remarquer ? Voilà, impossible maintenant de regarder ailleurs. Mon père finit par s'en rendre compte.

— Sophie, ma chérie, on ne va pas tourner en rond cent sept ans.

— Je… Je peux pas…

— Il n'y aura pas de miracle, ma fille. Mais on doit profiter de ces moments, d'accord ?

Je ne sais quoi répondre. Il enchaîne :

— Bon, changeons de sujet, comment ça se passe au cabinet ?

Le droit à peine évoqué et la douleur quitte son visage. Je lui raconte mon affaire en cours et prends conscience que je ne vais pas pouvoir continuer à échouer, ne serait-ce que pour avoir de bonnes nouvelles à lui annoncer lors de mes visites. Je dois gagner mon procès pour mon père. Comme je l'ai toujours fait, finalement.

« Tu seras une grande avocate, tu as ça en toi », me répétait-il depuis l'enfance. Je ne comprenais pas d'où lui venait cette certitude. Mue par mon admiration sans bornes pour lui, je l'avais pris pour un commandement divin. Oui, je serais la meilleure. Le bac en poche, je m'étais aussitôt plongée dans toutes sortes de manuels, je voulais être à jour pour mon entrée à la fac. En trois mois, j'avais appris les soixante-huit codes français par cœur. J'avais passé en revue toutes les affaires qu'avait plaidées mon père avant de devenir magistrat.

La légende familiale était lourde à porter et presque impossible à dépasser, pourtant je ne me laissais pas le choix. Mes parents avaient fui Franco et Puebla Maria, leur petit village d'Andalousie. Ce projet, ils y pensaient depuis longtemps déjà, mais un terrible accident avait fini par achever de les décider. Là-bas, en Espagne, un soir d'été, un immense incendie avait ravagé leurs maisons. Thiago et Paula se connaissaient depuis l'enfance, ils avaient toujours été voisins. De leur vie, il ne restait que des ruines. Soudain orphelins, ils avaient décidé de gagner le pays des droits de l'homme. Mon père avait repris ses études de zéro en même temps qu'il apprenait le français, luttant pour qu'on ne puisse déceler aucune trace de son accent. Il y était parvenu. Tandis que ma mère était considérée comme une étrangère, roulant les *r* et butant régulièrement sur des mots, personne ne pouvait suspecter mon père d'être un immigré. Son français si élégant, si nuancé, était la preuve de son incroyable capacité d'adaptation.

Mes parents ne se sont jamais étendus sur le drame de Puebla Maria, ce que nous comprenions avec Aurélie comme le résultat d'une trop grande souffrance. Aucune famille, aucune trace de leur passé, à l'exception d'une photo des terres de nos grands-parents paternels et de la chaîne de mon père, dont le pendentif représentait l'emblème du village. Moi, j'avais tout eu dès la naissance : des parents aimants, des livres, des moyens. Je n'avais pas d'excuses. Je ne me suis laissé aucun répit.

À vingt-trois ans, j'effectue mon premier stage dans un grand cabinet. J'ai postulé sans les recommandations de mon père, je refuse d'être pistonnée. Chaque jour, je commence à 7 h 30 et finis en moyenne vers 3 heures du matin, parfois plus tard. Je croule sous la paperasse, les travaux de recherche, les arguments à préparer pour les conclusions de mes supérieurs. J'imprime, je relie, je mets en page les dossiers, tout doit être impeccable. Nous sommes une quarantaine de stagiaires rassemblés dans un open space en sous-sol. Pour plaisanter, les managers appellent ça le poulailler, car nous sommes uniquement là pour pondre des notes de façon intensive. Parfois l'un d'entre nous se fait remarquer, il a alors le droit de monter vers la lumière, l'open space du rez-de-chaussée, celui des stagiaires confirmés.

Ce stage me plaît autant qu'il me fait douter. Chaque mission que l'on me confie est une occasion d'apprendre, de dévorer les textes de loi, la jurisprudence et pourtant, je manque de modèle. Personne dans ce cabinet ne m'inspire. Sylvie, qui me supervise, est une petite femme maigre, la trentaine. Elle travaille jour et nuit, la semaine comme les week-ends et ses résultats sont parmi les meilleurs. Ses cheveux sont gras, elle porte chaque jour le même tailleur et elle a des poils au menton. J'ai du mal à me concentrer quand elle me parle, les poils dansent sous mon nez.

Anne et Karine se moquent d'elle et, pourtant, je suis persuadée qu'elles la jalousent. Anne vit seule, n'a jamais d'anniversaire à fêter ou de dîner, sa seule originalité est d'arriver chaque lundi avec une nouvelle paire de chaussures hors de prix. Karine, au contraire, est mariée et a deux enfants, elle repousse cependant chaque soir l'heure de son départ pour être sûre que les petits seront couchés quand elle passera la porte. Du côté des hommes, nous sommes servis en clichés : Joachim, banquier d'affaires reconverti, obsédé par l'argent, sans une once de sensibilité, Hugues, un Anglais qui ne parle jamais et Denis, qui contrôle les faits et gestes de tout le monde, femmes de ménage comprises. Il a un enfant atteint d'autisme et compense en tentant de maîtriser le reste.

Le seul moment de décontraction se situe vers 21 heures. Nous savons alors que nous allons passer la nuit ici et les prospectus de restaurants livrant dans notre secteur circulent sur les bureaux. Nous nous accordons cette pause. Nous téléphonons ensemble au *Lotus bleu* ou à *Pizza Momo*. Nous en arrivons à rire du nom d'une salade ou d'une erreur sur le nombre de bières, puis nous retournons à nos bureaux et mangeons seuls, devant notre ordinateur. Chaque jour, j'ai l'impression que je vais craquer. Je pense à mon père, et au lieu de me donner du courage, son évocation me désarme. Et si je m'étais trompée ? Si je n'étais pas faite pour ce métier ? Je me réfugie dans les WC, ma deuxième maison. La plupart du temps, je m'endors, accrochée au distributeur de papier toilette, ou je pleure, cessant de respirer dès que j'entends quelqu'un entrer. Personne ne doit savoir. Si l'on découvrait à quel point je suis faible, on ne me ferait plus confiance. Je dois tirer mon épingle du jeu, mais je n'ai aucune idée sur la façon d'y parvenir.

Le miracle se produit un soir. Il est déjà 23 heures et l'un des associés descend au poulailler en demandant : « Qui s'y connaît en droit polonais ? C'est pour demain… » Sans hésiter, je lève la main. Je ne connais rien au système juridique des pays de l'Est, mais ce sera peut-être la seule occasion de me démarquer. Je passe la nuit et une bonne partie de la matinée plongée dans des lois nouvelles avec un dictionnaire polonais-français. Je parviens à rédiger le rapport. Je le remets, les mains tremblantes, à la secrétaire. J'ai bu beaucoup trop de café. Je suis encore si excitée que la fatigue ne se fait pas sentir, pourtant, cette semaine, j'ai dû dormir huit heures en tout. Je redescends au poulailler et reprends mon travail.

Vers 11 heures, la secrétaire vient me chercher, me dit de prendre toutes mes affaires. Douche froide. Je n'ai pas été suffisamment assidue pour donner le change. Ils se sont rendu compte que j'ai menti. Elle me conduit dans le bureau du président-directeur général. Je m'attends au pire. Lorsque j'ouvre, il me sourit. Il tient mon rapport entre les mains. À ses côtés, l'associé qui a ordonné la mission. J'ai le réflexe de me justifier, mais je pense au conseil de mon père : toujours laisser l'adversaire s'exposer en premier. Ils me félicitent pour ce travail « remarquable ». Ils savaient que personne ne connaissait le droit polonais, c'était une façon de nous tester et j'ai réussi haut la main. Le président a besoin d'une assistante juridique, il souhaite que ce soit moi. Il me propose de m'installer dans le bureau à côté du sien, j'y serai seule. Ma tâche ne sera pas simple, mais j'ai largement prouvé que j'en étais capable.

Je suis abasourdie. Je mets du temps à répondre tant la nouvelle me semble invraisemblable. Ils en rient. La secrétaire m'aide à organiser mon nouveau bureau, trie mes dossiers. En quelques minutes, le poulailler n'est qu'un lointain souvenir. Je n'ai pas le temps de savourer cette victoire. Le président m'envoie aussitôt sur une affaire : un jeune héritier a été retrouvé mort dans sa salle de bains la veille de son mariage. Je dois assister aux relevés des légistes et aux premières observations des policiers.

Dans l'appartement du défunt flotte une odeur métallique. Des traces de sang couvrent les murs. Je prends des notes, écoute les chuchotements des uns et des autres. J'ignore mes haut-le-cœur, fais cesser mes tremblements, taire ma faim, fuir la fatigue. Je suis un robot qui n'a pas droit à l'erreur. Les semaines qui suivent, je traite de tout : vols, casses, divorces... Ces drames humains me sont insupportables. Les couples qui se déchirent offrent un spectacle si minable, si dégradant... J'ignore alors qu'avec Baptiste, je donnerai le même quelques années plus tard. Finalement, je trouve ma voie. Je me spécialise en droit des affaires, droit de la concurrence, fusions et acquisitions et défense des grands patrons. En un temps record, je deviendrai une référence. Le président m'offrira un salaire démentiel pour diriger le pôle affaires du cabinet, je refuserai pour monter ma propre firme à trente ans à peine, qui se classera parmi les meilleures de France.

Mais comme chaque fois que la chance vous sourit sans raison, elle vous le fait payer. Trois semaines après mon départ du poulailler, je me rends compte que quelque chose ne va pas. J'ai des douleurs inhabituelles aux seins et de fortes nausées. J'impute d'abord ces symptômes au manque de sommeil et à ma mauvaise alimentation. Déjà très mince, j'ai perdu près de sept kilos en quelques mois. J'essaie de me nourrir de façon plus régulière, de ne pas rester au bureau après 2 heures du matin et de commencer à 8 h 30. Rien n'y fait.

J'ai repéré la plaque d'un médecin dans la rue du cabinet. Je m'y rends un midi, explique que je n'ai pas le temps d'attendre un rendez-vous ni la possibilité d'être malade. Il lève les yeux au ciel, c'est d'une thérapie que j'ai besoin, m'affirme-t-il, un sourire au coin des lèvres. Il m'examine. Je suis maigre, ma tension est trop faible.

— De quand datent vos dernières règles ?

Je me fige. Il comprend, me prescrit une prise de sang à faire tout de suite au laboratoire du coin. Le verdict tombe quelques heures plus tard, je suis enceinte. Je ne peux pas être enceinte. Le médecin m'oriente vers un gynécologue. Le fœtus a un mois et demi environ. Je refuse de regarder l'écran. Cet enfant n'existe pas. Je demande mes options, opte pour la pilule abortive, RU 486, car je ne peux pas m'absenter du cabinet…

Puis c'est le grand jour. Je dois avaler le médicament face au médecin. J'avale et le bébé meurt. Je pose la gélule sur ma langue, saisis le gobelet et recrache le tout sur le bureau. Je me fais l'avocate de cet enfant, je juge sa criminelle de mère, inconsciente, qui a préféré travailler plutôt que de penser à sa pilule contraceptive. Le médecin prend un ton plus sec en essuyant son bureau : ces pilules ne sont pas gratuites… Est-ce que je veux vraiment supprimer cet enfant ? Il dit « supprimer ».

Je pense à mes affaires en cours, j'imagine la réaction de Baptiste, de mes parents si je leur annonçais que j'allais devenir mère maintenant, gâchant l'avenir radieux auquel je suis promise. Je pense à mon éducation, j'ai honte. Je ne vaux pas mieux qu'une paumée à qui l'on n'a jamais expliqué comment fonctionnait son corps. Une moins-que-rien, parce que, moi, je n'ai pas d'excuses. Oui, vraiment, quand bien même je garderais cet enfant, quelle mère indigne je ferais ! Le supprimer, voilà ce qui me reste à faire, puis travailler pour ne plus y penser. Oublier autant que possible mon inconséquence. Mais il est bientôt 8 heures, je n'ai plus le temps de m'appesantir sur moi-même, on m'attend au bureau… J'avale la pilule. Le médecin me conseille de rentrer chez moi, je risque de saigner beaucoup. Je hoche la tête et retourne au cabinet, espérant que des serviettes hygiéniques feront l'affaire.

Les crampes se déclenchent en début d'après-midi. Douleur terrible. Un déchirement. Je cours aux toilettes, laissant sur mon passage une fine traînée de sang. Enfin assise, je m'accroche à la poignée pour ne pas tomber. J'ai l'impression que des mains gantées de pics triturent mon ventre. Je demande pardon. J'ai tué l'enfant, il est en train de mourir en moi et se débat pour ne pas partir. Son combat pour la vie dure une bonne heure. J'entends mes collègues se remaquiller, discuter recettes et shopping tandis que j'agonise derrière la porte. Enfin, la douleur cesse. Le répit est malheureusement de courte durée. Soudain, quelque chose se brise en moi. Un détachement. Mon ventre s'effondre dans la cuvette. Une marée de sang granuleux, et au milieu, un énorme caillot à la forme étrange. Je sens les larmes monter et tire vite la chasse.

Je saigne tant que je dois changer mes serviettes toutes les demi-heures. Je suis à bout. Je n'ai pas encore conscience de ce que j'ai fait. Je n'ai rien dit à Baptiste, rien dit à personne. J'en souffrirai encore des années plus tard. Je n'ai aucune idée du poids de ce que je viens d'accomplir, d'à quel point je vais le regretter. Comme par magie, mon père m'appelle au bureau.

— Je voulais juste savoir si tu t'en sortais…

— Oui, tout va bien, parviens-je à articuler.

— Je suis vraiment très fier de toi, ma Soso.

Je le remercie et raccroche, justifiant mon manque de disponibilité par le travail qui m'attend, une excuse qui le ravit.

Alors voilà, quinze ans plus tard, dans cette chambre d'hôpital où mon père se meurt, rien n'a changé. Nous fuyons les drames en parlant de droit, de victimes et de coupables. Nous débattons de la fragilité de la justice quand elle est exercée par les hommes, du rôle démesuré des jurés sans expérience ni connaissances en droit, qui jugent avec le prisme de leur petite vie, selon leurs goûts vestimentaires, leur attrait physique pour l'accusé. Nous nous rappelons des passages du film *Douze Hommes en colère*, notre préféré. Le droit est notre éternelle bouée. Je suis la digne fille de mon père. Dans la vie comme dans la mort.

Sophie

Dimanche 22 novembre 2015, Fontainebleau

Je dois aller voir ma mère. Ce bâtiment rose… Rien à faire, je ne m'y habituerai jamais. Une bonbonnière pour garder des tarés et des légumes, une ironie dont seule la santé publique a le secret. Ma mère habite la chambre 32. La même, depuis presque huit ans. Le personnel nous assure que ce n'est pas parce qu'elle est plus chère qu'ils ne veulent pas la déplacer. Elle y a ses habitudes, elle progresse, il ne faudrait pas la troubler alors qu'elle est en si bonne voie.

J'aimerais bien qu'ils m'expliquent à quels progrès ils font allusion. Ma mère ne maîtrise que deux mouvements : mettre son lecteur DVD en marche et son magnétophone, le même depuis ma naissance, avec la même cassette à l'intérieur : *Porque te vas*[1], un morceau de la chanteuse Jeanette. Il paraît que c'était la seule chose qui parvenait à m'endormir quand j'étais bébé. Un nourrisson insupportable qui passait son temps à hurler et à vomir à toute heure du jour et de la nuit,

1. *Porque te vas*, écrit et composé par José Luis Perales, interprété par Jeanette, Hispa Vox, Polydor, PolyGram, 1974.

m'a-t-on raconté. Rien ne m'apaisait, ni le désespoir de ma mère ni les câlins ou les tours en voiture au milieu de la nuit. Juste cette chanson. Au son des premières notes, mes cris s'atténuaient et les larmes séchaient. Ma mère précisait toujours que je ne devenais pas agréable pour autant, mais au moins, elle pouvait se reposer un peu.

Ce magnétophone l'a accompagnée toute sa vie. Mon père a failli l'envoyer contre un mur, un jour de dispute. Ma mère lui a sauté à la gorge, lui a griffé le visage en hurlant. Il a encore une petite cicatrice. Avant l'accident, Paula était comme ça, le calme annonçait toujours une tempête. Ma psy avait dit que c'était souvent ainsi avec les dépressifs, mais je ne l'avais pas crue. Ma mère n'était pas faible.

Au début, quand on m'a appris qu'elle ne parlerait plus, j'ai été soulagée. Je n'aurais plus à entendre son horrible accent espagnol. Comment se faisait-il que Thiago ait si bien réussi à s'intégrer et pas elle ? Je ne supportais plus de l'entendre buter sur des mots simples. Trente-cinq ans en France et elle ne valait pas mieux qu'un migrant à peine échoué en Méditerranée ! Toute mon enfance, j'avais enduré les questions, la honte. J'étais la fille de l'étrangère. Je n'avais pas besoin que l'on me fasse de remarques, il suffisait que je perçoive dans le regard des autres leurs efforts pour comprendre Paula. Dans notre famille, ma mère a toujours fait tache.

Petit à petit, je me suis sentie libérée aussi. Je n'avais plus besoin d'essayer de m'intéresser à ce qu'elle disait. Ma mère aime à se montrer plus superficielle qu'elle ne l'est. Aurélie s'en satisfaisait, pas moi. Si j'avais eu de l'humour, j'aurais pu leur reconnaître un talent : être capable de débattre quarante-cinq minutes de la façon de nouer une écharpe, ce n'est pas donné à tout le monde ! Quand on sait le nombre de guerres, de gosses qui meurent de faim, de SDF dans les rues... Les préoccupations de ma mère et de ma sœur relèvent d'un admirable aveuglement. Enfin Paula ne parle plus et, la plupart du temps, c'est tant mieux.

J'attends devant la porte d'entrée. Aurélie m'a prévenue de son retard et je ne veux pas y aller seule. Je reconnais les dialogues de *Voyage au bout de l'enfer* à travers la cloison. Ma mère le regarde chaque dimanche. Quand mon père venait la voir, il n'y coupait pas. Toutes les semaines depuis huit ans, des types qui jouent à la roulette russe en pleine guerre du Vietnam. Je ne sais pas ce qu'elle y trouve. Elle fixe l'écran, comme si c'était la première fois qu'elle découvrait ces images et serre dans sa main la télécommande. Thiago m'a dit un jour que cette histoire était une métaphore, un chemin vers la vérité, le daim que les héros chassent y est à la fois le symbole de la liberté et de la faiblesse de l'espèce humaine, incapable d'assumer l'absurdité qu'elle crée. Ce film, Paula l'avait vu à sa sortie et elle en avait été chamboulée. Mon père avait eu l'idée de lui ramener le DVD à l'institut, pour la réveiller. Pas sa meilleure initiative, il faut croire.

— Mais enfin pourquoi t'es pas rentrée ? m'attaque Aurélie.

— T'es en retard, tu vas pas en plus me faire des reproches !

Elle est encore engoncée dans un pantalon trop petit avec des boots à clous. Elle s'habille comme une adolescente. Je ne sais pas comment lui faire comprendre qu'elle est ridicule. Son téléphone portable pend au bout d'un cordon autour de son cou, dans une pochette pleine de strass. Mon Dieu, mais pourquoi faut-il que je me trimballe une sœur pareille ?

— Qu'est-ce qu'il y a ? me demande-t-elle.

Elle n'attend qu'une chose, que je lui fasse une remarque sur ses cuisses boudinées dans cet accoutrement, alors elle aura la possibilité de se plaindre. Pas de chance, maman n'est plus en mesure de la défendre…

— C'est facile pour toi de t'habiller, t'es maigre !

— T'es lourde, Aurèle, je t'ai rien dit.

— T'as pas besoin de parler, tu crois que je te connais pas ?

— On est là pour maman, t'as vraiment envie de jouer à ça ?

Elle ouvre la porte et affiche un grand sourire hypocrite en serrant notre mère dans ses bras. Paula ne bouge pas, ne lui adresse pas un regard, bloquée sur son film. Christopher Walken est face à De Niro, il colle le canon du revolver à sa tempe, les yeux injectés de sang. Nous n'arrivons pas au bon moment.

— Maman, il faut qu'on te parle, murmure Aurélie d'une voix exagérément mielleuse.

Paula ne réagit pas. C'est à présent à De Niro de tirer, les Viets rient aux éclats avant de s'énerver face aux provocations de l'Américain. Il fait chaud dans la case, ils tuent l'ennui avec ce jeu stupide. Rendement moyen aujourd'hui, un seul mort. Les autres prisonniers attendent leur tour dans la rivière infestée de rats. Ma mère les observe, bouche ouverte, yeux écarquillés.

— Maman, s'il te plaît, avec Sophie, on a quelque chose d'important à te dire…

Je la coupe :

— Ça sert à rien. Faut attendre la fin du film…

— Je peux pas, je dois rejoindre Henri…, s'excuse ma sœur. Maman, tu m'entends, maman ?

— Bon, c'est ridicule !

Cette situation m'exaspère. Je m'approche de ma mère et tente de lui prendre la télécommande des mains. Elle la serre, le regard perdu, un veau qu'on envoie à l'abattoir.

— Ça suffit ! Donne-moi cette foutue télécommande !

Ma mère se recroqueville sur elle-même.

— Laisse-la, enfin ! crie Aurélie.

— Elle me saoule ! Elle comprend très bien ce qu'on dit ! Maman, tu regarderas ton film plus tard ! Tu le connais par cœur !

Paula est prostrée dans son fauteuil, la télécommande serrée dans ses mains jointes. Elle fixe l'écran comme si nous n'étions pas là. J'aperçois la prise de la télévision et la débranche. Stupeur dans la chambre. Aurélie s'approche de notre mère et l'enlace.

— Ça va aller, maman, on te remet le film après.

Des larmes perlent au coin des yeux de Paula. Bien sûr, notre mère ne les essuie pas. Elle ne sait plus le faire. Les médecins nous assurent qu'elle en est

« techniquement » capable, il y a un blocage, c'est tout. En attendant, nous sommes face à un mur depuis huit ans.

— Papa est très malade, maman, dis-je.

— Il est à l'hôpital, ajoute ma sœur.

Nous expliquons la situation, nommons le mal. Nous lui promettons de la tenir au courant, de prendre la relève de notre père à son chevet le dimanche, parce qu'il ne pourra plus venir dorénavant.

Paula ne dit rien. De l'eau coule par terre. Elle s'est pissé dessus.

Sûrement sa façon de nous dire qu'elle a de la peine.

Sophie

Mardi 12 janvier 2016, Paris

Thiago dort. Son corps me fait penser à un vieux tapis. Piqué, troué, pincé, brûlé. Il est si malmené par les traitements. Les médecins ont fait de lui un objet. L'heure de la piqûre, puis du drain, des prélèvements, du remplacement de la sonde... Incroyable comme une fois nommée, la maladie s'épanouit. En quelques semaines, l'état de mon père s'est terriblement dégradé. En aurait-il été de même si les médecins n'avaient pas découvert son cancer ? Il menait une vie normale jusque-là, rien ne semblait pouvoir l'atteindre. Il a suffi d'un diagnostic pour qu'il s'écroule.

Depuis l'enfance, je redoute ce moment, voir mon père mourir. Des années durant, j'ai traqué les rides sur son visage, les taches sur ses mains. Je voulais que le temps n'ait aucun effet sur lui, qu'il reste le même. Le voici relié à des tubes, incapable presque de parler. Un jour sur deux, je viens ici. Je connais tout l'étage. On échange quelques mots, on accueille les nouveaux, on dit au revoir aux familles qui viennent récupérer les effets d'un défunt. Une petite société s'est créée, avec ses codes, ses habitudes. Aurélie apporte des bonbons, moi des livres. Nous connaissons les infirmières, celles qu'il faut prévenir en cas de malaise, celles à qui quémander des informations. Nous connaissons les moindres recoins de l'hôpital, ses cours, ses halls. Nous y voyons des malades déambuler, courbés, des proches pleurer et fumer beaucoup de cigarettes. Les gens sont curieux. Daphnée au bout du couloir est en train de perdre sa mère d'un cancer du poumon, elle n'a rien trouvé de mieux que de tripler sa consommation quotidienne de Camel pour tenir le coup.

Tous, nous connaissons l'odeur du service, mélange d'alcool et de sang. Nous savons distinguer les pas des médecins, ceux qui annoncent les bonnes ou les mauvaises nouvelles. Enfin les bonnes… Ici, aucun espoir n'est permis, alors tout est relatif. Il y a le brouhaha des chariots de réanimation, des plateaux-repas, des suffocations, des gémissements, des pleurs et des télévisions. Les programmateurs des chaînes n'ont décidément aucune pitié pour les familles de malades. *Inspecteur Barnaby* puis *Quatre Mariages pour une lune de miel.* Peut-être est-ce une stratégie pour faire crever les mourants plus vite ?

Je dépose une nouvelle pile de livres sur le chevet et récupère les exemplaires que mon père a lus. Il dévore. Au début, j'en étais ravie. Je le trouvais combatif et nous avions de quoi débattre. Puis j'ai pris conscience que ces lectures étaient une forme de fuite. Mon père est emprisonné entre quatre murs, entre deux prises de sang. Il lit pour oublier, des kilos de livres. J'en ai mal au cœur.

Trois coups à la porte. La psy. C'est l'heure de la séance. Je vais pouvoir aller prendre un café et travailler un peu. Le docteur Solferini est une petite femme très mince, toujours habillée de couleurs éclatantes, avec de gros colliers. Impossible en la voyant de deviner qu'elle est spécialiste de la fin de vie, que son rôle consiste à aider les malades à « quitter ce monde en paix », comme elle nous l'a expliqué.

Je réussis à régler en une heure l'ensemble des points en suspens au cabinet. La situation est tendue. J'ai eu beau redresser la barre dans ma principale affaire en cours, mes premiers jours d'hésitation ont marqué les esprits. J'ai dû redoubler de violence. Aucune pitié. Je ne le fais pas vraiment pour moi mais pour avoir quelque chose à raconter à mon père. Aurélie se charge de lui donner des nouvelles de ma mère. Tandis que je crie sur l'un de mes associés, je me triture les sourcils. Il m'a fallu des années pour arrêter, c'est revenu d'un coup.

Pendant mes études, quand le stress était trop important, je frottais mes sourcils au point de les arracher. Le droit surtout. Je tentais de combler avec du maquillage, mais personne n'était dupe. Quelques gouttes de pluie et l'équilibre factice de mon visage vacillait. Baptiste en était attendri. Il n'avait jamais rencontré quelqu'un déterminé à le battre au point de se mutiler. J'enviais les filles qui se scarifiaient, au moins elles pouvaient le cacher sous un pull. Depuis quelques jours, j'ai de nouveau un trou au milieu du sourcil droit. J'essaie de dédramatiser. D'une certaine façon, je rajeunis…

Quand je remonte, la psy m'attend devant la chambre de mon père. Je m'étais attardée à dessein, je ne voulais pas la croiser. Je ne supporte pas son sourire prétendument bienveillant. Elle a choisi de dédier sa vie à la mort, soit, mais pas moi.

— Comment allez-vous, madame Perez ?

— Aussi bien que possible…

Elle hoche la tête en fixant mon sourcil. Je me redresse. Si je montre une faille, elle va s'y engouffrer.

— Je sais que vous n'aimez pas tourner autour du pot alors je vais être directe. Votre père n'est pas serein.

— Il est malade…

— Non, il vit sa maladie de façon plutôt tranquille. Mais je sens qu'il garde quelque chose pour lui qui l'empêche de se sentir mieux…

— Qu'est-ce que vous voulez que je vous réponde ?

— Il ne s'agit pas de vous… Il faudrait peut-être en parler, l'assurer que quoi qu'il ait fait dans sa vie, vous l'aimerez.

— Vous sous-entendez quoi, madame Solferini ?

— Rien. Simplement, les cancers de la gorge n'arrivent pas souvent par hasard… Quelque chose que l'on n'a pas dit…

— Mon père me dit tout. Nous sommes très proches.

Elle me regarde comme si j'étais attardée.

— Je sais bien, il m'a longuement décrit votre relation exceptionnelle et je me doute que cette période doit être d'une extrême difficulté pour vous. Néanmoins, vous pourriez montrer à votre père, autant que possible, que vos sentiments ne changeront pas…

— Mais vous vous fondez sur quoi pour oser me dire ça ?

Elle soupire, fixe de nouveau mon sourcil.

— Rien en effet, l'expérience.

Elle disparaît au bout du couloir. J'écarte mes doigts. Des poils noirs tombent au creux de ma paume. Le trou au-dessus de mon œil a dû s'étendre.

Sol

Mardi 8 mars 2016, Buenos Aires

C'est l'anniversaire d'Abril.

Le soleil éclaire la rue Adolfo Alsina. Les passantes s'affairent, des paquets à la main. Quelques légumes pour le dîner, une paire de chaussures achetée entre le sandwich et l'appel à la nounou. Des existences rodées, sans grande surprise. Sol les envie. Elle regarde sa montre, 13 h 32. Déjà la moitié de la journée, tant mieux. Le 8 mars 2016 s'achèvera bientôt.

Comme les années filent ! Sol s'en étonne chaque fois un peu plus. Trente-sept ans, passés en un éclair. Hier encore, elle serrait sa douce petite fille contre son cœur. Les heures les plus belles de sa vie. Un nourrisson modèle, de grands yeux, un cou délicat, une bouche dessinée à la perfection. Trois kilos deux cents grammes. Elle s'assoit sur un banc, elle a besoin d'un moment pour se souvenir. Ces heures, ces journées qui se sont succédé depuis lui semblent vides. Sans sa fille, tout est devenu creux. Elle a tenté de meubler. Elle a tenu pour Nahuel, préparé ses repas, travaillé, souri. L'illusion n'a jamais fonctionné. Les sentiments ont toujours été plus forts que sa raison, sa peine a pris le dessus sur son envie de la dépasser. Et maintenant, que lui reste-t-il ? Des images. Quelques jours gravés en elle à jamais et qui la résument tout entière.

Pendant sa grossesse, elle avait été certaine d'attendre un garçon tant le bébé s'agitait dans son ventre. « Ça pointe en avant, c'est sûr, ce sera un garçon », confirmaient les vieilles femmes. Mais à la naissance, une petite fille lui avait souri. Un ange. La peau rose, des petits bras qui s'agitaient et une bouche qui cherchait son sein. Le monde s'écroulait autour, mais plus rien ne comptait. Quelques centimètres à peine et cette petite avait le pouvoir d'anéantir le chaos. Sol s'accrochait depuis à ce souvenir. Ça, on ne pouvait pas le lui enlever… Prise au dépourvu, elle avait dû choisir un prénom. Sa vie était un désastre, une course contre la montre, pourtant, dehors, le soleil perçait les nuages, l'enfant était sa lumière, le signe du renouveau. Alors l'évidence l'avait frappée. Abril. Comme le printemps qui chasse l'hiver, comme les fleurs qui bourgeonnent doucement. Abril, sa petite fille, sa douce petite fille.

— Pardon, où est la pharmacie ?

Sol ne comprend pas tout de suite la question du passant, elle est encore dans ses pensées. Le jeune homme la scrute, étonné. Peu importe. D'un geste las, elle indique le prochain carrefour sur sa droite. Elle n'est pas certaine que la pharmacie s'y trouve, elle veut juste qu'on la laisse tranquille. Ne pas parler, ne pas se justifier. Rester avec Abril.

13 h 43. La pause déjeuner touche à sa fin. Elle ne résiste pourtant pas et entre dans la boutique pour enfants à quelques pas de son travail. La vendeuse la toise. Que va-t-elle pouvoir inventer cette fois ? Un neveu ? Une nièce, encore ? Personne ne la croira. Sol s'en fiche. Qui est-elle, cette fille prétentieuse, pour la juger ? Un couple s'affaire au rayon des poussettes. Ils s'entraînent à replier plusieurs modèles. L'opération semble délicate. La femme s'explique : son ventre la gêne, le mari n'a pas d'excuse. Plus loin, un petit garçon fonce dans l'allée au volant d'une voiture en plastique rouge. Le roi du monde, la terre à ses pieds ! Sa mère a beau le sommer de ralentir, rien ne l'arrête.

Sol flâne, observant le contenu des étagères. Gabardines en velours, jupes à frous-frous, salopettes en jean… Puis un panda… Voilà ce qu'elle cherchait. La peluche parfaite, le regard espiègle, une tige de bambou dans la main. Quand on l'allonge, il ferme les yeux. Des velcros permettent de l'attacher autour de la taille. Elle s'en empare.

— C'est pour offrir ?

— Oui. Avec un nœud rose, s'il vous plaît.

Le reste de la journée, dans son bureau en sous-sol de la banque, elle se sent stupide. Ne cessera-t-elle donc jamais de s'enfoncer ? À quoi bon se faire du mal ? La petite fille n'existe plus. Une demande du service Fusions et Acquisitions la sauve. Plongée dans les archives, elle oublie le ridicule de la situation.

Après le travail, elle voudrait rentrer directement chez elle. Se cuisiner des légumes, se coucher tôt… mais on est le 8 mars et l'envie est plus forte. Elle a besoin de l'engourdissement, de la joie artificielle du whisky. Ce soir, inutile de faire semblant, seul l'alcool lui permettra de faire face. Noyer. Noyer le chagrin. Noyer les questions sans réponses. Abril, sa petite fille disparue. Noyer les souvenirs, et couler si possible.

Sophie

Mercredi 9 mars 2016, Paris

J'arrive enfin chez Baptiste pour récupérer Lisa. Il ouvre la porte et la referme derrière lui. Nous restons sur le palier. Il n'est pas content mais me ménage un moment en prenant des nouvelles de Thiago. Je connais ses rictus par cœur, il se fatigue pour rien.

— Pourquoi tu ne m'as pas dit que Lisa avait recommencé à faire pipi au lit ? finit-il par lâcher.

Que répondre ? C'est une crise… Plus j'y pense et plus j'angoisse.

— C'est arrivé quelques fois, pas de quoi sonner l'alerte…

— Elle m'a réveillé au milieu de la nuit, trempée ! Elle m'a dit que c'était comme ça tous les soirs depuis une semaine ! Comment peux-tu minimiser à ce point ?

— Je ne minimise pas, Baptiste ! Que veux-tu que je te dise ? Avec tout ce qui se passe, elle est anxieuse, c'est normal, non ?

— Mais tu lui as raconté quoi ?

— Je l'ai consolée et lui ai dit de moins boire avant de dormir.

— Non, à propos de ton père !

Je suis près d'exploser, je déteste quand il prend ses grands airs.

— La vérité…

— Elle a huit ans, Sophie !

— Tu veux quoi, que je lui mente ? Que je lui promette que papy va bientôt sortir de l'hôpital et qu'on partira tous en vacances au soleil ?

— Non, bien sûr… Mais il y a une façon de dire les choses… Et toi, tu es trop directe.

— Le résultat est le même ! C'est le fond qui compte, pas la forme. Je peux lui dire que son grand-père va crever avec le sourire, ça changera quoi ?

J'ai envie de le baffer ! Après le divorce, il était complètement paumé, incapable de préparer un biberon. Il m'appelait en pleine nuit pour que je l'aide à calmer la petite, et maintenant, il se croit supérieur !

— Je pense qu'il faut qu'on lui parle ensemble, Sophie. J'ai essayé de discuter hier avec elle, elle est terrorisée.

— N'exagère pas !

— Mais bordel ! Elle était en larmes, baignant dans sa pisse, elle m'a supplié de ne pas mourir ! Qu'est-ce qu'il te faut ?

— De quoi tu parles ?

— Elle m'a dit que tu lui avais raconté que le cancer pouvait arriver à n'importe qui, n'importe quand, que c'était la nature. Résultat, elle a peur qu'on tombe malades tous les deux et de se retrouver seule au monde.

— Elle ne m'a jamais dit ça !

— Mais tu ne lui as jamais demandé !

J'ai du mal à respirer. J'ai terrorisé ma fille. Je suis un monstre. J'espérais qu'elle ne mouillerait pas ses draps chez son père. Je savais que, si ça arrivait, je ne couperais pas à cette dispute. Qu'est-ce qu'il croit, que je n'ai pas pris le temps de lui expliquer ? Bien sûr que si, mais cette petite a toujours besoin qu'on lui répète vingt fois les choses, je n'arrive pas à toujours reprendre de zéro.

— Je te jure que j'ai pesé mes mots, Baptiste. Ce qu'on vit en ce moment, c'est traumatisant. J'y peux rien !

— Je sais que tu fais de ton mieux, mais on peut pas laisser la petite dans cet état… J'ai parlé à sa maîtresse, elle s'inquiète.

Il me raconte que l'institutrice a noté d'étranges comportements chez notre fille. Elle a peur des microbes dans la classe parce que personne n'enlève ses chaussures. Elle ne supporte pas de se tacher.

— Elle a même nettoyé le savon !

J'ai honte.

— T'es en train de lui refourguer tous tes tocs, So ! Je suis pas d'accord, bon sang !

— C'est pas des tocs…

— Peu importe le nom que tu leur donnes, Lisa n'a pas à en pâtir !

Je pourrais justifier que ce qu'il appelle des « tocs » relève en fait du bon sens, qu'on marche sur des trottoirs dégueulasses et que garder ses chaussures chez soi implique forcément d'y ramener des bactéries… Je pourrais expliquer qu'on touche le savon avec des doigts sales, si on ne le nettoie pas ensuite, les bactéries se propagent encore. Les fous sont ceux qui ne font pas attention à ces détails. S'ils veulent jouer avec leur santé, c'est leur problème, mais chez moi, l'hygiène ne sera jamais laissée au hasard. Alors oui, je bassine ma fille, mais je la protège des saloperies extérieures.

Des années durant, nous nous sommes disputés à ce sujet avec Baptiste, bien avant la naissance de Lisa. Mes manies l'ont d'abord fait rire, mais très vite, elles l'ont exaspéré. « Fais-toi soigner » était son refrain préféré. En retour, je lui montrais des photos d'infections terribles que je trouvais sur Internet : des herpès, des staphylocoques chopés dans des spas cinq étoiles. Je ne veux pas que Lisa s'isole, mais qu'elle comprenne les dangers du monde qui l'entoure, qu'elle ait conscience que chaque acte a des conséquences.

Pourtant, ce soir, je n'ai plus la force de lutter. Je ne sais pas pourquoi, je me mets à pleurer. Des larmes incontrôlables. Baptiste me prend dans ses bras.

— Je sais que c'est dur, je suis là, moi…

Je ne parviens plus à parler.

— Que disent les médecins ?

Je lui raconte l'état de mon père. Thiago Perez, le plus brillant orateur que je connaisse, ne peut plus parler… Je ne sais plus quoi faire, quoi dire. Je suis épuisée, j'ai mal partout. Chaque fois que j'y retourne, il me faut au moins une heure pour m'habituer, admettre que ce petit être fragile est mon papa.

Baptiste est navré. Il me rassure, il va s'occuper de Lisa, la prendre plus souvent pour que je me repose. S'il le faut, il la conduira chez un pédopsychiatre, quelques séances et tout rentrera dans l'ordre. Je suis désemparée. Ma petite fille de huit ans en est déjà là…

Je n'ai pas su la protéger de ma folie. Je savais qu'il ne fallait pas que j'aie un enfant.

— Arrête, me dit Baptiste en ôtant ma main de mon sourcil. Tu es tout irritée.

Je me cache par réflexe.

— Reste dîner ici ce soir, ça fera plaisir à la petite et tu rencontreras Sheba, elle a très envie de te connaître…

— Tu l'as présentée à Lisa ?

Mes nerfs s'électrisent de nouveau. Je l'ai pourtant mis en garde des dizaines de fois ! Je ne veux pas qu'il impose à notre fille sa vie désordonnée ! La petite va s'attacher à une écervelée qui disparaîtra deux mois plus tard ! Comme si elle n'avait pas assez de problèmes en ce moment !

— Cette fois, c'est différent. Sheba vit ici.

Coup de massue.

— Je l'aime vraiment, Sophie. Et je voudrais que tu la connaisses.

Alors nous en sommes là… Il veut me présenter sa compagne, comme si j'étais son amie. Je n'ai pas le droit de lui en vouloir, pas le droit d'être jalouse, pourtant ces mots ont l'effet d'une lame. Au fond de moi, j'ai toujours cru que Baptiste serait mien à jamais. Je me moquais de son instabilité affective, mais elle m'arrangeait bien. À chaque nouvelle rupture, je redevenais la seule à ses yeux. Je ne supporte pas d'être remplacée. Je ne suis pas prête. Surtout pas maintenant.

Il m'entraîne dans le salon, appelle Sheba qui nous rejoint, tenant Lisa par la main. Ma fille m'embrasse à peine, son dessin l'attend. Sheba se tient face à moi, c'est pire que ce que je pensais. Sheba n'est pas une jeune femme qui se désintéressera vite de Baptiste, elle semble un peu plus âgée que nous. Elle n'a rien d'un mannequin, n'est pas spécialement apprêtée non plus. Elle transpire l'intelligence. Je comprends aussitôt qu'il n'est pas avec elle pour l'image qu'elle renvoie mais pour ce qu'elle est. Il l'aime, c'est évident. Je vois tout défiler : leur vie ensemble, un remariage peut-être, des enfants, qui sait… Et moi ?

Sophie

Samedi 12 mars 2016, Paris

Aurélie vient de partir. Elle rentre chez elle dormir quelques heures et reviendra demain matin. Je la relaie au chevet de notre père. Je m'approche de Thiago, colle ma chaise à son lit. Je n'ose pas le toucher, j'espère simplement qu'il sent ma présence. Je chuchote à son oreille.

— Je suis là, papa, c'est Sophie, je suis avec toi.

Il gémit.

— Tu as mal ?

Il gémit encore, mais il me semble que ça veut dire non. J'ai l'impression qu'il lutte. Il veut rester auprès de nous. Il n'en a pas fini de son rôle de père et je me sens coupable. Je n'ai pas su l'apaiser, lui faire comprendre que, malgré la douleur, nous serons fortes et nous continuerons. Alors je me penche davantage, ravale mes larmes et lui dis qu'il peut s'en aller, qu'il a été parfait. Que je ne l'oublierai jamais. Il restera mon modèle, mon papa adoré. Cette maladie, il n'en est pas responsable, et il a droit au repos, droit à la légèreté. Il ne mérite pas cette souffrance, il peut abandonner.

Parmi les magazines que ma sœur a laissés, j'aperçois un exemplaire de *National Geographic*. La savane avec un lion en couverture. Je feuillette les pages jusqu'au reportage. Je décris les paysages à mon père, lui demande d'oublier où nous sommes. Nous partons en Tanzanie. Il y a des zèbres, des singes, des éléphants. Une lionne prend son bébé dans sa gueule et le lèche en le serrant entre ses pattes. Les gnous parcourent les terres cramées sur des kilomètres. Un nuage de poussière les enveloppe. Puis nous sommes au milieu du cratère du NGorongoro, dans la partie orientale de la vallée du Grand Rift. La saison des pluies est terminée, un velours verdoyant a recouvert l'Afrique. Le soleil brille, les gazelles courent, les girafes observent la plaine par-delà les pins parasols. Nous sommes au cœur de l'humanité, là où l'homme est né.

— Là où tout a commencé papa, et où l'histoire peut se terminer.

Mon père grimace, ouvre les yeux et me fixe. Son regard est affolé. Il déploie des efforts surhumains pour me dire quelque chose.

— Reste tranquille, papa.

Il insiste, bafouille. Je ne comprends rien.

— Tu veux de la morphine ? Un oreiller ?

Je ne sais plus quoi faire. Je me penche pour appeler l'infirmière, il me retient, essaie encore.

— Je ne t'entends pas, papa. Qu'est-ce que tu dis ?

J'ai l'impression de le torturer.

— Je suis là, je ne te laisse pas.

Sa paume est humide quand il serre ma main.

— Pardon, parvient-il enfin à articuler.

— Pardon ? De quoi ?

— Pardon, répète-t-il.

Je ne peux plus me retenir. Mes larmes forment des taches sur ma chemise bleue.

— Ce n'est pas ta faute, papa.

Je répète ces mots jusqu'à m'épuiser. Mon père se détend enfin. L'horloge affiche 20 heures. Je dois descendre appeler Lisa. Baptiste et Sheba la gardent, mais elle a besoin que je lui raconte une histoire avant de dormir.

— Je reviens vite, dis-je en fermant la porte.

Quand je remonte, je comprends aussitôt que quelque chose ne va pas. Une infirmière est postée devant la porte et tente de me retenir.

— C'est terminé, me dit-elle, navrée.

Je me dégage de son étreinte.

Mon père a l'air paisible. Il ne souffre plus. Je demande à l'infirmière de me laisser un moment avec lui, la supplie de ne pas l'emmener tout de suite. Bientôt, je téléphonerai à ma sœur, à Baptiste et à tous les autres. Bientôt.

Je m'assois près de Thiago. Serre sa main. Elle est déjà un peu plus froide. Lourde. La peau de son visage a pris une couleur de cire. Mon père est mort.

Nahuel

Dimanche 13 mars 2016, Buenos Aires

Nahuel s'assoit face à la vitre du parloir. Des années qu'il attend ce moment. Tant d'efforts pour arriver à ce jour. Il s'est même disputé avec Camila pour être certain de ne pas manquer son « rendez-vous ». Elle tenait à ce qu'il vienne fêter l'anniversaire de sa mère avec elle. « Si tu veux être son gendre un jour, il faut faire un effort… », mais aujourd'hui est un anniversaire bien plus important. Il y a vingt-huit ans jour pour jour, Leandro les a abandonnés, lui et Sol. Son père a choisi la fuite pour échapper à son passé minable, les laissant croupir dans la misère. Nahuel ne peut être ailleurs qu'ici, dans la prison où il a réussi à le faire enfermer, pour célébrer l'ironie de la vie.

Les phrases tournent en boucle dans sa tête. Il espère être capable de les prononcer. Pas de détour ni de pitié. Exprimer les faits, la souffrance. Il se donne du courage, revoit son père sortir son revolver du placard de la chambre, se diriger vers la voiture et tirer sur le coffre. Le son insupportable, comme des coups dans son cœur d'enfant. Et l'odeur de feu. Nahuel se souvient des trois énormes trous. « Fais pas ta chochotte, Nahuelito, c'est juste pour pouvoir respirer. » Et de Leandro qui s'y précipite à chaque descente de police en hurlant : « Tu vas le refermer, bon sang ! » Nahuel n'a que cinq ans et il panique : « Papa ! Papa ! Et si tu étouffes à l'intérieur ? » Il a peur que Leandro reste coincé ou que les « méchants » le trouvent… Il pense encore que les « méchants » sont ceux qui recherchent son père. Il grince des dents chaque fois qu'il croise un policier. Ces autorités injustes qui martyrisent sa famille.

Les minutes semblent des heures. Les trous suffiront-ils ? Il a si peur… À la maison, Sol, sa mère, répond aux agents de son air le plus doux. Elle propose un café, raconte encore et encore la même histoire, défend son mari. Pourtant, le soir, il criera, cassera un objet ou deux. Nahuel priera pour que ce ne soit pas un jouet… Son père est toujours en colère après un passage dans le coffre.

Tout ça pour disparaître ! Jamais Nahuel ne pardonnera à Leandro son passé militaire. Jamais il ne lui pardonnera d'avoir fait de lui un fils de salaud. Il a vu les rescapés décrire leurs tortures dans les journaux télévisés, les mères pleurer leurs enfants disparus. Lui, Nahuel, était lié aux bourreaux. Pour toujours du mauvais côté. Il avait su très tôt qu'il n'en avait pas la force. Non, il ne parviendrait jamais à dépasser ce que l'on pensait de sa famille. Des amis le rassuraient, l'encourageaient : il était différent, les erreurs de ses aînés n'étaient pas les siennes, il avait toute la vie pour prouver qu'il était quelqu'un de bien…

Mais tout le problème était là. Il était né avec une justification à donner, une liberté à mériter, une suspicion à effacer. Il faudrait sans cesse en faire plus pour être comme les autres. Pas d'erreur possible. Le moindre faux pas et on lui rétorquerait ces mots tant redoutés : « Avec le père qu'il a… » En réalité, il n'était le fils de personne puisque ce salopard était parti. Malheureusement pour les autres, la lignée ne s'effacerait jamais. Il n'aurait pas droit à l'amour, à la naïveté ou à l'innocence. Le prix à payer quand on naît avec les mauvais gènes.

Aujourd'hui, Nahuel tient sa revanche. Leandro est derrière les barreaux. Enfin. Des années de traque, le déni, jusqu'au couperet des preuves. Nahuel les a cherchées, amassées. Voilà ce qu'il va dire à ce salaud. Il ne fallait pas les abandonner. Il ne fallait pas le laisser, lui, un petit garçon sans défense, seul avec cette mère broyée. Le supplice de son enfance, il ne le doit qu'à ce misérable.

Un vieil homme s'approche, s'assoit face à lui derrière la vitre du parloir, décroche le téléphone. Incroyable. Il a vieilli de quinze ans depuis le procès. Comment est-ce possible ? Un grand-père. Ses mains tremblent en saisissant le combiné. Et voilà, la culpabilité revient. Nahuel n'aurait-il pas dû le laisser à sa nouvelle vie, auprès de ses nouveaux enfants ? Leandro n'était qu'un simple sergent. Il n'a fait qu'obéir aux ordres… La junte a compté bien pires tortionnaires. Mais… et son calvaire alors ? Celui de sa mère ? Non, il ne pouvait pas continuer à vivre dans un monde où ce lâche de père coulait des jours paisibles. Tout se paie. Doit se payer.

Il se revoit, si petit, si fragile, consolant Sol qui pleurait dans la cuisine. Avant qu'elle reprenne ses études, avant les belles promesses. Elle désespérait devant un frigo vide, imaginant la soupe translucide qu'elle leur servirait encore pour le dîner. Nahuel avait besoin d'être nourri, aimé, protégé, et elle n'était pas à la hauteur. Comment aurait-elle pu l'être ? Sans Leandro, elle se sentait perdue. Ce n'était pas la disparition d'un mari qui l'anéantissait, mais le manque de tout et l'absence de perspective. Elle devait réapprendre à vivre après le drame, et l'ESMA ne laissait pas beaucoup de place au reste, pas même à un enfant.

Nahuel comblait comme il pouvait. Il espérait un miracle, voulait avoir les épaules suffisamment larges, mais il n'était qu'un petit garçon frêle et ne trouvait pas les mots. Il avait beau serrer sa mère dans ses bras, lui répéter que rien n'était grave tant qu'ils étaient ensemble, elle et lui, jusqu'à la fin du monde, il ne la réconfortait jamais vraiment. Elle séchait ses larmes un temps, puis le chagrin se frayait de nouveau un chemin.

À cette époque, Nahuel ignorait la source du problème. Il sentait bien que quelque chose lui échappait. Quelque chose de grave. Il était loin de se douter… Puis il avait fini par trouver les photos d'une petite fille sous le matelas de Sol. Qui était-ce ? Pourquoi sa mère, qui n'avait aucune photo de lui, conservait-elle ces clichés d'une inconnue ? Il avait mis des jours à oser demander. « Ce n'est personne », avait-elle commencé par mentir. « Plus tard, je te raconterai », avait-elle ensuite promis. Il ne voulait pas la faire souffrir davantage, il sentait bien qu'il avait mis le doigt sur une plaie, mais la jalousie le dévorait. Pourquoi sa mère s'intéressait-elle à un autre enfant ? Il devenait fou.

À son tour, il l'avait menacée de partir, de s'enfuir loin d'elle et de ses secrets si elle ne lui révélait pas la vérité.

— C'est ta sœur, mais elle ne vit pas dans notre pays et on ne la reverra jamais, avait-elle lâché dans un sanglot effroyable. Voilà, tu es content ?

— Elle est morte ?

Sa mère lui avait adressé un regard d'épouvante.

— Pour nous, oui.

Nahuel n'avait pas compris. Mais il était trop tard, ou trop tôt, pour insister. Après ça, l'alcool s'était insinué dans leur vie... Sol avait lâché les rênes. Il avait amassé des informations au fur et à mesure pour enfin reconstituer une partie de son histoire. Un vide que rien ne comblerait jamais. Une sœur quelque part qu'il fallait oublier, et une souffrance si palpable qu'elle était presque un membre de leur famille. Peut-être Nahuel exagérait-il, mais il était convaincu que, si Leandro était resté avec eux, les choses auraient été différentes.

— Tu ressembles enfin à ce que tu es, lâche-t-il après un moment. Une merde.

Son père ferme les yeux. Il s'est sûrement préparé à de telles invectives.

— Tu n'as que ce que tu mérites !

Nahuel aimerait restituer les phrases qu'il s'est répétées, mais sa voix s'enraye. Il se déteste d'être si faible. Ses dents claquent. Voilà, un sanglot éclate. Il l'étouffe dans sa gorge. Mais un deuxième le prend au dépourvu, il ne peut lutter.

— Ne pleure pas, fils.

Ce simple mot réveille sa colère. Fils !

— Je suis pas ton fils. Pour toi, je ne suis rien ! Tu vas crever ici !

— Oui, répond son père, impassible.

Nahuel voulait le voir céder.

— Je suis juste venu pour te dire que c'est ma faute si tu es là.

— Non voyons… Tu n'y es pour rien.

— Si !

Nahuel hurle. Son père ne lui enlèvera pas ça.

— Si ! C'est moi qui t'ai retrouvé ! Moi qui me suis battu pour que tu sois jugé ! Tu vas pourrir ici, et c'est grâce à moi.

— Je ne t'en veux pas…

Nahuel ne peut plus tolérer cet apaisement. Son père fait semblant, se rassure-t-il. Non, il n'a pas fait tout ça pour rien. Il raccroche, quitte cette prison de malheur sans se retourner.

Sophie

Dimanche 13 mars 2016, Paris

Avec ma sœur, nous nous sommes réparti les tâches. Je me charge des formalités à l'hôpital, de la nécro et du cercueil, elle du faire-part de décès et de prévenir les proches. Contre une série de signatures, l'hôpital me remet un sachet qui contient la chaîne de mon père et son alliance. Je n'ai plus de sourcil droit. La journée qui vient de s'écouler en est venue à bout. Le temps s'étirait pendant l'agonie de Thiago, soudain il se resserre. Je suis encore à l'heure d'hier, quand mon père était parmi nous. Je ne sais que faire de cette chaîne. Je n'ai jamais compris pourquoi il y tenait tant. Au bout se balance son pendentif en or, un soleil aux nombreux rayons, l'emblème de Puebla Maria, le village d'origine de mes parents en Andalousie.

Personne n'y est jamais retourné. Nous en parlions souvent, mais le projet a été maintes fois reporté puis annulé. Quand ma mère a été placée à l'institut, mon père m'avait promis que nous ferions le voyage tous les deux. Je voulais voir où il avait grandi, comment le village avait été reconstruit après l'incendie qui avait anéanti ma famille. Mais il y avait toujours un contretemps. À force, nous n'y avions plus pensé.

L'infirmière m'informe que j'ai une bonne heure pour faire sa valise. La chambre va être attribuée à un autre malade dans l'après-midi. Il y a foule pour mourir. Je rassemble les livres, les pulls et tout ce que j'avais apporté quelques mois plus tôt. Je savais que mon père était condamné, mais je n'avais pas pensé au fait que j'aurais à ramener ses affaires. Le médecin m'a donné des tranquillisants. Je ne lui ai pas dit que j'en prenais déjà. Entre la surdose et le manque de sommeil, je ne ressens rien. J'arrive à effectuer des mouvements, à prononcer des phrases, mais je n'ai plus d'émotions. Aucune. Un régal.

L'établissement des pompes funèbres est à quelques pas de la morgue. *Prise en charge immédiate*, annonce un panneau. Pas besoin de réfléchir, l'usine de la mort est en marche, du frigo au cimetière. Un petit homme chauve me pose des questions auxquelles je ne sais pas répondre. Quel bois pour le cercueil ? Est-ce que le défunt avait émis un souhait ? La construction d'un caveau de famille peut-être ? Je prends conscience que nous n'avons pas abordé ce sujet avec mon père. Je réfléchis. Un souvenir me revient.

J'ai dans les seize ans, nous sommes à table. Un ami de mes parents vient de mourir et nous parlons cérémonies d'adieux. L'idée d'être enterrée me dégoûte, je préfère la crémation. Mon père s'offusque, il annonce fièrement qu'il voudra un enterrement digne de ce nom ! Il a pensé à tout. Des hommes en rouge porteront son cercueil sur une allée ornée de tulipes blanches. Le soleil éclairera le cimetière d'une lumière intense, on se croira au paradis. Parce que, bien sûr, il mourra en été ! Près du tombeau, on aura installé des baffles pour qu'il fasse son entrée dans l'autre monde au son de Johnny Hallyday. Il a choisi la chanson : *Les Portes du pénitencier*. Nous rions en imaginant la scène. Il est très fier de son effet. En rajoute. Nous nous esclaffons. Mon père, enterré, c'est impossible !

Johnny Hallyday... Je ne peux tout de même pas faire ça... Ma paupière droite me démange, la peau est presque à vif. J'opte pour un bois clair et robuste, des clous dorés. Une cérémonie religieuse avec un prêtre. Je fixe la date. Ce sera dans trois jours, à Bagneux. Pas de caveau pour le moment, nous verrons plus tard. Je tiens à tout régler.

— Ce n'est pas donné, madame, me fait remarquer l'homme en noir.

Je regarde les prix : effectivement, mourir dans la dignité n'est pas accessible à tous. Le vendeur prend mon expression pour de la gêne.

— Votre père avait peut-être pris des dispositions bancaires... Y a-t-il des proches avec lesquels partager ce coût ?

— Je veux payer l'intégralité maintenant.

La nécro paraîtra dans *Le Monde* le lendemain. L'homme a proposé de m'aider, il a tous les contacts et les tarifs selon le nombre de caractères. Il me soumet des formules qu'il a lui-même rédigées, sobres et économiques. Il semble fier de lui. Ou peut-être essaie-t-il seulement d'être gentil ? Je ne sais pas. Je ne sais plus où j'en suis. Je peux lui envoyer mon texte par mail si les siens ne me satisfont pas. Je le remercie, je vais y réfléchir. Je prends la valise à roulettes remplie des effets de mon père et je rentre chez moi. Je n'ai pas la force d'aller les ranger dans l'appartement de mes parents.

« Les ranger dans l'appartement de mes parents. » Je ris de ma stupidité. Pour quoi faire au juste ?

Sophie

Lundi 14 mars 2016, Paris

Baptiste me ramène Lisa dans une heure. Je n'ai pas vu ma fille depuis dix jours, j'ai besoin d'être avec elle, de la regarder, la respirer, la serrer dans mes bras. Fort. Jusqu'à ce qu'elle se débatte. Il viendra nous chercher demain pour nous conduire à l'enterrement. Il ne veut pas que je prenne la voiture. Il m'a proposé de passer la nuit avec nous, il était prêt à dormir sur le canapé, mais je n'ai pas voulu. Je suis au supermarché, et prendre un chariot, arpenter les rayons, me paraît d'une incroyable difficulté. La vie normale m'agresse. Personne n'est concerné par la mort de mon père à part moi et cela me désole.

On me bouscule parce que je prends toute la place au milieu de l'allée. Je ne sais plus quelles sont les pâtes que ma fille préfère. Coquillettes, alphabets ?

Il faut que je sois forte. Ce soir, je dois dire à Lisa que son grand-père est mort. Elle a arrêté de faire pipi au lit. Je lui ai menti pour ça, j'ai fini par lui raconter que les choses allaient s'arranger. Je ne voulais pas qu'elle assiste à l'enterrement, mais Baptiste a insisté. Elle est jeune, oui, mais elle va avoir besoin de faire son deuil elle aussi, et plus tard, elle m'en voudra de l'avoir privée de ces au revoir avec son grand-père qu'elle aimait tant.

Je ne sais pas comment lui expliquer la vérité. Je ne sais pas ce qui se passe après la mort. Je ne peux pas admettre que le corps de mon père va se retrouver dans une boîte à plusieurs mètres sous terre. Lisa est très intelligente, extrêmement sensible. Cette nouvelle va anéantir sa naïveté. Et si elle vieillissait d'un coup ? Comment atténuer les choses ? J'ai rangé la maison, plié ses vêtements, ordonné ses jouets pour que tout semble normal. Je veux que ma fille continue d'inventer des histoires incroyables en jouant à la poupée, qu'elle les fasse débattre de l'existence de Dieu, de l'avenir de la planète, comme toujours. Je voudrais qu'elle leur invente encore des machines à remonter le temps, des vêtements antidouleur, des capes qui rendent les sentiments visibles « pour que tout le monde se comprenne vraiment ». Je veux rougir de honte en sortant avec elle déguisée en princesse, sa perruque blonde posée de travers sur ses cheveux bruns, parce que je n'aurai pas su trouver d'argument valable pour la convaincre de s'habiller normalement.

J'arrive à la caisse, j'étale mes articles sur le tapis roulant. Je suis trop lente, les gens râlent derrière moi. J'ai oublié les céréales pour demain matin. Je pars en courant et me perds. Un employé du magasin m'accompagne au bon endroit.

— Tout va bien, madame ? me demande-t-il.

— Oui… On m'attend à la caisse…

De retour dans la longue file d'attente, je suis essoufflée. Une dame s'impatiente, un vieux monsieur siffle, une mère essaie de calmer un enfant dans une poussette, des jeunes rient trop fort. J'ai envie de leur hurler dessus, casser les œufs de la grognasse, envoyer valser les cookies des boutonneux, écraser les pieds du vieux. Je vous emmerde. Je range mes courses dans mon sac. La caissière semble accélérer la cadence juste pour me provoquer. En réponse, je prends tout mon temps.

— Cinquante-quatre euros et soixante-dix centimes. Vous avez la carte du magasin ?

— Oui.

Je prends un air arrogant pour lui signifier tout le mépris qu'elle m'inspire. Je cherche mon portefeuille, il n'est pas à l'emplacement habituel. Je palpe le fond de mon sac. Rien. La grognasse me demande si j'en ai pour longtemps. Des « c'est pas possible », « fallait que ça tombe sur moi », me parviennent de la queue. Je ressors les articles, un par un, secoue le sac. Il est vide. Je suis sortie sans argent, sans carte. Je laisse tout sur le comptoir. La caissière se met à crier, suivie des autres clients. Un agent de sécurité s'en mêle. Il me rattrape devant la sortie.

— Vous devez remettre vos articles en place, madame.

— Je t'emmerde, connard !

Je pars en donnant un coup de pied dans la porte. Le vigile n'en revient pas, il n'ose plus rien dire. Tant pis, je ne reviendrai plus.

Sophie

Mardi 15 mars 2016, Paris

Je ne sais pas quoi mettre. Comment s'habille-t-on pour enterrer son père ?

J'ai fait une crise d'angoisse hier soir, après avoir parlé à Lisa. Elle avait deviné pour Thiago et établi une théorie très positive sur la mort. Elle est persuadée que, d'où il est, son grand-père l'aidera à devenir présidente de France, qu'il veillera sur elle parce qu'elle était « son bijou ».

— Le problème, c'est toi, maman.

— Moi ?

— Oui, tu le vois pas, mais papy est là.

Elle a caché mes yeux de sa petite main.

— Écoute. Tu le sens ?

— Oui mon cœur, merci, ai-je menti.

Et elle m'a embrassée avant d'aller se coucher. Ma fille me sidère.

Une fois seule, j'ai tourné en rond un moment et mon cœur s'est emballé. Je n'arrivais plus à respirer. J'aurais voulu passer l'aspirateur, mais je ne pouvais pas réveiller Lisa. J'ai lavé tous nos vêtements. À quatre-vingt-dix degrés. J'y ai passé la nuit. Pantalons d'hiver et d'été, chemises, manteaux, serviettes, torchons, coussins, peluches. Sept programmes au total. Je voulais effacer tous les restes de cette période maudite, qu'on reparte de zéro. Il ne devait subsister aucune bactérie, aucune cellule de ces derniers mois. Le blanc à la javel, le noir au désinfectant. Pas d'adoucissant. Le linge est sorti rêche, comme brûlé par ce traitement. Je me suis frotté le visage avec. J'en suis devenue écarlate mais soulagée. Faire peau neuve, voilà ce dont j'avais besoin. Ce matin, les rougeurs n'ont pas totalement disparu. Lisa s'est étonnée de découvrir le linge qui séchait partout dans la maison, mais elle n'a pas posé de questions. Elle est habituée aux excentricités de sa mère. Pardon, ma chérie.

Baptiste nous appelle, il est en bas. Sheba n'est pas avec lui. Il existe encore des territoires dont elle ne peut pas s'emparer dans la vie de mon ex-mari. Il explique à Lisa comment les choses vont se dérouler, lui répète que, si elle se pose des questions, si elle a peur, elle doit lui en parler. Il ne faut pas qu'elle garde ça pour elle, ni aujourd'hui ni plus tard. Je l'observe. Il a l'air plus posé qu'avant. Il a dû arrêter la coke. Sheba a probablement trouvé la formule magique. Ou bien c'était moi qui provoquais ce besoin. Mon visage me gratte. Ne pas céder est un supplice, mais j'ai mis beaucoup trop de temps à cacher mes rougeurs avec de la poudre. Chacun la sienne, je me dis, ça me fait sourire.

L'institut s'est chargé de faire accompagner ma mère. Je ne sais pas ce qu'elle comprend. Comme chaque fois qu'elle voit Lisa, ses mains se mettent à trembler et le souvenir de cette affreuse journée où mon bébé m'a été enlevé me déchire comme une lame de rasoir. Paula est au premier rang, son infirmière à sa droite, ma sœur de l'autre côté. Près de cent personnes sont venues rendre hommage à Thiago. Beaucoup d'avocats, de juges, d'amis. J'en reconnais certains que mon père n'aimait pas, d'autres qui ont beaucoup vieilli. Je ne les avais pas vus depuis mon mariage. Tous ont l'air affectés. Je suis partagée : heureuse que mon père ait été aimé, jalouse qu'il ne m'appartienne pas complètement.

Le prêtre entame son oraison funèbre. Aurélie l'a eu au téléphone hier, elle m'a assuré lui avoir raconté tout ce qu'il fallait pour qu'il puisse parler de notre père. Thiago n'allait jamais à l'église. Un inconnu va décrire un autre inconnu devant une foule de personnes qui croyaient le connaître. Nous aurions dû enterrer notre père sans personne, juste ma sœur, ma mère et moi, avec nos enfants.

Le religieux relate son début de vie difficile, fils d'agriculteur andalou, frappé par un incendie dévastateur qui le laissa orphelin. Il décrit sa fuite de l'Espagne franquiste avec ma mère, le courage dont il a fait preuve pour reprendre ses études de droit en France. Je n'arrive pas à me concentrer sur ce qu'il dit. Ce discours me semble irréel. Je regarde un échafaudage devant un immeuble en bordure du cimetière. Des ouvriers font descendre des seaux à l'aide d'une corde. Ils s'interpellent. Le vent s'engouffre entre les barres de fer, provoquant un léger tintement. Mais les mots du prêtre me rattrapent. Il salue la « formidable intégration » de notre père.

J'ai neuf ans, nous sommes dans la voiture avec mes parents et Aurélie. Nous partons dans le Sud, dix heures de route au moins. Mon père a tout prévu : il a acheté l'intégrale de Georges Brassens, de Serge Lama et de Charles Trenet sur cassette. Il veut en apprendre les textes par cœur, comparer certaines prononciations. Il veut aussi que ma mère s'entraîne, il ne comprend pas pourquoi elle fait si peu de progrès. Nous chantons tous ensemble, puis mon père coupe l'autoradio et nous devons répéter les paroles chacun notre tour. Ma mère se trompe encore et encore.

— La mer, qu'on voit danser, le long des coffres clairs.

— Mais enfin ! Ça ne veut rien dire ! Tu réfléchis parfois ?

— J'ai répété Trenet !

— On dit pas « répéter Trenet » ! Je n'en peux plus, Paula ! Fais un effort !

— Allez, maman, c'est facile.

Paula est au bord des larmes.

— La mer, qu'on voit danser, le long du golfe clair.

— Des golfes ! tonne mon père.

— Des golfes clairs…

La voix de ma mère n'est plus qu'un mince filet, la joyeuse mélodie a disparu derrière sa terreur.

— Et qu'est-ce que ça veut dire ?

Silence. Ma mère finit par craquer.

— Peut-être que Trenet aime jouer au golf ? souffle-t-elle dans un sanglot.

Mon père s'énerve. Pourquoi tient-elle tant à garder cet accent qui ne leur rappelle que de mauvais souvenirs ?

Le prêtre s'attarde à présent sur l'amour exceptionnel qu'ont partagé mes parents. Il répète mot pour mot les phrases d'Aurélie. Nous n'avons décidément pas les mêmes souvenirs. Elle n'a gardé que les bons. A-t-elle vraiment oublié le reste ? J'ai toujours eu l'impression que mes parents étaient restés ensemble parce qu'ils ne pouvaient pas se quitter. Chaque semaine comptait son lot de disputes, de cris, de reproches. Tant de fois, ils se sont menacés de divorcer, au point qu'un jour, je leur ai dit de le faire. Je ne supportais plus cette tension incessante. Mon père envoyait valser les bibelots sur le buffet, les assiettes sur la table, ma mère lui lançait des torchons à la figure, des verres d'eau.

Avec Aurélie, nous fermions la porte de nos chambres, nous faisions comme si de rien, écouteurs dans les oreilles ou télévision à fond. S'ensuivaient des semaines de chantage où nos parents, mutiques, s'ignoraient dans l'appartement, à table pendant les repas. Ma sœur et moi devenions des messagers. « Tu diras à ta mère qu'elle a oublié d'envoyer le chèque à EDF. » « Tu diras à ton père qu'il est assez grand pour le faire lui-même. » « Tu diras à ta mère que, moi, je travaille pendant qu'elle dépense tout l'argent de la maison. » Ma mère finissait par l'insulter en espagnol. Je prenais toujours la défense de mon père, j'étais d'accord avec lui. Ma mère m'insupportait. Je la trouvais égoïste. Nous étions si différentes. J'espérais ne jamais lui ressembler.

Les fils d'Aurélie interrompent mes pensées. Même à l'enterrement de leur grand-père, ils ne peuvent s'empêcher de chahuter. Henri les sépare, leur adresse un regard furieux. Il a l'air si menu entre ces deux colosses. Mais que bouffent-ils pour être si gros ?

Le prêtre a terminé. Le cercueil descend dans la fosse. Mon père est dans cette boîte. Les démangeaisons ont gagné mon cou et mes bras, je ne peux plus me retenir. Mon père est dans cette boîte. Je jette une rose et reçois les hommages des invités. Ils ont tous une parole gentille, une promesse de soutien. Mon père est dans cette boîte. Leurs mots me semblent lointains, je les entends à peine. Et puis je ne sais pas pourquoi, un ancien voisin de palier me dit qu'il est triste et je m'effondre dans ses bras. Pourquoi lui ? Aucune idée. Mais rien n'arrête mes pleurs.

Nahuel

Vendredi 18 mars 2016, Buenos Aires

Comme chaque semaine, Nahuel fait sa revue de presse. Il achète les titres argentins au kiosque. Le vendeur lui met aussi de côté quelques journaux français, espagnols et anglais. Pour les italiens, portugais et russes, il se contente d'Internet et de traductions approximatives. Il apprécie le vendredi matin. Il descend, s'arrête chez le petit traiteur au coin de la rue, commande des *empanadas* aux pommes de terre et au fromage puis remonte éplucher les articles pour traquer les fuyards.

Avant, il se rendait à *Justicia y Perdon*, l'association des enfants de tortionnaires. Graziella Gomez l'a fondée après s'être rendu compte que son père avait fait partie des bourreaux du régime. Celui qu'elle vénérait avait assassiné un nombre conséquent d'hommes et de femmes, enlevé des enfants pour les donner à des militaires. Écœurée, se sentant coupable d'avoir aimé une telle pourriture, elle s'était rendue, une pancarte autour du cou, à une manifestation sur la place de Mai.

Elle s'était faufilée au milieu des mères, des grands-mères, qui frappaient sur des casseroles en attendant qu'on leur révèle enfin où étaient leurs enfants disparus. Elle leur avait demandé pardon, prête à recevoir insultes et coups. Au contraire, les femmes l'avaient serrée dans leurs bras. Graziella représentait un espoir de justice. Si les enfants de tortionnaires se rangeaient du côté des victimes, elles multiplieraient les preuves, pourraient recouper les témoignages… La lutte commune avait commencé.

Nahuel avait entendu Graziella un jour à la télévision. Il était parvenu à la retrouver sur les réseaux sociaux. Il lui avait raconté son histoire, ces gènes dont il avait horreur, la fureur et puis la quête. Il avait décrit ces quelques années auprès de Leandro, à vivre dans la peur des représailles. Ils ne pouvaient pas sortir en famille, se promener le week-end, aller au parc comme les autres. Il fallait rester à la maison ou attendre la tombée de la nuit. Longtemps, Nahuel avait prié pour que ça s'arrange, qu'on cesse de tourmenter son père. Il était son héros et son bourreau, son modèle et sa terreur et il pensait que c'était normal. Que tous les papas hurlaient comme ça, qu'ils frappaient dans les murs au point d'y creuser des trous, cassaient des objets auxquels on tenait.

Quand Leandro avait fini par disparaître, Nahuel s'était retrouvé seul avec sa mère. Il avait décrit à Graziella leur quotidien si pesant. Il avait du mal à trouver les mots, on aurait dit qu'une lave brunâtre s'était infiltrée dans l'appartement, emportant tout sur son passage. Comme si le mal-être était une chose palpable. Sa mère avait mis des années à lui parler de l'ESMA, de sa captivité, et surtout de sa sœur.

Pourtant, même dans ses confidences, elle rechignait à lui donner des détails.

Un jour, Nahuel l'avait surprise en train de boire. Boire au point de s'en rendre malade. Il n'y avait pas prêté attention, il était trop petit. Il ignorait qu'un cycle infernal avait commencé. Des mois de sobriété difficiles, suivis de rechutes qui duraient des années entières, où sa mère n'était qu'une épave. Toute sa vie, Nahuel avait eu l'impression d'être transparent. Un être sans valeur qui ne méritait pas qu'on fasse des efforts. Son père avait refait sa vie, jamais Leandro ne lui avait donné de nouvelles ni ne s'était intéressé à son ancienne famille. Avait-il rejoint Abril ? Nahuel ignorait alors que sa sœur et lui avaient des pères différents.

Nahuel sentait encore son cœur se serrer en repensant à ses anniversaires, seul face à un gâteau raté, sa mère endormie sur le fauteuil, une bouteille à ses pieds, et lui, tournant autour d'un téléphone qui ne sonnerait jamais. Très tôt, il avait dû apprendre à tenir la maison, se faire à manger, aller à l'école. Il inventait mensonge sur mensonge, quand une maîtresse ou des parents de camarades souhaitaient parler à Sol : elle était en voyage d'affaires, au chevet d'un proche malade… Nahuel payait les factures d'électricité, faisait les courses. À bien y repenser, il n'avait jamais été un enfant.

Quand il avait eu fini de décrire cette époque, Graziella avait marqué un temps avant de lui dire : « Tu veux te venger, alors ? » Il avait réfléchi longuement. Se venger ? Non, il voulait se faire justice. Elle avait souri. En échange, elle s'était confiée à son tour. Pour elle, les choses avaient été bien différentes. Une enfance dorée, des parents très riches, influents, un père, ancien militaire, reconverti dans l'industrie pétrolière, redouté de tous. Il suffisait qu'elle prononce son nom de famille pour que les regards changent. Une gouvernante et une femme de ménage rien que pour elle, plusieurs villas réparties dans différents pays d'Amérique du Sud, chacune avec piscine.

Elle n'avait jamais manqué de rien, pas même d'amour. Elle était le joyau de son père, placée sur un piédestal. Et il était à ses yeux l'homme le plus parfait du monde. Un jour pourtant, la gouvernante, Juanita, avait prononcé une phrase étrange. Une fête avait été organisée pour célébrer la signature d'un nouveau contrat, Graziella chantait les louanges de son « papa chéri » quand Juanita l'avait interrompue : « Mademoiselle, vous ne voyez donc rien ? » Graziella n'avait pas compris. Des semaines durant, elle avait poursuivi Juanita pour qu'elle s'explique. À quoi faisait-elle référence ? Que s'était-il passé qu'elle ignorait ? Qui était son père s'il n'était pas celui qu'elle imaginait ? Qu'on lui donne des preuves, des faits ! Sans succès. Un jour pourtant, elle avait trouvé sur son bureau un journal relatant des horreurs commises par la junte. Son père était cité parmi les bourreaux.

Un choc terrible, le monde qui s'effondre. Graziella avait d'abord tout rejeté en bloc. Ce n'était pas son père. Puis la curiosité l'avait emportée. Elle s'était mise à creuser, en secret pour ne pas éveiller les soupçons. Conserver une attitude naturelle avait été de plus en plus difficile à mesure que les découvertes se multipliaient… Jusqu'à ce qu'elle n'ait plus le choix :

renoncer à l'aisance en reniant sa famille ou se détruire en vivant dans l'hypocrisie.

Un soir, elle avait pris quelques vêtements, de quoi se payer l'hôtel quelque temps. Elle avait prétexté une sortie avec des amies et n'était jamais revenue. « C'est comme ça, l'honneur a un prix », conclut-elle. Et finalement, elle trouva un sens à son existence dans cette lutte pour la vérité.

Nahuel lui avait pris la main. Leurs passés étaient très différents, et pourtant, il connaissait cette douleur. Avec Graziella, ils étaient devenus amis. Jusqu'au procès de Leandro… Avoir retrouvé son père et réussi à le faire enfermer avait conféré à Nahuel une certaine sérénité. Il était respecté. Quelque chose en lui s'était apaisé. La colère de Graziella en revanche ne cessait de s'intensifier. Elle avait quitté *Justicia y Perdon* pour former un groupe plus « actif ». Elle ne se contentait plus d'influencer les médias ou de partager son opinion sur les réseaux sociaux. Et pour Nahuel, elle allait trop loin dans la violence. Graziella passait de l'autre côté. Alors il gardait ses distances. Avec elle et son ancienne association.

Toujours le même rituel. Il étale les journaux sur la table du balcon. D'abord les argentins, pour suivre les procès en cours. Puis les titres des pays où se cachent les fuyards. L'Espagne, l'Uruguay, le Mexique, l'Italie, la France en dernier. Il épluche les faits divers, les pages économiques où l'on annonce les nominations dans les grands groupes, illustrées par de courtes biographies.

« Né en Argentine », et Nahuel commence la traque. Il jette enfin un œil à la rubrique nécrologique : certains tortionnaires finissent par mourir. Il raye alors leur nom sur son carnet.

Aujourd'hui la pêche est mauvaise. Comme les six dernières semaines. Il se demande si ce combat vaut encore le coup. Ils sont de plus en plus nombreux à vouloir enterrer le passé sous des illusions. Oublier les tortures, oublier de quoi leurs voisins, leurs cousins ont été capables sous la dictature militaire. « Avancer », comme ils disent. À quoi bon ressasser ? Pourquoi des procès ? Ça ne mène à rien. Le pays a besoin d'infrastructures, de « booster l'économie », de devenir « leader », une « plateforme de l'innovation » ! Un vocabulaire à la mode. Insupportable. On ne construit pas sur de la vase.

Finalement, seul l'argent compte. On est prêt à pactiser avec les bourreaux, s'asseoir avec les traîtres, trinquer avec d'anciens ennemis tant qu'il y a un profit à la clef. À qui gagnera le plus. À qui aura la plus belle maison, la plus grosse voiture… Nahuel se sent si étranger à cette course ridicule vers ce que tant de gens nomment le succès. Et d'un autre côté, il préfère encore que l'argent dicte les règles, que l'appât du gain inspire les comportements. Les grands idéaux, les révolutions pour un meilleur ordre moral, merci bien. Il a vu ce que ça a donné. Tant de crimes pour soi-disant garantir l'égalité, la justice entre les hommes. Ça ne fonctionne pas. La nature humaine… autant faire avec. Mais il se sent lésé, en dehors de la marche du monde.

Il s'apprête à jeter les journaux quand un petit encart dans *Le Monde* attire son attention. Il croit à une erreur. Il a mal lu. Pourtant le message est clair.

Paula, sa femme,
Sophie et Aurélie, ses filles,
Igor, Théophile et Lisa, ses petits-enfants,
ont la douleur de vous faire part du décès de leur bien-aimé mari, père et grand-père, Thiago Perez.
Illustre avocat puis magistrat, homme merveilleux.

Thiago Perez… Un gouffre s'ouvre sous ses pieds. Se mélangent les images d'Abril, de Sol, sa douleur, Sophie, le bébé dans son landau, le parc… Il suffoque, sa paupière tremble, recouvrant presque tout son œil. Il peine à respirer. Alors voilà, nous y sommes, se répète-t-il. Mais à quoi peut-il s'attendre ? Qu'est-il en droit d'espérer ? À quelle déception doit-il se préparer ? Il relit plusieurs fois les six lignes en italique. Aujourd'hui, quelque chose a changé.

Il doit l'annoncer à sa mère. Et cette idée le terrifie.

Sol

Mardi 22 mars 2016, Buenos Aires

Les pieds de Sol sont engourdis. Elle peine à les dégager de la couverture. Couverture qu'elle ne reconnaît pas. Pas plus que ce lit et son odeur de désinfectant. La panique l'envahit. Où est-elle ? Ce qu'elle a toujours redouté est arrivé. Elle est devenue folle. Bonne à jeter. Elle aimerait appeler à l'aide, mais sa gorge est trop serrée. Soudain, des voix lui parviennent. Deux mètres peut-être, derrière elle.

— Quelle calamité ! Tu l'aurais vue quand on nous l'a ramenée…

— L'horreur…

— J'ai tout de suite pensé à ma mère. Elle a le même âge… Heureusement que la mienne ne me fait pas vivre ça…

— Rien de pire que les vieilles pochtronnes.

— Faudrait la réveiller. On va pas la garder toute la journée.

— Comment elle s'appelle ?

— Sol. Soledad Romero.

Sol frissonne. C'est bien d'elle que les femmes parlent. La soirée lui revient par bribes. Le bar. Les types qui la resservaient. La musique. Et après ? Trou noir. Juste l'image d'une ruelle déserte. Elle tangue. Sol connaît la rengaine. Elle a dû tomber. Un passant a appelé une ambulance et elle a atterri à l'hôpital… « Pochtronne », le mot est si laid. Vieille pochtronne… Elle touche le fond. Vite, déguerpir.

Elle s'habille à la hâte, profite que les infirmières s'occupent d'un autre patient pour s'échapper du service. Elle ne veut pas d'un rendez-vous avec un énième psychiatre qui lui rappellera les dangers des addictions, qui tentera de l'effrayer sur les répercussions de son comportement sur son foie, son cœur… « À chaque gorgée, vous réduisez votre espérance de vie », bla-bla-bla. Comme si elle ne le savait pas. Comme si elle avait le choix.

Dehors, le soleil l'éblouit. Elle est prise de vertige. Où aller ? Elle doit se rendre au travail… Mais dans la tenue de la veille ? Son dossier est suffisamment édifiant. Au moindre faux pas, elle sera renvoyée. Elle n'a pas le temps de faire l'aller-retour chez elle. Elle se sent perdue. Elle aimerait pleurer, se libérer du fardeau qui l'accable, mais les larmes ne viennent pas.

Elle aperçoit soudain un jeune homme en soutane, qui passe le balai sur des marches. Une église ! L'illumination. Se réfugier chez le Seigneur. Elle entre, implorant Jésus de lui envoyer un signe, quoi que ce soit qui pourrait l'aider à vivre. Elle récite toutes les prières possibles, les mains jointes, si concentrée qu'elle transpire à grosses gouttes. Pas un bruit. Le ciel la méprise, lui aussi. Il a raison. Vieille pochtronne.

En sortant, elle allume son téléphone : Nahuel lui a laissé une dizaine de messages… Elle ne lit que le dernier : *Rappelle-moi, vite.* Tremblante, elle compose le numéro de son fils. Que lui est-il arrivé ?

— Mais t'étais où ? Ça fait trois jours que j'essaie de te joindre !

— Je suis désolée…

— T'exagères, vraiment !

— Je suis désolée, je te dis !

Nahuel se racle la gorge.

— J'ai une mauvaise nouvelle, maman.

— Que se passe-t-il ?

Sa bouche est pâteuse.

— Thiago Perez est mort.

— Quoi ?

Il confirme. Sol n'en revient pas. Thiago était encore si jeune… Comment est-ce possible ? Comment Nahuel l'a-t-il su ?

— Une nécrologie très sobre, signée par sa famille. Il n'y avait pas plus de détails.

Sophie

Jeudi 7 avril 2016, Paris

Je n'arrive plus à travailler. Près d'un mois que ça dure. Je ne sais pas ce que je fais là, pourquoi je continue à venir au cabinet. Je n'ai plus envie de gagner. J'ai refusé de m'occuper de toutes les nouvelles affaires. Mes associés sont furieux, mais qu'ils essaient de me faire une remarque, ils ne seront pas déçus. Je ne salue personne, m'enferme dans mon bureau toute la journée et repars à 18 heures. Je serais incapable de dire ce que je fais pendant ce temps. Je ne saisis plus rien, ni les dates ni les mots que je lis. La seule chose qui me tient éveillée, ce sont mes démangeaisons. Les rougeurs sont partout, des joues aux chevilles. Fermer un pantalon est un supplice.

Quelque chose ne va pas. Quelque chose que je ne m'explique pas. J'ai beau y réfléchir, je ne trouve rien. L'air est irrespirable. Je regarde autour de moi, rien ne me choque. Le bureau en bois est agréable, le fauteuil en cuir, le canapé, le plaid, la table basse, la bibliothèque. Tout est à mon goût, pourtant je suis oppressée. Sur le mur principal, j'ai accroché une reproduction d'un tableau de Dali, des horloges qui dégoulinent. C'est ça !

Il me dégoûte. Le temps qui s'effondre, la vie qui disparaît en une mare informe, voilà ce qui cloche ! Je suis heureuse d'avoir mis le doigt dessus. J'appelle Béatrice.

— Il faut tout de suite jeter ce tableau.

— Le Dali ?

— Oui, aidez-moi à le décrocher.

— Mais il y a une réunion…

— Tout de suite, il ne peut plus rester ici !

Béatrice sursaute. Le cadre pèse lourd. Un mètre sur un mètre vingt, des baguettes épaisses en métal. Ma secrétaire peine à le traîner hors de mon bureau.

— Fermez la porte, Béatrice, merci.

Je savoure cette libération, mais elle ne dure qu'un temps. Très vite, l'impression d'étouffement revient. Je jette un crayon par terre, comme si ça allait suffire à évacuer ma fureur ! Il faut que je me calme, ça va bien finir par cesser. Mes ongles sont couverts de sang. J'ai trop gratté mon cou.

Le téléphone sonne : Aurélie. Elle s'inquiète pour moi. Elle va sûrement vouloir qu'on déjeune ensemble, encore, et je vais encore refuser. Je n'ai pas envie qu'on me dise que la morsure du manque va s'estomper. Pour l'instant, je saigne. Elle voudrait qu'on vende l'appartement des parents. J'en suis incapable. Je ne peux même pas jeter les affaires de mon père. Elle a accepté d'attendre. Je ne sais pas pour combien de temps.

— Allô ?

— So, c'est moi. Comment tu vas ?

— Bien…

Je soupire en contemplant mes doigts rouges.

— Dis, tu as déjà entendu parler d'une certaine Sol, une amie de papa et maman ?

— Sol ? Non, ça me dit rien, pourquoi ?

— C'est bizarre, maman a reçu une lettre de condoléances en espagnol.

Depuis que Paula est à l'institut et que papa est mort, Aurélie a fait domicilier leur courrier chez elle. Elle a reçu une bonne vingtaine de lettres, des anciens clients, des amis perdus de vue, qui sont tombés sur la nécro.

— C'est peut-être quelqu'un d'Espagne.

— La lettre vient d'Argentine…

— D'Argentine ?

— Oui… Ils avaient des amis là-bas ?

— Non… Enfin je sais pas.

— J'ai fait traduire la lettre, elle a l'air de bien connaître les parents…

— Elle a laissé un numéro de téléphone ? Une adresse ?

— Non, rien.

— Sol comment ?

— Juste Sol.

II

Quand la lune souriait

Nahuel

Samedi 9 avril 2016, Buenos Aires

Nahuel sonne à la porte de Mme Alvarez. À travers la cloison, il devine le bruit des patins glissant sur le parquet qui craque. Jamais elle ne s'en sépare. Les lattes de bois brillent tant qu'on s'y reflète. Lors de ses premières visites, Mme Alvarez avait expliqué à Nahuel la spécificité de leur disposition, en point de Hongrie. « Quand j'ai vécu à Paris, dans le Quartier latin, mon appartement était comme ça. La première chose que j'ai faite en emménageant ici a été de copier ce plancher. »

Mme Alvarez ouvre grand la porte.

— Je t'attendais, viens, j'ai préparé un gâteau.

Nahuel accroche sa veste sur le portemanteau de l'entrée et part l'attendre au salon. Il n'en revient toujours pas d'avoir ses habitudes chez elle. Personne ne sait qu'il vient ici. Mme Alvarez est son secret. La seule qui ait réussi à le faire parler. La seule en qui il ait confiance. Lorsqu'elle lui enseignait le français au lycée, il était persuadé qu'elle ne l'avait pas remarqué, comme tous les autres professeurs. Il était un fantôme. Il se droguait déjà, cherchant un moyen d'échapper à son avenir. À son présent aussi. Il avait pourtant une bonne raison de vouloir apprendre le français. Un jour ou l'autre, il rencontrerait Abril, il se l'était promis. Il ne savait ni quand ni comment, mais rien ne pouvait écorner cette certitude.

Un jour, Mme Alvarez, après avoir rendu des copies, lui avait demandé de venir la voir à la fin du cours.

— Qu'est-ce que j'ai fait ? J'ai la moyenne, avait-il objecté avant même qu'elle ait prononcé un mot.

— Je sais, Nahuel. J'aimerais parler avec toi, c'est tout.

— J'ai rien à vous dire.

— Je crois que si.

La discussion avait tourné en rond, mais chaque semaine, elle avait continué de le convoquer. Elle lui apportait des livres, des gâteaux « faits maison », lui parlait de la vie, de ses difficultés, du libre arbitre si terrible, de l'importance des choix. Il avait du mal à l'admettre, mais ces rendez-vous lui faisaient un bien fou. Il ne s'était jamais ouvert à personne comme ça.

— Tu sais, Nahuel, si un jour tu veux me dire ce qui te tracasse, je suis prête à l'entendre. J'ai ma petite idée, mais c'est à toi de mettre des mots dessus.

Il s'était refermé comme une huître, sans vraiment s'expliquer pourquoi. Il trimballait ce trop-plein d'injustice depuis si longtemps, il n'attendait que de pouvoir s'en décharger... Pourtant cette main tendue l'avait terrorisé. Et si, finalement, elle lui tournait le dos après ses révélations ?

Mme Alvarez lui avait donné un morceau de papier.

— Dessus, il y a mon adresse. Le samedi, je reste toujours à la maison. Je vis seule. Si tu le souhaites, tu es le bienvenu. Pas besoin de prévenir, tu sonnes, je serai là.

Il avait mis des semaines à se décider et, depuis, ses visites à Mme Alvarez étaient un point d'équilibre, un des seuls de son existence. Dès la première fois, les vannes avaient lâché. Il lui avait raconté pour Leandro, sa fuite, sa nouvelle famille en Europe. Il lui avait parlé de cette sœur inconnue quelque part à l'autre bout du monde, des photos partout dans l'appartement, comme s'il n'y avait qu'elle qui comptait. Ses tentatives vaines pour consoler sa mère, depuis son plus jeune âge. Il avait reconstitué le parcours de Sol, entre élans désespérés pour s'en sortir et rechutes toujours plus violentes. La perte de son travail, l'humiliation, les problèmes d'argent et, par-dessus tout, la tristesse infinie.

— Je suis même sûr que si Abril se pointait demain chez nous, ça ne la consolerait pas, avait-il expliqué.

Nahuel avait compris très tôt que ce n'était pas le manque de sa fille qui peinait sa mère, mais les événements qui avaient conduit à leur séparation, cette injustice qui la poursuivrait toujours. On ne revient pas en arrière. Face à cette situation insoluble, Nahuel avait décidé de tirer un trait sur son enfance, qu'il considérait comme un lieu qu'il avait fui et où il ne voulait plus jamais mettre les pieds.

À Mme Alvarez, il disait tout. Ses problèmes de drogue, ses envies de casser tout ce qui l'entourait, ses disputes sans pitié avec Sol. Mme Alvarez écoutait, imperturbable. Elle avait fini par lui avouer que, dans sa famille aussi, le régime avait détruit l'essentiel.

Un père engagé aux côtés des militaires, un frère subversif, une mère effacée… Des drames comme chez tant d'autres, qui avaient gâché ses plus belles années. Après ça, elle n'avait jamais fait sa vie. Pas assez de confiance en l'être humain pour aimer ou pour donner naissance à un enfant. Tout s'arrêterait avec elle, il n'y aurait ni explications ni transmission. Elle s'était simplement reconnue en Nahuel. Quelques phrases dans une rédaction avaient déclenché cette envie d'en savoir davantage. « Pourquoi nous en faut-il toujours plus ? Plus de pouvoir. Plus d'argent. Plus d'amour. Plus de temps. N'est-ce pas le signe de notre prétention infinie que de vouloir nous éterniser ici en laissant des traces de notre passage ? » Elle n'en était pas revenue. Lire ce genre de réflexions chez un adolescent !

— J'ai vu ce quelque chose en toi. J'ai su que tu n'étais pas comme les autres. Tu es unique, Nahuel, lui répétait-elle les mauvais jours. Tu dois t'en souvenir.

Il était incapable de la qualifier. Elle était bien plus qu'un professeur, pas vraiment une mère ni une sœur, tellement plus qu'une amie ou qu'une simple confidente. Elle était Mme Alvarez, un nom de famille devenu nom commun.

— Tu veux une citronnade ? demande-t-elle de la cuisine.

— Pourquoi pas ?

Mme Alvarez apporte son petit plateau de bois sur lequel elle a disposé des parts de cake, une carafe dans laquelle flottent des lamelles de citron et, sur une petite assiette, des morceaux de sucre.

— Comment va Camila ?

— En ce moment, c'est compliqué…
— Tu ne l'aimes plus ?
— Elle a l'impression que je ne m'intéresse pas assez à elle. Que je lui préfère les procès, tout ça…
— Tu ne lui as pas expliqué l'importance que ça a pour toi ?
— Des dizaines de fois ! Mais quand on n'est pas concerné…
— On est tous concernés.
— Je sais… Mais pas à la même échelle.
— Vous vous êtes disputés ?
— On se dispute tout le temps. Elle en attend trop. Je ne sais plus quoi faire. Peut-être que je ne suis pas prêt pour une histoire.
— On ne l'est jamais…
— Eh bien peut-être que je dois rester seul alors…
Mme Alvarez sourit en lui tendant une part de gâteau.
— Tu es passé au procès de l'ESMA ?
— Bien sûr.
— Et ta mère ?
— Bien sûr que non. Elle ne veut pas en entendre parler.
— Je comprends, murmure-t-elle après un temps.
— Pas moi…
— Quelle bande de salopards… J'espère qu'ils vont leur coller des peines exemplaires.
— À mon avis on en a encore pour plusieurs années…
Nahuel ramasse les miettes tombées par terre.
— Comment va-t-elle ?
— Ma mère ?

— Oui.
— Toujours pareil…
— Tant que ça n'empire pas…

Nahuel sait parfaitement à quoi pense Mme Alvarez. Dix ans plus tôt. La baie vitrée. Encore et toujours. Il était rentré un soir, défoncé. Il avait ouvert la porte de l'appartement et avait aperçu Sol, en équilibre sur la balustrade de la fenêtre. Elle regardait droit devant elle, une main sur la vitre, l'autre vers le ciel. Nahuel avait d'abord cru à une hallucination. Il était stone… Mais sa mère s'était tournée vers lui en entendant la porte claquer, manquant de tomber.

— N'approche pas. Je suis désolée, Nahuel.

— Arrête de déconner, descends de là.

Sa mère continuait de lui demander pardon. Elle n'y arrivait plus. Elle avait gâché leur vie… Il connaissait son discours par cœur. Ce n'était pas la première fois qu'elle essayait d'en finir mais, ce jour-là, Nahuel en était persuadé, elle pensait ce qu'elle disait.

— S'il te plaît, chéri, pars d'ici, lui avait-elle demandé enfin.

Jamais elle ne lui avait adressé de mot tendre avant. Elle avait levé la jambe, comme un plongeur avant de s'abîmer en eaux profondes. Il s'était élancé, l'avait attrapée par la taille, brisant la vitre au passage, et l'avait tirée dans le salon. Elle était tombée sur lui, au milieu des éclats de verre. Le bras de Nahuel saignait. Les secours avaient dû le recoudre. Quinze points. Sol n'avait pas commenté. Depuis, elle détestait apercevoir la cicatrice. Ils n'avaient jamais reparlé de cet épisode.

Nahuel ne pouvait plus vivre avec ce poids. L'absence d'Abril, cette déchirure qui ne cicatriserait jamais. Il avait voulu mettre un terme à leur errance en se rendant à Paris. Il révélerait la vérité, à elle et à sa famille, les forcerait à le voir, à se souvenir et à avouer. Il rendrait justice à sa mère pour connaître enfin la paix.

Mais sur place, la force lui avait manqué. Des semaines durant, il les avait tous observés : les parents, la sœur, le mari. Et le bébé. Une jolie petite fille, qui ressemblait aux photos accrochées chez lui. Il passait des heures à les suivre, à les épier.

Une fois, il avait presque réussi à lui parler, mais Abril avait décroché son téléphone portable sans même le remarquer. Il détonnait dans ce monde luxueux, cet environnement aimant. Nahuel était une épave, il avait été privé de tout, à cause d'elle… Il fallait que ça cesse. L'idée lui était venue d'un coup, tandis que sa sœur et son coincé de mari promenaient l'enfant au parc. Une dispute avait éclaté entre eux. Comment osaient-ils ? Eux qui avaient tout ? Qu'espéraient-ils encore ? Qu'avaient-ils à reprocher à leur vie déjà parfaite ? Ils ne méritaient pas leur bonheur. Nahuel connaissait quelqu'un qui se serait contenté du dixième. Il avait imaginé le sourire de Sol. Peut-être arrêterait-elle de se détruire si elle avait un bébé ? Et pas n'importe lequel… Celui d'Abril.

Alors il avait suivi le landau et s'était emparé de l'enfant. Il ne lui avait fallu que quelques minutes pour se rendre compte de son erreur. La petite pleurait dans ses bras. Il ignorait tout des nourrissons. Comment pourrait-il la ramener en Argentine ? Avec quels papiers ? Il finirait en prison… Au bout de quelques heures, il l'avait déposée devant un kiosque à crêpes avant de disparaître.

Depuis, les cauchemars le hantaient. La même scène, déformée, répétée, encore et encore. Il avait honte. Jamais il ne se le pardonnerait. Mais il n'y avait rien à faire.

— Tu as failli commettre l'irréparable, Nahuel. Mais tu ne l'as pas fait. Et depuis, tu es devenu quelqu'un d'autre, quelqu'un de bien. C'est ça qu'il faut retenir, avait insisté Mme Alvarez.

Elle ne l'avait jamais jugé. Elle s'était contentée de le conduire encore une fois en cure de désintox, de l'écouter, de le conseiller pour qu'il trouve une bonne formation professionnelle, s'était portée caution pour son appartement.

— Pourquoi vous faites tout ça pour moi ? avait-il fini par lui demander.

— Je te l'ai déjà dit, on ne s'est pas rencontrés par hasard. C'est comme ça.

Pourtant aujourd'hui il ne trouve pas les mots pour lui parler de la mort de Thiago. Doit-il agir ? Mais pour faire quoi ? Il tourne en rond depuis qu'il a lu cette nécro.

— Madame Alvarez, à votre avis, est-ce que tout peut se réparer ?

— Tu fais allusion à ton père ?

— Je ne sais pas…

— Qu'est-ce qui te tracasse ?

— Non… Rien.

Sophie

Lundi 11 avril 2016, Paris

Mes associés m'ont convoquée pour une réunion exceptionnelle. Je sais d'avance ce qu'ils vont me dire. Je suis insupportable et ne fais plus rien. Je n'ai pas suivi une affaire depuis la mort de Thiago. En réunion, j'ai du mal à écouter. Je n'interviens plus. Ma colère a disparu. Je ne crois plus en la justice.

Ils vont me reprocher de les laisser dans le flou. Ils ont déjà tenté la manière douce, m'ont conseillé de partir en vacances. Un fiasco. Aurélie m'a proposé de venir à Megève. J'ai suivi. Baptiste a tenu à me rejoindre avec Sheba. Lisa était ravie : ses cousins, ses parents, sa nouvelle « belle-mère ». Nous sommes allés skier tous ensemble et j'ai paniqué. Le temps s'est couvert, il s'est mis à neiger. Je ne voyais plus de limites entre le ciel et la terre. À l'exception de quelques sapins dont on distinguait à peine les épines sous la neige. Un manteau blanc épais avait tout recouvert et je me sentais prise au piège. Il a fallu que je m'arrête, impossible de continuer. Il faisait froid, les enfants commençaient à s'agiter. Henri a proposé de rentrer avec eux. Sheba l'a suivi. Je suis restée, prostrée, avec Baptiste et

Aurélie. Ils me parlaient comme à une attardée. Je les entendais mais ne parvenais pas à leur répondre.

Soudain, j'ai lu dans le regard de ma sœur qu'elle me comparait à notre mère, paralysée sur mes skis. J'ai éclaté en sanglots. Pourquoi cette famille se consume-t-elle ? La nuit allait tomber. Baptiste a fini par me soulever tel un sac de pommes de terre. Il a donné mes bâtons à Aurélie et nous sommes descendus, collés l'un à l'autre, comme font les moniteurs avec les enfants.

— Maman, tu dois être forte, m'a dit ma fille le lendemain.

Ma petite fille de neuf ans !

— Je suis désolée, ma puce, maman va aller mieux bientôt.

— Moi aussi, si tu mourais, je resterais bloquée dans la neige.

Mon ange… À force de douceur, cette enfant va m'achever.

Nous sommes réunis dans la grande salle du cabinet. Pas de bouteilles d'eau sur la table ni de cafés. L'ambiance est électrique, mes associés affichent des expressions fermées.

— Ne vous fatiguez pas, leur dis-je. Je sais bien que j'ai du mal en ce moment… Je suis désolée. Je vais me reprendre.

Je n'en pense pas un mot mais ils sont soulagés que j'aie crevé moi-même l'abcès. Ils se sont tous battus pour entrer dans mon cabinet, m'ont grassement payée pour que je les accepte comme associés. Ils se sentent floués, je les comprends. Le chiffre d'affaires a baissé ces derniers mois, et il y a toujours le toit d'une maison secondaire à retaper, une voiture à acheter ou un séjour au bout du monde à organiser. Les membres de mon équipe ont des vies difficiles. Je me rends compte pour la première fois que je suis la seule femme. Je veux dire, parmi les dirigeants.

Un de mes collègues interrompt mes pensées : il aimerait me confier une affaire. Il pense que je suis la seule à avoir le niveau de technicité requis. Une histoire de contrats signés avant un changement de loi, la jurisprudence est contradictoire, il va falloir être très méticuleux, analyser chaque mot de l'assignation adverse. Quarante-cinq pages d'arguments à démonter, plus les annexes. Le genre de cas sur lequel je bondis d'habitude. Ils me regardent tous, scrutent ma réaction. Si je refuse, je cours à la catastrophe.

— C'est parfait pour repartir sur de nouvelles bases, j'affirme, l'air aussi convaincu que possible.

Je ne sais pas du tout comment je vais m'en sortir.

Sophie

Mardi 12 avril 2016, Paris

Mon père me manque. J'ai l'impression que cette déchirure a une consistance particulière. Le manque est liquide. Il s'infiltre partout.

Aurélie se rend régulièrement au cimetière, à l'ancien appartement de nos parents. Elle fait le ménage, regarde les photos. J'en suis incapable. Je ne parviens pas à m'asseoir dans le noir et à m'adresser au néant... Ma sœur m'assure qu'elle perçoit une présence, que mon père est avec nous. Elle l'entend, le sent le soir, avant de s'endormir. Je l'écoute, l'envie. Moi, je ne ressens rien à part le vide.

Je suis rongée par tout ce que nous n'aurons pas vécu. Chaque jour apporte son lot de choses auxquelles je n'avais pas pensé mais que l'on ne pourra plus partager. Parce qu'il est mort. Ma fille ne le connaîtra pas adulte. Nous n'irons pas en Tanzanie. Nous ne dînerons plus tous les deux sur un coup de tête... Est-ce que l'on accepte, un jour, la fin des possibles ? Machinalement, je triture le collier autour de mon cou. Aurélie a accepté que je garde le pendentif de Thiago, elle a conservé sa chaîne et donné son alliance à notre mère. Le soleil et ses rayons gravés se dessinent sous mes doigts. Puebla Maria… Mes origines, mon histoire. La douleur de mon père… Il faut que j'y aille, que je mette des images réelles sur celles que je me suis inventées. J'ai peur de confondre, d'oublier le peu que mes parents nous ont confié. J'en parle chaque semaine avec ma sœur, une obsession. Pour elle, si notre père n'a pas voulu s'étendre sur le sujet de son vivant, il faut respecter sa volonté et ne pas remuer la douleur. Je ne partage pas son avis. Et la nôtre, de douleur ? « À quoi ça sert de toute façon, So ? » conclut-elle chaque fois.

Mais ça ne m'arrête pas. J'insiste. Il me semble que l'incendie s'est déclaré dans la maison de notre père avant de se propager à la ferme mitoyenne, celle de Paula. Aucun corps n'a été identifié, tous carbonisés. Notre père a fait mention d'un frère, pas de sœur, pas de cousin, pas de chien. Je connais les premiers prénoms des membres de la famille, pas les seconds, ni leur date de naissance. Aurélie non plus. Je ne sais pas s'il y a eu des fausses couches, des enfants mort-nés. Je ne sais pas si mes grands-parents paternels appréciaient ma mère. Et elle, avait-elle des frères et sœurs ? Était-elle proche de sa mère ? Reproduit-elle avec moi un schéma qui l'a fait souffrir ? Je n'en reviens pas de ne pas avoir le moindre élément de réponse à des questions si simples… Comment les années ont-elles pu passer sans que jamais, ils ne nous donnent un indice, un détail ? J'en deviens folle.

Nous n'avons pas pu faire ce voyage en Espagne avec Thiago, mais j'en suis certaine, je dois retourner sur les traces de ma famille pour fermer une boucle et passer peut-être à autre chose. Ça, je peux le faire. Pour moi, pour mon père. Je dois réparer le lien qui s'est brisé dans la souffrance. Pardonner à la terre de s'être consumée. Pour la première fois depuis des semaines, j'ai l'impression d'avoir une raison de bouger. Pourquoi n'y avais-je pas pensé plus tôt ? J'ai toujours su, au fond, que j'irais là-bas. Le moment est venu, voilà tout.

Je retrouve soudain mon efficacité. J'ouvre mon ordinateur, prends contact avec une ancienne cliente, Maria-Christina, qui animait des conférences en Espagne. Peut-être me conduira-t-elle à Puebla Maria ? Je ne parle pas un mot d'espagnol. Je ne sais pas pourquoi, les mots ne sont jamais rentrés, malgré les cours particuliers, les visites au musée, les films d'Almodovar en VO… L'espagnol est un mystère pour moi. Au collège, j'ai vite opté pour l'allemand en seconde langue vivante. La psy m'avait fait remarquer qu'avec tous les efforts de mes parents pour effacer l'espagnol de notre quotidien, il n'y avait rien d'étonnant à ce qu'inconsciemment je rejette cette langue. Sa seule remarque sensée.

J'envoie un mail à Maria-Christina, reste assez vague sur les raisons qui me conduisent à cette requête. Elle me répond une vingtaine de minutes plus tard. Elle est en mission en Turquie pour plusieurs mois, navrée de ne pas pouvoir se rendre disponible, mais elle connaît quelqu'un de très bien, qui travaille en Andalousie et qui sera certainement enclin à m'aider si elle le lui demande… J'accepte.

Une heure plus tard, je reçois un nouveau message : *Dimitri est d'accord, voici son mail et son numéro. Il attend votre message pour fixer le rendez-vous, il connaît la région par cœur.*

Soudain, j'ai peur. Inexplicable. Je laisse le pendentif de mon père glisser entre mes doigts et me plante devant mon écran. Je n'ai plus qu'à réserver un billet d'avion et à écrire à ce Dimitri. Je peux partir demain si je le veux. Je dis à mes associés que je travaille de chez moi pendant quelques jours, je confie Lisa à Baptiste, rien de plus simple. Pourtant, je suis incapable d'appuyer sur la touche. Mes plaques rouges sont ressorties. La brûlure est insupportable. Je tourne autour de mon bureau. Je suis stupide. Qu'est-ce qui m'arrive ?

Je finis par me donner un coup sur le front et je clique. En trois minutes, le projet est lancé. Mais plutôt que de me sentir soulagée, une violente quinte de toux s'empare de moi. Je ne peux plus m'arrêter. Béatrice entre dans le bureau. Je suis en train de m'étouffer. Elle court chercher un verre d'eau et m'aide à le boire. Je me calme, enfin.

— Tout va bien, maître Perez ?

— Oui, merci, Béatrice. Je pense que je vais travailler de la maison ces prochains jours.

Sophie

Mercredi 13 avril 2016, Grenade

À travers les vitres du taxi qui me conduit au cœur de Grenade, j'aperçois les paysages de mes ancêtres. Des bâtiments couleur brique tranchent avec les arbres et le ciel sans nuages. À perte de vue, des terres parsemées de petites maisons aux toits de tuiles roses. J'imagine mon père, enfant, jouant dans ces champs, traversant les rues de ces petits villages. À quoi ressemblent ses vêtements ? Le teint de sa peau ? Est-il grand pour son âge ? A-t-il déjà ce regard triste ou est-il apparu après l'incendie ?

J'ai tant comblé les blancs du récit. J'ai inventé la première flamme dans une grange, un mégot mal éteint, celui d'un oncle que je ne connais pas, énervé d'avoir encore été comparé à son petit frère parfait, mon père. De brindille en brindille, la flamme gagne une botte de foin. Le bois de la bâtisse est bientôt touché, il n'y a plus rien à faire. Au loin, une voisine s'en aperçoit. Elle crie pour alerter ma famille, mais il est près de 2 heures du matin, personne ne l'entend. Mes grands-parents sont les premières victimes des fumées toxiques. Ils meurent sur le coup, comme le frère aîné dans sa chambre. Les feuilles mortes guident le feu jusque chez Paula. En quelques secondes, le rez-de-chaussée se consume. Mon grand-père maternel se hâte de saisir un seau d'eau. Manœuvre inutile, il est prisonnier de l'incendie. Seuls mes parents, à quelques centaines de mètres des habitations, survivent. Ils avaient désobéi, s'étaient échappés de leurs chambres pour se retrouver dans un champ. Ils ont assisté au triste spectacle. Ils ont eu beau courir aussi vite qu'ils ont pu, hurler, jeter terre et eau sur leurs maisons, le feu a gagné, emportant tout sur son passage. J'ai imaginé leurs mines hagardes au petit matin, leur espoir qu'un frère ou une sœur en ait réchappé aussi, la reconstitution des corps avec l'aide des voisins et des pompiers, en vain.

Je n'ai aucune photo de mes parents jeunes. Tout est parti en fumée. Je les imagine, enfants, grimpant sur le même arbre, jouant à cache-cache et, des années plus tard, se donnant leur premier baiser. Aujourd'hui, leur véritable passé est à portée de main. Je respire le même air qu'eux, je vais fouler un sol qui les a vus grandir. Peut-être retrouverai-je des cousins éloignés ou des personnes qui les connaissaient ?

Ils n'ont jamais voulu décrire l'Andalousie. Chaque fois qu'Aurélie ou moi abordions le sujet, la douleur fermait leur visage. Aujourd'hui, je me sens libre. Je suis chez moi, j'ai le droit d'y être, le droit de chercher mes origines. Mes plaques s'estompent, on ne voit presque plus rien. Le taxi ne parle pas un mot d'anglais. Tant mieux, je n'ai pas à supporter le baratin qu'il doit servir aux touristes. Le vent s'engouffre dans la voiture à mesure que nous montons au plus haut de la ville. Dimitri m'a donné rendez-vous à l'Alcazaba, un des plus vieux sites de la cité, a-t-il précisé.

Il a une heure de retard. Une heure que j'attends en plein soleil, avec ma valise, devant des ruines. Une femme qui s'occupe de l'accueil m'a donné un prospectus. Je sais à présent que je me trouve dans une ancienne forteresse. S'il continue à tarder, ce Dimitri va vite comprendre à qui il a affaire. Dans un français approximatif, la dame m'a incitée à aller voir « la place des armes ». « Impressionnant », elle a ajouté. Comme je ne bougeais pas, elle m'a montré des photos. Les vestiges des habitations des soldats forment une sorte de labyrinthe. J'ai aperçu un petit arbre au milieu des pierres, je n'ai pas cherché plus loin. J'aime assez l'idée des forteresses. Rien ne peut vous atteindre ou alors les murs cèdent, tout le monde meurt et c'est la fin d'un royaume. En fait, ce destin sans équivoque me plaît, mais la dame n'aurait pas compris.

Je n'ai pas de réseau, je ne peux pas recevoir de mails. Je vérifie toutes les cinq minutes si je n'ai pas loupé d'appel, même si je ne vois pas comment ce serait possible.

— Sophie ?

Je me retourne. Un homme, grand, les cheveux en pagaille et la chemise froissée, me fait signe.

— Excusez-moi, j'ai été retenu par des élèves… Je suis Dimitri, me dit-il en me serrant la main.

— Ce n'est pas grave, je lâche avec difficulté.

— J'espère que vous en avez profité pour visiter… La tour du Guet a la plus belle vue sur la ville, La Vega et les petits villages alentour.

— Non… Je ne voulais pas vous rater, dis-je, sèchement.

Quel culot ! Qu'est-ce qu'il croit, que je vais laisser ma valise ici pour courir des ruines ? Il s'approche et me fait la bise. Son allure négligée m'avait fait craindre qu'il dégagerait une terrible odeur de transpiration, mais il sent bon.

— Je vous ai réservé un hôtel. Je vais vous y conduire.

— Nous n'allons pas à Puebla Maria ?

— Il est trop tard, mais j'ai tout organisé. Nous partons demain dans la matinée, nous arriverons pour le déjeuner.

Je soupire.

— Vous préférez visiter l'Alhambra d'abord ? Nous pouvons laisser la valise dans le coffre.

Je suis furieuse. Je ne suis pas là pour ça… Je me fiche de leurs tours et des vues panoramiques sur la ville ! Il scrute mes réactions. Comment lui en vouloir, je ne lui ai rien expliqué.

— Non, allons à l'hôtel.

Il n'est pas bavard, ne me pose aucune question dans la voiture. J'en suis gênée. Du coup, c'est moi qui provoque la conversation.

— Vous êtes un bon ami de Maria-Christina ?

— Nous avons travaillé ensemble.

Il n'ajoute rien de plus, abaisse ses lunettes de soleil sur son nez. Il a des fossettes au milieu des joues. Il est robuste, mais ses mains sont délicates. Il les passe souvent sur sa nuque.

— Elle a été ma cliente, je précise.

Il hoche la tête, comme s'il avait oublié de quoi nous parlions.

— Voilà, nous sommes arrivés, dit-il en se garant. Le *Palacio* est mon préféré.

Un bagagiste me débarrasse de mes affaires. Dimitri s'occupe des formalités.

— Tout est réglé.

Il me tend la clef de ma chambre. Je ne sais pas pourquoi, mais je n'ai pas envie qu'il parte. Je cherche un sujet de discussion, une excuse, mais rien ne vient. Je ne m'explique pas ce comportement. Je fuis le monde depuis des mois. Pourtant, j'ai envie qu'il reste avec moi. Je ne sais pas si je le trouve beau ou attirant. Il est un possible. Une autre voie que la mort qui me poursuit. Une coupure avec le noir. Mais je suis stupide. J'ai passé l'âge… Et je ne suis pas là pour ça ! Et puis il a sûrement une femme et des enfants à retrouver. Malgré moi, cette idée me déçoit. Serais-je finalement autre chose qu'une fille en deuil ?

— On dîne ensemble ? demande-t-il.

Non, en fait, il affirme. Lui non plus ne sait rien de moi, je pourrais être mariée… Il s'en fiche. Je voudrais hésiter, mais j'accepte. J'ai l'impression que je suis capable de faire cette entorse à la douleur. La distance avec Paris peut-être.

— Alors soyez dans le hall vers 21 heures, je serai ponctuel cette fois !

En le regardant s'éloigner, je fais mentalement l'inventaire de ce que j'ai emporté. Rien ne convient pour ce dîner… Il ne me reste plus qu'à aller m'acheter une robe. Et du maquillage, peut-être. Mais enfin, qu'est-ce que j'imagine ? Il est une parenthèse.

Sophie

Mercredi 13 avril 2016, Grenade

— Je suis désolé pour tout à l'heure… Je ne sais jamais quoi dire quand…

— Quand vous ne connaissez pas la personne, je l'interromps.

— Non, quand je suis en face d'une belle femme.

Dimitri rougit en prononçant ces mots. Mon cœur s'emballe. Son regard est une promesse. Hier encore, je n'étais que tourments. Est-ce l'excitation d'être ici, de sentir que je reprends les choses en main ?

Il a réservé dans un restaurant qu'il apprécie beaucoup. Nous dînons à une terrasse cachée par des arbres. Je cherche son regard, mais il me fuit. Étrange, ce garçon. Les femmes autour le reluquent, elles me détaillent ensuite, se demandant sûrement si je mérite sa compagnie. Il ne semble pas remarquer le petit manège qu'il suscite, comme s'il n'avait pas conscience de ce qu'il dégage. Il s'empêtre dans des phrases qu'il ne finit pas, me propose deux fois de suite du vin alors que mon verre est plein.

— Je n'ai même pas pensé à vous demander ce que vous faisiez dans la vie ! je demande.

Il sourit. Les fossettes de ses joues se creusent. Il se redresse aussi. Voilà ce qu'il attendait, parler de son métier.

Il me raconte qu'il est expert en paléographie et en langues médiévales ibériques. Il parle aussi le russe, l'espagnol, le français, l'arabe, l'hébreu et l'anglais.

— La paléographie ?

— Le décryptage des documents anciens…

— Et d'où vous vient cette vocation ? Je veux dire… Ce n'est pas courant.

Il passe sa main à l'arrière de son cou.

— Je ne sais pas. Enfant, j'avais toujours l'impression qu'on me cachait des choses… J'ai commencé à jouer au détective.

Un écho en moi. J'ai envie de lui dire que, toute ma vie, j'ai eu ce sentiment, comme un voile sur mes souvenirs.

— J'ai cherché dans les archives familiales, observé les photos, fouillé la maison de mes parents, de mes oncles et tantes. Je n'ai rien trouvé. Petit à petit, le secret à découvrir s'est élargi à l'existence tout entière. Je chinais dans les brocantes, traînais des heures dans les musées. Ceux qui comprennent le passé ont le pouvoir d'écrire l'histoire… On se construit sur des bases, si les bases sont fausses, alors plus rien ne tient la route.

Je n'ai jamais vu quelqu'un de si passionné. La bougie ne semble briller que pour Dimitri. Il m'avoue qu'il a toujours sur lui la copie d'une très vieille lettre envoyée en 1492 par un juif qui fuyait l'Espagne après qu'Isabelle la Catholique eut signé le décret de l'Alhambra. Je ne sais pas de quoi il s'agit.

— L'avis d'expulsion des juifs, précise-t-il.

Il y avait des juifs en Espagne au Moyen Âge ? Il déplie une feuille de papier, me la tend. Des pattes de mouche à moitié effacées.

— C'est le premier texte que j'ai déchiffré sans aide. Il ne me quitte pas.

— Vous avez compris quelque chose à ça ?

— Au bout de quatre mois, oui.

Quatre mois, penché sur dix lignes.

— Avant tout, il faut accorder aux documents anciens tout le respect qu'ils méritent, ajoute-t-il. Derrière ces mots qui s'érodent, il y a des morts, des gens qui se sont battus, qui se sont aimés. La vie est toujours la même. On se combat pour une terre, une femme, une idée…

Il explique son sentiment d'être tout petit face à un texte qui transmet le sens du monde, l'immortalité de ce qui nous anime.

— Et comment vous faites ? Il y a une méthode ?

Il prend un air solennel. Bien sûr, quelques règles simples. Il numérote les lignes du document et utilise la même numérotation pour la transcription. Il essaie ensuite de lire le texte en entier pour, si possible, en comprendre le sens général. Il cherche à identifier les mots, les phrases, les formules usuelles, les abréviations dont le sens lui est familier. Il se documente : est-ce que le rédacteur a écrit d'autres manuscrits qui ont déjà été traduits ? Comparer peut s'avérer utile parfois. Puis il repère les dates, les professions, les noms de personnes, de lieux… Pour les textes en espagnol, il tente d'identifier en priorité les « R », les « S », les « E » et les « A ». Il annote les lettres initiales et finales des mots, observe les jambages et les hampes. Ensuite, il confronte les éléments entre eux afin de déchiffrer de nouveaux mots. Il sépare ceux qui étaient « soudés » dans le texte original et, petit à petit, comble les trous, déchiffre les lettres manquantes, même celles qui ne sont plus utilisées aujourd'hui. Il restitue la ponctuation et, bientôt, les phrases prennent sens.

— Chaque fois, c'est magique.

J'ai envie de l'embrasser.

Un serveur nous interrompt. Ils vont fermer. Je prends mes affaires, prête à partir.

— C'est pas parce qu'il nous le demande qu'on doit lui obéir, vous savez, modère Dimitri.

— Désolée…

— Vous, vous avez un problème avec l'autorité !

— Pourquoi vous dites ça ?

— J'ai rarement vu quelqu'un réagir au quart de tour comme ça…

— S'il y a des règles, je les applique…

— C'est bien ce que je dis, répond-il en me souriant. Je parierais que votre père prend beaucoup de place dans votre vie.

Je dois pâlir de façon impressionnante parce qu'il se reprend soudain.

— Excusez-moi, je plaisantais… Vous me faites penser à une de mes sœurs, c'est tout… Enfin sur cet aspect…

Il bafouille, je le rassure comme je peux.

— Tout va bien, ne vous inquiétez pas.

Sophie

Mercredi 13 avril 2016, Grenade

Dans le hall de l'hôtel, il me dit au revoir, s'apprête à partir. Je le retiens et l'embrasse. Il me serre dans ses bras. Une fois à l'étage, je l'attire vers le lit, arrache sa chemise, son pantalon. Je n'en reviens pas de cette aisance. J'enlève ma robe et me colle à lui. Je suis brutale. J'ai envie de le mordre, d'empoigner ses cheveux, de le lécher tout entier. Mes jambes se referment autour de ses hanches. Il saisit mes mains, les bloque au-dessus de ma tête puis me regarde dans les yeux, sans bouger, et s'enfonce en moi. Son rythme, son souffle, ses baisers. Je décolle.

Tout s'est fait dans le silence. Seule résonne la clameur de la nuit espagnole au-dehors.

— Dimitri, ce n'est pas très espagnol, dis-je enfin.

Il me raconte que son père est russe, sa mère madrilène. Il a cinq sœurs. Tous vivent en Angleterre. Depuis vingt ans, les femmes de sa famille le harcèlent pour qu'il « se pose », qu'il « se trouve une femme ». Il ne supporte pas d'être envahi, qu'on s'immisce dans sa vie. Il a besoin de limites. Je pourrais le prendre mal, mais ces paroles me soulagent. Il met des mots sur ce que je ressens.

— Un Russe et une Espagnole ? Pas très courant…

— Non… Mes parents ont lutté pour être ensemble. Dans ma famille, on fuit les régimes totalitaires de génération en génération…

— Sauf toi…

— Moi ? J'ai fui le pire ! Ma mère et mes sœurs !

Je touche sa fossette et l'embrasse avant de reposer ma tête sur son torse.

Il s'empare de ma médaille, observe le pendentif.

— Il appartenait à mon père, dis-je.

Son visage s'assombrit.

— C'est pour lui que je suis là. Il est mort, il y a quelques mois.

Je lui raconte le désespoir, l'envie de remonter aux origines, l'urgence de voir Puebla Maria, terreau de mon histoire.

— Il n'est plus rien resté après l'incendie…

— L'incendie ? me demande-t-il.

— Oui. Celui qui a détruit ma famille. Le grand incendie de Puebla Maria.

Dimitri fronce les sourcils.

— Quoi ?

— Rien, répond-il.

Lorsque je me réveille au petit matin, il n'est pas dans la chambre. Je ne l'ai pas entendu partir. Je me lave et descends. Il m'attend dans le hall, le visage fermé. À tous les coups, il ne veut plus m'accompagner.

J'espère que je ne suis pas tombée sur un romantique, traumatisé par une bonne nuit de baise.

— Sophie, il faut que je te dise…

— Tu n'as rien à dire…

Il ne m'écoute pas.

— J'ai vérifié. Je suis allé consulter les documents administratifs tôt ce matin, il n'y a jamais eu d'incendie à Puebla Maria.

Il se justifie. La veille, il n'avait pas voulu me faire part de ses doutes, mais cet incendie, il n'en avait jamais entendu parler. Pourtant il connaît la région par cœur, son histoire, ses drames… Je me fige.

— Y a-t-il une possibilité pour que tu aies mal compris le nom du village ? Ou que ton père se soit trompé ?

— Non, aucune. C'est Puebla Maria en Andalousie… Ma mère et mon père sont venus en France à cause de cet incendie en 1974. Sans famille, sans argent.

Silence. Il y a forcément une erreur.

— Peut-être qu'à l'époque on ne répertoriait pas les incendies dans les archives, ou que l'absence de survivants…

— On va y aller quand même, propose Dimitri. Sur place, les gens auront sûrement une explication.

Sophie

Jeudi 14 avril 2016, Puebla Maria

Toutes les maisons paraissent anciennes. Puebla Maria ne ressemble pas à un village reconstruit il y a peu. Mon cœur se serre, c'est étrange. Nous nous perdons, à la recherche d'une piste, d'un paysage qui m'inspirerait. Rien. Pas de frisson ni d'intuition. Dimitri s'arrête devant le seul café, au milieu de la place centrale. Je lui ai demandé de poser des questions bien précises. Qui sont les personnes les plus âgées de Puebla Maria, et avez-vous connu les familles Perez et Rodriguez, le nom de jeune fille de ma mère, frappées par le terrible incendie qui a ravagé la région il y a un peu plus de quarante ans ?

Le patron du bar acquiesce. Bien sûr qu'il connaît Federico Rodriguez ! Il ne devrait pas tarder d'ailleurs. Il déjeune tous les jours ici. Je n'en reviens pas. Un parent de ma mère ! Les doutes du matin s'évaporent.

Un homme sans âge entre peu après et s'assoit au comptoir près de nous. Le barman nous montre du doigt. Je comprends qu'il s'agit de Federico. Dimitri lui explique la situation, cite les noms, énumère les hypothèses autour des membres de ma famille disparus.

Paula, Thiago… Federico fronce les sourcils. Il vient de Grenade. Toute sa famille vit là-bas. Rien ne correspond à mon histoire. Dimitri traduit enfin la remarque du barman : « Vous êtes en Espagne, Perez, Rodriguez, c'est assez répandu… » Il a raison. Bien sûr. Mais un incendie d'une telle ampleur, beaucoup moins. Il semble étonné.

— Ça ne lui dit rien, me dit Dimitri.

Je m'accroche au tabouret. J'ai du mal à tenir debout. Le barman comprend que ces questions sont vitales pour moi. Il interroge les quelques clients dans la salle. Personne ne sait de quoi je parle. Ils ont oublié, il faut leur faire retrouver la mémoire ! L'incendie, la fuite de mes parents ! Je ne suis pas folle ! D'où viendrait la photo qu'ils m'ont montrée tant de fois ? Et ma chaîne ? Pourquoi n'y ai-je pas pensé plus tôt ! Je la brandis.

— Vous voyez bien ! Mon père avait l'emblème du village pendu à son cou ! Ça ne peut pas être un hasard !

Dimitri traduit. Le barman me dévisage. Il se penche vers le pendentif, l'examine avec attention et lève les épaules, l'air navré.

— Le village n'a jamais eu d'emblème, m'explique Dimitri. Il y a bien un drapeau, mais il représente deux lions qui se font face…

Je me tais. Mes mains tremblent.

— S'il vous plaît, essayez de vous souvenir.

L'homme regarde Dimitri, interdit. Il ne sait pas quoi ajouter. Ils me prennent pour une cinglée, je le sens. Je les implore, il y a bien un vieux, une vieille qui pourrait nous renseigner ! Je parle trop fort, ne contrôle pas mes gestes. On finit par nous donner un nom et une adresse à quelques mètres de là, l'ancien curé.

Je cours, frappe à la porte. Personne. J'insiste, tape du plat de la main. Un vieux monsieur ouvre lentement. Il n'a plus de dents, le cheveu rare. Dimitri lui explique la situation, notre visite au bar, le nom de mes parents, l'incendie, mon pendentif. Le vieil homme ne semble pas comprendre ce que nous lui racontons. Nous l'importunons, il s'apprête à refermer sa porte. Je la retiens avec mon pied.

— Thiago Perez, vous connaissez ce nom ? Perez !

Je hurle. Il fait non de la tête.

— Mais si ! Perez !

J'articule chaque lettre comme si je parlais à un sourd. L'homme soupire et s'adresse à Dimitri d'un ton énervé.

— Il connaît des Perez, oui, mais pas de Thiago ni de paysan au village ayant porté ce nom, traduit Dimitri avec toute la douceur possible.

Nous décidons de rentrer à l'hôtel. Dimitri me soutient jusqu'à la voiture. Je n'arrive plus à marcher. Il y a une explication rationnelle, c'est certain. Mais en attendant, je suis un sablier, tout s'effondre à l'intérieur de moi. Je m'attendais à ce que l'on me décrive mes parents, qu'on me reconnaisse peut-être, qu'on me montre de vieilles photos…

Au moment d'ouvrir la portière, un homme nous interpelle. Il boite.

— Perez ! Vous vous appelez Perez ?

— Oui.

Ma voix tremble. Que va-t-il m'annoncer encore ? Essoufflé, il s'arrête devant moi.

— Vous êtes la fille de Thiago et Paula Perez ?

— C'est moi.

— J'ai connu vos parents. Ils habitaient à côté de chez moi.

Il va pouvoir me raconter la vérité. Je respire à nouveau.

— Vous habitez Puebla Maria ?

— Oui enfin, juste à côté… Le village a été coupé en deux, il y a bien longtemps, mais c'est tout comme… Venez, ma fille est à la maison, elle a connu votre mère.

Sophie

Jeudi 14 avril 2016, Puebla Maria

Nous entrons dans une maison vétuste à la sortie du village. Les pierres s'effritent sur la façade extérieure. Le toit est recouvert de fientes d'oiseaux. L'homme nous conduit dans le séjour, une petite pièce sombre envahie par d'imposants meubles en bois. Il appelle quelqu'un d'une voix autoritaire. Une femme de l'âge de ma mère apparaît dans l'entrebâillement de la porte qui donne sur la cuisine. Grosse, mal coiffée, des vêtements froissés.

L'homme, Pablo, nous présente Adelina, sa fille.

— Elle jouait avec votre mère quand elles étaient petites, elle a eu beaucoup de peine quand vos parents sont partis d'Espagne.

Encore une fois, Dimitri prend soin de me traduire chaque mot, reproduisant même les intonations de nos hôtes. Sans rien dire, Adelina dépose deux verres sur la table et nous sert. Je ne sais pas si nous la dérangeons ou l'intimidons.

— Vous avez survécu à l'incendie ? finis-je par demander.

Elle se redresse et me regarde avec de grands yeux. Je la sens se liquéfier. Elle se tourne vers son père, qui hoche la tête pour l'inciter à parler. Alors elle essuie la sueur sur son front et nous sourit.

— Il y a eu un terrible incendie.

Elle souffle, comme si prononcer ces mots lui avait coûté un monstrueux effort.

— Oui… Mes parents m'en ont fait part… Mais comment est-ce arrivé ? Comment y avez-vous survécu ?

— C'était un incendie terrible, reprend-elle. Mais nous l'avons maîtrisé rapidement. Pas eu besoin d'appeler les pompiers ou la police…

— Vous n'avez pas appelé la police ?

Elle lance un regard désespéré à son père. Je m'en veux de lui faire revivre ce moment douloureux. Elle transpire, hésite.

— Non… Pas de police, bégaie-t-elle.

— Mais… Toute ma famille est morte dans cet incendie ! Vous voulez dire qu'ils ne sont enterrés nulle part ?

Adelina se balance d'une jambe sur l'autre. Elle cherche ses mots.

— Vos parents n'ont pas voulu… Ils étaient perdus. Ils sont partis très vite. De toute façon, il ne restait plus rien…, reprend Pablo.

— Et comment se fait-il que personne ne se souvienne de cet incendie dans le village ?

Silence.

— Votre père est allé dire au revoir à tout le monde. Il a fait promettre de ne jamais en parler. Avec le temps, les souvenirs s'effacent.

— Votre mère m'a donné une photo d'elle pour que je ne l'oublie pas, poursuit Adelina.

Elle ouvre un tiroir du vaisselier et brandit la photo cartonnée. Elle est déchirée. Dessus, Paula sourit à l'objectif. Un bras enlace ses épaules, mais la personne a été coupée.

— C'était moi à côté, votre mère a gardé l'autre moitié en souvenir.

— Elle ne m'a jamais parlé de vous…

Adelina hausse les épaules.

— Gardez-la si vous voulez.

Dimitri me rappelle que je suis venue chercher des informations précises. Que savaient-ils de ma famille ?

Pablo a travaillé quelque temps avec mon grand-père, m'explique-t-il. Ils cultivaient du blé et des légumes. Beaucoup de poivrons, des tomates. Les meilleures de la région ! Ma famille adorait la vie. Tout était prétexte à boire et à faire la fête. Mais quand il fallait se remettre au travail, ils étaient les plus volontaires du monde ! Il me confie aussi qu'ils l'ont beaucoup aidé. Il me montre un épais mur de pierres.

— C'est grâce à votre père et à votre grand-père. On s'y est mis à trois !

Puis il me raconte le jour où tout a basculé, m'avoue qu'aujourd'hui encore, la douleur le ronge, qu'il a du mal à en parler.

— Comme si ma tête avait voulu oublier… Le pire, c'était cette odeur. L'odeur de la mort. On n'a jamais su comment l'incendie s'était déclaré. C'était au beau milieu de la nuit. En quelques minutes, les flammes ont tout rongé.

Pablo est certain que ma famille n'a pas eu le temps de souffrir. Par-dessus les ruines, il a fait construire une étable. Il tient à m'y emmener. Quatre vaches s'y reposent à l'abri du soleil.

Il me décrit le village tel qu'il était avant, la maison de mon père, collée à celle de ma mère, l'endroit où se déroulaient les fêtes, les assemblées. Je suis si absorbée que j'en oublie mes questions. Je suis tout entière à son récit et je retiens mes larmes. Comme j'aurais aimé que mon père soit avec nous et qu'il me raconte tout ça lui-même…

Pablo me relate les habitudes de mes parents, leurs jeux d'enfants, leur passion pour la course, l'escalade, leurs plongeons dans un lac, à quelques kilomètres de là, et puis le jour où ils ont annoncé leurs fiançailles. Mon cœur bat à se rompre. Cette vie avant moi, évanouie jusqu'ici et qui refait enfin surface… Certains points m'étonnent, m'amusent presque. Pas le genre de ma mère de ne pas lâcher ses livres ni celui de mon père de danser « comme un fou ». Avec l'exil, ils ont dû changer. Je mesure encore une fois leur souffrance et ce poids dont ils nous ont épargnées en se taisant. Je suis si soulagée d'avoir insisté.

Je prends les numéros de téléphone de Pablo et d'Adelina, je les rappellerai. Tant de blancs à combler encore.

Sophie

Jeudi 14 avril 2016, Grenade

Mon corps entier est une plaie à vif. Mon visage, mon dos, mon cou, mes jambes, mon ventre sont couverts de plaques rouges. Je ne peux pas arrêter de me gratter.

Dimitri part acheter des crèmes. Il revient vite, tente de me rassurer. Je ne réponds pas. Je n'arrive plus à parler ni à penser. Frotter, encore et encore, jusqu'à saigner. Il y a des taches rouges sur les draps. Le temps s'est arrêté. Le récit de Pablo et d'Adelina semble s'étioler. Je m'y raccroche comme je peux. Pablo m'a décrit mon oncle Marco, le frère de Thiago, robuste et taciturne. Il ne rechignait jamais face à la masse de travail qu'exigeait la terre. Il était passionné par son métier, fasciné par les cycles de la nature, la façon dont les sols se régénèrent, d'un été aride au prochain. Il savait quand le temps allait changer pour laisser place à la pluie, pouvait dater au jour près les premiers bourgeons des plants de tomates. Je ne comprends pas pourquoi mon père ne m'en a jamais parlé. Comment a-t-il pu passer sous silence tous ces petits détails qui animent en un rien les souvenirs ?

Pablo a également parlé de mes grands-parents paternels, distants devant les gens, mais infiniment tendres l'un envers l'autre. Ma grand-mère avait longtemps espéré un troisième petit, elle rêvait d'une fille, mais l'enfant n'était jamais venu. Ils étaient pauvres, pourtant ils ne manquaient de rien. Du côté de ma mère, les choses étaient plus compliquées. Elle était fille unique et son père doutait de sa capacité à reprendre l'exploitation un jour. C'était un homme dur, violent. Il adorait la chasse, les règlements de comptes et qu'on lui obéisse. Plusieurs fois, Adelina avait remarqué des bleus sur le bras, les jambes de Paula, mais ma mère avait toujours refusé de s'expliquer.

Lorsque je me concentre, les mots reviennent, mais quelque chose ne colle pas. Comme si ces histoires refusaient de s'inscrire en moi. Je ne peux oublier mes premières impressions en arrivant au village. Je n'arrive pas à comprendre pourquoi seuls Pablo et Adelina se souviennent de mes parents. Je reviens sans cesse dans ce bar, mon pendentif face à cet homme, l'implorant de me raconter une histoire qu'il ignore.

Je n'ai pas entendu Dimitri entrer. Il enlève mes vêtements, étale la crème. Je n'oppose aucune résistance. Je n'ai pas de force.

— Ne bouge pas, murmure-t-il. Ça va bientôt faire effet.

Mais je ne veux pas que ça se calme. Si je n'ai plus mal, les questions vont revenir. Terribles. Sans réponse.

— Essaie de te reposer, Sophie.

Je ne crois pas en une accalmie. Je lui indique mon sac. J'en sors mes Lexomil, en avale une barre entière. Il me tient la main.

Quand je me réveille, je ne sais plus où je suis. J'aperçois Dimitri à l'autre bout de la chambre, penché sur son ordinateur. Tout me revient alors, Puebla Maria, les regards moqueurs du barman et du prêtre, l'horrible sensation de m'être échappée d'un asile.

— Tu vas mieux ? me demande Dimitri.

Je ne sais pas quoi répondre. Je regarde en direction de la fenêtre. Il fait nuit.

— Tu as beaucoup dormi. Si tu as faim, je peux te faire monter quelque chose… Ce serait bien que tu manges un peu.

J'essaie de parler, en vain.

— Tu veux retourner voir Pablo et Adelina pour les interroger encore ?

— Pas besoin. Ils nous ont tout raconté, tu as entendu comme moi, non ?

— Calme-toi, tempère Dimitri, tes plaques reviennent.

J'ai crié sans m'en rendre compte. J'ai l'impression qu'une porte s'ouvre en moi. Une porte qui donne sur une fosse vertigineuse dans laquelle je chute.

— Il faut que je parle à ma fille.

J'ai besoin d'entendre la voix de Lisa, comme si elle seule à présent garantissait mon ancrage sur terre.

SOL

Jeudi 14 avril 2016, Buenos Aires

Pour une fois, Sol déjeune au self d'entreprise. D'habitude, elle déteste ça, cette sensation de faire partie du bétail, le ridicule des collaborateurs en costard agglutinés devant le stand des steaks frites, la vulgarité à table où ceux que l'on redoute quelques étages plus haut dévoilent leur incapacité à mâcher bouche fermée, piquent des quignons de pain pour leur goûter ou des sachets de ketchup. Mais aujourd'hui, il pleut des cordes.

Elle saisit un plateau encore ruisselant d'eau. Au moins il a été lavé, se console-t-elle. Elle sort couteau, fourchette et cuillère d'un grand bac en plastique où tout le monde a glissé ses mains sales. Elle pénètre dans l'immense hall où des buffets sont répartis par spécialité : viandes, poissons, plats argentins, américains, européens. Tout a pourtant la même odeur, la même couleur. Le bruit l'insupporte. Chaises que l'on traîne, éclats de rire, verres qui s'entrechoquent. Elle déteste la foule.

Aucune table libre. Elle va devoir se joindre à des inconnus. Un homme déjeune. Autour de lui, trois places vacantes. Gros, les cheveux gras. Elle n'a déjà pas très faim... Plus loin, il reste une place aux côtés de cadres en costume et tailleur qui s'adressent à peine la parole. Non plus. Elle se rabat sur une table de jeunes femmes.

— Je peux m'asseoir ?

Elles ne prennent pas la peine de répondre, l'une d'entre elles se contente d'enlever son sac à main de la chaise. Sol comprend rapidement la raison de ce désintérêt. Les demoiselles sont en pleine discussion, une thématique capitale qui sollicite toute leur attention : les hommes. Le dilemme est posé : la grande rousse a fait la connaissance d'un jeune directeur artistique dans la publicité il y a quelques semaines. Ils ont dîné plusieurs fois ensemble, sont sortis en boîte de nuit et, trois jours plus tôt, ils ont fait l'amour. Seulement aucune nouvelle depuis. La pauvre est en pleine crise existentielle. A-t-elle été maladroite ? Pourtant on l'a toujours considérée comme « un bon coup » si elle en croit ses ex. Peut-être est-il à l'hôpital... Peut-être est-il marié ? Veuf ? Planqué dans les jupes de sa mère ? Chacune y va de son hypothèse improbable pour éviter la conclusion que la rouquine redoute : il s'est moqué d'elle.

— Je peux pas le croire, il était vraiment gentil. On était tellement connectés... Il a même posté une photo de nous à la soirée sur son compte Instagram !

Désespérée, elle sort son téléphone, fait défiler l'écran, panique puis éclate en sanglots : la photo a disparu. Ou plutôt, le jeune homme l'a supprimée. Le choc est rude. Les larmes tombent dans son assiette encore pleine de spaghettis. Les filles autour se veulent compatissantes, mais Sol perçoit un soupçon de moquerie.

— Je comprends pas. Pourquoi il a fait ça ? Dites-moi, qu'est-ce qui ne va pas chez moi ?

— Rien, enfin. C'est lui, le tordu, la rassure sa voisine.

— Tous les mêmes…

— Vous croyez que je devrais l'appeler ?

— Pour quoi faire ?

— Qu'il m'explique ! Peut-être qu'il n'a pas fait exprès de supprimer la photo et qu'il s'en veut… Il vaut mieux que les choses soient claires, non ?

— Ma chérie, je crois qu'elles sont assez claires, tranche la bonne copine en bout de table.

Nouvelle salve de sanglots.

— Je vais lui envoyer un SMS.

— Tu vas écrire quoi ?

— Je vais lui dire ce que je pense des types dans son genre.

Comme Sol les envie… Comme elle aurait aimé que les drames de sa vie se résument à une partie de jambes en l'air sans lendemain. Elle est fascinée par la souffrance de la jeune femme. Son visage ne serait pas moins crispé si on avait assassiné sa mère sous ses yeux ! Sol se sent tellement en décalage avec les autres. Ces réseaux sociaux, cette façon de se cacher derrière des écrans… Elle est dépassée.

Elle envie la superficialité de ces existences, et à la fois, elle les plaint. Sol a encore du mal à lever son bras droit à cause des tortures, n'a pas passé une journée paisible depuis la disparition de sa fille, trente-sept ans plus tôt, et elle est là, grignotant un steak immonde dans un self sans âme, à observer une jeune femme dévastée par la fin d'une amourette qui n'a jamais vraiment commencé. Elle hésite entre rire et crier, ou remettre cette greluche en place. Se rend-elle compte ? N'a-t-elle aucune connaissance du pays dans lequel elle vit, de son histoire, des réalités du monde ?

Malgré elle, Sol revoit le visage de Jorge, son premier amour devenu son bourreau. Le régime lui avait donné des ailes, et en quelques années, elle s'était retrouvée mariée à « El Loco », le fou, le tortionnaire. Les muscles de Sol se crispent, ils ont imprimé pour toujours la puissance de ses coups… Comment avait-il pu la séduire, la convaincre de l'épouser ? Comment avait-elle pu passer à côté de son ego si fragile ? Il tournerait mal, c'était écrit et elle n'avait rien vu. Des décennies plus tard, la douleur demeure intacte. Elle hésite encore : a-t-elle mal de ce qu'elle a subi ou de s'être tant trompée ?

Elle chasse comme elle peut les images de sa cellule à l'ESMA, le souvenir des cris, des pas qui résonnaient quand les gardes venaient chercher des prisonniers pour les faire parler. Parmi eux, elle revoit le visage de Leandro, le second homme de sa vie, sa seconde désillusion. Elle ne sait toujours pas quoi ressentir à son égard. Il lui a sauvé la vie, mais lui a fait mener une existence de mort ensuite. Il lui a donné Nahuel mais l'a privée de liberté… Elle repense à leurs premiers échanges, elle dans sa cellule, lui derrière la porte. Il voulait simplement savoir comment elle allait, si elle n'avait pas trop mal, pas trop froid. Puis il avait commencé à lui apporter quelques médicaments, un pull, une couverture. Sol redoutait un piège, mais elle n'avait plus la force de résister. On lui avait pris Abril, ils avaient tué Suzanna, sa codétenue, ils allaient détruire le pays, Thiago ne reviendrait pas et Jorge finirait par avoir sa peau. Quitte à mourir là, autant avoir chaud…

Puis Leandro avait pris l'habitude d'entrer dans sa cellule, le soir, pour discuter. Il voulait connaître sa vie, comprendre pourquoi Jorge Lederer, le responsable de l'unité et membre fondateur du camp, lui en voulait à ce point. Elle avait tout raconté, son travail de sabotage pour qu'il cesse de faire arrêter leurs amis, leurs voisins. On pouvait la considérer comme subversive, elle pensait ne faire preuve que de cœur et de bon sens. On ne tue pas les siens, même lorsqu'on n'est pas d'accord avec eux…

Elle avait parlé de la dernière nuit, celle où Jorge avait découvert sa trahison. Sol vivait sous son toit, couchait dans son lit, et pourtant, elle était sa pire ennemie. Il lui avait promis une agonie terrible, alors elle s'était échappée. Elle était enceinte de neuf mois. Leandro avait eu beau insister, elle ne lui avait jamais révélé ce qu'il était advenu du bébé. Le destin d'Abril resterait pour toujours son secret. À son grand étonnement, Leandro comprenait. Après tout, Sol n'avait aucune raison de lui faire confiance. Cette humilité lui avait plu et elle avait cessé de ne voir en lui que l'uniforme. À son tour, elle lui avait posé des questions sur sa vie.

Leandro avait suivi un parcours classique. Pauvre, des capacités scolaires limitées, un besoin de s'élever dans la société, de gagner le respect de sa famille… Il s'était naturellement engagé dans l'armée. Au départ, se battre pour faire régner l'ordre le rassurait. Il avait la conviction d'être du bon côté. Il ne s'était jamais reconnu dans les discours de la plupart des jeunes de son âge. Il ne croyait pas que le monde puisse devenir juste, « les lois importent peu, tant qu'il y aura des forts et des faibles », répétait-il.

Son application l'avait conduit à l'ESMA où il devait surveiller les femmes détenues. La brèche était alors apparue. À ses yeux, elles ne représentaient aucun danger, encore moins celles qui étaient enceintes. Elles voulaient simplement qu'on les laisse vivre, qu'on les laisse aimer leur enfant… Leandro avait de plus en plus de mal à se lever le matin pour endosser son rôle. Il n'espérait pas de Sol qu'elle soulage sa culpabilité, il voulait juste se confier.

Petit à petit, pourtant, il avait dû se rendre à l'évidence : Sol ne resterait pas indéfiniment dans cette cellule. Si elle continuait à garder le silence sur ce qui était arrivé à son enfant, ils la tueraient. Dans quelques jours, quelques semaines peut-être, le temps était compté. Alors il avait eu cette idée folle : la faire sortir. Il avait établi un plan, le tenant secret jusqu'au dernier moment. Un soir, il avait ordonné à Sol d'enfiler les vêtements qu'il lui avait apportés. Un uniforme. Il y avait aussi des ciseaux pour qu'elle coupe ses cheveux et du maquillage. Sans un mot, elle avait obéi.

Elle se souvient d'être passée par des allées en sous-sol, du pas hâtif de Leandro, de l'odeur de sa transpiration, de la voiture qui attendait dehors à l'autre bout du camp, du trajet à travers la ville plongée dans la nuit, de l'air chaud qui s'engouffrait dans la voiture et du petit appartement de Leandro.

— Il ne faudra jamais sortir d'ici. Je t'apporterai de la nourriture et tout ce dont tu as besoin. Tu prends ma chambre, je dormirai sur le canapé.

Pourquoi elle ? Pourquoi à ce moment-là ? Des questions qui tournaient en boucle dans sa tête, mais qu'elle n'osait pas formuler. Sol sentait l'immense pression que subissait son nouvel ami. La fuite d'une prisonnière de son acabit avait dû causer beaucoup de tort aux équipes de surveillance. Il avait sûrement fallu trouver des explications, désigner de faux coupables... Mais Leandro ne s'épanchait pas.

Elle avait beau l'avoir espéré, l'amour pour lui ne vint jamais. Leandro pourtant redoublait d'attentions. Il lui offrait des fleurs, des robes. Rien n'était au goût de Sol, mais jamais personne n'avait été si prévenant avec elle, alors elle faisait semblant. Elle avait conscience que Leandro cherchait aussi à racheter ses fautes. Elle était son baume anticulpabilité.

Pas d'amour, mais il y eut de l'amitié et, plus tard, de la tendresse. Elle l'embrassa un soir, après avoir sorti un poulet rôti du four. Une scène conjugale banale, sauf que pour eux, plus rien ne l'était. Le reste vint plus facilement qu'elle le pensait. Avantage des torturées. Elle était comme déconnectée de son corps. Faire l'amour à quelqu'un qu'elle ne désirait pas n'était plus un problème.

Quelques semaines plus tard, elle se rendit compte qu'elle était de nouveau enceinte. Un choc d'abord. Elle ne pensait pas qu'un enfant puisse prendre un jour la place d'Abril en elle. Son ventre était un cimetière, il appartenait à sa fille… Mais la nature en avait décidé autrement.

Leandro était aux anges. Il fut aux petits soins durant toute la grossesse. Il obtint une mutation pour un poste administratif. On ne le suspecta jamais. Il rentrait tôt le soir pour s'occuper de Sol, caresser son ventre… Et bientôt, Nahuel fut parmi eux. Sol se souvient de grands moments de douceur, teintés de tristesse. Elle découvrait le quotidien avec un nourrisson, l'amour pour un nouveau-né… Tout ce dont elle avait été privée avec Abril. Et face à ce qu'elle vivait, le manque s'intensifiait.

Puis la junte avait fini par tomber. En tant qu'ancien sergent exerçant à l'ESMA, Leandro ne tarda pas à avoir de sérieux problèmes avec les familles de disparus et de détenus, puis avec les autorités. Personne ne crut au récit de l'évasion de Sol, pourtant sa présence, celle de Nahuel, auraient dû suffire… Mais la société avait besoin de coupables.

Leandro devenait nerveux, irascible. Il criait sur elle, sur leur fils. Envolée la douceur, effacées les belles promesses. Encore un que Sol n'avait pas vu venir… Le petit ne comprenait plus rien. Il était terrorisé par son père, par les agents qui débarquaient sans cesse chez eux… La situation ne pouvait pas durer. Mais que faire ?

Un matin, l'inévitable se produisit. Seule dans le lit, elle avait su qu'il était parti et qu'il ne reviendrait jamais. Elle proposa à Nahuel un tour au parc. Il était tout ce qui lui restait. Lui, et ses souvenirs. Comment s'en sortirait-elle ? Comment trouverait-elle les mots ?

L'argent ? La force d'aimer ce petit ? De terribles doutes l'envahissaient. Où était Abril ? Avait-elle eu raison de laisser la voiture s'éloigner ? Se retrouveraient-elles un jour ? Ces questions finiraient peut-être par trouver des réponses, tentait-elle de se rassurer. Mais ça n'a pas été le cas. Presque quarante ans que la plaie est à vif.

La rouquine lit la nouvelle version de son SMS.

— Bon et si j'écris simplement : *Je voulais juste savoir si tu vas bien. C'était cool mais je m'attendais quand même à mieux. Autant te dire que j'ai pas joui. Bonne journée !*

Les filles à table éclatent de rire.

— Dans sa gueule à ce bâtard !

— Sérieux, les filles, pourquoi on doit souffrir comme ça ? J'en ai marre de cette vie de merde !

Les voisines acquiescent. Sol avale une gorgée d'eau et s'en va.

Sophie

Vendredi 15 avril 2016, Paris

Mon avion vient d'atterrir à Paris. J'ai abandonné une partie de mes affaires en Espagne pour ne pas avoir à attendre de bagages. Je cours vers la file de taxis comme si ma vie en dépendait. Une queue longue de cent mètres. Je vais exploser. Je n'ai pas le temps. Ils sont là, bande de gros tas bronzés, détendus, ils n'ont pas envie de rentrer chez eux, savourent encore leurs derniers instants de vacances avant de replonger dans leur quotidien de grisaille. Je me rue au premier rang, implore le couple de me laisser passer.

— Je vous en supplie, c'est une urgence, il me faut ce taxi.

Ils me dévisagent. Je suis comme possédée. Je me sens tellement mal depuis mon retour de Puebla Maria, et je ne comprends pas pourquoi. Ça m'obsède. Pourtant j'ai obtenu ce que je cherchais… J'ai envie de me taper la tête contre les murs, que mon cerveau de détraquée cesse d'anéantir ce qui me soulage, de gâcher mes avancées.

— Je peux vous expliquer…

— Non, allez-y, me coupe la femme.

Se débarrasser de la folle couverte de plaques, transpirante et agitée, que je suis devenue est l'option qui l'emporte.

Au taxi, j'indique l'adresse de mes parents. Je lui demande de foncer. Embouteillages à la sortie du périphérique. Je peste, l'implore de changer de voie dès que l'une d'entre elles paraît moins encombrée. Au final, nous perdons du temps.

— Vous n'avez qu'à descendre si vous n'êtes pas contente !

Il a raison, je suis insupportable. J'ouvre la fenêtre, j'ai besoin d'air. La pluie mouille les sièges en quelques minutes. Le chauffeur ne dit rien, il doit préférer mon silence à une banquette sèche. Je n'ai pas dormi. Je n'ai fait que repenser au visage sidéré du barman. Mais si je retrouve la moitié de la photo d'Adelina, alors je suis sauvée. Je choisis une bonne fois pour toutes de les croire, eux.

Je file dans l'escalier, pas le temps pour l'ascenseur. À l'intérieur, je m'élance. Il me faut cette photo. Dans l'entrée, je tombe sur le cadre sacré qui contient le seul cliché rescapé de l'incendie. Je sors la photo. Mes parents en Espagne, avec mes grands-parents. Mon père l'avait gardée sur lui, dans son portefeuille, l'unique souvenir de sa famille, de ses terres. Il faut que je reconnaisse Puebla Maria. Mais la photo est prise de trop près. Je ne parviens pas à distinguer le paysage en arrière-plan. Un gros arbre cache la vallée. Rien à en tirer.

Je traîne les fauteuils, vide les placards. Je fais basculer les étagères. Les livres tombent, ouverts, face contre le sol. Je manque de trébucher dessus. Je cherche derrière les WC, dans les boîtes à chaussures. Je me remémore les films, les histoires de mon enfance : où cache-t-on les trésors ? Les pièges ? Au bout d'une heure, l'appartement est un carnage, impossible pourtant de mettre la main sur la photo d'Adelina. Je m'allonge sur le lit de mes parents, fixe le plafond. J'ai un vertige. J'ai besoin d'un calmant, mais j'ai épuisé mon stock à Grenade. Ma mère planquait toujours des Lexomil dans sa table de chevet. Peut-être mon père les a-t-il conservés ?

J'ouvre et je sens quelque chose de métallique au fond. Je tire un peu plus et il m'apparaît. Un petit coffre en fer, cadenassé. Comment se fait-il que je ne l'aie jamais vu ? Je suis si sonnée que j'ai l'impression qu'on me l'a lancé sur le crâne. Il est fermé. Les mains tremblantes, je me dirige vers l'entrée. Toutes les clefs de la maison sont accrochées sur des clous, dans un tableau de bois. Celles des caves, des antivols des vélos, les doubles. Je n'ai jamais cherché à savoir combien il y en avait exactement. Je les emporte toutes et les teste, une à une.

La serrure du coffre cède.

Je plonge les mains à l'intérieur. Du papier. Beaucoup de papiers. À bout de nerfs, je sors ce que je pense être des carnets.

Deux passeports. Dessus, un soleil. Le même que le pendentif de mon père.

Republica Argentina
Pasaporte

À l'intérieur, leur photo, très jeunes.

Je ne comprends pas.

Je me fige, interdite.

Mon cerveau refuse l'information.

Le choc est si violent que je fonce aux toilettes et vomis de la bile. Mes parents ont des passeports argentins. Thiago Perez. Paula Perez Rodriguez. Nationalité : argentine.

Impossible. Et tout ça, à quelques mètres de ma chambre.

Pourquoi un coffre ? Pourquoi l'avoir gardé dans la table de chevet ? Depuis combien de temps est-il là ? Pourquoi cacher des papiers ? Avais-je déjà ouvert ce tiroir avant ? Avais-je déjà vu ce coffre sans y prêter attention ? Pourquoi à côté des calmants ?

Je brode autour de la véritable question pour atténuer ma souffrance. En réalité, un seul mot suffit : pourquoi ?

Je revois ma mère, cherchant ses Lexomil devant moi, ses mains devaient le frôler… Que se disait-elle alors ? Je me raisonne. S'il s'agissait vraiment d'un secret inavouable, pourquoi laisser tout ça à notre portée ? Combien de fois me suis-je assise sur leur lit, ai-je regardé un film allongée dessus ? La boîte était-elle déjà là ? Était-ce une provocation ? Mes parents attendaient-ils que l'on fouille dans les tiroirs ? Qu'est-ce que cela signifie ?

Nahuel

Vendredi 15 avril 2016, Buenos Aires

Le médecin entre dans la pièce.

— Monsieur Nahuel Ramon ?

— C'est moi, répond Nahuel en tendant la main.

— J'ai bien lu votre dossier, étudié vos récents examens. Avant toute chose, je dois m'assurer que vous ne prenez plus de drogue.

Le cœur de Nahuel se pince. Va-t-il encore falloir qu'il se justifie ? Il se sent incapable de raconter à nouveau sa descente aux enfers. L'attaque cardiaque qui l'a presque tué. Il sait d'avance comment la scène va se dérouler. Il dira la sensation de glace qui l'avait immobilisé, la lumière blanche, les médecins, les voix qu'il entendait en sourdine autour de lui. Mais ça ne suffira pas. On cherchera à comprendre comment un gamin de vingt ans a pu en arriver là. Il faudra alors éluder l'enlèvement de la petite au parc, le récit de son enfance, tous ces déclencheurs qui ont fait vieillir son corps trop vite. Il n'en peut plus. Sa paupière tombe, et après ? Les nerfs, le cœur, tout a lâché, il l'a expliqué tant de fois… Camila serre sa main.

— Mon fiancé ne touche plus du tout à la drogue. Il fait du sport, il travaille. Cette paupière abîmée est la seule séquelle de son triste passé…

Le médecin acquiesce. Camila a prononcé les bons mots.

— J'ai de bonnes nouvelles, reprend-il alors. On devrait pouvoir l'opérer bientôt.

Il parle de Nahuel à la troisième personne, comme si Camila était sa mère, qu'il était incapable d'apprécier la situation.

— C'est formidable, glisse-t-elle.

— J'aimerais effectuer quelques contrôles, Nahuel, vous me suivez ?

L'ophtalmo s'installe derrière une grosse machine, la première d'une série de cinq, qui détermineront chacune une caractéristique de sa vue. Nahuel plisse la paupière quand on le lui demande, fixe le point lumineux, déchiffre les lettres, maintient l'œil ouvert quand l'appareil souffle de l'air, regarde l'avion se poser sur la piste. Le docteur palpe ensuite sa peau. « Ouvrez. Bien. Fermez maintenant. » Nahuel connaît la routine par cœur.

On lui avait pourtant répété qu'il n'y aurait jamais rien à faire, que sa paupière tomberait à vie sur son œil. L'attaque avait abîmé le nerf, il fallait s'y habituer. Mais Camila s'était acharnée. Elle refusait la fatalité. Même si elle lui avait assuré qu'elle l'aimait tel qu'il était, dénicher le médecin qui rendrait à son visage une certaine symétrie était devenu pour elle une obsession. Et elle l'avait trouvé. Un grand spécialiste, réputé dans tout le pays, avide de techniques nouvelles venues des États-Unis. Les murs de son cabinet sont couverts de diplômes et de photos avant/après de ses patients. Qui cela rassure-t-il ?

Nahuel paie la consultation, remercie le médecin, promet de prendre rendez-vous avec l'anesthésiste et de renvoyer très vite le dossier d'inscription à la clinique.

Dehors, Camila lui saute au cou.

— On a réussi ! Bientôt, tout ça ne sera qu'un vilain souvenir. On va pouvoir aller de l'avant.

Nahuel ignorait que son œil faible les empêchait d'avancer. Il a beau retourner la question dans tous les sens, il n'accepte pas que cette opération soit si importante pour Camila.

— Je ne sais pas, Milou… Je sais pas si j'ai envie de faire ça.

Elle le fixe, interloquée.

— Qu'est-ce que tu racontes ?

— Ça me gêne pas. Je vois normalement…

— Le problème n'est pas là.

— Si, justement. Je le ferais si ça me handicapait, mais c'est pas le cas.

— Ça te handicape, crois-moi.

Nahuel soupire. Encore cette conversation. La troisième fois cette semaine. Depuis des mois, ils ne cessent de se disputer et de se réconcilier en faisant semblant de s'aimer toujours autant, alors que leur couple éprouvé ne tient plus qu'à un fil. Pour Camila, cet œil est le symbole du combat de Nahuel contre les bourreaux de la junte. Elle n'a jamais saisi les subtilités de l'histoire. Pour lui, cet œil est au contraire un repère, le point de non-retour dont il ne veut plus jamais s'approcher.

Son histoire personnelle a beau être étroitement liée à celle de son pays, dans son esprit la distinction est claire. Cet œil est le fruit de son mal-être, du départ de Leandro, du manque d'amour de Sol, de la disparition d'Abril, de son dégoût de la vie durant toute sa jeunesse, de son désir d'en finir, de sa lâcheté de ne pas avoir osé passer à l'acte, se rabattant sur des drogues, de plus en plus dures. Cet œil représente ces années de survol dans la paranoïa, l'obsession de la prochaine dose. Les dents abîmées, les cheveux qui tombent, la maigreur, la colère, le nirvana toujours plus difficile à atteindre et de plus en plus bref… Cet œil, c'est le coup que lui a rendu la vie après le vol du bébé d'Abril.

Pourquoi Camila ne le comprend-elle pas ? Il a kidnappé un enfant dans un parc ! Il était cette épave. Il ne peut pas se faire opérer. Lisser son visage reviendrait à effacer son passé.

Il ne se souvient pas complètement du moment de l'attaque. Il s'est juste réveillé à l'hôpital, incapable de bouger ; des tuyaux dans la bouche l'empêchaient de parler. Sol était à ses côtés, silencieuse. Mme Alvarez avait déposé des livres à son intention, avec un gentil mot pour quand il se réveillerait. Elle avait confiance en lui. Il avait touché le fond, il était temps de remonter. Il n'apprit que plus tard qu'il était resté une dizaine de jours dans le coma. Entre le choc et le sevrage, son corps était devenu son ennemi. Un ennemi qui lui en voulait et qu'il faudrait amadouer des mois durant pour qu'il accepte de coopérer de nouveau. Kiné matin et soir, exercices cognitifs, accompagnants pour manger, aller aux toilettes, intimité aux oubliettes. Mais il avait fini par s'en sortir. Il était rentré chez Sol, puis Mme Alvarez l'avait aidé à se trouver un appartement, à le meubler. À repartir de zéro.

— Tu as d'énormes capacités, Nahuel. Tu ne peux pas te contenter d'être caissier dans un supermarché, insistait-elle.

Puis elle lui avait assuré qu'elle l'aiderait financièrement, le temps qu'il trouve sa voie. La révélation était venue en regardant un documentaire sur Internet. Le sujet ne l'avait pas intéressé au départ, le débarquement des troupes américaines en Normandie à la fin de la Seconde Guerre mondiale. Une guerre lointaine dans le temps et l'espace pour un jeune Argentin. Pourtant, la multiplication des points de vue, l'alternance d'images d'archives et de témoignages, le rythme, la façon dont les propos étaient amenés, qui se contredisaient parfois pour permettre au spectateur de se faire sa propre idée avaient fini par le passionner.

Alors il avait su. Il voulait réussir à produire ce genre de choses. Des films, des reportages, tout ce qui lui permettrait de poursuivre son combat sans se détruire, parler au plus grand nombre sans s'exposer. Il s'était renseigné sur les écoles de journalisme, de cinéma. Trop long, trop cher. Il avait finalement opté pour un parcours sur le terrain. Il avait trouvé un poste de régisseur sur le plateau télé d'une émission du câble. Il avait observé les missions de chacun : le travail éditorial effectué par le rédacteur en chef et son équipe, les images par le chef opérateur, le son par l'ingénieur, la cohérence de l'ensemble par le réalisateur, des groupes dont la tâche était claire et indépendante, avec des profils très similaires par profession : on distinguait un « machino » d'un réalisateur à cent mètres…

Petit à petit, il s'était essayé à chaque poste. Il avait participé à de nombreux courts-métrages, des projets dont personne ne voulait, payés une misère. Mais peu importait, il apprenait. Le nouveau déclic s'était finalement produit derrière une table de montage. L'agitation des tournages était loin, le monteur se retrouvait face à cette matière que lui seul avait la capacité d'animer : les images. Nahuel avait compris à quel point cette étape était stratégique, qu'avec les mêmes rushs, on pouvait réussir ou rater un film, lui faire dire une chose et son contraire. Il appréciait cette solitude, la nécessité d'avoir une vision d'un résultat que personne ne pourrait percevoir avant le découpage et l'agencement des plans. La perspective de passer des heures à décortiquer les prises, à imaginer la façon dont elles pourraient s'imbriquer pour aboutir à un projet unique, dont il aurait déterminé le sens, le réjouissait.

Il s'était entraîné des années, avait appris les raccourcis clavier des logiciels, s'amusait à monter des extraits de grands classiques pour créer de nouveaux films, totalement différents, proposait ses services en tant qu'assistant et, petit à petit, il s'était fait un nom. Les contrats se multiplièrent, et son quotidien s'organisa autour des écrans, dans des chambres obscures. Il avait rencontré Camila chez un producteur. Elle était l'assistante du patron. Elle avait adoré son travail et lui avait écrit un mail pour lui proposer de prendre un verre.

Nahuel avait accepté sans trop se poser de questions, loin de se douter qu'en plus d'être heureux dans son travail, il pourrait un jour tomber amoureux.

Pendant des mois, Camila avait bravé la distance qu'il lui opposait, abattu les barrières, compris les limites pour les effacer petit à petit. Elle l'avait écouté, avait pleuré à ses côtés en découvrant son enfance, ses souffrances. Elle avait promis d'être toujours là, surtout dans les moments difficiles. La plupart du temps, elle avait tenu parole. Mais elle approchait des trente ans, elle avait envie de vivre avec Nahuel, de « construire », comme si ça voulait dire quelque chose.

Pour elle, il aurait dû renoncer à la colère, à sa vengeance obsessionnelle contre les traîtres du passé. Ils avaient tant à faire… À quoi bon s'enliser dans un combat qui ne finirait jamais et qu'il ne gagnerait pas ? Il pourrait y avoir des centaines, des milliers de procès et de vieillards en prison. Et après ? Ça ne lui rendrait pas son enfance. En attendant, la vie passait.

— Tu avais dit que tu accepterais de te faire opérer si ton père était arrêté.

— Je sais. Mais je ne pense pas que ce soit une bonne idée finalement.

Le ton s'envenime. Elle ne lui a toujours pas pardonné d'avoir refusé qu'elle débarque chez lui avec sa valise. Elle en a assez de devoir le comprendre, est-ce qu'il essaie de la comprendre, elle ? Réparer cette paupière, ce n'est pas une question esthétique mais le signe qu'il a envie d'aller de l'avant avec elle, qu'il préfère que leur bonheur s'affiche sur son visage plutôt que cette punition.

— Camila, on en a déjà parlé des dizaines de fois…

— Et pourtant tu ne m'écoutes toujours pas.

— Je tiens beaucoup à toi, mais…

— Il ne devrait pas y avoir de « mais », Nahuel. Quand on aime vraiment, il n'y a pas de « mais ». Je ne peux plus te laisser me piétiner.

— Ce n'est pas le cas.

— Je souffre trop. Beaucoup trop avec toi.

— Tu attends de moi des choses que je ne peux pas donner… J'ai toujours été clair…

— Tais-toi ! hurle-t-elle, si fort que des passants se retournent. Il y a ce qu'on dit au début d'une relation et la vie qui passe, les sentiments qui font évoluer. Sauf que toi, tu t'accroches à ta douleur, à ton égoïsme.

Elle lui répète qu'elle est à bout, qu'elle a trop donné sans rien recevoir en retour. Qu'elle y réfléchit depuis longtemps, qu'elle guettait un signe clair, que cette histoire d'opération, au fond, elle s'en fiche, mais que c'est la preuve qu'elle attendait : Nahuel est incapable de changer. Alors autant tout arrêter. Elle lui demande de ne plus la contacter. Qu'il garde son œil malade si ça lui chante, qu'il se complaise dans le rôle qu'il s'est donné, ça ne la concerne plus.

Nahuel la regarde s'éloigner. Il n'essaie pas de la retenir. Ça devait se finir comme ça… C'est déjà un miracle qu'ils aient tenu presque trois ans. Il ne sait pas s'il a de la peine. Il déteste se donner en spectacle dans la rue, pour cela, il lui en veut. Pour le reste, il verra bien.

Sophie

Dimanche 17 avril 2016, Paris

Deux jours. Je n'ai pas bougé depuis deux jours. Le choc m'a assommée. Des passeports argentins. Avec les noms de mes parents. Je dors sans cesse. Je n'ai pas réussi à répondre aux appels. Je ne sais pas ce qui me choque le plus : la nature de ma découverte ou son incroyable accessibilité. J'essaie de me persuader que les passeports sont faux. Ma mère les a sûrement oubliés après une fête ou que sais-je ? Mais pourquoi les avoir déposés dans une boîte fermée à clef ? Mon Dieu… Des passeports argentins… Je n'arrive pas à m'y faire.

Je n'ai rien mangé. Suis-je en train de rêver encore ? J'ai pris trop de médicaments. Je devrais appeler Tristan pour qu'il me répète les mélanges à éviter. Mais il faudrait parler, expliquer… Impossible. Baptiste me laisse un troisième message. Il m'attend chez lui avec Lisa pour 16 heures. Il faut que je réagisse. Les mains tremblantes, j'ouvre à nouveau les passeports. Peut-être ai-je mal lu ? Pour la millième fois, je constate que non. Sur les photos, Thiago et Paula semblent me narguer.

Tout cela ressemble à un délire d'enfant, quand dans la cour d'école, on jouait à inventer le pire. « Et en fait, tes parents, ils t'ont adoptée. » « Imagine qu'en vrai, tes parents sont des tueurs. » Les miens sont des réfugiés espagnols, devenus parisiens, qui ont caché des papiers argentins dans leur table de nuit.

Je parviens à me traîner jusqu'à la salle de bains. Les bonsaïs trempent encore dans la baignoire. Aurélie a dû les oublier. Ils sont en train de mourir noyés. Je me sens comme eux, prisonnière à la racine. Si ces passeports sont vrais, si je ne suis pas en plein délire, mes parents m'ont menti. En tout cas, ils n'ont pas tout dit. Si je ne suis pas morte ou en train de rêver, je me suis construite sur une histoire incomplète. Alors qui suis-je ? Un mensonge. Je suis un mensonge ou un cadavre. Pourtant je respire. Je m'entends respirer. Un bip. Baptiste attend ma réponse à son message. Je crois bien que je suis en vie. Cet appartement, cette famille… Où est le vrai ? Mes parents, des Argentins ? Dites-moi que c'est une plaisanterie ! Oui, une mauvaise blague. Une idée me sauve : ma sœur m'a piégée. Elle m'a laissé un mot d'explication dans le coffre, bien sûr !

Animée d'un nouvel espoir, j'ose enfin parcourir son contenu plus en détail. Des lettres en espagnol. Je ne veux pas les lire, pas chercher à les comprendre. Une simple arnaque. Ma sœur a tout rédigé, voilà ! Elle a poussé le vice jusque-là ! Mais je tombe sur des coupures de presse. De petits encarts entourés au crayon dans des éditions du *Monde*, du *Figaro*. Ils parlent tous d'un même fait : Jorge Lederer s'est échappé de Suisse.

Son transfert en Argentine n'aura pas lieu, pas plus que son procès. Je regarde plus attentivement. En titre, « Le tortionnaire argentin ne sera pas jugé ». Puis quelques lignes en italique :

> *Après des décennies de traque, Jorge Lederer a été retrouvé en Suisse. Les familles de ses victimes ont demandé son extradition, soutenues par la justice argentine. Haut gradé lors de la dictature militaire, il est à l'origine de nombreux meurtres, tortures et vols d'enfants.*

Il y a une photo de Jorge Lederer en bas de page. Des petits yeux noirs perçants. Je frissonne. Quelque chose dans ce regard me perturbe. Mes mains tremblent de plus belle. Aurélie ne m'a pas fait de blague. Qui est ce Jorge ? Quel lien peut-il avoir avec mes parents ? C'est trop pour moi. La nausée me reprend. Il faut que je parte. Retrouver Lisa, ne plus chercher à comprendre, voilà ce que je dois faire. Je suis trop épuisée. Mes jambes me soutiennent à peine. Je repasse devant la photo de Puebla Maria.

Soudain, je l'aperçois. Pour la première fois. Je n'y avais jamais prêté attention, trop obsédée par le visage de mes grands-parents. Cette photo était ma seule façon de faire connaissance avec eux. Combien de fois leur ai-je parlé, persuadée qu'ils m'entendaient derrière le papier glacé. Je détaillais leurs traits, cherchais en vain des ressemblances. Je n'ai jamais ressemblé à personne. Pourtant elle est bien là. Elle me nargue en haut, à droite. Elle a beau être cachée par les feuilles de l'arbre au premier plan, je la distingue parfaitement. La lune me sourit. Un croissant, tourné aux trois quarts vers le ciel. Le sourire du chat d'*Alice au pays des merveilles*, au milieu des étoiles. Je le sais de mes voyages en Australie et en Afrique. Avec Baptiste, nous en avions ri, émerveillés. La lune a cette forme dans l'hémisphère Sud. Pas en Espagne.

Comment se fait-il que je n'aie jamais remarqué ? Les démangeaisons reprennent. Comment est-ce possible ? J'ai beau retourner la question en tous sens, en Andalousie, la lune n'est pas comme ça… La photo a-t-elle été prise en Argentine ? Je voudrais disparaître, oublier ces derniers jours. Devenir un légume, comme ma mère. Que faire ? Fouiller davantage ? Mener l'enquête ? Embaucher un détective ?

Non. Je ne suis pas d'accord. Tout simplement. Je refuse. Je ne veux pas en savoir davantage. Ce que j'ignore n'existe pas. Je retourne dans la chambre, remets l'ensemble de ma découverte à sa place, referme le cadenas et garde la clef. Dans un effort surhumain, je range la maison. Personne ne doit être au courant de ce que j'ai trouvé ni même que je suis venue ici. Je vais oublier. Tout oublier.

Je ne suis pas allée en Espagne. Je suis la fille de Thiago Perez et Paula Rodriguez, deux survivants de l'incendie ravageur de Puebla Maria, à quelques kilomètres de Grenade. Ces derniers jours n'ont pas eu lieu. Ces passeports n'existent pas. Si je n'y pense plus, ma vie reprendra son cours normal.

Sol

Mercredi 20 avril 2016, Buenos Aires

Rien dans la boîte aux lettres.

Sol lutte contre sa déception et la referme pour partir au travail. Ne pas tirer de conclusion trop hâtive. Paula est sûrement encore sous le choc de la mort de Thiago… Il faut lui laisser le temps.

Sol a beaucoup hésité. Peut-être a-t-elle eu tort ? Elle avait promis à Paula de ne jamais se manifester, mais avec ce décès, la situation avait changé… Il y a un mois, elle a fini par craquer. Elle a écrit une lettre courte, de simples condoléances. Elle espérait que cette porte entrouverte déboucherait sur des retrouvailles. Après tout, Abril a grandi, les risques ne sont plus si importants. Tout ce que souhaitait Sol, c'était des nouvelles de temps en temps, une photo peut-être… Paula pouvait bien le comprendre !

Nahuel le lui avait déconseillé. « Au final, c'est encore toi qui vas souffrir, et moi qui vais te ramasser à la petite cuillère ! » Bien sûr, il avait raison… Mais rien ne pouvait lutter contre la petite voix de l'espoir. Et si Paula était d'accord ? Si elle racontait enfin la vérité à Abril ? Sa fille, sa petite fille…

Elle s'était retrouvée devant la boîte aux lettres de la rue derrière chez elle. Juste dans le renfoncement. Combien de factures avait-elle postées ici, de lettres sans importance ? Un geste simple, deux secondes tout au plus. Mais là… Impossible. Elle avait laissé passer un homme avec trois enveloppes, qui la toisait, étonné par son hésitation. Les quelques lignes qu'elle avait écrites étaient peut-être la résolution de quarante années de souffrance. L'homme était parti, bientôt relayé par d'autres passants. Au loin, des voitures klaxonnaient. Le brouhaha quotidien de la rue. Le monde continuait sa course autour d'elle, alors que sa vie future se jouait à cet instant précis. Et si Nahuel avait raison ?

Elle aurait tant aimé fissurer la carapace de son fils. Elle ne peut pas lui en vouloir d'être si froid. Elle l'a bien mérité. Elle se souvient de cette journée, il devait avoir dix ans. Il s'amusait dans le salon à faire se rentrer dedans deux voitures miniatures. Il fallait que l'accident soit spectaculaire pour qu'il n'y ait pas de survivant. Sol s'était inquiétée de ce jeu morbide. Elle avait provoqué une discussion, s'asseyant à côté de lui.

— Pourquoi tu m'as fait ça ? avait-il fini par demander.

— Fait quoi ?

— Pourquoi tu m'as fait naître de papa ?

Incapable de répondre, elle l'avait fixé, tétanisée.

— Pourquoi tu m'aimes pas ?

— Qu'est-ce que tu racontes, Nahuel, enfin ! Bien sûr que je t'aime, tu es mon fils.

— Non, tu préfères l'autre, la fille des photos du tiroir.

— Je vous aime autant tous les deux.

— Je te crois pas.
— Je te jure.
— Alors pourquoi t'as pas de photos de moi ?

Il avait raison. La vérité était plus complexe que ce qu'il s'imaginait, mais elle n'avait pas les mots pour lui expliquer. Il était trop jeune, à quoi bon lui révéler la nature humaine ? Elle n'allait tout de même pas lui raconter son calvaire avec Jorge, son passage à l'ESMA et tout le reste ? Elle préférait encore que son fils la déteste, elle, plutôt qu'il déteste la vie. Elle n'avait pas compris que les deux étaient liés, que l'on ne peut pas se sentir bien dans ce monde quand on n'aime pas sa mère.

Des années plus tard, Nahuel était rentré à la maison avec un journal. Un article racontait la fuite de Leandro, sa nouvelle vie dans un pays d'Europe, avec une nouvelle famille... Il avait réussi, malgré son passé, malgré eux. Au départ, Sol avait été presque admirative. Alors pour certains, il suffisait de tirer un trait et tout redevenait possible ? Comment y parvenaient-ils ?

— Y a pas de photos des enfants, l'avait interrompu Nahuel. Il veut sûrement les protéger.

Elle avait alors saisi l'horreur sur le visage de son fils. Il fumait déjà des joints, beaucoup trop. Ce jour-là, un poids s'était abattu sur ses épaules. Et Sol n'y pourrait jamais rien. Peut-être que, malgré ses dires, son père lui manquait, qu'il ne pouvait pas se contenter de le haïr.

Qu'il se soit investi pour que justice soit faite à son égard, Sol le comprend. Mais pourquoi Nahuel s'obstine-t-il à poursuivre tous les vieux bourreaux du pays ? Pourquoi ressasser l'histoire ? Ces procès, ces traques… Elle aimerait que la violence disparaisse de leur vie. Oublier ces années, leurs conséquences. Que son fils ait des préoccupations de son âge.

Elle se souvient encore de sa déception quand il avait appris la mort de Jorge. Il aurait voulu un tribunal, une agonie en prison… Qu'il ait été crevé comme un chien dans une ruelle ne lui suffisait pas… Elle n'arrive pas à savoir si Nahuel a raison ou tort.

Pour la lettre non plus. Elle ne sait pas. Elle se rappelle avoir serré l'enveloppe entre ses doigts, avoir essayé une dernière fois de faire le vide, de peser le pour et le contre. Non, elle ne pourrait plus se regarder en face si elle renonçait. Tout tenter pour Abril. Elle verrait bien. Elle avait glissé sa lettre dans la boîte de métal, rabattu le clapet. Trop tard pour revenir en arrière. Dans quelques jours, Paula récupérerait son courrier, et… Elle avait préféré cesser d'y penser.

Depuis, elle ne cesse de l'imaginer lisant ses mots. A-t-elle jeté sa lettre ? L'a-t-elle cachée ? Déchirée ? Tachée à force de la laisser traîner ? De nouvelles questions sans réponses à ajouter à sa longue liste. Elle manque de tomber en marchant sur son lacet défait. Elle va être en retard au travail si elle continue de ruminer.

Sophie

Jeudi 28 avril 2016, Paris

Je suis une battante. Je suis la meilleure. Je n'ai jamais eu autant de force. J'ai gagné trois affaires, me suis proposée pour huit dossiers que j'ai tenu à gérer seule. Je suis sur tous les fronts. Une heure de jogging à 5 heures, réveil de Lisa, petit déjeuner, école, cabinet. Le soir, nous mangeons un repas que je prépare et, quand la petite dort, je me remets derrière mon ordinateur jusque tard dans la nuit. Peu importe, je n'ai pas besoin de beaucoup de sommeil. Trois heures me suffisent. Je suis un soldat.

J'ai entendu des stagiaires parler dans mon dos. Ils me suspectent de prendre de la coke ! J'ai ri au moins trente minutes. Béatrice est même venue me demander si tout allait bien. Elle me regardait pouffer, avec ses yeux de merlan frit ! Je lui ai dit qu'elle devrait rire aussi, que la vie pouvait être drôle parfois ! Elle a hoché la tête et a fermé la porte derrière elle.

Je regarde mes doigts courir sur le clavier. Je tape de plus en plus vite. J'aime le son de mes ongles sur les touches. Analyses, arguments, conclusions. J'écris même mes courriers seule à présent. Béatrice est persuadée d'avoir fait une erreur pour laquelle je la punis. J'ai tenté de la détromper, sans effet. Tant pis pour elle si elle préfère se voir en victime ! Pas moi !

Mes associés ont voulu me refuser le huitième dossier. Je me suis énervée en réunion. Je suis la seule à pouvoir le gagner, je le sais. Je leur ai expliqué pourquoi. Des remarques qui ont fait mouche. Ils ont fini par céder.

Je trouve cette force dans mes nouveaux cours. J'ai commencé le krav maga, le sport de combat le plus violent que j'ai trouvé. Le premier jour, l'entraîneur a dit : « Ce qui compte ici, c'est que l'ennemi soit à terre, je me fiche de comment vous y arrivez. Bouffez-lui l'oreille, éclatez-lui les couilles, mais il ne doit pas se relever. » J'ai adoré. Je me suis aussitôt inscrite. Trois fois par semaine, l'entraîneur crie « Tsé » et je cours à l'autre bout de la salle, effectue vingt pompes, et retourne au point de départ. Nous multiplions les enchaînements de ce type pour nous échauffer. Ensuite, nous passons à l'endurance à la douleur. Les débutants enfilent des plastrons, les confirmés ne comptent que sur leurs abdos. Notre groupe est divisé en deux. Les premiers s'alignent dos au mur, jambes pliées, position de la chaise, les autres leur infligent une série de coups violents dans le ventre. Nous avons le droit de crier quand ça fait trop mal, mais pas d'arrêter.

Je n'ai jamais accepté le plastron. J'encaisse. Après, à mon tour de frapper, et, là, je déverse tout ce qui bout en moi. Je suis la seule femme à former des duos avec des hommes. J'en ai la force, a dit l'entraîneur.

Puis viennent les affrontements. Comment tuer quelqu'un en lui saisissant la gorge. *Side kick*, *front kick*, crochet, uppercut. Je maîtrise les mouvements, les répète chez moi, sous la douche, dans mon lit. Le combat ne cesse jamais. Le lendemain de mes séances, des hématomes recouvrent mon corps. Des taches violacées qui jaunissent en quelques jours et laissent la place aux nouveaux bleus. Les courbatures m'empêchent de me déplacer normalement. Mais je suis vivante. Je ne me suis jamais sentie aussi vivante.

Un an plus tard

Sophie

Jeudi 16 février 2017, Paris

Dimitri m'a encore téléphoné. Je le lui avais pourtant interdit. Les questions sont revenues. Saloperies. J'avais été claire dans mon message, je ne voulais plus jamais entendre parler de lui ni de ce voyage. Rien de tout cela n'était réel. La parenthèse n'avait pas existé. Il avait fini par baisser les bras. J'avais eu la paix quelques mois et voilà qu'il revient à la charge. Le problème, ce n'est pas vraiment lui, c'est ce que son souvenir trimballe. Pourquoi ces passeports, ces articles ? Qui sont véritablement mes parents ? Quel est leur lien avec ce Jorge Lederer ? Un ami ? Un cousin ? Qui est cet homme ? Pourquoi ses yeux ne me lâchent-ils pas ? Pourquoi ces mensonges, ces secrets ? Sur quoi, sur qui puis-je compter ?

Alors je passe des heures à relire ce que m'ont raconté Pablo et Adelina.

« Pablo a travaillé avec papy et la famille l'a beaucoup aidé, notamment dans la construction de sa maison. "On s'y est mis à trois", a-t-il précisé. Il a insisté sur le fait qu'aujourd'hui encore, la douleur de n'avoir pu sauver personne, de n'avoir rien entendu, du moins suffisamment tôt, le ronge. Il a du mal à en parler. Au bout de quelques minutes d'un silence insupportable, il me fixe dans les yeux et me dit : “Comme si ma tête avait voulu oublier… Le pire, c'était cette odeur. L'odeur de la mort.” Il retient un sanglot. Je ressens sa douleur. »

J'ai retranscrit l'intégralité de notre échange. Au mot près. Je connais le texte par cœur, mais j'ai besoin de le relire à m'en étourdir pour me calmer. Pour contrebalancer ce sentiment d'avoir été dupée. Malheureusement, il arrive que ça ne suffise pas.

Je repense à toutes ces fois où mon père est venu m'embrasser avant de dormir, j'étais sa fille chérie. Ces voyages en famille, ces repas. Toute mon enfance… Mes parents nous mentaient-ils ? Pourquoi ? Et si tel était le cas, alors que reste-t-il de ces moments ? Les sentiments étaient-ils réels si rien autour ne l'était ? Mes parents ont-ils pu m'aimer en sachant qu'ils me cachaient l'essentiel ? Si la base est fausse, alors rien ne vaut. Infernales. Les questions sont infernales. Des coups dans ma tête. Je vais finir par éclater.

Je ramasse le téléphone que je viens de jeter par terre et bloque Dimitri. Il ne pourra plus me contacter. Du moins, je n'en saurai rien. Je me sens aussitôt plus légère. Mais les questions sont toujours là. Un dépôt boueux au fond d'une mare. La moindre secousse, le moindre coup de vent et elles refont surface. Plus je cherche à les éviter, plus la violence avec laquelle elles s'imposent s'intensifie.

Je voudrais être amnésique, que ce voyage en Espagne s'efface pour de bon. Je devrais peut-être me jeter sous une voiture ? Une bonne commotion cérébrale et on n'en parlerait plus.

Après ma dernière crise d'angoisse, je me suis passionnée pour les méthodes d'isolation sensorielles et les manipulations cérébrales développées par les Russes et les Américains pendant la guerre froide. La course à celui qui maîtriserait le cerveau. Ils voulaient éradiquer la peur chez l'être humain. Pas de meilleur soldat que celui qui ne craint rien... Ils ont créé des camisoles chimiques, des techniques de persuasion. J'ai tout lu du projet MK-Ultra organisé par la CIA, des premières expériences...

Les Rouges, eux, ont enfermé des pauvres types qui avaient eu le malheur d'être en âge de partir au combat dans le camp adverse, ils leur ont posé des questions gênantes, ont enregistré leurs réponses et leur ont repassé en boucle leurs propres mots dans un casque jusqu'à ce que le sens et la douleur disparaissent. Quand les cobayes avaient enfin tout oublié, les tortionnaires changeaient les enregistrements et leur inventaient une nouvelle identité, de nouvelles convictions. Sept mille Américains faits prisonniers étaient revenus de Corée persuadés que le communisme était la clef d'un brillant avenir. Parfois, je rêve que je suis l'un d'eux. Qu'on m'a retourné le cerveau. Case départ, page vierge. Implantez-y ce que vous voulez mais laissez-moi oublier ce que j'ai découvert. Je veux aimer mon père de nouveau. Aimer ma mère, sans ces doutes.

Mais il n'y a plus de camisoles. Plus de projet MK-Ultra, plus de bloc de l'Est. Je ne peux être la prisonnière d'aucune armée, d'aucun savant fou. Ma solitude m'épuise. Les antidépresseurs ne suffisent plus. Rien ne me calme. Je ne peux pas retourner au travail demain pleine de croûtes, je me suis grattée toute la soirée. Le dermato m'a donné des crèmes à la cortisone. « Mais c'est essentiellement psychologique, madame », a-t-il précisé. J'ai pris un air aussi étonné que possible. « Pourtant tout va bien », ai-je menti. Je revoyais les taches de sang sur les draps de ma chambre de Grenade.

L'autre jour, j'ai surpris une ado de mon immeuble dans la cour en train de fumer un joint. J'ai reconnu l'odeur. J'ai croisé plusieurs fois sa mère, une femme sèche, coupe au carré, ballerines et trench resserré à la taille. La petite a paniqué quand elle m'a vue. Il était tard, elle pensait avoir la paix en bas. « Vous direz rien à ma mère, hein ? » m'a-t-elle suppliée. Je lui ai demandé si c'était bon et pourquoi elle en prenait. « Y a que ça qui m'apaise. Tout me tape sur les nerfs en ce moment. » Je l'ai questionnée sur son dealer, combien ça coûtait, où il fallait se rendre. « Oh, maintenant on n'a plus besoin de sortir… J'appelle un numéro et on me livre. C'est le Pizza Hut du teuchi ! » Je n'en suis pas revenue.

Je me suis assise à côté d'elle, on a parlé de la vie, elle m'a laissée tirer et je me suis sentie mieux. On a dû se planquer derrière le muret du fond quand des voisins sont passés. On n'avait pas l'air brillant, recroquevillées, en pyjama, avec notre joint et nos yeux éclatés. J'avais du mal à ne pas rire. Au moment de rentrer, elle m'a dit que j'étais « cool » et elle m'a donné le numéro de son livreur « au cas où ».

J'hésite à le composer. Je sais que j'entre dans un engrenage. Tant pis, j'ai besoin de me reposer. Demain, ma journée est vraiment chargée. J'appelle, une jeune femme répond. La discussion est courte. Quoi, combien, quelle adresse. J'hésite un instant sur « la came » comme elle dit, elle répond : « Al Green ou James Brown ? » J'ai l'impression d'avoir quinze ans. Elle sera là dans une heure. Parfait. Lisa dormira.

Je couche ma fille, lui lis une histoire, puis je descends au tabac acheter de quoi rouler comme la petite du quatrième m'a appris. Il est bientôt l'heure. Je me poste devant la porte de l'immeuble en face. Je n'ai pas donné le numéro exact. Une voiture s'arrête à une cinquantaine de mètres. Une minette en sort, faux sac Chanel, escarpins en cuir.

— Comment tu vas ? me demande-t-elle.

Je ne sais pas quoi répondre.

— Je suis désolée, enchaîne-t-elle, je suis partie du bureau avec ton dossier…

Elle me tend une pochette en carton.

— Et tu as le mien ?

Je lui tends les feuilles entre lesquelles j'ai glissé les billets, comme convenu.

— Alors à demain !

Elle repart. Une dealeuse insoupçonnable. Les femmes ont tout compris. On est si loin du cliché de la racaille en doudoune et Nike blanches… Jamais personne ne les arrêtera.

Je remonte chez moi à la hâte. Bientôt, la fumée salvatrice, la bouffée libératrice, les questions qui disparaissent sous les effluves de la marijuana.

— Ça sent bizarre, m'interrompt ma fille, plus tard dans la nuit en allant aux toilettes.

— Maman essaie un nouveau thé, ma puce, retourne te coucher.

— Pourquoi t'es comme ça ?

— Comme quoi ?

— Comme si t'étais plus là.

— Mais je suis là, chérie.

Je m'approche pour l'embrasser, elle s'écarte. Je fais peur à ma fille. J'ai du mal à masquer le bruit de mes dents qui claquent. J'ai besoin d'elle et, déjà, elle voit trop clair en moi, en mon imposture.

— Je suis désolée, trésor. En ce moment, j'ai beaucoup de travail…

La bouche de ma fille se pince.

— Maman, est-ce que, quand je serai grande, je pourrai être avocate dans ton cabinet ?

— Pourquoi mon ange ?

— Comme ça peut-être qu'on pourra être vraiment ensemble ?

Coup de poignard. Voilà où mes obsessions m'ont conduite. Une mère en carton. Je ravale un sanglot.

— Je t'aime, ma puce.

Elle hoche la tête, dubitative, et retourne se coucher. J'aspire une nouvelle taffe.

Sophie

Lundi 6 mars 2017, Paris

Je suis convoquée à l'école de Lisa. *C'est important,* a souligné la maîtresse dans le carnet de correspondance. Deux traits !

Les mères au foyer attendent leur rejeton devant la porte de l'établissement. Je les connais par cœur. À peine les enfants déposés, elles foncent au café du coin jouer au « girl power ». Elles m'exaspèrent. Elles critiquent leur mari, leur amant, les hommes en général, alors qu'elles vivent à leurs crochets. Elles ont l'impression de donner de bonnes bases à leurs gamines en leur faisant détester le genre masculin dès le plus jeune âge. Quand comprendront-elles que le féminisme, l'utile, c'est quand on oublie que vous êtes un homme ou une femme, parce qu'on voit un être humain qui réussit dans ce qu'il fait, indépendamment de son sexe ? Est-ce qu'elles croient vraiment qu'une communion de godiches qui déblatèrent ânerie sur ânerie va aider les femmes opprimées à s'en sortir ? Est-ce que cette union-là génère une quelconque force ? Je n'y vois que du ridicule, du déplacé. Elles apprennent à leur fille à « se faire respecter » mais s'indignent qu'on ne leur tienne pas la porte ; elles leur montent la tête pour que, plus tard, elles gagnent leur vie sans l'aide de personne, mais mendient auprès de leur mari pour qu'il leur offre un nouveau manteau ou un sac au prix d'un Smic.

Elles me dévisagent. Je sais qu'elles ne m'apprécient pas beaucoup. Moi non plus, je ne m'en cache pas. Je ne reste pas aux anniversaires, les plans café-gâteau à dix greluches dans une cuisine, pendant que quinze gosses s'agitent dans tous les sens, non merci. Personne ne semble admettre qu'à part ma fille, je n'aime pas les enfants. Mais comment pourrait-il en être autrement ? Comment peut-on supporter un être qui vous harcèle de questions, à qui il faut répéter chaque jour les mêmes choses, qu'il faut laver, torcher, dont on doit corriger les devoirs, faire réciter les leçons, calmer les peurs quand il n'y a pas de réponses… Et tout ça pour quoi ? Pour qu'à quinze ans, il vous déteste, vous rende responsable de son nez qui grossit, des boutons pleins de pus qui envahissent ses joues, qu'il s'attaque à vos faiblesses, vous réduise à une personne sans attrait, sans intérêt, qu'il faut éviter par tous les moyens.

Les mômes courent vers la sortie et se jettent dans les bras de leur maman. « J'ai eu une bonne note » par-ci, et « qu'est-ce qu'on mange ce midi ? » par-là. Misère. La maîtresse m'attend dans la salle de classe. Des dessins sont affichés le long du couloir, au-dessus des portemanteaux. Autant le dire tout de suite, l'avenir de l'art ne se trouve pas dans cette école. C'est affreux. J'ai envie d'en arracher quelques-uns tant ils sont moches.

— Bonjour, madame Perez, je suis ravie que vous ayez pu vous libérer.

— Bonjour, je réponds, faussement avenante.

— Je vous ai fait venir parce que je m'inquiète pour Lisa.

Elle attend une réaction, mais que dire ?

— Votre fille ne va pas très bien. Elle est assez agitée, elle qui était si sage…

— Qu'entendez-vous par agitée ?

— Elle est à vif… J'ai l'impression qu'elle surréagit aux choses… Je ne m'en étais pas souciée plus que ça jusqu'à la semaine dernière… Voici le dessin qu'a fait Lisa en cours d'arts plastiques.

Elle me tend un papier. J'y vois une petite fille qui tient la main d'une silhouette longiligne, une sorte de tronc avec une très grosse tête. Quelque chose ne va pas. Je cherche ce qui me choque et m'arrête sur le visage : la dame n'a qu'un œil, à moitié ouvert.

— Je ne comprends pas…

— Votre fille vous a dessinée borgne. Enfin en réalité, c'est pire que ça… Je ne suis pas thérapeute, mais le message est clair : vous ne la voyez pas. L'œil à peine ouvert est celui à l'opposé d'elle, regardez, commente-t-elle en pointant le gribouillis censé me représenter.

— Mais je la vois !

— Je sais bien, madame Perez. C'est une métaphore… S'est-il passé quelque chose récemment ? J'ai cru comprendre que votre père était décédé…

— Oui… Nous étions très proches.

— Vous vivez une période difficile, j'en suis consciente. Je suis là pour vous aider. Mon travail, c'est de vous alerter… Et là, votre fille ne va pas bien. Elle a besoin de vous.

C'est trop. Je ne sais pas quoi répondre. Je suis perdue. J'alterne les phases de rage profonde et celles de détresse infinie. Pourquoi cette insistance ? Je tente de dédramatiser.

— Ce n'est qu'un dessin…

La maîtresse se renferme. Elle n'a pas aimé ma réaction. Je ne rentre pas dans son jeu. Mais que veux-tu, ma pauvre, je ne suis plus à l'école, moi ! Je n'ai pas peur de ton jugement ni de tes notes !

— Ce n'est pas « qu'un dessin ». Je me préoccupe de votre enfant. Je vous laisse y réfléchir. Revoyons-nous dans une quinzaine de jours, la situation aura peut-être changé d'ici là.

Elle me raccompagne à la porte. Le couperet est tombé. Elle ne va rien lâcher.

SOPHIE

Lundi 6 mars 2017, Paris

J'ai abattu le travail de quatre personnes en six heures. Cette institutrice a décuplé mes forces. Connasse ! Pour qui se prend-elle ? « Revoyons-nous dans quinze jours » ! Si elle continue, je vais lui envoyer une assignation en justice. On frôle le harcèlement. Accabler une mère de famille célibataire en plein deuil, tout ça pour un dessin ! Ma fille ne sera pas peintre ! Qu'est-ce que ça peut bien lui faire ? Je suis un lion en cage. J'ai bouclé tous mes dossiers. Je n'ai plus rien à faire. Je vais devoir prendre encore trois ou quatre affaires. Il me faudra bien ça. Et que mes associés essaient de m'en dissuader, tiens ! Je risque de mettre en application mes aptitudes au combat.

Il fait sombre ici. Ces fichus rideaux ! Je les tire d'un coup sec. Un fracas. Le tissu me reste dans les mains tandis que la tringle gît sur le sol. Deux trous encadrent la fenêtre.

— Qu'est-ce qui se passe ? demande Béatrice en ouvrant la porte, affolée.

— Rien, je réponds, hébétée. J'ai voulu ouvrir les rideaux. Je ne sais pas qui est l'idiot qui a fixé cette tringle, mais il s'est moqué de nous !

— Vous ne vous êtes pas blessée, maître Perez ?

— Non ! Tout va bien. Mais dépêchez-vous d'appeler un maçon, ou n'importe qui capable de fixer un morceau de métal sur un mur ! Ras-le-bol des incapables ! J'ai besoin de lumière !

— Oui, madame.

— Et j'ai fini mes conclusions sur les affaires Inga contre Plasus, Tatol contre Ogie, Fenduick contre Kaufman et Conran contre Daxyl. Vous pouvez imprimer et relier, je vous envoie les fichiers tout de suite.

— Vous avez tout terminé ?

Ses yeux sont écarquillés.

— Oui, pourquoi ?

— Pardon maître Perez, mais je vous connais depuis longtemps et je m'inquiète pour vous.

Enfin, qu'est-ce qu'ils ont tous ? Depuis quand c'est interdit d'être efficace ? Ils cherchent les coups, ma parole !

— Tout va très bien, Béatrice, occupez-vous de ce que je vous demande, ça suffira.

Je file au krav maga. Aujourd'hui, c'est vital. Autrement, je vais finir par empaler quelqu'un. Stéphanie entre dans le vestiaire pendant que je me change. Elle a commencé il y a trois semaines. Elle m'exaspère. Je suis persuadée qu'elle vient ici pour se trouver un homme. Elle arrive en minijupe et talons aiguilles, en retard si possible, pour que tout le monde la mate. Elle se remaquille avant d'entrer dans l'arène, porte des soutiens-gorge rembourrés sous des T-shirts moulants et décolletés, des leggings si près du corps qu'on lui voit presque les poils. Elle implore les garçons quand elle n'en peut plus de courir. À se demander si elle n'espère pas que l'un d'eux vienne lui faire sa fête après le cours, directement sur le ring. Elle me prend pour sa complice, elle croit que je suis en repérage, comme elle. « Mathieu, il est pour moi ! » m'a-t-elle dit en gloussant l'autre jour. Pauvre fille ! Je ne sais même pas qui c'est, Mathieu. Je viens ici pour cogner.

Le cours commence. « Tsé. » Je fonce, elle se dandine. Quelques types se marrent en la voyant se trémousser pour arriver bonne dernière. Si c'est ça, le girl power, on est mal barrées… On dirait ma sœur !

Ma sœur… Je n'ai toujours rien dit à Aurélie pour l'Espagne et tout le reste. Mille fois j'ai essayé, mais elle a ce don de m'exaspérer avant même que je me lance, me coupant chaque fois dans mon élan. Ses fils sont trop gros, elle s'ennuie dans la vie, elle voudrait faire venir un coiffeur pour notre mère, pourquoi pas repeindre sa chambre ? Des idées farfelues à la chaîne qui nous éloignent toujours plus. J'ai peur de sa réaction. Peur qu'elle ne me croie pas, qu'elle pense que j'invente pour lui faire mal ou que sais-je. Son imagination est décuplée dès qu'il s'agit de m'incriminer.

Parfois aussi, je me demande si elle est au courant, si les parents lui ont avoué quelque chose ou si elle a compris avant moi… M'aurait-elle caché la vérité, elle aussi ? Non, elle n'aurait pas osé. Pourtant, moi, j'ose… Voilà, ça me reprend. Mon cœur s'agite. Il faut que je me calme.

Le professeur forme les duos pour les combats. Il me met avec Stéphanie. Je le maudis du regard. Il me fait comprendre qu'il est désolé. Aujourd'hui, il n'a pas le choix. Elle, il ne peut pas la faire affronter un garçon… C'est notre tour. Stéphanie sourit en enfilant son casque, arrange sa frange. « Sinon mes cheveux sont tout aplatis après », se justifie-t-elle. Certains se moquent. Elle s'approche de moi, ses petits poings fermés, son vernis rose, son rouge à lèvres… Insupportable.

Le sifflet retentit. Le visage de Stéphanie se brouille, il est bientôt remplacé par celui de ma sœur. Aurélie, puis Thiago, Paula. Les menteurs. Je frappe de toutes mes forces. Stéphanie pousse un petit cri étouffé et s'effondre sur le tapis. Elle n'arrive plus à respirer. Le bruit de sa suffocation est effroyable, un porc qu'on égorge. Je l'ai tuée. Mon Dieu, je crois que je l'ai tuée. Elle va mourir avec ses cheveux aplatis. Le professeur éloigne les curieux. Je me recule. Je ne peux pas voir ça. Je vais finir en prison. Homicide involontaire. Quoique. Je suis un monstre.

Les minutes s'étirent et Stéphanie n'est toujours pas revenue à elle. Quelqu'un appelle les pompiers. Ils arrivent. Je ne vois pas le temps passer. Soudain, des hommes en uniforme entrent dans le gymnase. Ils allongent Stéphanie sur une civière, l'auscultent. Je suis aux portes de l'enfer, prête à tendre mes poignets pour les menottes.

— Plus de peur que de mal, madame, disent-ils à la victime. Vous avez pris un bon gros coup au plexus. Ça coupe le souffle, mais ce n'est pas bien méchant.

— Celui qui vous a fait ça n'y est pas allé de main morte ! ajoute son coéquipier.

Les élèves se tournent vers moi. J'ai mis mon adversaire KO. Est-ce vraiment moi ? Je ne sais plus qui je suis.

Nahuel

Mardi 2 mai 2017, Buenos Aires

Nahuel se retient de casser son poste de télévision. Il ne peut pas y croire. Pourtant la journaliste, plantée devant le ministère de la Justice, assène encore et encore les mêmes mots, tentant désespérément d'obtenir des explications.

« La Cour suprême vient de libérer les criminels auparavant condamnés dans le cadre des procès historiques censés punir les responsables de la dictature militaire qui a frappé notre pays de 1976 à 1983. Cette décision de justice, critiquée par beaucoup et déjà considérée comme un abus légal, s'inscrit dans un contexte politique de relativisme croissant envers cette période, encouragé par le gouvernement libéral du président Mauricio Macri. Ce dernier considérait récemment le processus de mémoire comme une entrave inutile au développement du pays. Des scènes de mécontentement éclatent déjà dans la ville de Buenos Aires, et une grande manifestation se prépare devant la place de Mai, pour faire écho à celles des mères et grands-mères de disparus. »

Le téléphone sonne. Graziella.

— Bande de chiens ! hurle-t-elle, sans même un bonjour.

— C'était sûr, tempère Nahuel.

— Je les déteste !

— Moi aussi… La seule chose qui me rassure, c'est que mon père n'est pas dedans… Il va encore moisir au trou un bon moment.

— Le mien va sortir. Je les hais. J'aurais jamais pensé qu'on pourrait revenir en arrière comme ça… ça me révolte !

— J'ai jamais eu confiance en eux… Tu connais un politique qui ne soit pas pourri, toi ?

Silence.

— Tu vas y aller ?

— Où ?

— Place de Mai. On est déjà une dizaine, tu nous rejoins ?

— Bien sûr.

Nahuel enroule un foulard blanc autour de son cou, en hommage aux « mères ». Peut-être prendra-t-il une casserole, il hésite. Avant de partir, il jette un coup d'œil à son compte Facebook pour voir comment la Toile réagit. Trop peu d'indignation à son goût. Les gens ont toujours mieux à faire et ils se réveillent trop tard, quand les militaires sont au pouvoir… Les Argentins ont décidément la mémoire courte. Désolant. Graziella a posté une photo d'elle brandissant une pancarte où elle a écrit : *Mémoire, vérité et justice !* en lettres rouges. Au-dessous, un long commentaire :

À toutes les victimes, celles qui ont perdu leurs proches, celles qui les cherchent encore, celles qui ne les ont jamais connus, celles qui souffrent dans leur chair, j'ai honte. Honte de mon pays gouverné encore et toujours par des minables. À ceux qui, comme moi, sont des fils, des filles de génocidaires, nous qui n'avons jamais soutenu les crimes de nos parents, les avons dénoncés pour qu'ils soient reconnus comme les assassins qu'ils ont été, retrouvons-nous, battons-nous côte à côte. L'histoire de notre pays dépend de nous. Crions, hurlons, manifestons pour que le monde se souvienne et que justice soit faite !

Fils et filles de génocidaires… Encore aujourd'hui, malgré tout ce temps, malgré l'emprisonnement de son père, les mots lui font mal.

Sophie

Mardi 20 juin 2017, Paris

Je ne dors pas de la nuit. Ni la retranscription du récit de Pablo et d'Adelina, ni la photo déchirée de ma mère, ni les somnifères ou les joints n'y changent rien. Les mêmes images défilent dans ma tête depuis des mois, les passeports argentins de mes parents et les articles de presse concernant Jorge Lederer. Existent-ils vraiment ou ai-je tout inventé ? Un an que je fuis, que j'essaie d'oublier. À force, je ne sais plus. Il est bientôt 4 heures. J'essaie de lire un livre, mais impossible de me concentrer. Je ne comprends pas le sens des phrases, je ne vois que des enchaînements de mots. Que disaient ces articles ? Je ne les ai pas tous lus. J'essaie de me remémorer les titres exacts, sans succès.

Je me prépare une verveine, regarde un documentaire sur l'expansion de l'Univers, enclenche une vidéo de sophrologie sur YouTube. « Vous êtes détendue, vous vous connectez à vos orteils. Comment effleurent-ils le drap, se touchent-ils entre eux ? » Je finis par éclater de rire. 5 heures. Tant pis, j'y vais. Lisa est chez son père, je n'ai aucune raison de continuer à me torturer.

Il fait encore nuit quand j'arrive chez mes parents. Rien n'a bougé. Je ne sais comment j'ai convaincu Aurélie d'attendre encore pour la vente. Je fonce vers le chevet de ma mère, j'ai gardé la clef du coffre. Je le vide sur le lit. Je reconnais leurs visages, plus jeunes, sur leurs passeports. Pincement au cœur. Le mensonge est écrit noir sur blanc. Inutile d'épiloguer, de m'inventer encore des histoires. Ils sont argentins. Mes parents sont argentins. Ils ont refusé de parler de leur enfance en Espagne pour cultiver notre culpabilité et qu'on ne leur pose pas de questions.

Les articles sur Jorge Lederer ne sont pas très fournis. En réalité, il s'agit plutôt de quelques encarts. « Un ancien tortionnaire argentin en fuite », annonce *Le Monde*, puis un titre quasi similaire dans *Libération*. Les deux journaux sont datés du 10 mai 2010 et relatent tous le même événement, celui qu'on surnommait El Loco s'était enfui à la chute de la dictature militaire. Sa trace avait été retrouvée en Suisse, il enseignait l'histoire à Genève. Belle ironie ! Malgré le refus des Suisses de l'extrader, il aurait reçu de nombreuses menaces qui l'ont convaincu de partir. Plus de nouvelles depuis. Les encarts ont été entourés au crayon de papier. Je reconnais les manies de ma mère. Mais pourquoi ? Cherchait-elle à entrer en contact avec lui ? Il reste un dernier papier titré « Lederer, en France ? ». À peine trois lignes selon lesquelles il aurait été aperçu à la frontière.

Ce n'est pas tant le contenu qui me paralyse, mais la date. Le 3 juin 2010. J'ai du mal à respirer.

Le 3 juin 2010. La veille de l'enlèvement de Lisa. Quelque chose cède en moi et j'accepte de considérer tout ce délire, ces passeports, ces articles, comme une réalité qui me concerne. Juste un temps, pour voir, je récapitule, m'autorise à analyser. Une hypothèse se forme alors dans ma tête, qui me terrorise. Ma mère sait que Jorge est en fuite. Elle le guette depuis toujours, écume la presse à sa recherche. Elle s'aperçoit qu'il est peut-être en France. Le lendemain, sa petite-fille disparaît. Le choc est insoutenable et elle fait un AVC.

Si tout se tient, je ne sais malheureusement pas répondre à la question principale : pourquoi ? Qui est Jorge ? Qu'a-t-il fait à mes parents ? Qu'avaient-ils à craindre de lui ? Pourquoi s'en prendre à ma fille ? Avait-il connaissance de mon existence ? De celle de Lisa ? Si j'ai raison, comment mon père a-t-il pu me cacher la vérité toutes ces années ? Me laisser culpabiliser de l'état végétatif de ma mère ?

Je ne peux plus continuer comme ça. Il faut que j'en sache plus. Pour commencer, que s'est-il passé en Argentine ? Je sais qu'il y a eu une dictature, comme dans tous les pays d'Amérique latine, une des raisons pour lesquelles je n'ai jamais voulu m'y rendre d'ailleurs. Je pourrais trouver des arguments pour ne pas m'y intéresser, mais une voix me dit d'y aller. Plus forte que tout.

J'allume l'ordinateur et tape « Jorge Lederer ». Des dizaines de photos apparaissent, jamais la même personne. Des liens vers les articles déjà mis de côté par ma mère, et des suggestions LinkedIn vers des profils d'étudiants ou le responsable d'un service de sécurité uruguayen.

Je tape ensuite : « Dictature militaire Argentine » dans Google. Au début d'une longue liste de liens apparaît la fiche Wikipédia[1].

> *Dictature militaire en Argentine (1976-1983).*
>
> *Trois ans après la fin de la dictature de la Révolution argentine (1966-1973), la junte militaire prit le pouvoir dans un contexte tendu d'affrontements entre les péronistes de gauche et de droite, qui culmina dans le massacre d'Ezeiza, le jour du retour du général Juan Peron, en exil depuis vingt ans en Espagne franquiste. Après le renversement le 24 mars 1976, par un coup d'État du gouvernement d'Isabel Peron, le général Videla dirigea la junte, formée d'un représentant de la marine, d'un autre de l'armée de terre et d'un de l'aviation.*
>
> *Quatre juntes militaires se sont succédé jusqu'en 1983. Le régime fut responsable de la mort ou de la disparition de 30 000 personnes (les* desaparecidos*), de l'exil de millions d'Argentins et de la guerre des Malouines avec la Grande-Bretagne. Nombre de militaires étaient proches du nazisme, certains obligeant ainsi les* desaparecidos *incarcérés dans les centres clandestins de détention à écouter des discours d'Hitler.*

---

1. Extrait tiré de Wikipédia *Dictature militaire en Argentine (1976-1983).*

https://fr.wikipedia.org/wiki/Dictature_militaire_en_Argentine_(1976-1983)

1976-1983. Je suis née en 79. En 83, j'avais quatre ans. J'ai des photos de cette période avec mes parents à Paris, dans notre appartement d'alors. Mes parents ne pouvaient pas être à la fois ici et là-bas… Mais où étaient-ils entre 76 et 79 ? Je frissonne. Je reviens aux résultats de ma recherche. Un article attire mon attention sur *lalibre.be* : « Je faisais partie des 500 bébés volés par la dictature argentine, mes parents sont portés disparus[1]. »

Les Mères de la place de Mai est une association des mères et grands-mères argentines dont les enfants ont disparu (enlèvements et/ou assassinats) lors de la dictature militaire de 1976-1983. Ce dimanche 30 avril 2017, cela fait précisément quarante ans que ces femmes ont commencé à manifester pacifiquement devant le bâtiment du gouvernement en vue de connaître la vérité. Depuis la chute de la dictature, 700 disparus ont été identifiés sur les 1 200 restes humains retrouvés.

Plus bas, il y a une interview de Juan Cabandié, un des bébés volés qui a découvert à vingt-cinq ans que ses prétendus parents étaient en fait ses ravisseurs.

1. Article paru dans *La Libre Belgique*, de Louise Michel D, « Je faisais partie des 500 bébés volés par la dictature argentine, mes parents sont portés disparus », publié le 30/04/2017.

https://www.lalibre.be/international/je-faisais-partie-des-500-bebes-voles-par-la-dictature-argentine-mes-parents-sont-portes-disparus-5901fbe9cd70812a65ae5828

À l'âge de vingt-trois ans, j'ai commencé à avoir des doutes sur mon identité, à penser que je pourrais être l'enfant de « disparus ». J'étais alors quelqu'un de très angoissé, instable et déprimé. En 2003, j'ai décidé de me rendre au siège des Grands-mères de la place de Mai, à Buenos Aires.

Mon cou me démange. J'ai besoin d'un verre d'eau. Je cours à la cuisine et manque de m'étouffer en avalant de travers. Mon cœur bat encore trop vite, mais je reprends le fil de ma lecture. La journaliste demande ce que les parents adoptifs de Juan sont devenus.

En 2004, la secrétaire des Droits de l'homme en poste a lancé un procès contre les personnes qui m'avaient enlevé. Je me suis présenté devant la justice face à l'homme qui m'avait volé. La femme a été jugée complice. Lui a été emprisonné. [...] J'ai retracé l'histoire de mes parents biologiques : je me suis rendu dans le quartier où ils vivaient, j'ai vu leur maison, rencontré leurs camarades politiques avec qui ils militaient.

Des enfants volés... Je fais le tri dans ce que je viens de découvrir. En Argentine, les militaires ont pris le pouvoir, écrasé les étudiants, les militants d'un monde libre, les ont séquestrés, torturés et se sont emparés des enfants que les femmes attendaient pour les distribuer à des sympathisants. Jorge Lederer, que mes parents connaissaient apparemment, était l'un d'eux. Il a fui vers l'Europe, est passé par la France des années plus tard, la semaine où on a enlevé ma fille... Des liens se créent dans mon esprit, que je ne peux empêcher. Qui sont mes parents ? De quelle façon ont-ils trempé dans cette dictature ?

Hypothèse un : je fais fausse route. À Puebla Maria, quand je les ai retrouvés, Adelina et Pablo m'ont dit la vérité. Ma mère s'intéressait seulement à l'actualité et, pourquoi pas, à ce fait divers. Les passeports argentins sont faux. Ou alors ils appartiennent à une histoire totalement différente dont je n'ai pas encore la clef.

Hypothèse deux : mes parents étaient des tortionnaires en fuite. Mais alors, pourquoi être partis si tôt ? Et quel était leur lien avec Jorge Lederer ?

Hypothèse trois : je suis une enfant volée de *desaparecidos.* Thiago et Paula ont torturé mes parents. Ou alors Jorge l'a fait et il était l'ami de mes parents. C'est lui qui m'a confiée à eux. Ensuite, ils ont fui l'Argentine.

Mais s'ils fuyaient, pourquoi avoir gardé leurs passeports ? Et dans un endroit accessible qui plus est. Une table de chevet. La réponse m'apparaît évidente : pour que je les trouve un jour.

Je cogne le mur. Je cogne jusqu'à ce que la douleur me paralyse. Je ne peux plus bouger mes doigts. J'ai dû me casser quelque chose. Tout cela est invraisemblable. Je rêve… Je vais me réveiller. J'ai envie de m'échapper, courir loin d'ici, de cette vie. Pourtant la curiosité l'emporte. Je regarde un extrait d'un reportage de France 24 posté il y a quelques mois, titré : « Quand les enfants volés de la dictature argentine retrouvent leurs racines[1]. »

La voix off est grave : « Comment vit-on quand on apprend que son nom, sa date de naissance, son histoire sont un mensonge ? Ils sont 500 bébés à avoir été arrachés à leurs parents, torturés et exécutés par le régime militaire. Près de quarante ans plus tard, une centaine ont retrouvé leur famille, mais que faire alors ? »

On découvre une ville, une légende indique qu'il s'agit de Buenos Aires. Des pigeons s'envolent d'une place, un chien hagard regarde des enfants jouer au ballon… Une voix de femme : « Je m'appelle Mariana, mais avant c'était Daniela », puis celle d'un homme : « Je m'appelle Pedro mais, pendant longtemps, j'étais Alejandro », et enfin : « Je m'appelle Manuel, mais jusqu'en 1995, je m'appelais Claudio. » Je ne retiens pas leurs noms de famille.

Pedro commence. Il est le 84e bébé à avoir été volé par la dictature. Il est grand, le visage avenant, les cheveux clairs. Il se promène dans le Parque de la Memoria, le mémorial dédié aux victimes du régime, le seul endroit où il reste une trace de ses parents. Leurs corps ont disparu. Il ne peut pas se recueillir ailleurs. Il est seul face au Rio de la Plata, minuscule devant l'étendue du fleuve. Il montre le nom de sa mère parmi les

1. « Quand les enfants volés de la dictature argentine retrouvent leurs racines », de Bertrand Dévé, diffusé le 07/10/2016 dans *Reporters – Le Doc* pour France 24.

https://www.france24.com/fr/20161007-video-reporters-argentine-enfants-voles-dictature-recherche-racines milliers d'autres sur l'immense stèle. Il est écrit : *Vingt ans, enceinte.* Quand elle a été séquestrée, elle en était à deux mois et demi de grossesse. Ils l'ont gardée dans un centre jusqu'à ce qu'elle accouche, se sont emparés du bébé et l'ont tuée. Pedro raconte le soulagement qu'il a ressenti en recevant enfin ses papiers d'identité avec son véritable nom. « Quand je me présente, je n'ai plus besoin d'expliquer qui je suis… L'histoire de mes parents et la mienne sont liées. » En expliquant sa souffrance d'avoir dû se battre pour que l'on reconnaisse qui il était vraiment, il s'approche d'une statue, des planches de bois peintes, alignées les unes à côté des autres. « Cette œuvre représente le portrait d'un écrivain. Tant que tu n'es pas bien en face et dans la bonne position, impossible de voir que c'est un visage. C'est une bonne illustration de notre identité éclatée… » Puis il conclut : « Que faire du passé ? De tout ce temps ? Aujourd'hui, je me vois comme deux personnes. »

C'est au tour de Manuel, très brun, le portrait que je me fais des Argentins. « Quand j'ai su mon véritable nom, il est entré directement dans ma tête, mais ce n'était pas facile de l'utiliser au quotidien, ni pour moi ni pour mes amis. Aujourd'hui, c'est l'inverse, mon vrai nom, c'est Manuel. Je ne peux pas m'empêcher de penser que tout cela n'aurait jamais dû exister. Un passé dont je ne sais pas quoi faire. Celui de ma maman, de mon papa, une parenthèse où j'ai été moi, mais qui n'a rien à voir avec le passé ou le futur. » Il marche sur un large trottoir, pénètre dans un petit local. La caméra zoome sur une pancarte, un sous-titre indique : *Association des grands-mères de la place de Mai.* Un mur est recouvert de photos, celles des disparus dont les enfants sont quelque part, on ne sait où. Manuel indique fièrement que le portrait de sa mère a été enlevé. Son histoire à lui est désormais connue. Depuis, il aide les grands-mères. Il est le petit-fils de substitution de celles qui cherchent encore. « Sur le peu de photos qu'on a de nos parents, ils sont plus jeunes que nous… J'ai déjà dix ans de plus que mon père à sa mort. Je fais tout ce que je peux pour retrouver les autres enfants. Tous les jours, je pense que je suis Manuel. Tout ce que je fais est lié au fait que je sais qui je suis maintenant. Une vie, c'est avant, pendant, après. L'enquête dure toute la vie. Tu ne cesses jamais de penser à ce que tu serais devenu sans savoir. Mes plus jeunes années ne m'appartiennent pas, ce que j'en sais est ce qu'on m'en a raconté. »

Enfin, Mariana apparaît, jolie blonde dont le sourire ne parvient pas à cacher une certaine lassitude. Elle est chez elle, met la table en préparant le repas. « La motivation de mes parents d'appropriation, c'était de fonder une famille. Je ne sais pas s'ils voulaient m'endoctriner, je ne crois pas. Chaque cas a aussi une dimension non politique… » Elle montre une photo où elle pose, enfant, avec sa famille adoptive. « Pour moi, le processus de récupération d'identité a été si lent et si progressif que je ne peux pas dire que j'ai été bouleversée le jour où j'ai appris la vérité… ça fait vingt ans que je change… Il y a deux ans, je ne voulais plus fêter mon anniversaire le 29 septembre, cette date n'avait pas de sens, mais j'ai mis deux ans à accepter de célébrer le jour où je suis vraiment née… » Elle se rend ensuite devant un bâtiment en mauvais état. De la tôle rouillée, des graffitis. « Nous sommes au centre Automotores Orletti, c'est là que j'ai été séquestrée avec mes véritables parents, et que mes parents d'appropriation sont venus me chercher. Ensuite, mes parents biologiques ont disparu. On s'est séparés ici, je ne m'en souviens pas. Je ne viens pas souvent, ça me déprime. Je ne veux pas savoir ce qui s'est passé ici. »

Elle raconte ensuite le poids de cette double identité, le sentiment terrible de devoir quelque chose à ses parents biologiques, des gens qu'elle ne connaît pas finalement, sa crainte de devoir jouer un rôle de symbole pour le pays… Quel comportement adopter vis-à-vis des uns et des autres… Sa dernière phrase s'enfonce comme un pieu dans mon cœur : « La vie m'a laissée sans certitudes. Tout ce que je prenais pour vrai ne l'était pas… Mon nom, ma date de naissance, ma relation avec ma famille… Je n'ai pas ressenti de haine envers mes parents d'adoption. Peut-être que ça viendra, je ne sais pas. C'est un processus qui ne se termine jamais. »

« Tout ce que je prenais pour vrai ne l'était pas. » Elle a mis des mots sur ce qui me hante. Je l'écoute en boucle pendant un quart d'heure, scrute son regard quand elle les prononce, de l'acceptation mêlée à de la défaite. Je me sens si proche d'elle. Je ne la connais pas, nous n'avons pas la même histoire, mais je connais à présent ce sentiment d'une vie entière qui s'effondre.

16 h 30. Je n'ai pas vu la journée passer. J'arpente le couloir de l'appartement de mes parents. Mes parents… Le sont-ils vraiment ? Suis-je, moi aussi, l'un de ces

enfants volés ? Qu'est-ce que je raconte ! Tout cela est ridicule, impossible… Je dois m'allonger. Je n'arrive plus à respirer. « Un processus qui dure toute la vie », disaient Mariana et Manuel. Est-ce que je vais être confrontée à ça ? Une enquête qui va durer toute ma vie ? J'éclate en sanglots. Je voudrais voir Thiago. Pourquoi m'a-t-il trahie ? Pourquoi m'avoir laissé ce fardeau ?

Un souvenir me revient alors. Le jour de sa mort. Il m'a demandé pardon. Je croyais qu'il s'excusait de mourir, de me laisser. Il savait que j'allais découvrir ses mensonges, il avait conscience de ma souffrance à venir, de mon désespoir. Pour la première fois, je le déteste. Je maudis mon père. Le halo lumineux dont je l'ai nimbé depuis ma plus tendre enfance se dissipe. Il faut que je m'en aille, que je quitte cet appartement de lâches. Jamais plus je n'y reviendrai.

Je m'apprête à éteindre l'ordinateur quand un dernier titre m'arrête, un article de *Libération* : « Mon père, ce tortionnaire[1] », daté d'hier, le 19 juin 2017.

> *La fille d'un responsable de la répression pendant la dictature argentine (1976-1983) dénonce la décision, en mai, de la Cour suprême de libérer les criminels condamnés dans le cadre de procès historiques.*

1. Article « Argentine : mon père, ce tortionnaire », par Mathilde Guillaume, paru dans *Libération* du 19 juin 2017.

https://www.liberation.fr/planete/2017/06/19/argentine-mon-pere-ce-tortionnaire_1578033

Elle a pu constituer un réseau de personnes aux histoires semblables.

« La honte, le sentiment d'être des traîtres à notre clan, la culpabilité envers l'extérieur et une grande solitude… Toutes nos histoires sont différentes, mais elles ont ça en commun. » Celle d'Erika est liée aux heures les plus sombres de l'histoire argentine. Son père était l'un des chefs de la maternité clandestine de Campo de Mayo durant la dictature, où l'on volait les bébés des opposantes détenues illégalement, avant de les faire disparaître en les jetant vivantes dans le Rio de la Plata. Erika s'exprime par à-coups, de très longues phrases tortueuses suivies de pauses suspendues.

Sa parole, elle l'a construite adulte et aujourd'hui elle s'en sert comme d'une arme. Il y a moins d'un mois, elle a contribué à faire entendre celle d'autres enfants de tortionnaires de la dictature en rupture de ban, qui, ensemble pour la première fois, réclament « mémoire, vérité et justice ». Le déclencheur : la décision de la Cour suprême argentine du 2 mai permettant, par un tour de passe-passe juridique, de libérer les criminels de la dictature condamnés quelques années auparavant lors de procès historiques. Une décision de justice qui s'inscrit dans un contexte politique de relativisme croissant envers cette période, encouragé par le nouveau gouvernement libéral du président Mauricio Macri, qui considère que le processus de mémoire est une épine dans le pied. Comme elle, une grande partie de la société argentine est descendue dans la rue pour manifester, revêtant en hommage le foulard blanc des Mères de la place de Mai.

Erika raconte ensuite qu'entre enfants de génocidaires, ils se sont retrouvés, ont partagé leur histoire. Certains ont changé leur nom de famille qu'ils n'assumaient pas. Un moment, Erika a eu un doute sur son identité, elle espérait être un des bébés volés. Elle a fait un test ADN et son espoir s'est envolé. Il n'y avait pas d'autre famille. « Alors j'ai décidé d'assumer toute cette merde qui est mon histoire, de me reconstruire. » Son père, rattrapé par la justice, s'est donné la mort en prison. Mais ça n'a pas entravé son combat pour que la vérité éclate et que les tortionnaires soient punis à la hauteur de leur crime.

> *De nombreux Argentins se sont approchés pour les remercier, les enlacer, les embrasser. Parmi eux, il y a Patricia Isasa, survivante de la dictature, séquestrée, torturée, violée. Autour de son cou, une pancarte :* Je suis victime du terrorisme d'État et des pères de ces femmes que je prends dans mes bras. *Elle serre longuement Erika contre elle, dont les longs cheveux noirs cachent les yeux, cachent les larmes. [...]*
>
> *Les militaires ont appliqué la loi du silence. Même pendant les procès, ils n'ont pas desserré les dents. « Le fait que certains de leurs enfants soient passés dans l'autre camp, alors qu'eux, en volant les bébés des disparus et en les élevant en leur sein, voulaient les convertir, c'est encore un signe que l'histoire s'est retournée contre eux », analyse Liliana, autre fille de militaire. À ses côtés, Erika continue : « Il y a tant d'histoires sans fin. Des corps qui n'ont jamais été retrouvés, des grands-mères sans leurs petits-enfants.*

Ensemble, nous pouvons peut-être être utiles. » *Puis elles s'éloignent, longeant les eaux troubles du Rio de la Plata.*

Le visage du docteur Solferini m'apparaît. La psychiatre de l'hôpital où Thiago est mort. Ce jour où elle m'attendait devant la porte. « On ne déclare pas un cancer de la gorge sans raison », avait-elle dit, ou quelque chose comme ça… Thiago lui avait-il confié son secret ? Mais alors pourquoi m'aurait-elle intimé de le rassurer, de l'inciter à parler. « L'expérience », avait-elle ajouté. Comment a-t-elle su ? Tout s'embrouille dans ma tête. Fille de tortionnaire ? Enfant volée ? Mais à qui ? Pourquoi ? Et pourquoi Thiago et Paula auraient fui en 79 s'ils faisaient partie de la junte ? J'éteins tout, je cours jusqu'à ma voiture. Je n'en peux plus.

Sophie

Jeudi 22 juin 2017, Paris

Nouvelle nuit sans sommeil. Les visages de Mariana, Pedro et Manuel défilent sans cesse devant mes yeux. L'air désolé de Mariana, le regard de chien battu de Pedro. Je repense à la souffrance d'Erika, qui a tant espéré ne pas être la fille d'un tortionnaire... Jamais je n'aurais pensé m'identifier à ces personnes. Il y a encore quelques mois, l'Argentine n'était qu'une station de métro entre Charles-de-Gaulle – Étoile et Porte-Maillot. Aujourd'hui, je suis mêlée à l'histoire de ce pays. Mes parents y ont vécu, y sont sans doute nés, l'enlèvement raté de ma fille y est peut-être lié... Les témoins interrogés dans les reportages, les articles que j'ai pu voir sont comme une nouvelle famille. Mais je ne sais pas comment mener l'enquête. Par où commencer ? Faut-il chercher d'ailleurs ? Ai-je le choix ?

Le chantier est trop vaste. Je me sens ridicule chaque fois que je l'envisage. Cette histoire est bien trop éloignée de moi ! Je suis une avocate parisienne, je n'ai rien à voir avec ce scénario de mauvais téléfilm ! Il doit y avoir une explication. Rationnelle. Peut-être devrais-je rappeler Pablo à Puebla Maria ? Lui demander de tout me raconter de nouveau.

Je ne retrouve plus son numéro dans le répertoire de mon téléphone. Il n'est pas à Pablo, ni à Adelina. Je panique. Est-ce un signe ? Dois-je me tenir à distance d'eux ? Non, j'en suis incapable. Où est ce numéro ? Je ne l'ai noté nulle part, pas de feuille volante, pas d'inscription dans mon agenda. Peut-être l'ai-je sauvegardé dans un mail ? Je reprends mes messages, sans résultat. De petites gouttes de sueur perlent au creux de mes mains. Je fais de nouveau défiler tous les noms de mon répertoire. « Espagne Pablo. » Voilà comment je l'avais enregistré ! Imbécile que je suis. Je compose aussitôt son numéro. Il décroche au bout de sept sonneries. Une éternité. Il peine d'abord à me remettre puis s'exclame qu'il est heureux de m'entendre. Il s'applique à me donner tous les détails dont il se souvient. Je traduis grâce à l'aide d'une application sur mon téléphone pour être certaine de ne rien louper. Il me donne la même version. Pas d'hésitation. Je suis si soulagée que j'en pleure. Je retrouve enfin mon souffle. Mais au bout d'une heure, l'image des passeports argentins, les articles entourés et mis de côté par ma mère me rattrapent. J'étouffe de plus belle. Ça ne peut pas durer.

J'arrive dès l'heure d'ouverture à l'institut où est placée Paula. Je n'ai prévenu personne. Tant pis, les infirmières qui s'occupent de ma mère me connaissent, elles savent qu'il vaut mieux ne pas me contrarier. Quand j'entre dans la chambre, l'une d'elles fait sa toilette à Paula. Elle lui passe un gant sur les bras, le dos.

Ma mère ne réagit pas. Aucune pudeur, aucune émotion. Elle tient la télécommande et refuse de la lâcher pour qu'on lui nettoie la main.

— Il faut que je lui parle, dis-je à l'infirmière.

— Ce n'est pas encore l'heure des visites… Ils n'auraient pas dû vous laisser passer…

— Eh bien, ils l'ont fait. Je dois parler à ma mère, tout de suite.

— Je termine de la laver, madame Perez. Je n'en ai plus pour longtemps.

Je pars en claquant la porte si fort que les autres infirmières sortent des chambres pour voir ce qui se passe. J'achète une bouteille d'eau dans le distributeur. « La vie m'a laissée sans certitudes. Tout ce que je prenais pour vrai ne l'était pas… » La phrase de Mariana m'obsède.

— Madame Perez, vous ne pouvez pas rester là, me dit une voix.

Je ne sais pas d'où elle vient. Tout est flou autour de moi. Quelqu'un frôle mes épaules.

— Vous ne vous sentez pas bien ?

La voix est douce. À qui s'adresse-t-elle ?

— Appelez un médecin !

Un homme se plante devant moi.

— Vous m'entendez, madame Perez ? Quel jour sommes-nous ?

Il claque des doigts comme pour donner le tempo d'une chanson. Oui, c'est à moi qu'il parle.

— Pardon…, dis-je sans savoir pourquoi.

— Tout va bien ?

— Oui, je suis fatiguée en ce moment.

Le médecin me regarde d'un air concerné. Je sais ce qu'il observe. Mes sourcils, mes plaques, mes cernes. Je mens :

— J'ai fait une allergie. Et je n'ai pas eu le temps de manger ce matin…

Il sent qu'il ne doit pas insister.

— Très bien… Mais vous ne pouvez pas vous asseoir ici… Les brancards sont réservés aux malades.

— Les brancards ?

Je baisse les yeux. Je suis sur un lit roulant au bout du couloir. Je ne me souviens pas de m'être assise ni d'avoir marché jusque-là. Je prends sur moi pour ne pas montrer mon étonnement avant de m'échapper.

Dans sa chambre, ma mère est face à la télévision. Son magnétophone résonne. *Porque te vas*. J'ai fini par détester cette chanson. Il ne s'est pas passé un jour sans que Paula l'écoute. Quand j'entends ces notes, j'ai la nausée.

Je me plante devant elle. Je la fixe, droit dans les yeux.

— Maman, qui est Jorge Lederer ?

Ses paupières se plissent. Je sais qu'elle a compris ma question.

— Si tu le connais, cligne des yeux !

Elle ne bouge pas. Je la secoue.

— Réponds-moi ! Qui est Jorge ? Pourquoi tu gardais ces articles dans ton chevet ?

Je la secoue plus fort. Des larmes coulent sur ses joues, mais ses traits ne trahissent aucune autre réaction.

— Je te lâcherai pas ! Je vais rester jusqu'à ce que tu me répondes, tu m'entends ?

Elle bave. Je ne la supporte plus, elle et son air de chien battu. Je repense à l'enlèvement de Lisa et, soudain, la gifle part. De toutes mes forces, j'ai frappé ma mère. Elle ne bouge pas. Je regarde la marque rouge sur sa joue, sidérée. C'est moi qui ai fait ça. Je l'ai giflée. J'ai giflé ma mère handicapée. Je suis un monstre. Je deviens folle.

— Mais enfin, qu'est-ce que tu fais là ?

C'est Aurélie. Elle entre dans la chambre. Les infirmières ont dû la prévenir. Je me ressaisis aussitôt, réajuste le peignoir de Paula.

— Rien, j'avais envie de voir maman.

— À l'accueil, ils m'ont dit que tu avais fait toute une histoire, qu'est-ce qui se passe ?

— Rien… Elle me manquait.

Je suis de nouveau une menteuse, la Sophie de huit ans qui a fait tomber sa sœur du berceau, la petite fille exclue de leur clan. Aurélie est arrivée et j'ai l'impression de disparaître. J'aimerais lui confier ce que j'ai découvert, mais j'ai peur qu'elle ne comprenne pas, qu'elle croie que j'invente pour prendre le dessus dans notre famille dont l'ordre a tant changé depuis la mort de notre père. Je ne sais pas quoi dire. J'ai envie de serrer ma sœur dans mes bras et, à la fois, de la secouer elle aussi, pour qu'elle se réveille.

Nous restons un bon moment, silencieuses, à écouter *Porque te vas* en boucle. Aurélie se recoiffe, me montre sa nouvelle couleur de cheveux en se plaçant devant la fenêtre pour que le soleil fasse ressortir ses reflets. Elle a grossi. C'est tout ce que je vois. Elle me détaille, se retient de me faire une réflexion sur mon apparence de vampire. Si elle dégaine, je ferai de même.

— Tu sais, So, on devrait vraiment vendre l'appartement des parents. Je trouve ça glauque de le garder.

Panique. Vendre l'appartement signifie le vider... Je pense au coffre, aux passeports, serre la clef au fond de ma poche.

— Je suis pas sûre...

— Écoute, ni toi ni moi n'y allons, on n'y habitera jamais. Et si maman va mieux un jour, de toute façon, ce sera beaucoup trop grand pour elle...

Je suis tétanisée. Aurélie ne s'en rend pas compte. Elle prend ma bouteille et boit au goulot. Elle la vide et la jette dans la poubelle. Elle ne m'a rien demandé. Plus rien ne m'appartient.

— Je reviens, il faut que j'appelle Henri, me prévient ma sœur.

« Un moment, Erika a eu un doute sur son identité, elle espérait être un des bébés volés. Elle a fait un test ADN. »

L'article sur les enfants de tortionnaires me revient. Bien sûr ! Comment n'y ai-je pas pensé plus tôt ? Je prends la brosse à dents de ma mère, son peigne, son bonnet de bain, la brosse à cheveux d'Aurélie, son rouge à lèvres et la bouteille d'eau dans la poubelle. Je les cache dans mon sac. Tout à l'heure, j'irai chercher de vieux bonnets de Thiago et tout ce que je pourrai trouver. Je vais avoir la preuve que je ne suis pas en plein délire.

Sophie

Mardi 27 juin 2017, Paris

Je suis à mon bureau. Un dossier difficile. Un couple est accusé d'avoir séquestré ses enfants. En apparence, ils ont l'air avenants. Les voisins disent d'eux qu'ils n'auraient jamais pensé que, derrière cette façade, se cachaient des monstres. « Ils étaient normaux… Gentils. » Une des fillettes a hurlé trop fort, un passant a entendu et alerté la police. Elle est ma cliente. Il faut que je la sauve, que je lui permette de dépasser ce traumatisme. Ses parents doivent aller en prison à vie. Pas de peine assez forte pour ce qu'ils ont fait.

La défense atteste de leur bonne volonté : leurs filles étaient allergiques à la lumière, ils ont voulu les protéger du soleil. Les priver de liberté était la seule solution ; elles ne voulaient pas comprendre. Trouver un contre-argument. Allergique à la lumière… Et après ? Ne vaut-il pas mieux être libre ?

Quelque chose d'étrange à mes pieds : de l'eau. J'ai les pieds dans l'eau. L'appartement est inondé. L'eau s'engouffre dans les armoires, les étagères. Elle monte vite, atteint bientôt mes genoux. Je fixe la porte, je pourrais sortir, j'en ai le temps, mais je suis transie, incapable de bouger. Je pense à la petite fille, j'entends son cri qui me tétanise. L'eau progresse encore. Une eau souillée, presque grise. Elle entre par vagues dans la pièce. Elle s'empare de moi, m'emporte dans son tourbillon. Je me cogne contre mon bureau, traverse une cloison, emportant des débris de plâtre. Le courant m'a engloutie. Je ne peux plus respirer. La surface est inatteignable.

Je me réveille en sueur. C'est la troisième fois en quinze jours que je rêve de noyade.

Les résultats du test ADN ne devraient plus tarder. En quittant ma mère la dernière fois, j'ai appelé Baptiste. Je savais que, pour ses affaires, il avait régulièrement recours à un laboratoire efficace. La plupart du temps, quand il s'agit de payer une pension alimentaire, les pères exigent la preuve que la progéniture en question est bien la leur, alors les avocats ont de bons référents… Il m'a donné les coordonnées sans trop poser de questions. International Sciencelite, dont le siège est en Belgique mais qui possède des antennes un peu partout.

— C'est pour un dossier ?

— Oui, ai-je répondu, hésitante.

— So, je m'inquiète pour toi…

— Pourquoi tu dis ça ?

— Tu t'es regardée ?

— Si c'est pour être désobligeant…

— On n'en est plus là, toi et moi, non ? On peut se dire les choses. Je t'ai jamais vue dans cet état… Qu'est-ce qui se passe ?

J'ai dû lutter pour ne pas m'effondrer et tout lui raconter.

— Je travaille beaucoup, c'est tout.

Silence.

— Très bien… Mais si tu changes d'avis, je suis là, So. Je serai toujours là.

J'ai raccroché pour ne pas qu'il m'entende renifler.

J'ai préféré faire l'aller-retour en Belgique. Je ne voulais pas risquer de croiser quelqu'un en France ni de poster mes seuls échantillons. Ils ont critiqué la qualité de mes supports, mais m'ont assuré qu'ils feraient au mieux. Pas besoin de venir chercher les résultats en personne. Ils m'enverront leurs conclusions.

J'ai aussi contacté le docteur Solferini. Elle semblait désolée mais n'était au courant de rien. Elle ne se souvenait plus d'avoir formulé une telle hypothèse. Elle a repris sa voix doucereuse pour me proposer une consultation. J'ai raccroché.

Sophie

Jeudi 29 juin 2017, Paris

Je ne supporte plus les gens qui sifflent. Je suis à l'arrêt de bus et le type à côté se prend pour un rossignol. Je suis à deux doigts de craquer. Le panneau indique encore sept minutes d'attente.

— Vous pourriez arrêter, s'il vous plaît ? finis-je par pester.

Il me dévisage, interdit.

— Votre sifflement, c'est très désagréable…

— Non mais elle est pas bien celle-là ! On est en France, on est libres ! Je rêve !

Il siffle de plus belle. Une lame qui transperce mes tympans. Je le plaque contre la paroi de verre de l'Abribus.

— J'ai besoin que tu arrêtes !

Il essaie d'échapper à mon emprise. Je résiste. Ses yeux sont exorbités, sa bouche grande ouverte. Les gens se sont massés autour de nous. J'entends leurs reproches, leurs menaces d'appeler la police. J'entends des sirènes au loin. J'ai envie de mettre mon poing dans la figure de ce salaud qui m'a provoquée ! Je ne peux pas, je suis avocate. Alors je me punis. Je me griffe d'un coup sec, du coin des yeux au milieu de la joue.

Mes ongles transpercent ma chair. Les gens crient, certains rient. Je m'enfuis en courant.

Quand je m'arrête, je ne sais pas où je suis. Quelque part, dans Paris. Je passe devant une vitre et aperçois mon reflet. Je ne me reconnais pas. Je ne sais plus qui est cette femme.

Des néons clignotent à quelques mètres. Un magasin d'optique. J'entre et achète une paire de lunettes de soleil. Large. Qui couvre la moitié de mon visage. La vendeuse a pitié de moi. Je comprends très vite ce qu'elle imagine. Une pauvre femme battue qui se cache derrière des verres teintés pour protéger son connard de mari. Elle est à deux doigts de se prendre pour une psy et de me proposer de m'accompagner au commissariat. Je sors aussi vite que possible. Je n'ai plus confiance en ma capacité à garder mon calme.

J'entre dans un taxi. Je vais finir par être en retard à la sortie de l'école. J'ai promis à Lisa que, pour une fois, je serai là. Ces dernières semaines, je n'ai fait que travailler. À mon avis, sur les nouveaux dessins, je n'ai plus d'yeux du tout. Je veux que la maîtresse me voie devant la grille.

Mon téléphone sonne. Un numéro que je ne connais pas.

— Madame Sophie Perez ? me demande une femme.

— Oui.

— Docteur Pauline Josué du laboratoire international Sciencelite. Nous avons vos résultats, madame. Nous avons pu traiter votre dossier en urgence.

J'ouvre la vitre de la voiture. Je suis terrifiée.

— Alors ? je demande, la voix tremblante.

— Concernant votre échantillon et celui de Mme Paula Perez, nous obtenons un résultat de 12 %.

— Ce qui veut dire ?

— Ce qui veut dire qu'il n'y a aucune parenté.

Son accent belge est très marqué. J'ai envie d'éclater de rire. Ce qu'elle m'annonce est si invraisemblable, si grave, et je suis face à une caricature !

— Et les autres ?

— Entre votre échantillon et celui de M. Thiago Perez, nous obtenons un taux de 60 %, ce qui est difficilement interprétable.

— Comment ça ?

— Soit les résultats sont proches de 100 % et la parentalité est assurée, soit ils sont inférieurs à 60 % et nous considérons qu'il ne s'agit pas d'un lien parent/enfant.

— Mais dans mon cas ?

— Il s'agit peut-être d'une erreur occasionnée par le manque de fiabilité des échantillons… Le test buccal ou la prise de sang sont plus fiables.

— Mais j'ai précisé que mon père est mort !

— Je sais bien…

Elle marque un temps. Le taxi me lance des coups d'œil dans son rétroviseur.

— Je vous ai fait parvenir mes interprétations et conclusions par courrier et mail, reprend-elle. Vous devriez les recevoir très bientôt. Tout est expliqué en détail, vous verrez.

Je ne parviens pas à répondre.

— Concernant Mme Aurélie Simon, elle obtient un taux de 99 % avec M. Thiago et Mme Paula Perez.

Je ne suis pas la fille de ma mère. Je n'ai pas la possibilité de savoir si je suis vraiment ou non la fille de Thiago. Aurélie est leur enfant. Je n'ai plus aucun clan.

— On est arrivés, madame, souffle le taxi.

Sol

Vendredi 30 juin 2017, Buenos Aires

La migraine. C'est elle qui la réveille. Sol a le visage froissé, l'esprit embrumé. Ça passera, elle essaie de s'en convaincre, comme chaque lendemain de cuite. Elle tangue dans l'appartement. Il lui manque une chaussette. Où s'est-elle cachée ? Les objets se liguent contre elle pour la faire tourner en bourrique.

— Montre-toi ! lui crie-t-elle.

Mais la chaussette demeure invisible. Elle n'a plus le temps de chercher et se rabat sur une paire usagée dans le bac à linge sale. Il va bientôt déborder. Ce soir, elle se le promet, elle va faire le ménage, laver ses vêtements. Ils ont tous un trou ou une tache quelque part.

Quand elle était petite, les clochards, les personnes négligées en général, lui faisaient peur. Ce n'était pas tant leur situation qui l'effrayait, mais cette certitude qu'ils ne se rendaient pas compte de l'image qu'ils renvoyaient. Comme si la misère, la tristesse aveuglaient au point de ne pas sentir qu'on pue. Aujourd'hui, elle a la preuve du contraire. Elle a parfaitement conscience de son laisser-aller. Chaque jour, elle se voit dériver, et elle ne fait rien pour y remédier. Elle s'observe sombrer comme elle regarderait l'eau du bain s'écouler après avoir ôté le bouchon.

Elle noue une écharpe autour de son cou pour cacher la trace de vin sur son col de chemise. De toute façon, elle n'a pas l'intention de parler à qui que ce soit aujourd'hui. Portefeuille, téléphone, tout semble en place dans son sac. Elle arrive enfin dans le hall de l'immeuble. A-t-elle reçu une lettre ? La réponse de Paula qu'elle attend depuis des mois. L'appréhension a laissé place à la lassitude. Elle est usée d'attendre. Pourtant, elle scrute l'intérieur de la boîte à travers la mince fente et distingue une enveloppe. Son cœur accélère. Se pourrait-il ? Elle cherche la petite clef pour ouvrir, laisse tomber le trousseau. Elle se cogne en voulant le ramasser. Il faut qu'elle se calme, qu'elle se prépare. Ce n'est peut-être rien. Une facture sûrement…

Mais… Et si c'était la réponse qu'elle redoutait ? Elle a failli à sa parole, elle a repris contact. Paula est en droit de le lui reprocher. Elle l'a déjà privée d'Abril depuis si longtemps, peut-elle encore la faire souffrir ? Sol en doute, mais sa peur est irrationnelle. Elle a toujours craint les scénarios catastrophe. C'est drôle quand elle y pense. Petite déjà, elle avait la certitude que la vie peut vous échapper en une fraction de seconde. Un rien a le pouvoir d'anéantir ce que l'on a mis des années à construire. Sa mère essayait de la rassurer, le soir, avant de s'endormir : « Non, ma Sol, il n'y a que dans les films que nos ruines nous emprisonnent. Dans la vraie vie, quand on se fait mal, on repart. » Comme elle se trompait ! Ces peurs n'étaient pas des fantasmes puérils, mais des prémonitions. Il fallait que Sol se familiarise avec ce sentiment pour affronter le jour où la réalité la rattraperait. Le jour où Abril lui serait arrachée.

Peut-être est-ce pour cela aussi qu'elle se refuse à avancer. Si elle n'a rien, on ne peut rien lui enlever. Être de nouveau heureuse, avoir quelque chose à perdre la mettrait en grand danger. Elle ne peut pas se le permettre. Elle préfère cette existence de l'autre côté, parmi les errants.

Pourtant elle donnerait cher pour quelques mots de Paula, une photo peut-être. Elle s'est donné du mal dans sa lettre, pas trop insistante ni trop hypocrite, un ton aussi dégagé que possible. Après tout, le temps a passé, et les circonstances jouent en sa faveur… Elle se demande si, depuis la mort de Thiago, Paula repense à ce qu'ils lui ont fait. Toutes ces années, elle s'est persuadée que la petite famille incarnait un bonheur indestructible, leurs membres soudés autour d'un mensonge. Les morts précipitent toujours les changements.

Bien sûr, Sol n'aurait pas dû. Ce n'est pas à elle de provoquer les choses. Elle avait promis… Plus jamais de signes de sa part. Mais Abril lui manque tant. Pas un jour sans penser à elle. Ses petits yeux, son odeur sucrée, ses douces mains qui ne voulaient pas lâcher son doigt. Elle a besoin d'avoir des nouvelles, pas grand-chose, juste de s'assurer que tout va bien.

De la publicité. Voilà ce que contient l'enveloppe. Une promotion pour des barbecues nouvelle génération. Sol imagine les repas en famille, les enfants qui courent dans le jardin en attendant qu'on les appelle pour passer à table, les sauces, les pommes de terre, les rires, les siestes. Le quotidien argentin. Elle retient ses larmes tandis que son espoir se consume.

Quand elle sort de l'immeuble, des voisins l'observent. Que s'est-il passé hier ? A-t-elle encore crié, chanté jusqu'à ce qu'ils se plaignent ? Elle ne se souvient de rien. La vieille crache par terre sur son passage. Elle traîne tous les jours, du matin au soir sur le trottoir, assise au fond de sa chaise en paille, reluquant les gens, critiquant les jupes trop courtes des jeunes filles, les manières des garçons, les enfants qui jouent. Qui est-elle pour se croire supérieure ? Sol essaie de se convaincre que tous les hommes sont égaux, seul le Seigneur a le droit de juger, mais elle ne peut empêcher la honte de l'envahir. Elle se retient de courir, ce serait offrir à la vieille une victoire qu'elle ne mérite pas, mais elle hâte le pas.

La journée de travail s'écoule lentement, comme d'habitude. Elle erre dans les allées, vérifie l'alignement des livres sur les étagères, le respect de l'ordre alphabétique des dossiers. Son cerveau a beau être endolori depuis qu'elle emploie tous les moyens possibles pour le faire taire, il fonctionne toujours. Réaliser ses tâches quotidiennes ne lui prend que quelques heures, et encore, sans se presser. Mais elle ne se plaint pas, n'a jamais demandé d'augmentation en six ans. Profil bas. Elle est « la fille des archives » et c'est très bien comme ça. Elle savait qu'elle ne retrouverait pas un emploi intéressant après « l'accident ». Sol se demande si les employés qui avaient assisté à son pitoyable spectacle se souviennent d'elle, s'ils racontent encore cette petite sauterie de fin d'année où la directrice de la communication s'était écroulée sur scène, ivre morte, au moment d'introduire le grand patron. Ils ont sûrement oublié son nom. Mais pas les images.

Aujourd'hui, Sol se contente de peu, du moment que ça paie le loyer. Assistante documentaliste dans une banque. Elle passe huit heures dans une cave, à arpenter des allées bordées de bibliothèques, du sol au plafond. Des piles d'analyses de secteurs, d'entreprises, de rapports sur l'eau, l'énergie dans le monde. Au début, elle les lisait. À présent, elle attend qu'on la sollicite. Tel département a besoin de telles données. Elle mène l'enquête, déplace l'échelle, assemble les pièces et les apporte à sa supérieure. Elle ne sait jamais si les intéressés sont satisfaits, si elle a servi à quelque chose. Elle est anonyme, un fantôme dans ce grand bâtiment. Tant mieux. L'exposition, elle a donné.

Lentement, elle feuillette son agenda. Demain, elle doit célébrer l'anniversaire de la disparition de Suzanna. C'était il y a près de quarante ans. À vrai dire, elle n'avait pas besoin de lire le mémo pour s'en souvenir. Durant les quelques mois qu'elles avaient passés enfermées dans une cellule de six mètres carrés, elles avaient noué des liens suffisamment forts pour qu'à vie, Suzanna ait une place de choix dans son esprit.

Elles étaient arrivées le même soir à l'ESMA, le centre de détention clandestin dont Jorge avait initié la construction. Tout avait été pensé pour susciter la terreur des prisonniers, l'étroitesse des cellules, les longs couloirs, l'écho qui se propageait partout, pour que l'on sache que personne ne serait oublié. Au début, elles avaient hésité à se parler. Il y avait des traîtres placés parmi les détenus pour obtenir des informations.

Mais Suzanna était enceinte. Ça ne faisait pas d'elle une innocente, cependant pour Sol, c'était assez. Des semaines après sa séparation avec Abril, son ventre était flasque et, régulièrement, elle urinait dans son pantalon. Les gardes se moquaient d'elle. Parfois, ils la frappaient ou l'obligeaient à lécher le sol pour le nettoyer.

Un jour, Suzanna l'avait aidée.

— Tu as eu un bébé c'est ça ? avait-elle demandé.

— Comment tu le sais ?

Suzanna s'était contentée d'un sourire doux.

— Oui. Une petite fille.

— Et pourquoi tu es encore ici alors ? On dit qu'après l'enfant, ils nous tuent.

— Je me le demande chaque jour…

Alors Suzanna avait essuyé une larme.

— Moi aussi, j'attends un enfant. C'est tout récent.

— On ne voit rien…

— Mais ils le savent. Ils me gardent pour ça, j'en suis sûre.

Sol avait cherché un mensonge pour la rassurer, sans succès.

— T'en fais pas. Mon mari a un plan. On a été séparés avant que je me fasse arrêter, mais il m'a promis qu'il me sauverait, avait ajouté Suzanna avant d'éclater en sanglots. J'ai décidé de le croire.

Sol avait hoché la tête, inutile de la contrarier. Son mari était sûrement déjà mort.

Avec le temps, elles étaient devenues amies. Sol lui parlait de sa grossesse. Puis le bébé de Suzanna avait commencé à bouger, Sol lui chantait des berceuses, caressait le ventre en attendant un mouvement sous la peau… Tout était horrible autour d'elles, mais chaque soir, elles partageaient ces moments bénis où la vie était plus forte. Et Suzanna avait accouché. Un petit garçon qu'on lui avait aussitôt arraché. Elle saignait encore quand des gardes l'avaient jetée au sol dans la cellule. Blotties l'une contre l'autre, elles n'avaient pas fermé l'œil, élaborant des hypothèses sur le devenir de l'enfant de la nuit, sur le plan du mari qui devrait se réaliser d'une minute à l'autre… Elles avaient guetté le moindre bruit, les comportements des geôliers : et si l'un d'eux envoyait un signe ? Mais rien.

Sol se souvient du visage terrifié de son amie le lendemain matin, quand ils étaient venus la chercher. Elle avait aussitôt su que c'était la fin. Bien sûr, tout était écrit depuis le premier jour, mais en secret, elles avaient espéré. Elles avaient supporté les discours d'Hitler, résonnant dans tout l'étage, qu'on leur passait en boucle, les cris des autres pendant les viols, les coups, les brûlures, les humiliations. Elles avaient tenu. Mais la chance n'avait pas souri à Suzanna. Après sa disparition, Sol avait sombré dans un chagrin infini. En une semaine, elle avait perdu une dizaine de kilos, elle s'évanouissait plusieurs fois par jour. Alors Leandro, le sergent en charge de leur étage, s'était intéressé à elle…

Sol se promet qu'elle ira déposer une fleur près de la plaque où est inscrit le nom de son amie au Parque de la Memoria. Suzanna Valdes, disparue le 30 juin 1981, victime du régime. Sol se demande comment, après tous ces témoignages à travers les siècles, toutes ces souffrances, ces morts, comment peut-il encore y avoir des guerres dans ce monde ?

18 heures. Il est temps de rentrer. Elle renoue son écharpe, vérifie de nouveau qu'elle n'a rien oublié et ferme le bureau. Elle baisse les yeux en traversant le hall. Elle déteste croiser les autres employés, cette impression de troupeau qu'on dirige d'un endroit à l'autre. Elle accepte de se fondre dans la masse, mais jusqu'à un certain point. Aucun contact, aucune interaction.

Dans le train de la ligne San Martin qui la reconduit chez elle, elle observe les paysages. De la station de Retiro à celle de Palermo, en plein centre de Buenos Aires, Sol est happée par les bidonvilles de la Villa 31. Des bâtiments en tôle, d'autres à moitié rongés par le temps. Fenêtres manquantes, pans de mur démolis, chantiers abandonnés, fils électriques, ruelles rouge parpaing, containers bariolés du port et des voies ferrées. Elle pense à la façon dont la misère résiste à tout. Combien de fois a-t-on tenté de détruire ce quartier ? Une honte, entendait-on déjà quand la junte était au pouvoir… Elle se souvient des centaines d'habitants embarqués dans des camions pour être envoyés hors de la ville…

Mais ici la dictature n'a pas gagné. La pauvreté est plus forte, la laideur ne se laisse pas cacher. La Villa 31 règne au cœur de la cité, comme le mal en nous qui ronge et salit tout le reste autour. Aux dernières fortes pluies, le quartier a été inondé. Un journaliste avait interrogé une habitante, Sol a oublié son nom, mais elle se souvient de son regard plein de colère. « L'eau entre dans les habitations par les murs, les sols. Les égouts débordent ! Je voudrais pouvoir sortir de chez moi et ne pas arriver à mon travail couverte de boue jusqu'aux genoux », s'était-elle désolée. Puis le journaliste continuait, face à la caméra : « Un plan d'urbanisation intégral a été développé pour rouvrir des rues et désenclaver la circulation. Les trois quarts de la Villa 31 pourraient être conservés, et le dernier quart serait détruit. Ses habitants seraient relogés sur des terrains attenants, cédés par la société d'hydrocarbures YPF. L'idée est de présenter la 31 comme une solution, non comme un problème. Son coût ? Moins de 1 % du budget. Un projet voté à l'unanimité au Congrès et pourtant rien n'est jamais entré en vigueur. » Moins de 1 %. Presque rien en somme, et pourtant la misère persiste. Ce pays marche sur la tête.

Sol choisit toujours le côté droit du train. En face, derrière une haie de jacarandas centenaires, se dressent les élégantes façades de l'avenue Libertador. Une muraille de pierre blanche qui protège le quartier de la Recoleta, ses ambassades et ses terrasses huppées. Rien ne s'en dégage, à part la suffisance. Sol préfère encore les ruines.

Un musicien entre dans le wagon, il joue de la *chacarera*, un morceau que Sol connaît bien. Ce n'est pas la première fois qu'elle croise ce mendiant. Il fait la manche au moins une fois par semaine dans son train. L'homme a le sourire, il tient son instrument collé à son ventre, sa voix est claire. Il se cogne sur les sièges en avançant, se rattrape comme il le peut, en essayant de garder le rythme. Sol ferme les yeux, plongeant dans ces sonorités nostalgiques, oubliant le délabrement qui l'entoure.

Sophie

Lundi 3 juillet 2017, Paris

Un de mes premiers professeurs de droit, Jean-Louis Duarel, est mort. Crise cardiaque. Un instant, tout allait bien, celui d'après, il n'était plus là. Impossible de le réanimer. Les médecins n'ont pas eu beaucoup de mal à dresser la liste des causes probables : tabac, stress, café la journée, whisky le soir, trop peu de sommeil… Le portrait d'un avocat passionné, en somme. Ses associés m'ont prévenue. L'enterrement aura lieu dans quelques jours, mais ce n'était pas la principale raison de leur appel.

Jean-Louis devait bientôt plaider aux assises de Douai, près de Lille. L'accusé est le fils d'un riche entrepreneur de la région. Il a participé à un braquage qui a mal tourné. Une caissière s'est retrouvée en fauteuil roulant. L'imbécile voulait juste que son père fasse plus attention à lui, il risque quinze ans. Jean-Louis préparait ce procès depuis un an. Le père du gosse était une vieille connaissance. Ses associés me demandent de le remplacer. Jean-Louis m'admirait beaucoup, il parlait souvent de moi, paraît-il. Il y a encore une quantité énorme de travail, et un regard extérieur sur leurs arguments ne sera pas de trop. J'accepte sans réfléchir. J'ai besoin de me plonger dans un cas qui va m'ensevelir.

Les rendez-vous sont pris, les collaborateurs de Jean-Louis se chargent des démarches, me font parvenir les éléments, procès-verbaux, témoignages. Ils me remercient pour ce dernier hommage à Jean-Louis ; je n'ai pas le courage de leur répondre que je prends cette affaire surtout pour moi. Je préviens Béatrice, envoie un mail à mes associés. Tous sont ravis : les assises font toujours du bruit dans les médias… Je demande à Baptiste si je peux lui confier Lisa les trois prochaines semaines, il râle pour la forme mais accepte vite.

Quand j'arrive à la maison, l'entrée est plongée dans le noir. Soudain, quelqu'un allume dans le salon et j'entends fuser des cris.

— Joyeux anniversaire !

— Surprise !

Lisa, ma sœur, Henri, leurs enfants, Baptiste, Sheba, Béatrice, quelques collègues de travail, de vieux amis sont là, tenant des ballons et une pancarte. Je me fige, réajuste mes lunettes de soleil. Je ne les quitte plus, ni en réunion, ni avec mes clients, ni chez moi. J'ai besoin d'un écran pour me protéger de la réalité. Ils ont l'air heureux, scrutent ma réaction. Et moi, je n'entends qu'une chose, la voix de Mariana dans le reportage. « Il y a deux ans, je ne voulais plus fêter mon anniversaire le 29 septembre, cette date n'avait pas de sens, mais j'ai mis deux ans à accepter de célébrer le jour où je suis vraiment née… »

Je ne suis pas la fille de Paula et Thiago. Aurélie n'est pas ma sœur. Tout cela est un mensonge, je ne sais ni qui je suis ni même quand je suis vraiment née.

— Mais enfin, vous savez très bien que je déteste les surprises !

Ma voix est à peine audible, mon corps est trop crispé pour élever le ton. Baptiste prend Lisa dans ses bras, il a compris que la situation allait dégénérer. Aurélie me fusille du regard.

— J'ai jamais dit que je voulais fêter mon anniversaire ! Je suis pas une gamine !

Pourtant, je me mets à chouiner. Je me lamente sur les toasts au tarama, la musique, beaucoup trop forte, le plaid du canapé tombé par terre. Caprice sur caprice.

Aurélie m'entraîne dans la salle de bains. Sheba nous rejoint. Elles font couler de l'eau dans la baignoire, m'aident à ôter mes vêtements. Aurélie passe sa main sur les os saillants de mes hanches, sur les plaques rouges dans mon dos, mon cou.

— Mais qu'est-ce qui t'arrive, So ? Tu peux pas te comporter comme ça…

— Laisse-moi tranquille ! J'ai rien demandé !

Sheba dit quelque chose à l'oreille de ma sœur qui finit par s'en aller. La musique s'intensifie. La fête se déroule sans moi. En silence, Sheba étale de la mousse sur mon dos.

— Je suis désolée, Sheba.

— Quand on a mal, on n'a pas à être désolée.

— Comment tu le sais ?

— Quoi donc ?

— Pour la douleur ?

Elle masse mon dos en silence.

— Ma famille a été tuée sous mes yeux. J'ai fui seule, j'ai marché des jours entiers, en trébuchant sur des cadavres…

— Et comment tu fais pour continuer ?

— J'ai un but. Je veux que la vérité éclate, que les coupables paient. Je ne mourrai pas avant qu'ils soient tous en prison.

Elle a raison. Il me faut un but. Devant elle, j'ai honte de mon état. Comparé à ce qu'elle a vécu au Rwanda, je suis pathétique, pourtant je n'y arrive plus. Nous restons ainsi un bon moment. Puis au prix d'un effort surhumain, je m'habille. Je refuse d'enlever mes lunettes, Sheba n'insiste pas. Je remercie ma fille pour son cadeau.

— Pardon, ma puce.

— Je sais, maman, m'interrompt-elle.

Encore une fois, je pourrais m'effondrer face à sa résignation. Mais ça suffit.

— Chérie, je suis vraiment désolée. Je vais me reprendre, je te jure.

Moue circonspecte.

— Lisa, tu as ma parole. Tout va s'arranger.

Elle m'embrasse du bout des lèvres et part danser avec son père. Que faire pour revenir au monde parmi eux ? Il faut que tout cela cesse.

J'échange des banalités avec les invités et m'assois dans le canapé. Sans plus bouger, je les regarde fêter mon anniversaire.

Sophie

Mardi 18 juillet 2017, Route de Douai

Avec les équipes de Jean-Louis, nous n'avons pas levé la tête depuis des jours. Nous avons épluché des centaines et des centaines de pages, cherché la faille, le point auquel personne n'aurait prêté attention. Il n'y aura pas d'acquittement possible. Notre client est coupable, il va falloir miser sur son profil psychologique. Malheureusement, nous sommes en France, le fils du bourgeois de province qui a des choses à se prouver a peu de chances de susciter l'empathie chez les jurés.

Je suis nerveuse à l'extrême. Je flotte dans mes vêtements. Même fermées au dernier cran, mes ceintures ne tiennent plus. Après le procès, j'irai m'acheter de quoi avoir une allure décente. Je réponds au moins quatre fois par jour à la même remarque : « T'as mauvaise mine, tout va bien ? » Tout va très bien, merci. Je dois juste gagner une affaire impossible. Éviter à un môme de dix-neuf ans de passer quinze ans en prison pour s'être laissé submerger par le désespoir. Nous allons avoir le mauvais rôle, il va falloir assumer.

Les assises me mettent toujours mal à l'aise. On y promet quelque chose qui n'arrivera pas. Les victimes ont entendu leurs avocats, leur entourage rabâcher des mois durant qu'elles pourront enfin faire leur deuil une fois la peine prononcée, passer à autre chose. Mensonge. La condamnation du coupable n'efface jamais la douleur. Je les connais, mes confrères qui menacent à l'audience, « seule une lourde peine conférera à mon client le statut de victime qu'il mérite ». Un chantage immonde. Comme si le statut de victime était à envier. Alors quoi, ils vont continuer leur vie sans jamais en sortir ? « Ah non, je ne peux plus aimer, je ne peux plus travailler, je ne peux plus payer mon loyer, considérer les autres, vous comprenez, je suis une victime. » Un expédient qui m'est insupportable. Peu importe le degré de souffrance, on a toujours le choix. La priorité, après un drame, c'est de s'en remettre, pas d'attendre que la société vous materne.

L'équipe de Jean-Louis est d'accord avec moi, mais ils préfèrent que je minore cet axe. La France n'est pas prête à se passer de victimes. Notre seule chance est de convaincre notre auditoire que notre client en est une aussi. Ben voyons ! Qui a le plus gros bobo, en voilà un procès à la perspective réjouissante… Sortez vos mouchoirs, ça va brailler !

J'ai décidé de me rendre à Douai en voiture, le plus tard possible. Je voulais passer un peu de temps avec Lisa. Entre la présentation des faits, les débats et le délibéré, la cour siégera pendant cinq jours.

Il pleut sur la route du Nord. J'allume la radio. *Porque te vas* envahit l'habitacle. Est-ce que je rêve ?

Hoy en mi ventana brilla el sol, Y el corazon. Se pone triste contemplando la ciudad. Porque te vas. La route s'efface devant moi. *Junto a la estacion lloraré igual que un niño. Porque te vas. Porque te vas.* Je ne vois plus les lignes blanches. Un camion me frôle. Il klaxonne, m'envoie des gerbes d'eau. Les phares des autres m'éblouissent. Je ne contrôle plus rien. Je ne sais plus quelle pédale accélère et laquelle freine. Mes mains sont crispées sur le volant et je suis paralysée. Je braque vers la droite, une voiture me percute. C'est étrange, je l'ai vue arriver, mais je n'ai rien fait. Une détonation et je me mets à tourner. Ma voiture est une danseuse, elle virevolte entre les voies.

Je bute sur une barrière. Celle qui longe la bande d'arrêt d'urgence. Silence. Je flotte quelque part, je ne sais où. La chanson se termine enfin. Un homme frappe à la fenêtre côté passager.

— Madame ! Madame ! Vous allez bien ?

Il insiste, je ne parviens pas à parler.

— Ouvrez la fenêtre !

J'obéis.

— Je suis désolée, dis-je.

— Vous n'avez rien de cassé ?

— Je… Je ne crois pas.

— Vous pouvez bouger vos jambes ?

Je vérifie, tout semble fonctionner.

— Votre voiture est sacrément amochée…

— Et la vôtre ?

— Rien…

Je regarde devant moi, il a un 4x4.

— Vous avez perdu le contrôle, on dirait, reprend-il.

— Je suis désolée…

— C'est dangereux de rester là. Tenez, c'est mon numéro, si vous n'avez besoin de rien, on fera le constat plus tard.

Il me tend une carte.

— Non, tout va bien.

— Soyez prudente et passez peut-être à l'hôpital.

Il démarre et me laisse sur la bande d'arrêt d'urgence de l'autoroute déserte. Les gouttes d'eau s'écrasent sur mon pare-brise. Ça ne peut pas continuer comme ça. Je jette la carte de l'homme par la fenêtre et redémarre. Plus de radio, vitesse limitée.

Il est tard quand j'arrive à l'hôtel. Un trois-étoiles peu accueillant. Béatrice a réservé au plus près de la cour d'assises. Tout est gris ici, des bâtiments aux couvre-lits. Les savons offerts sentent le désodorisant. Le papier qui les entoure est fané. Parfum « souvenir des îles ».

Je me couche tout habillée. Je voudrais que cette semaine à Douai passe en un éclair, pour rentrer au plus vite chez moi. Un Lexomil entier glissé sous la langue, le tarif des derniers mois. Il fond, on dirait de la craie. Mais l'engourdissement ne vient pas. J'ai failli mourir ce soir. Pourquoi cette chanson m'a-t-elle tant troublée ? Paula, le magnétophone, oui, bien sûr, mais il y a autre chose et je ne sais pas quoi. C'est enfoui quelque part en moi, je le sens. Ma tête va exploser. Je sors de ma chambre. Le couloir est triste. Le hall est désert, à l'exception de l'hôtesse d'accueil qui ne se donne même pas la peine de sourire. Il est 2 heures du matin, on n'en est plus aux courbettes.

— Bonsoir, où est le bar ?

— Nous n'en avons pas. Il y a un frigo dans votre chambre, si vous avez faim.

— Et autour, il y a des endroits ouverts ?

Elle me regarde, perplexe, presque amusée. On dirait que je viens de formuler la plus grande des inepties.

— Ah non, madame. Tout le monde dort la nuit !

Bien sûr, oui… Tout le monde dort. Je remonte dans ma chambre, allume la télévision. Je suis encore bonne pour un reportage de *Chasse et Pêche*.

Le lendemain matin, je passe un temps fou à masquer mes cernes avec un fond de teint bon marché, acheté au Franprix du coin. Démarche vaine.

— On t'a attendue pour dîner hier ! me lance François, le responsable du dossier dans le cabinet de Jean-Louis, quand nous nous retrouvons.

Il est venu me chercher pour aller à la maison d'arrêt.

— Je suis arrivée tard, désolée.

— T'as une petite mine, tu vas bien ?

Ça faisait longtemps…

— Je n'ai pas beaucoup dormi…

— Moi aussi, ça me fait ça à chaque procès. Jusqu'à il n'y a pas si longtemps, je vomissais avant toutes les audiences !

Je souris. Aucune intention de lui raconter ma vie ni de l'inciter à poursuivre. Nous entrons dans la cellule de notre client.

— Vous vous rendez compte ? Y a même pas de mayo dans mon sandwich !

J'ai presque envie de rire. Ce type joue les quinze prochaines années de sa vie dans quelques heures, et tout ce qui lui importe, c'est son casse-croûte ! Les gens sont fous. Nous essayons de lui faire prendre conscience de l'enjeu, nous répétons une série de questions auxquelles nous l'avons préparé. Il mastique de façon exagérée, oubliant une réponse sur deux. François me fait signe de rester calme. C'est un gamin, idiot qui plus est…

Nous pénétrons dans la cour d'assises. Des boiseries ornent les murs. Je retrouve la disposition des sièges, l'odeur de sueur, les costumes, la robe noire des avocats, rouge des magistrats, les protocoles. L'huissier annonce l'ouverture du procès en faisant retentir la sonnerie. Je sens le souffle de notre client dans mon dos. Le couinement des roues du fauteuil de la plaignante m'insupporte quand elle entre dans la salle. Elle porte le désespoir sur son visage. Pas de maquillage, les cheveux en pagaille. On dirait que la misère du monde s'est abattue sur elle depuis qu'elle a perdu l'usage de ses jambes. Mise en scène étudiée. Je serre mon trousseau de clefs dans ma poche. C'est tout ce que j'ai trouvé pour ne pas hurler. Je veux bien comprendre, mais tout de même…

Pendant cinq jours, nous nous démenons. Lorsque l'un d'entre nous prend la parole, nous lui écrivons sur un bloc-notes ce qu'il oublie ou ce sur quoi il doit insister. Nous faisons venir des témoins pour raconter la solitude de notre client, son désarroi, nous nous justifions par des chiffres, études à l'appui.

L'heure des délibérés est arrivée. Il est déjà 20 heures, nous en avons pour une bonne partie de la nuit. Je triture le porte-clefs et soudain je la sens, la petite clef du coffre de ma mère. Celle qui a ouvert la porte du gouffre sans fond. Je longe les couloirs du bâtiment sans savoir vraiment où je vais. J'ai chaud. Les passeports, les articles de presse. Les voix reviennent, le docteur Solferini, Mariana, Pedro, Manuel… « On ne déclare pas un cancer de la gorge sans raison », « La vie m'a laissée sans certitudes. Tout ce que je prenais pour vrai ne l'était pas… Mon nom, ma date de naissance, ma relation avec ma famille… Je n'ai pas ressenti de haine envers ma famille d'adoption. Peut-être que ça viendra, je ne sais pas. C'est un processus qui ne se termine jamais », « Tous les jours, je pense que je suis Manuel. Tout ce que je fais est lié au fait que je sais qui je suis maintenant. Une vie, c'est avant, pendant, après. L'enquête dure toute la vie. Tu ne cesses jamais de penser à ce que tu serais devenu sans savoir. Mes plus jeunes années ne m'appartiennent pas, ce que j'en sais est ce qu'on m'a raconté », « Que faire du passé ? De tout ce temps ? Aujourd'hui, je me vois comme deux personnes ». Ma tête tourne.

Mon téléphone sonne, c'est Béatrice.

— Bonjour, maître Perez, désolée de vous déranger.

— Que se passe-t-il, Béatrice ?

— Julien vous a envoyé un document sur votre boîte mail, il a besoin de votre validation avant envoi au client…

— Qui ?

— Julien, votre assistant juridique.

— Oui, bien sûr…

— Je sais que vous êtes très occupée, mais si vous pouviez jeter un œil, ça doit partir demain matin dernier délai…

J'ouvre ma boîte mail. Deux cent douze messages non lus. Je n'ai pas eu une minute cette semaine. Les conclusions de Julien sont claires, précises, comme je le lui ai appris. Pourtant quelque chose me gêne. Voilà, dans la troisième phrase, il a ajouté une espace entre un mot et la virgule qui suit. Je n'en reviens pas ! Comment est-ce possible ? Je rappelle aussitôt Béatrice. Je hurle sans prêter attention à François qui me demande de la mettre en sourdine. Elle me passe Julien, je l'incendie, je me fiche que le reste soit bon et qu'il me promette de corriger cette faute de frappe qu'il ose qualifier de « sans importance ».

François m'interrompt : nous devons retourner dans la salle d'audience, le jugement va être prononcé. La clef dans ma poche m'insupporte à présent. J'ai envie de la jeter au visage du président. Je fixe la robe rouge d'un des magistrats tandis que le code pénal sur lequel repose le verdict est lu à voix haute. Il est brun, charpenté, il me fait penser à Thiago. Soi-disant assoiffé de justice. Soi-disant obsédé par le bien. Tout ça pour quoi ? « À la question numéro un, il a été répondu oui à la majorité de huit voix au moins. » Du mensonge, voilà mon héritage, voilà ce qui a entaché à jamais l'ensemble de mes souvenirs, de mon enfance. « La cour et le jury condamnent M. Dourgoud à douze ans de réclusion criminelle. »

— Sophie, Sophie, qu'est-ce qui se passe ? me demande François.

— Quoi ?

— Ton nez, il saigne…

Des gouttes rouges tombent sur mes notes. Mon corps se met à trembler et soudain, tout devient noir.

Sol

Mercredi 19 juillet 2017, Buenos Aires

Les premiers rayons du soleil s'infiltrent à travers les rideaux. Sol se cache les yeux. Sa tête va exploser. Un bruit l'intrigue. Il vient de la cuisine. Elle n'a pas la force de se lever.

— Qui est là ?

Nahuel entre dans la chambre.

— Ah, c'est toi ! Que fais-tu ici ?

— La voisine m'a dit que tu n'étais pas sortie de chez toi depuis quatre jours…

— J'ai pas bu. Je suis malade. J'ai prévenu le travail.

Sol voit bien que son fils ne la croit pas. Tant pis.

— Ça pue ici ! tonne-t-il. Pourquoi tu nettoies jamais ? T'as vu tes draps ?

— Je suis désolée…

— C'est ça !

Sol fuit son regard.

— Allez, lève-toi, j'ai préparé le petit déjeuner.

Il regarde le cadre sur la table de nuit où trône une photo d'Abril âgée de trois ans, au bord de la mer. Le seul objet qui ne soit pas couvert de poussière. Paula avait précisé qu'ils étaient partis à Nice pour les vacances.

La petite a des brassards et un maillot de bain rose. Une adorable petite fille. C'est Thiago qui a pris la photo, Sol a reconnu son écriture au dos, qui indiquait la date.

— Tu as vu comme elle était jolie ?

— Qui ?

— Abril !

— Tu me saoules, maman. Je me fous complètement d'elle !

— Ne parle pas de ta sœur comme ça ! Abril était un bébé magnifique…

— Elle s'appelle Sophie.

Il sert le café qu'il a préparé, pose du pain et du beurre sur la table. Sol ne se souvient pas d'en avoir acheté.

— Je les ai apportés de chez moi. Y a jamais rien à manger, ici.

Il s'installe, se fait une tartine qu'il trempe dans sa tasse. Le craquement du pain grillé résonne dans la cuisine. Sol fixe la tempe de Nahuel qui se bombe à chaque bouchée. Sa peau, son visage sont si fins. Elle ne sait pas si elle le trouve beau, elle n'a jamais su quoi penser de lui.

— Je suis retourné voir mon père.

— En prison ? s'étonne Sol.

— Bah oui.

— Et alors ?

— Cette fois je n'ai pas flanché. Je lui ai dit dans les yeux ce que je pensais de lui.

Nahuel reprend son monologue obsessionnel, la traque qu'il a menée pour conduire Leandro derrière les barreaux.

Sol hésite puis finit par poser la question qui la démange.

— Et comment va-t-il ?

— Qu'est-ce que ça peut faire ?

Les yeux de Nahuel la mitraillent.

— Il n'a que ce qu'il mérite.

Sol hoche la tête. Elle ne compte plus les fois où ils ont eu cette conversation. Punir les tortionnaires, faire triompher la démocratie, laisser éclater les scandales du régime militaire et enfermer les coupables.

Une camionnette s'arrête dans la rue. Sol se redresse en entendant la porte du hall de l'immeuble claquer.

— Quoi ? Qu'est-ce qui se passe ? demande Nahuel.

— C'est le facteur…

Nahuel soupire et jette sa tartine sur la table. Sans rien dire, il débarrasse, passe l'éponge, récolte les miettes dans sa main.

— Toujours pas de réponse de Paula, c'est ça ?

Sol fait non de la tête.

— Elle ne t'écrira jamais, maman. Il faut oublier maintenant.

Sol essuie une larme. Elle donnerait n'importe quoi pour un verre, là, tout de suite. Et si elle était restée dans cette voiture quarante ans plus tôt ? Si elle avait désobéi ?

Tant de fois, elle s'était imaginé prendre un billet d'avion, traverser l'océan pour rejoindre Paris. Elle aurait sonné à la porte un dimanche matin, juste avant le déjeuner familial. Abril aurait ouvert. Bien sûr, elle ne l'aurait pas reconnue, mais elle aurait perçu quelque chose de spécial. Elle serait partie chercher ses parents. Paula aurait laissé tomber son plat sur le sol, trahissant son désarroi. Thiago serait arrivé, il se serait figé face à elle, partagé entre la peur de devoir tout révéler et la joie de la revoir.

Alors ils l'auraient invitée à entrer. Abril aurait posé des questions, Paula aurait refusé que Sol donne des réponses, mais l'affrontement n'aurait pas duré. Une heure, trois jours, peu importe, le temps aurait joué en sa faveur et Sol aurait fini par serrer sa fille dans ses bras.

Tant de fois, elle s'était inventé des scènes de complicité avec la petite. À travers des discussions anodines, elles se seraient rendu compte qu'elles avaient un nombre de points communs incroyable. Peut-être auraient-elles la même démarche, le même sourire ? Peut-être aimeraient-elles les mêmes chansons, les mêmes livres ? Alors Abril l'aurait suppliée de ne pas repartir, ou bien de l'emmener en Argentine, elle aurait demandé à rencontrer son frère.

Mais Sol n'avait jamais osé. Et si Paula la faisait enfermer ? Si Thiago utilisait ses relations dans la justice pour la faire condamner ? Si la petite refusait de la croire ? Pire, si elle la détestait ? Si on lui avait raconté des mensonges et qu'elle considérait que Sol l'avait abandonnée à la première difficulté ?

Mais surtout : et si Abril refusait de la suivre ? Sol valait-elle la peine que sa fille laisse tout pour elle ? Elle n'était déjà pas capable de s'occuper de Nahuel… Qu'avait-elle à offrir ? Un appartement minable, aucun modèle de réussite… Elle buvait, s'isolait de tout et de tout le monde… Pourquoi imposer cette vie à une enfant ? Ne valait-il pas mieux la laisser profiter du mensonge ? S'épanouir auprès de parents unis, d'une sœur, de ses amis ? À quoi bon la plonger dans les résidus de la junte ?

De toute façon, le billet d'avion coûtait trop cher. Sol n'avait pas l'argent pour l'hôtel. Elle ne pouvait pas laisser Nahuel seul ni s'absenter trop longtemps du travail. Ses fantasmes devaient se cantonner à son esprit. Sol avait laissé la voiture s'éloigner. Tant pis pour elle.

Sophie

Mercredi 2 août 2017, Paris

— Madame Perez, il faut vous concentrer. Comment s'appelle votre fille ?

Tous les jours, les mêmes questions. Je ne peux répondre à la plupart d'entre elles. J'ai le nom de ma fille sur le bout de la langue, mais il ne veut pas sortir. Pourtant, j'ai son visage en tête, je reconnaîtrais sa démarche parmi une centaine d'autres enfants. Elle me manque terriblement mais je sais que je ne suis pas en état de la voir. J'ai failli à ma promesse.

— Vous souvenez-vous de ce qui s'est passé, madame Perez ?

La psychiatre s'adresse à moi comme si on ne parlait pas la même langue.

— Je vais devoir rester là combien de temps ?

— Aussi longtemps que nécessaire…

— Je ne suis pas folle !

— Personne ne pense cela de vous.

— Je dois retourner au travail. Mon cabinet a besoin de moi.

— Le travail, ce ne sera pas pour tout de suite, je le crains. Nous devons comprendre ce qui a déclenché votre crise.

— Je vous l'ai dit, j'étais très fatiguée et stressée par ce procès…

— Quand sont apparues vos plaques rouges ?

— Il y a quelques mois…

— À la suite de quoi, vous vous en souvenez ?

J'ai du mal à avaler ma salive.

— J'ai perdu mon père.

— C'est tout ?

Le regard de la psy est un laser qui me transperce, j'ai l'impression qu'elle peut lire en moi, ça me terrifie.

— Oui, c'est tout.

Silence.

— Je suis de votre côté, vous savez… Tant que vous ne me direz pas ce qui vous mine de l'intérieur, nous n'avancerons pas.

Je garde le silence. Elle griffonne sur son carnet de notes avant de m'autoriser à regagner ma chambre.

La semaine dernière, Aurélie est venue me rendre visite. J'ai entendu les médecins expliquer « mon cas » dans le couloir. La porte était ouverte. Ils pensaient que je dormais. « Votre sœur présente tous les symptômes d'un burn-out sévère. D'après ce que ses collègues nous ont rapporté, elle a travaillé plus que de raison ces derniers temps. Nous estimons sa perte de poids à une quinzaine de kilos. Dans son sac, il y avait des antidépresseurs fortement dosés, deux boîtes presque vides d'anxiolytiques et de la marijuana. Lors de son malaise à la cour d'assises, son cœur est descendu à moins de quarante pulsations-minute, c'est dans le dossier des pompiers. En fait, c'est comme si elle avait hiberné, un état proche de la mort. Sa vue s'est dégradée, le psoriasis ronge toutes ses articulations ainsi que son cou et une partie de son visage. Votre sœur ne va pas bien. Je sais que ce n'est pas facile à entendre, mais elle va avoir besoin de temps et de soutien. Ses facultés cognitives ont également été atteintes. Elle ne se souvient qu'épisodiquement du nom de sa fille, de son numéro de téléphone ou de son adresse par exemple. »

Aurélie s'est mise à sangloter, j'ai eu envie de réagir, de lui crier d'arrêter de faire la chochotte, que j'allais très bien, pas besoin de tout ça pour un simple coup de fatigue, mais je n'en avais pas la force.

Quand je me suis réveillée après le trou noir, on m'a dit que j'étais à Paris. J'avais été rapatriée en hélicoptère et j'avais dormi trois jours. Je ne me souviens d'aucun rêve, juste une sensation de m'enfoncer dans de la boue, d'être enterrée vivante.

— Bonjour, madame Perez, comment allez-vous aujourd'hui ?

La même question qu'hier.

— Madame Perez, il faut vous concentrer. Comment s'appelle votre fille ?

— Petite, je faisais souvent le même rêve.

— Vous vous en souvenez ?

— Oui, un militaire défonçait notre porte et emprisonnait toute ma famille. Ensuite, il m'embarquait dans sa voiture et m'emmenait loin de chez moi.

— Et aujourd'hui, qu'est-ce que cela vous évoque ?

J'éclate de rire. Comment ai-je pu oublier ce rêve ? Je le racontais à mes parents, ils me rassuraient, comme si tous les enfants faisaient le même, qu'il ne signifiait rien d'extraordinaire ! Les salauds ! J'aurais voulu être une petite souris pour écouter ce qu'ils se disaient une fois seuls dans leur chambre, ça devait paniquer sévère dans le lit conjugal ! C'est si drôle ! Je ris tellement fort que la psy finit par appeler un infirmier qui me fait une piqûre.

— Vous allez dormir, madame Perez, ça va vous faire du bien.

Sophie

Mardi 19 septembre 2017, Saint-Mandé

L'hôpital a accepté que je sorte, à condition que j'aille vivre chez Aurélie. J'ai toujours des problèmes de mémoire, alors ils s'y sont tous mis : Baptiste, Henri, ma fille, ma sœur. Ils ont collé des Post-it partout dans la maison, dans mon sac, mon armoire. J'ai l'impression d'avoir un Alzheimer précoce. Dessus sont inscrits les numéros de portable de tous mes proches, les heures de sortie d'école de Lisa, celles où je peux l'appeler chez son père.

Je n'ai toujours pas le droit de la voir. Baptiste m'a promis qu'il lui avait tout expliqué, qu'elle ne m'en voulait pas. Je ne le crois pas. J'ai creusé un fossé entre ma fille et moi. Pourtant, tandis que mon identité s'écroule, je prends conscience qu'elle est la seule avec qui aucune triche n'est possible. Elle est ma famille. L'unique personne avec qui je partage des gènes. À défaut de l'observer en chair et en os, je me rabats sur ses photos, détaille ses traits, tente de me remémorer des anecdotes. Toutes ces fois où des gens m'ont dit « c'est ton portrait craché ». Je détestais cette expression, aujourd'hui je m'y accroche. Mon bébé, mon amour, le seul sens à ma vie absurde. Lisa est mon ancrage.

Je suis interdite de travail. Aurélie a pour mission de me faire manger et dormir, c'est tout pour les prochains mois. Je ne dois avoir aucune source de stress. Ils ont confisqué mon ordinateur, désactivé les mails sur mon téléphone ; je suis coupée du monde. Trois fois par semaine, ma sœur m'accompagne chez la psy. Derrière son bureau, le médecin attend que je parle, me regarde sans afficher aucune expression. Je laisse s'écouler le temps, je n'ai rien à lui dire. Je me demande ce qu'elle peut bien écrire dans son carnet. Sa liste de courses peut-être ?

À la fin de la séance, je rejoins Aurélie qui m'attend dans sa voiture.

— Pendant que t'étais à ta consultation, j'ai fait les courses. On va vite rentrer et te préparer un bon dîner.

— Je suis pas une gamine, Aurèle.

— Tu as le droit de t'énerver, je suis là.

Elle répète les phrases conseillées par ma psy. Ridicule.

— Je vais faire un gratin et j'ai acheté des bonnes soles à la poissonnerie.

Soudain, mes mains tremblent.

— Arrête la voiture ! je crie.

— Quoi ?

— Gare-toi, vite !

— Pourquoi ?

Trop tard, je viens de vomir partout sur le siège.

— Qu'est-ce qui s'est passé, qu'est-ce que j'ai dit ? panique Aurélie.

— Rien…

— Si tu n'aimes pas le poisson, je peux te faire autre chose… Tu veux un steak haché ?

Sole… Sole… Pourquoi ai-je soudain la nausée ?

Un flash.

J'entends la voix de ma sœur : « Elle vient d'Argentine. Pas de nom, juste Sol. Elle a l'air de bien connaître les parents. »

La lettre d'Argentine reçue après la mort de Thiago, adressée à notre mère, signée de ces trois lettres S-O-L.

— Tu as fait quoi des lettres de condoléances pour papa ?

— Je sais pas… Je les ai jetées, je crois, je voulais pas garder ça…

— Toutes ?

— Oui…

— Tu es sûre ?

— Non… Mais enfin pourquoi tu me demandes ça ?

— On doit rentrer chez toi tout de suite…

— Il faut d'abord qu'on aille faire nettoyer la voiture, je peux pas la laisser dans cet état…

— On doit rentrer tout de suite !

À son regard, je comprends que le spectacle que j'offre ne doit pas être réjouissant. Ma sœur m'obéit. Je sens bien que ça lui pèse. Tant pis, il me faut cette lettre.

Arrivée chez elle, je file dans le bureau où elle dit les avoir ouvertes. Elle me supplie de changer de vêtements. Je balance mes habits par terre et cours en culotte ouvrir les tiroirs. Aurélie gronde son fils Igor qui se moque de moi. Je fouille les étagères.

Rien. Je regarde dans les poubelles, je sais bien que c'est stupide, notre père est mort il y a plus d'un an, les poubelles ont été vidées des centaines de fois depuis.

— Mais enfin tu vas me dire ce qui se passe ? crie Aurélie.

— Tu te souviens de la lettre qui venait d'Argentine ?

— D'Argentine ?

— Oui.

Elle me regarde, les yeux écarquillés.

— Ah oui ! Une vieille amie de papa et maman, c'est ça ?

— Sol, elle s'appelait Sol !

— Et alors ?

— Il me la faut !

— Mais je ne l'ai plus.

— Tu peux pas me dire ça ! J'en ai besoin, c'est une question de vie ou de mort !

— Tu me fais peur, So, dis-moi ce qui se passe, s'il te plaît.

— Elle peut pas être dans ta chambre ? Ou ailleurs dans la maison ?

— Non, je l'ai jetée !

Elle articule chaque mot comme si j'étais sourde.

— Il faut qu'on aille à la décharge, qu'on la retrouve.

Elle me serre dans ses bras, j'essaie de me débattre, d'échapper à sa pitié, je vois bien qu'elle croit que j'ai perdu la tête.

— So, s'il te plaît, calme-toi. On ne va pas aller à la décharge…

J'éclate en sanglots. Je suis incontrôlable.

— Mais qu'est-ce qui t'arrive à la fin ? Tu peux tout me dire, je suis ta sœur…

Je fais non de la tête. Non, elle n'est pas ma sœur. J'essaie de parler mais ma voix est inaudible… Aurélie me serre plus fort encore. Elle doit penser que je délire. Et puis ça sort d'un coup. Je lui raconte tout : le voyage en Espagne, le discours du barman, du prêtre, en totale contradiction avec celui d'Adelina et de Pablo, ce sentiment insupportable depuis qu'un scénario catastrophe est en train de se produire et que je ne peux rien faire pour l'éviter. Pas même oublier. Je lui décris le coffre dans le tiroir de notre mère, les passeports, les articles sur Jorge Lederer, les tests ADN, le régime argentin, les militaires, les enfants volés, et moi, au milieu de tout ça, perdue, sans origine, sans identité, enfant kidnappée ou que sais-je ? Il y a tant de possibilités… Aurélie refuse de me croire, alors je l'oblige à ouvrir mes mails. Je lui montre les résultats de Sciencelite. Elle pâlit et s'assoit aux pieds de la chaise tant le choc est violent. À mon tour de la serrer dans mes bras.

— Je ne sais plus quoi faire, Aurèle. J'ai l'impression que je perds la tête.

Elle envisage toutes les alternatives pour éviter d'affronter la réalité. Je les démonte une à une. Nous finissons par nous taire un long moment, main dans la main. Puis ma sœur rompt le silence :

— Il faut que tu ailles à Buenos Aires.

III

Une autre vie

Sophie

Lundi 6 novembre 2017, Saint-Mandé

Ce matin, Aurélie, Baptiste et Lisa m'ont conduite à l'aéroport. Des semaines que je me débats pour organiser ce voyage contre mes peurs. Contre les médecins. J'ai trouvé la force, les arguments pour les convaincre.

Dimitri aussi a fini par accepter. Je n'y croyais plus. Il a d'abord feint de m'avoir oubliée, puis il s'est mis en colère.

— On ne supprime pas les gens comme ça ! J'étais mort d'inquiétude !

Je ne pensais pas l'avoir tant marqué.

— Je suis désolée, Dimitri.

— C'est ça !

— Je t'assure…

— Tu te rends compte ? J'ai cru que t'allais te flinguer !

— Je sais.

— Tu crois que j'ai pu rester indifférent face à ce qui s'est passé ?

Je me suis souvenue du bar, du prêtre de Puebla Maria, de la nuit qui a suivi, de mes plaques, partout sur le corps, et de Dimitri qui tournait en rond dans la chambre.

— Tu es devenue un fantôme en deux heures, Sophie. Et tu as disparu. J'ai imaginé le pire.

Je lui ai demandé pardon. Plusieurs fois. Ça ne m'a pas coûté, il avait raison. Il m'a posé des questions. Si j'avais encore des contacts avec Pablo et Adelina, si je me souvenais des détails. De son côté, il avait tout noté au cas où j'en aurais besoin un jour. Je n'en revenais pas. Il a fait des recherches aussi, rien ne dit que l'incendie a bien eu lieu si l'on se réfère aux archives, mais rien ne l'infirme non plus. À cette époque, on ne répertoriait pas les choses comme aujourd'hui. Bref, tout est possible, je peux être rassurée.

Je lui ai alors raconté l'année que j'avais passée, les découvertes qui avaient suivi ce voyage, jusqu'à ce qu'on m'interne. J'ai avoué l'avoir bloqué sur mon téléphone.

— J'ai voulu tout nier. En bloc. Oublier. Et tu faisais partie du lot…

— J'ai bien compris.

— Dimitri, c'était trop dur… Il faut que tu comprennes.

Je lui ai expliqué pour les tests ADN, la lettre de Sol qu'Aurélie a jetée…

— Il faut que j'aille à Buenos Aires, tu comprends ? C'est la seule façon de découvrir la vérité…

— Et moi, qu'est-ce que j'ai à voir là-dedans ?

— J'ai besoin de toi.

Il a marqué un temps. J'ai entendu un soupir au bout du fil.

— Si je n'avais pas parlé espagnol, tu ne m'aurais jamais rappelé, c'est ça ?

J'ai hésité à lui mentir.

— Oui. Mais je suis très heureuse que tu parles espagnol.

Il m'a demandé un temps pour réfléchir. Il a prétexté être très occupé, que beaucoup de choses avaient changé dans sa vie à lui aussi, que je ne pouvais pas claquer des doigts comme ça et m'attendre à ce qu'il apparaisse.

Les jours ont passé, interminables, et il a fini par dire oui. J'ai pris nos billets, réservé les chambres d'hôtel. Nous partons demain.

Puis j'ai expliqué à ma fille que j'allais devoir la laisser quelques jours de plus pour que ce chaos prenne fin. Pour la première fois, elle a cessé de se résigner.

— Tu veux m'abandonner, c'est tout ! a-t-elle hurlé. Je sais que tu reviendras pas !

— Comment peux-tu penser ça, mon ange ? Tu es la personne qui compte le plus pour moi !

— Même pas vrai ! Tu t'en fiches de moi et de papa. Y a que ton travail et papy ! Mais il est au ciel !

Je n'ai pas eu le choix, j'ai dû lui parler.

— Papy a raconté un gros mensonge à maman et depuis qu'elle le sait, elle n'arrive plus à respirer, à faire autre chose que d'y penser. Maman est désolée, trésor, mais elle doit trouver des réponses. Elle part pour mieux revenir. Et on sera toutes les deux, pour toujours, sans plus rien entre nous.

J'ai parlé à la troisième personne. Distance factice. Je ne sais pas ce qu'elle a compris, ce qu'elle a accepté. Sans un mot, elle s'est enfermée dans sa chambre.

Le parking de Charles-de-Gaulle sent l'urine et le kérosène, et je ne peux retenir mes larmes. Il y aura un avant et un après l'Argentine, j'en suis convaincue. J'ai peur que ce séjour détruise une partie de ce que je suis.

— Tiens, maman.

Ma fille me confie son doudou. Rudolfo, un éléphant qui l'accompagne depuis sa naissance, à qui il manque un œil et dont la trompe est fortement amochée. Elle ne s'en séparait jamais… Aujourd'hui, elle dit ne plus avoir besoin de lui, mais il ne quitte pas son lit.

— Comme ça, il te protège.

Ces mots, si simples, me bouleversent.

— Et toi, chérie ?

— Pleure pas, maman, ça va s'arranger.

— Comment tu le sais ?

— T'as été trop triste.

Elle a raison. Rien ne dure toujours.

— Je t'aime, mon trésor.

Ils me serrent dans leurs bras, les uns après les autres. Aurélie vérifie que j'ai de quoi manger dans l'avion, Baptiste s'assure que mon passeport est bien dans mon sac, que je n'ai pas oublié mes cartes de crédit.

— Si c'est trop, tu rentres, me répète ma sœur.

— Tu peux nous appeler n'importe quand, ajoute Baptiste.

Je les réconforte comme je peux. Pas sûre d'avoir été convaincante.

Je reçois un SMS de Dimitri.

— Il a passé la douane, je vais le rejoindre.

Je ne voulais pas faire les présentations. Cloisonner. Je ne suis pas capable de plus.

Quand je l'aperçois devant la porte d'embarquement, Dimitri est au téléphone. Je surprends sa conversation.

— Mon cœur, je serai vite rentré. Je suis vraiment désolé, je t'assure, ça ne durera pas longtemps.

Il se hâte de raccrocher quand il m'aperçoit. Les mots que je viens d'entendre m'ont déstabilisée. Je suis jalouse. Il n'y a aucune raison. Il a le droit de faire sa vie. Nous ne sommes pas ensemble. Je l'ai ignoré pendant plus d'un an. J'énumère toutes les raisons qui devraient m'empêcher d'avoir envie d'écraser mon poing sur la fille à l'autre bout du portable, sans effet. Dimitri est encore plus beau qu'avant. Son sourire contenu m'apaise. En un éclair me reviennent les souvenirs de sa peau douce, de ses épaules, larges, de ses lèvres sur les miennes. Il devine mon trouble.

— Ma nièce…, dit-il en indiquant son téléphone. Je vais louper son anniversaire.

— Oh… Bien sûr ! Pas de problème !

Mon indifférence feinte ne trompe personne. Il hoche la tête en riant.

— Tant mieux !

Nous n'avons passé que deux jours ensemble, nous ne nous sommes pas revus depuis, et pourtant, j'ai l'impression que je l'ai quitté hier. Il n'y a pas eu de vide entre nous. Il ne fait aucune allusion à ma perte de poids ni aux cernes sous mes yeux. Il me regarde comme si partir ensemble à l'autre bout du monde était quelque chose de normal.

L'avion a à peine décollé que les turbulences agitent la carlingue. Mon corps entier se crispe. C'est peut-être mieux comme ça. En finir, s'écraser avant le réel carnage… Je ne sais plus si j'ai vraiment envie de me confronter à la réalité. L'avion chute de quelques mètres. Plusieurs passagers poussent des cris étouffés. Le pilote nous ordonne de garder notre ceinture attachée et les hôtesses retournent s'asseoir.

Dimitri me tend un de ses écouteurs. Je me laisse bercer par les musiques de la Motown qu'il a choisies : Marvin Gaye, Stevie Wonder… Des années que je n'avais pas entendu ces chansons. Je les écoutais souvent avant. Où est passée cette fille que des tubes suffisaient à faire sourire ? Puis il enclenche un classique d'Aretha Franklin, « *You make me feel, you make me feel like a natural woman…* ». J'aimerais que ce soit vrai, me sentir enfin normale. Il serre ma main dans la sienne, je le laisse faire. Il a ce don d'effriter mes barricades, j'ignore comment. Je voudrais que ce moment ne s'arrête pas. Rester là, un écouteur chacun, au-dessus des villes, des gens et de ce monde de fous.

Les heures défilent. Les hôtesses nous servent un repas infect. Avec Dimitri, nous en rions, troquons un morceau de fromage contre un biscuit. Nous choisissons le même film, que nous regardons, collés l'un à l'autre, sur le petit écran du siège devant nous. Nous parlons peu. J'ai l'impression que nous n'en avons pas besoin.

Au moment où mes paupières se ferment, il glisse à mon oreille :

— Tu m'as manqué, tu sais. J'avais un goût d'inachevé.

Je lui souris.

— Normalement, je ne suis pas un garçon facile…

— Moi non plus… C'était une période compliquée… Je suis heureuse d'être tombée sur toi.

Il m'embrasse dans le cou.

— Allez, repose-toi maintenant, dit-il en remontant ma couverture.

Mais impossible de fermer l'œil. Dimitri dort à poings fermés. Encore trois heures de vol. La tension monte. Et si je ne découvrais rien ? Si je m'étais trompée ? Je ressors le carnet dans lequel j'ai pris des notes ces derniers jours. J'ai acheté tous les livres que je trouvais sur l'Argentine et sa dernière dictature militaire : essais, romans, biographies. Je m'entraîne à retenir les dates, les actions et leurs conséquences.

Début des années 70 : les jeunes, les artistes revendiquent un pays plus égalitaire. Ils sont l'aile gauche des partisans de Peron, la Juventud Peronista. *Ils rêvent d'une Argentine socialiste.*

1974 : mort de Juan Peron. La situation dégénère. La gauche radicale intensifie ses actions et la droite ses représailles. Début des assassinats et de la clandestinité pour les « résistants ». Attentats contre les fonctionnaires de droite, enlèvement de chefs d'entreprise pour imposer la publication de manifestes politiques. Ripostes de l'extrême droite dite Triple A : assassinats des opposants.

24 mars 1976 : coup d'État militaire. La junte prend le pouvoir pour « sauver la patrie », soutenue par l'Église catholique. La bourgeoisie et la classe moyenne sont soulagées dans un premier temps. Mais la situation s'aggrave. La junte affiche un objectif sans équivoque : débarrasser le pays de tous les opposants, même les plus modérés. Les gens disparaissent et le climat de terreur s'installe. Personne n'ose parler, à commencer par les témoins de kidnappings. Les critères des dictateurs pour qualifier les subversifs deviennent de plus en plus hasardeux : parfois être jeune, porter la barbe ou les cheveux longs suffisent à vous faire enfermer.

De 1976 à 1983 : on dénombre plus de 30 000 disparus, 15 000 fusillés et au moins 500 bébés volés aux desaparecidos.

— Qu'est-ce que tu fais ? m'interrompt Dimitri qui se réveille en sursaut.

— Rien.

— C'est quoi ?

— Des notes. J'ai recopié des dates importantes, des passages de livres. Je voudrais comprendre ce pays…

Il ferme mon cahier, le range dans mon sac.

— Essaie de dormir, So. Une longue journée nous attend.

— J'y arrive pas.

— Ferme les yeux, ça va venir.

Une heure plus tard, je me réveille. Dimitri est encore assoupi, la tête sur mon épaule. L'avion a amorcé sa descente. Il fait nuit et j'aperçois les lumières de Buenos Aires à travers le hublot. La ville se déploie à perte de vue, scintillante. Voilà, je suis face à moi-même. Quelques mètres, quelques minutes encore, et je serai au cœur de l'histoire. Là où le mensonge a commencé.

Sol

Lundi 6 novembre 2017, Buenos Aires

De retour du supermarché, Sol s'arrête devant une petite fille sur le chemin de l'école. Elle parle à une amie imaginaire, saute dans des cases dessinées à la craie sur le trottoir. Sa robe flotte dans les airs, son talon s'échappe de ses ballerines. Elle soulève la frange qui lui barre le visage et éclate de rire. Une princesse, longue et gracieuse. Abril lui ressemblait, enfant.

Sol suffoque. Elle imagine l'araignée noire tissant sa toile en elle. Diabolique insecte qui l'empêche de respirer. Elle se mord le doigt pour ne pas pleurer. Elle remonte à la hâte dans son appartement et sort sa boîte. Celle où elle a rangé toute sa correspondance avec Paula, quinze années durant. Elle a besoin de relire les lettres, cherche la dernière pour commencer. Elle l'a tant serrée que le papier tout froissé est déchiré par endroits.

12 avril 1994

Sol,

Ce que j'ai à te dire est difficile mais nécessaire. Il ne faut plus jamais m'écrire. Sophie traverse des moments difficiles. Pour son bien, il faut effacer le passé, ne laisser aucune trace. Ne t'acharne pas, Sol, ce serait gâcher sa vie et celle des autres.

Je te renvoie tes lettres. Je ne te répondrai plus.

Paula.

Rien à faire, le choc demeure d'une violence inouïe. Avant, il y avait eu une longue série d'échanges creux, hantés par les non-dits, la haine, les regrets, toute l'injustice de cette histoire. Près de trente ans ont passé, pourtant Sol ne l'accepte toujours pas.

20 mars 1981

Bonjour Sol,

La petite va bien. Elle parle à présent. Nous allons déménager, je te communiquerai notre adresse. Mon mari travaille beaucoup. Je joins une photo à ce courrier.

À bientôt,

Paula.

Elle écrivait « la petite » pour ne pas avouer qu'elle avait changé son prénom, « mon mari », les rares fois où elle évoquait Thiago. C'était une condition tacite : elle donnait des nouvelles de l'enfant, mais tout lui appartenait. En échange d'une photo, Paula était la mère, l'épouse, et Sol, un simple fantôme.

5 mai 1985

Chère Paula,

Je te remercie pour les photos. La petite est si jolie. J'espère que vous allez bien. Je suis heureuse que Thiago ait obtenu son diplôme, il fera un très bon avocat.

Merci encore,

Sol

Sol aussi se retenait d'appeler la petite « Abril », le prénom qu'elle lui avait donné. Elle ne mentionnait pas non plus la ressemblance évidente entre elle et sa fille, victoire écrasante des gènes face au mensonge. Paula et Thiago devaient l'avoir remarqué. Rester évasive, reconnaissante. Elle ne voulait pas risquer l'interruption des échanges.

Mais il fallait compenser. Alors, comme pour rappeler Abril auprès d'elle, elle cherchait dans tous les magasins de Buenos Aires les mêmes vêtements que ceux qu'elle portait sur les photos. Sol bourrait les armoires de jupettes, de chemisiers, de socquettes à frous-frous pour une enfant à des milliers de kilomètres, qui ignorait son existence. Elle peinait à remplir le frigo, à s'occuper de Nahuel, mais pour Abril, il n'y avait pas de limites… Il lui fallait les répliques intégrales, quitte à faire appel à un couturier. Autrement, elle avait des vertiges, au point parfois de s'écrouler. Elle étalait ensuite les ensembles sur le lit et imaginait sa fille dedans, à ses côtés.

4 septembre 1987

Sol,

Je suis ravie de t'annoncer que la petite va avoir une sœur, elle en est très heureuse. Elle m'aide à décorer la chambre du bébé, je pense lui laisser choisir son prénom, ça facilitera sûrement leur complicité. J'espère que tout va bien de ton côté. Ci-joint, des photos récentes.

Paula

Sol avait eu envie de déchirer cette lettre quand elle l'avait reçue. C'était une journée chaude. Leandro devenait de plus en plus irascible. Sol sentait qu'il finirait par partir et qu'elle se retrouverait sur le carreau, avec ce petit dont elle ne savait que faire, écrasée par le chagrin.

L'araignée noire remonte dans sa gorge. Sol la sent qui gratte. C'en est trop de cette mélancolie. Elle ne peut plus se laisser envahir. Elle doit faire barrage aux regrets, aux mauvaises pensées. Elle va nettoyer cet appartement. Le vider, le ranger. Qu'on y respire enfin !

Elle sort les poubelles, en remplit de nouvelles : boîtes de riz pleines de fourmis, pulls, T-shirt mités, conserves périmées, éponges puantes. Tout y passe. Faire peau neuve. Elle sacrifie une serviette de bain, s'en sert de serpillière. Elle astique les joints entre les dalles, l'intérieur des placards. Pour la première fois depuis des années, l'odeur de renfermé se dissipe.

Elle a gardé le meilleur pour la fin. Elle époussette les photos d'Abril.

— Comment vas-tu, ma petite chérie ? leur demande-t-elle. Maman pense bien à toi.

Mais soudain, elle hurle. L'araignée ! Elle est sur les photos ! Elle s'empare d'Abril. Sol essaie de la chasser avec le manche à balai, mais l'insecte résiste. Odieux monstre noir qui souille tout sur son passage. Elle ne sait plus quoi faire. Désemparée, elle finit par téléphoner à Nahuel.

— Il faut que tu viennes !

— Qu'est-ce qui se passe ?

— Je suis envahie !

— Comment ça, où es-tu ?

— L'araignée ! Elle est revenue ! Elle est partout !

— Maman, tu délires. C'est pareil chaque fois que tu as trop bu…

— J'ai pas bu et je te dis qu'elle est là !

— Qui ?

— L'araignée noire !

Il raccroche. Quelques secondes plus tard, on sonne à la porte. La voisine.

— Nahuel m'a dit que vous ne vous sentiez pas bien… Que se passe-t-il ?

Sol ne prend pas la peine d'expliquer, conduit Mme Sanchez vers le mur où sont accrochées les photos d'Abril.

— Eh bien quoi ? demande la femme. Il n'y a rien !

Les jambes de Sol peinent à la soutenir. Elle devient folle. La voisine dit vrai, le mur est intact, l'araignée a disparu. Nahuel a raison, elle délire. Pauvre gosse. Toute sa vie, il aura vécu entouré de fantômes, celui de son père, de sa mère et de sa sœur. Lui non plus, elle n'a pas su le protéger.

Sophie

Mardi 7 novembre 2017, Buenos Aires

8 heures. À peine arrivés, nous nous rendons à l'Association des grands-mères, *Abuelas de Plaza de Mayo*. Les murs sont couverts de portraits de jeunes gens, les disparus de la dictature. Des femmes aussi, vêtues de blanc, arborant des casseroles sur la place de Mai. Seules traces de leur combat.

J'ai appris lors de mes recherches que, chaque jeudi, pour qu'on les entende, qu'on leur dise où étaient leurs enfants, elles manifestaient en frappant sur des casseroles devant les bureaux du gouvernement, place de Mai. On lit tant de choses dans leurs regards. Le désespoir, la colère, la fatigue, la peur, la haine. Une palette d'émotions toutes liées à l'horreur. Dans un article, j'avais relevé une phrase qui m'est restée : « La mort, on peut s'y faire, mais il n'y a rien de pire que la disparition de ceux qu'on aime. » La disparition… On se dit au revoir un matin, et le soir, plus personne. À vie, le silence. Des années à imaginer ce qui s'est passé, enquêter, tirer sur des ficelles qui se rompent.

Plus loin, des clichés plus joyeux. Des grands-mères avec leurs petits-enfants retrouvés. Je reconnais Pedro, du reportage. Je n'en reviens pas. C'est donc bien réel. Un peu plus loin, le mur où sont affichés les noms de ceux dont on ignore le sort… Le local est exigu. Trois petites pièces. Les portes sont ouvertes. Une dame vient à notre rencontre. Soixante-dix ans, des rides partout sur le visage, qui s'accentuent quand elle nous adresse un large sourire.

— Que puis-je pour vous ? traduit Dimitri.

Il lui explique que je viens de France, que j'ai récemment découvert que mes origines étaient différentes de ce que l'on m'a toujours raconté, que mes parents étaient probablement argentins et qu'ils auraient fui le régime en 79, quand je suis née.

— Je m'appelle Sophie Perez, dis-je en tendant ma carte d'identité.

La vieille dame lit à haute voix en me pointant du doigt.

— Sophie Abril Perez, Paris.

J'acquiesce. Dimitri ajoute que mon père, enfin celui que j'ai toujours connu comme tel, se nommait Thiago Perez et ma mère Paula Rodriguez. La dame nous fait signe d'attendre un instant, nous indique un canapé et une machine à café. Nous l'entendons chuchoter avec une autre grand-mère, dans la pièce mitoyenne. Dimitri ne parvient à saisir que quelques bribes de leur conversation.

C'est l'autre femme qui revient. Elle se présente. Je suis si tendue que je ne retiens pas son nom. Elle s'adresse à Dimitri, qui se fait de nouveau mon interprète. Nous aurions dû prévenir. Elles ont besoin de temps pour accéder aux archives, voir s'il y a un dossier me concernant… Thiago et Paula, de mémoire, ces noms ne leur disent rien. Je ne peux cacher ma déception. Je ne sais pas pourquoi, mais j'ajoute, sans savoir si ceci a de l'importance, que mes parents ont conservé de nombreux articles sur un certain Jorge Lederer. Peut-être en a-t-elle entendu parler ? La femme blêmit. Bien sûr, Jorge Lederer est tristement connu. Il a volé plus d'une quinzaine d'enfants…

— Écoutez, je viens de Paris. Je ne dors plus depuis un an. Je deviens folle. J'ai besoin de savoir. Vous devez m'aider.

La dame fait signe à Dimitri. Il n'a pas besoin de traduire. Elle me prend la main. Je ne comprends pas ce qu'elle dit, mais au ton qu'elle emploie, il me semble que ce doit être quelque chose comme « ne vous inquiétez pas, ça va aller ». La première femme, celle qui nous a accueillis, nous rejoint. Toutes les deux nous promettent de creuser autant qu'il faudra. Elles vont appeler du renfort. Elles photocopient ma carte d'identité. J'ai aussi apporté les passeports argentins de mes parents. Je leur laisse mon numéro de téléphone ainsi que le nom de l'hôtel où nous allons nous installer. Elles nous remercient et nous raccompagnent à la porte.

— Revenez demain après-midi, nous en saurons peut-être plus.

Je me sens vidée. J'ai du mal à traîner ma valise.

— Viens, on va prendre un taxi, me souffle Dimitri en s'emparant de mes bagages.

Et si elles ne trouvent rien ? S'il n'y a aucune trace de moi ? Si Adelina et Pablo avaient raison ? Peut-être que l'incendie a bien eu lieu et que cette histoire de passeport est une invention. Dimitri me prend dans ses bras.

— Aie confiance. Elles sont prudentes, elles ne font pas de fausses promesses, c'est tout. Elles ont voué leur vie à faire la vérité sur ces trafics d'enfants, tu crois vraiment qu'elles vont te laisser repartir bredouille ?

Je ne sais pas quoi répondre.

— Tes mains sont glacées, me dit-il.

Il fait si chaud que son front est baigné de sueur. Dans mon corps, c'est l'hiver. J'enfile la doudoune que je pensais reléguer aux oubliettes le temps de notre séjour. Mon corps a perdu ses repères.

Valises déposées. Une chambre chacun. Douche brûlante. Petit déjeuner. Puis Dimitri m'entraîne dehors.

— On ne va quand même pas rester toute la journée à l'hôtel !

— Mais si elles cherchent à me joindre…

— Elles ont ton portable.

Manteau sur le dos par trente-trois degrés, je le suis. Il a repéré plusieurs lieux à visiter. Nous commençons par El Ateneo Grand Splendid, un ancien théâtre baroque transformé en immense librairie. Je suis éblouie par le rideau épais de velours rouge qui s'ouvre pour découvrir des rangées d'étagères remplies de livres, par la fresque au plafond qui illustre le paradis, avec un Dieu sur son nuage, entouré de sa cour et de petits anges. Le long de l'immense salle arrondie, des balconnets accueillent les visiteurs qui feuillettent des textes de toutes sortes. Des spots sont alignés sous les moulures. Un décor à couper le souffle. Dimitri s'agite.

— Tant de livres, tu te rends compte ! C'est incroyable !

Il se perd dans les rayons, empile les ouvrages. Je me laisse cueillir par son enthousiasme quand je prends conscience que ce lieu est une parfaite métaphore de mon existence et de l'Argentine : sous le théâtre des apparences, aussi splendides soient-elles, se cachent des milliers d'histoires… Des drames, des contes, des légendes, des déceptions.

Nous partons déjeuner dans le quartier de la Boca. « À visiter absolument », soulignait le guide, insistant sur le fait que Maradona y était né. Des bâtisses et des galeries, je ne vois pas grand-chose. J'ai les yeux rivés sur mon téléphone. J'ai peur qu'il se mette sur silencieux dans mon sac, alors je le garde en main. Je vérifie toutes les cinq minutes qu'il capte bien le réseau local, qu'il n'y a pas eu d'appel en absence.

— Tu es sûr que je ne me suis pas trompée quand je leur ai donné mon numéro ?

— Non, c'était le bon.

— Mais si ça se trouve, tu t'en es pas rendu compte et elles essaient de me joindre… On devrait rentrer à l'hôtel, j'implore Dimitri.

— On a donné nos numéros aux concierges. S'il y avait eu quoi que ce soit, ils nous auraient appelés.

Il a raison. Je sais qu'il a raison, mais j'ai de plus en plus froid. Je suis peut-être née ici. Dans ce quartier. À mesure que je me rapproche de la vérité, je perds pied. Tout m'est parfaitement étranger. Je ne ressens rien, aucune attache, aucune appartenance. Je ne me suis jamais autant considérée parisienne. À l'entrée de la Boca, sur un mur défraîchi, nous observons un immense écriteau. Les couleurs sont vives, du jaune, du bleu. En gros, il est inscrit *Republica de la Boca*. Dimitri précise qu'il s'agit d'un des plus vieux quartiers de Buenos Aires, l'un des plus populaires aussi, et que ces couleurs ne sont pas dues au hasard. Les habitants utilisaient les restes de peinture des bateaux pour embellir leurs maisons.

Toutes ces couleurs me mettent mal à l'aise. J'ai l'impression d'être perdue au milieu de constructions de Lego. Rien ne va ensemble, tout est de bric et de broc. On se demande comment les maisons tiennent debout. Et à peine ai-je formulé cette pensée que ma propre histoire me happe à nouveau. Cette ville me poursuit. Elle me ramène sans arrêt à cette idée que je ne suis qu'une somme de pièces détachées qui jurent les unes avec les autres.

Nous nous arrêtons sur une petite place. Une dizaine de passants sont rassemblés autour d'un couple. Il est en costume, elle porte une robe noire, fendue. Elle allume un petit poste de radio et ils se mettent à danser un tango. Il me semble reconnaître un air de Carlos Gardel, que j'ai découvert à travers mes recherches. Ils glissent sur le sol. Les jambes de la femme ondulent, puis elle les ramène d'un coup sec pour changer de direction, trace des arcs de cercle de la pointe de ses talons aiguilles, se rapproche du cou de son partenaire, l'embrasse presque, puis se détache. Le désir dans le regard. Ils virevoltent sur le trottoir. La foule autour s'est densifiée. Les danseurs n'y prêtent pas attention. Ils sont dans leur bulle, vibrent au son des bandonéons.

Nous n'existons pas. Ce n'est pas un spectacle, c'est leur vie, nous ne comptons pas davantage que les poubelles au coin de la rue. Quand la musique s'arrête, ils restent collés l'un à l'autre. Ils n'entendent pas les applaudissements. Ils attendent le morceau suivant.

Un souvenir me revient. J'ai dix ans, je crois. Chez une amie, j'ai regardé un film, *Tango*, l'histoire d'un homme laid, déprimé, inutile, qui se révèle en apprenant cette danse. Des mois durant, j'avais supplié ma mère pour qu'elle me laisse prendre des cours, je voulais être envoûtée, moi aussi. Plaquer mes cheveux, enfiler une longue robe et me laisser emporter. Paula avait tenu bon : ce n'était pas pour moi, j'étais trop jeune, je devais pratiquer une danse de mon époque, de mon pays. À force d'arguments, elle avait eu raison de mon envie. Aujourd'hui, je comprends mieux. Ce désir, c'étaient mes origines qui s'exprimaient malgré moi, l'Argentine dans mon sang qui refaisait surface. Ma mère avait dû avoir peur.

La journée se termine et je n'ai reçu aucun appel des grands-mères. Je suis gelée. Je frappe à la porte de Dimitri. Il ouvre. Il est en caleçon, chemise ouverte sur son torse. J'ai envie de l'embrasser, j'ai besoin de sa chaleur, de sa beauté, de son corps contre le mien. Sans un mot, sans le prévenir, je me penche vers lui.

— Non, Sophie.

— S'il te plaît…

— Pas comme ça, pas maintenant.

Il y a une promesse dans son refus. Pourtant, je retourne seule dans ma chambre, serre l'éléphant de ma fille contre mon cœur. J'avale une barre de Lexomil en espérant dormir.

Sophie

Mercredi 8 novembre 2017, Buenos Aires

14 heures. Nous entrons à l'association des grands-mères. Il ne me faut que quelques secondes pour comprendre que les nouvelles ne sont pas bonnes. Je pense aussitôt qu'elles n'ont rien trouvé, qu'elles vont encore nous renvoyer errer dans Buenos Aires. Je ne vais pas tenir longtemps.

Les mêmes dames se présentent à nouveau, Juanita, que nous avons rencontrée en premier, et Bellu. Elles sont entourées de deux autres femmes du même âge. Une grande, avec un foulard sur la tête et une, plus ronde, engoncée dans une robe à fleurs. Dimitri me traduit ce qu'elles disent. Toutes sont là pour moi. Elles ont remué ciel et terre. Mon histoire leur paraît incroyable. Venue de France ! Elles vont tout faire pour m'aider.

— Nous n'avons rien trouvé sur Thiago Perez et Paula Rodriguez.

Mauvaise pioche. Je suis venue pour rien. Je m'apprête à remettre mon manteau quand la femme poursuit.

— En revanche, nous avons appris que Jorge Lederer avait un frère… qui se nommait Thiago.

Dimitri traduit, bégayant presque. J'ai du mal à imprimer cette information. Bellu continue.

— Quoi ? Que disent-elles ?

Dimitri prend ma main.

— Elles disent que Thiago Lederer est né…

Il s'interrompt, ouvre de grands yeux. J'ai entendu un nom, mais je n'en suis pas sûre.

— Où ? Où est-il né ?

— À Villa Maria, un petit village à côté de Buenos Aires.

Ouf ! Ce n'est donc pas mon père ! Le mien est né à Buenos Aires, c'est écrit sur son passeport : Thiago Perez, né à Buenos Aires ! Je commence à objecter ces arguments à Bellu quand je prends conscience de la ressemblance entre Villa Maria et Puebla Maria, qui signifie « village Maria ». Les images de l'incendie me reviennent. Mon imagination, dois-je me répéter. Pourtant, je peux presque sentir l'odeur de mort évoquée par Pablo dans son salon miteux. Puebla Maria. Villa Maria. Un hasard ? Peu probable. D'un côté, l'existence de ce village est une bonne nouvelle, mais elle confirme mes craintes. Qui est mon père ? Comment Pablo et Adelina pouvaient-ils si bien connaître mes parents ? Ils ne mentaient pas, ils possédaient une photo de ma mère !

— Thiago Lederer a vécu à Buenos Aires, il y a fait ses études d'infirmier, poursuit Bellu.

— D'infirmier ?

Cette fois, c'est certain, ce n'est pas possible. Ce Thiago Lederer n'est pas mon père. Elle se trompe de personne. Thiago a toujours refusé ne serait-ce que de nous poser un pansement, à ma sœur et à moi ! La vue du sang le dégoûtait. Il rechignait à se rendre chez le médecin. Dimitri décolle ma main de mon sourcil.

— Mon père était avocat, je reprends, tentant de garder mon calme. Vous devez faire erreur… Il ne peut pas être le frère de ce Jorge Lederer.

Bellu m'adresse un regard compatissant. Juanita hoche la tête. Pourquoi mes parents auraient-ils traqué Jorge Lederer s'ils n'avaient pas eu de lien avec lui ? Je ne trouve rien à répondre.

— C'est toujours difficile d'apprendre la vérité. Il faut accepter que l'on vous a menti. Beaucoup de choses restent encore à découvrir vous concernant… Nous ne vous disons que ce dont nous sommes certaines.

Elles m'invitent à m'asseoir. Dimitri ne lâche pas ma main.

— Thiago Lederer est né à Villa Maria, il était le frère de Jorge Lederer. Il a fait ses études à la faculté de Buenos Aires et a exercé à la clinique Campo de Mayo.

Silence.

— Je suppose que vous savez ce que cela peut signifier ? murmure Bellu.

Voyons, si j'accepte leur version, j'ai un oncle et… Non, c'est trop gros. Mais sinon pourquoi avoir gardé tous ces documents ? Les éléments peinent à se frayer un chemin dans mon esprit. Mon père, argentin, frère d'un tortionnaire, infirmier à la clinique Campo de… Mon Dieu, le nom me revient. Bien sûr que je sais ce qu'il signifie. Sans me laisser le temps de répondre, Bellu précise :

— Campo de Mayo était un terrain militaire où les opposants au régime étaient torturés, tués, et les enfants enlevés. La clinique en dépendait.

— Tiens, bois, me dit Dimitri en me tendant un verre. Tu es toute pâle.

J'obéis. Je ne suis plus moi-même. C'est impossible.

— Mais qu'est-ce que faisait ce Thiago là-bas ?

— Nous ne le savons pas exactement, répond Bellu, embarrassée. Beaucoup des soignants qui y exerçaient dans ces années-là ont collaboré avec les militaires, soit pour faire parler les subversifs, soit pour… pour voler des enfants.

Ça n'a aucun sens ! Que suis-je supposée faire de cette information ?

— Et moi, à votre avis, je suis une enfant volée ?

— Malheureusement, nous ne le savons pas encore. Nous avons essayé de rapprocher votre profil des descriptions de notre base, mais il nous faudrait plus d'éléments. Nous aurions besoin que vous fassiez une prise de sang pour comparer votre ADN à ceux des disparus, retrouver des prisonniers qui auraient croisé Thiago à l'hôpital et auraient survécu pour savoir exactement quel était son rôle…

Je n'entends pas la fin de sa phrase. Je n'émerge que lorsqu'elle conclut :

— Tout cela va prendre du temps. Beaucoup de temps, il faut vous accrocher, Sophie.

J'aurais dû les prévenir de Paris. Mais je ne pouvais pas. J'avais besoin de leur faire face pour me lancer.

Nous voici sur le trottoir. Je suis une poupée de chiffon qu'un enfant a mordillée, dont il a déchiré les oreilles, arraché les yeux.

— Tu veux rentrer à l'hôtel ? demande Dimitri. Peut-être que tu devrais manger quelque chose…

Je n'arrive pas à parler. Il me serre dans ses bras, impossible de réagir. Une planche de bois.

— Dimitri, ne le prends pas mal, mais j'ai besoin de rester seule…

— Et s'il t'arrive quelque chose ?

— Je crois que ça ne peut pas être pire…

— Promets-moi de m'appeler si tu craques, d'accord ?

— Et tu viendras me sauver ? je ris, cynique.

— Oui.

Il essuie une larme sur ma joue, remonte la fermeture Éclair de ma doudoune.

— Je vais faire quelques recherches de mon côté.

— Quel genre ?

— Essayer de trouver des informations sur la promotion de ton père à la fac, des gens qu'il aurait pu connaître, des professeurs, des médecins… Éplucher des archives, c'est mon métier, tu sais !

— Si tu pouvais m'aider à trouver un sens à tout ça, je t'en serais très reconnaissante !

— C'est toi qui vas le découvrir…

Je hoche la tête et il disparaît de ma vue lorsque je tourne au premier carrefour. J'ai besoin de me perdre dans cette ville. Me fondre dans l'inconnu. À présent, l'incertitude est ce qui me décrit le mieux. Moi qui ai toujours été si sûre de tout ! Peu à peu, les réponses que l'on vient de me donner m'ouvrent à d'autres questions. Mon père était-il vraiment le frère de ce célèbre tortionnaire ? Et ma mère dans tout ça ? Enfin, Paula… Connaissait-elle les activités de Thiago ? De Jorge ? Qui est ma vraie mère d'ailleurs ? Une disparue, torturée ? Jorge et Thiago la connaissaient-ils ?

L'ont-ils fait souffrir avant de lui voler son enfant ? Son enfant ! Avant de *me* voler… Tous ces points d'interrogation sont insupportables. Si invraisemblables. Il y a quelques années, je rentrais encore dans les cases. La fille de Thiago Perez, l'héritière d'un champion du barreau, une enfant, un divorce, une mère détestable, une sœur jalouse. Des banalités. Désormais, j'ai basculé.

Je longe les grilles d'un parc dans lequel jouent des gamins. Je les entends rire. J'en frissonne. L'innocence m'est intolérable. *Ploc*. Un bruit sourd m'immobilise. Comme une grosse goutte qui serait tombée par terre. Je pense aussitôt à une fiente de pigeon. J'inspecte mon manteau, mes cheveux. Rien. Soudain, je l'aperçois. Un petit moineau écrasé sur le sol, quelques centimètres à peine. Il n'a même pas de plumes. On dirait de la pâte à modeler. Il est entouré d'un liquide jaunâtre, piqué d'une tache rouge. Je me penche. Impossible de le ramasser. Pour en faire quoi ? Je lui parle, tente de le rassurer. Je cherche le nid dans l'arbre au-dessus de moi. Peut-être sa mère ne l'a-t-elle pas vu ? Aucune feuille ne bouge, aucun roucoulement. L'oisillon gémit de plus en plus faiblement, jusqu'à se taire. Il est mort. À peine sorti du nid. J'ai la nausée. Je me penche entre deux voitures, mais rien ne vient. Vite, j'arrête un taxi et lui demande de me reconduire à l'hôtel. La clameur de la ville, les mouvements désordonnés du vent, l'absurdité de la nature sont trop violents.

Arrivée dans le hall de l'hôtel, je n'ai pas le courage de retrouver Dimitri. Je ne peux pas croire à cette histoire de fous. Bellu et Juanita se sont trompées. Elles sont obsédées par leur quête, elles sont trop vieilles, elles ont perdu le sens commun. Je demande au concierge un annuaire. Je suis persuadée qu'il existe d'autres Thiago Lederer à Buenos Aires. Elles ont confondu, voilà tout. Je me rue sur l'exemplaire abîmé que l'on me tend. L… L… Lederer ! Lederer Emilio, Lederer Maria, Lederer Manuel, Manuel, Manuel, Mauricio, Pablo, Pablo, Pablo, Pablo… Et Thiago ! Bingo, il y en a trois ! Trois chances de percer l'énigme ! Je les appelle sur-le-champ. Le premier a une voix de petit vieux. Il n'entend pas ce que je lui dis. Trop âgé. Inutile d'insister. Le deuxième parle anglais. Je lui explique la situation. Il me répond qu'il a vingt-trois ans. Il est désolé, mais il n'est pas la bonne personne. Je tremble en composant le numéro du dernier. Une sonnerie, deux, trois. Une femme finit par décrocher. Je lui répète ma tirade : je suis une enfant volée, je pense être la vraie fille de Thiago Lederer… Elle comprend mal l'anglais, mais suffisamment pour me dire que son mari, Thiago Lederer, est mort il y a quelques semaines. Puis elle s'énerve après moi. Je ne saisis pas un mot de ce qu'elle raconte. Je fais signe à l'hôtesse d'accueil pour qu'elle m'aide. Elle sursaute face à l'agressivité de mon interlocutrice.

— Elle a raccroché, me précise-t-elle. Elle disait que ni elle ni son mari n'avaient jamais rien eu à voir avec ces « connards de bouchers »… Je ne sais pas vraiment de quoi elle parlait.

Pas d'erreur, donc. C'est sûrement de mon père que Bellu parlait. Il faut que je me fasse à cette théorie.

Mon père avait un frère tortionnaire, il a travaillé comme infirmier dans une clinique qui volait des enfants et collaborait avec le régime militaire. J'utilise mes dernières forces pour remonter à l'étage de nos chambres, frappe à celle de Dimitri. Il vient m'ouvrir.

— Je suis désolé, souffle-t-il, j'ai rien trouvé de plus.

Sophie

Jeudi 9 novembre 2017, Buenos Aires

— Il faut que tu manges quelque chose, tu n'as presque rien avalé depuis qu'on est arrivés.

Dimitri a fait monter un petit déjeuner. Il m'a laissée passer la nuit dans sa chambre. Il a dormi sur le canapé.

— Pourquoi tu es si gentil avec moi ?

Il se fige. Ma question le déstabilise.

— Pourquoi tu fais tout ça ?

— Je ne sais pas.

— Je ne mérite pas tant d'attentions.

— Ah oui ?

Il me sourit. Mon ventre se noue.

— Je suis affreuse, insupportable, limite timbrée… Franchement, tu mérites mieux.

— Tu devrais te regarder avec mes yeux alors. Parce que je vois une femme brillante, ravissante. Folle, oui, mais très attachante.

J'ai envie de l'embrasser.

— Tu ne me connais pas, Dimitri.

— Au contraire, j'ai l'impression de te connaître mieux que personne.

— Tu ne peux pas t'attacher à moi…

— Pourquoi ?

— Ce ne serait pas raisonnable.

— Quel argument ! Et toi ?

— Quoi, moi ?

— Tu tiens à moi ?

— À ton avis ?

Il caresse ma joue.

— Dimitri, on sait très bien comment ça va finir… On va rentrer à Paris, on va peut-être se revoir quelques fois et tu vas retourner en Espagne. Tu vas rencontrer une fille qui ne sera pas folle, qui n'aura pas d'enfants, et moi, je vais souffrir.

— Oui, et on peut aussi mourir tout à l'heure…

— Te fous pas de moi.

Il s'assoit sur le lit. Mon genou dépasse de la couverture, il le caresse du bout des doigts.

— Sophie, je ne vois pas la vie comme ça… Je ne peux pas te donner de garanties. Tout ce que je sais, c'est que, depuis que je t'ai rencontrée, je n'ai pas cessé de penser à toi. Alors oui, j'ai eu d'autres femmes entretemps, oui, je vis en Espagne… Mais je n'ai pas envie de renoncer à cette histoire avant même qu'elle ait vraiment débuté.

Je ne sais pas encaisser les gentillesses. Je suis incapable de répondre, de réagir ou d'accepter. Les coups, je les rends, les injures, les trahisons, ça me va, j'ai des repères, assez de force pour faire face. Mais là… La délicatesse… La douceur… Je suis perdue. Dimitri dépose un baiser dans mon cou avant de se relever.

— Café ou thé ?

Le petit déjeuner terminé, j'appelle Bellu. Dimitri a beau me répéter que, si les grands-mères avaient eu du nouveau, elles m'auraient contactée, qu'il est tôt, que je devrais essayer de penser à autre chose en attendant au moins la fin de la matinée, je ne peux pas résister.

Comme il l'avait prédit, rien de plus qu'hier.

— On continue de chercher des contacts, on fouille les archives. On s'y est mises à plusieurs, mais il faut nous laisser travailler, Sophie. Ça peut prendre des semaines, des mois, peut-être même des années avant de tirer la bonne ficelle. Soyez patiente. On pense bien à vous.

Bellu écourte la conversation de façon un peu trop expéditive à mon goût. Je n'ai pas des mois, des années devant moi. Je ne peux pas continuer à m'enfoncer. Je ne vis pas non plus à Buenos Aires. J'ai besoin de connaître la vérité sur mon histoire, combler les trous. C'est insupportable, le comprend-elle ?

— Sophie, nous voulons la même chose que vous.

Elle nous conseille tout de même de rencontrer un groupe de poursuivants de tortionnaires. Je fais aussitôt le rapprochement avec l'article de *Libération* sur les enfants de militaires qui traquent leurs parents afin qu'ils paient pour leurs crimes.

— Oui, c'est ça, confirme Bellu. Ils ne sont pas nombreux, mais on ne sait jamais, ils ont peut-être entendu parler de vos parents…

Forcément, les salauds fréquentent les salauds… Elle n'a pas besoin d'insister, j'ai bien compris le message.

Deux personnes nous ouvrent la porte sur laquelle est écrit *Justicia y Perdon*. Un homme et une femme.

Bellu les a prévenus de notre visite. Encore une fois, je raconte mon histoire que Dimitri traduit.

Leur étonnement se lit sur leur visage. La France ! À leur connaissance, très peu de fuyards sont allés jusque-là ! La presse serait sûrement intéressée.

— Je ne suis pas là pour ça…

— On est tous là pour ça ! Pour que la vérité éclate ! répond la femme d'un ton ferme.

Je ne sais pas si j'ai bien fait de venir. Je sens que leur combat n'est pas tout à fait le mien.

— Et vous ne vous êtes vraiment jamais doutée de rien ? reprend l'homme, d'un ton plus compatissant.

Gentil flic, méchant flic. Je connais la méthode. Ils cherchent à m'endormir.

— Non, jamais. Je veux dire… Je me suis souvent demandé comment je pouvais être si différente de ma mère, mais quelle ado ne s'est pas dit ça ?

Ils acquiescent. Ils me répondent qu'ils comprennent. Concernant mon père, ils ne savent rien. Ils connaissent bien sûr Jorge Lederer, mais ils ignoraient que son frère avait trempé dans ses sales histoires. Bien sûr, ils vont enquêter de leur côté. Ils sont en contact avec beaucoup de monde. Mais c'est donnant-donnant, ils ne peuvent pas faire appel aux journalistes, aux avocats, sans leur promettre un témoignage en retour. Dans ce monde, on se bouge pour les gros titres, pas pour la gloire personnelle.

Je n'ai pas le choix, j'accepte. Ils me servent alors le laïus que je connais déjà : je vais devoir m'armer de patience. Ça risque d'être long. Des semaines, des mois… Un secret que des gens ont mis une vie à cacher ne se découvre pas facilement. Un mensonge en entraîne un autre et le cycle est enclenché… Je dois m'attendre à tout, même au pire.

— Pour moi, le pire, c'est de ne pas savoir.

La femme sourit d'un air entendu.

— Non, le pire, croyez-moi, ce n'est pas ça…

J'ai beau m'y être préparée, ce discours me décourage. Je cherche une branche à laquelle me raccrocher. Je pense alors à leur préciser un détail :

— Nous avons reçu une lettre de condoléances qui venait d'Argentine… Elle était signée d'une certaine Sol… Vous la connaissez peut-être ?

Au moment où je prononce ces mots, je sais combien ils sont ridicules.

— Des Sol, vous savez, on en connaît tous au moins deux ici…

Ils pourraient se moquer de moi, mais ils ne disent rien. Ma stupidité traduit mon désarroi.

— Je vous laisse mon téléphone…

— Bellu nous a déjà tout donné.

Je préfère vérifier, répéter, on ne sait jamais. Ils m'écoutent et je vois dans leurs yeux que je leur fais pitié.

Sophie

Jeudi 9 novembre 2017, Buenos Aires

Je n'ai pas le cœur à me promener dans la ville en attendant des nouvelles qui ne viendront pas. Mais je débarque, à quoi pouvais-je m'attendre ? Je suis ridicule.

— On devrait rester dehors, ne serait-ce que pour prendre l'air, insiste Dimitri.

— Non, je veux rentrer à l'hôtel.

Le taxi emprunte de grandes artères qui ressemblent à s'y méprendre à des avenues européennes. Buenos Aires est loin de l'image que je me faisais de l'Amérique latine. Aucun dépaysement. C'est encore plus troublant.

— Ça ne va pas ? me demande Dimitri.

— Si, je suis juste un peu fatiguée.

Il entraîne délicatement ma tête vers son épaule. Je ferme les yeux quelques instants. J'ai remarqué quelque chose d'étrange. Je ne sais pas encore quoi. Je les rouvre. Mes bras. Oui, ce sont mes bras. Les plaques rouges ont disparu. J'ai beau vivre un cauchemar, me battre contre des moulins à vent, me sentir étrangère à tout, mon corps, lui, a décidé qu'ici, il était chez lui. Mais ça ne suffit pas à m'apaiser. J'ai besoin de comprendre pourquoi on m'a menti, ce que l'on m'a caché, avant de chercher comment vivre avec ce nouveau moi. Une fois à l'hôtel, Dimitri propose de me faire couler un bain. J'accepte sans vraiment y prêter attention. Je ne tiens plus en place. Au fond, je sais très bien ce que j'ai à faire. Je prends mon téléphone et compose le numéro de l'institut où séjourne ma mère.

— Passez-moi sa chambre.

— Elle va bientôt dîner, madame Perez…

— Il faut que je lui parle maintenant, c'est une question de vie ou de mort.

Je devine l'expression lasse de l'infirmière d'accueil. Je fais mine de ne rien comprendre. L'aide-soignante qui s'occupe de donner à manger à ma mère dans sa chambre prend l'appel.

— Bonjour, Sophie, j'allais justement donner sa soupe à Paula, vous voulez lui dire bonsoir ?

— Oui, pouvez-vous tenir le combiné ?

— Bien sûr. Paula, c'est Sophie au téléphone, elle veut vous parler. Allez-y, dit-elle plus fort à mon intention.

— Maman, je sais que tu pourrais parler si tu le voulais vraiment. Tous les médecins le disent. Alors si tu m'aimes, ne serait-ce qu'un peu, c'est maintenant qu'il faut le faire.

Aucun son.

— Maman, je suis à Buenos Aires. Ça prendra le temps que ça prendra, mais je vais découvrir la vérité. Je préférerais que ça vienne de toi.

Un faible gémissement.

— Je sais que tu as menti. Papa aussi. Plus la peine de faire semblant. Tu peux encore te racheter. Tu peux encore faire en sorte que je continue à être ta fille. Mais tu dois m'expliquer.

Dimitri apparaît dans l'entrebâillement de la porte. Il m'observe et se tait.

— Putain, maman ! Je te laisse une chance, tu la saisis même pas ! Tu n'es qu'une égoïste, tu mériterais de crever !

L'infirmière s'agite derrière. Je l'entends qui appelle ma mère. « Paula, Paula, tout va bien ? Que se passe-t-il ? » Du cinéma ! Faut toujours qu'elle passe pour la victime !

— Tu n'es qu'une connasse, tu m'entends ? Une salope ! Tu n'existes plus ! Tu m'as trahie ! Je vais tout découvrir et toi, tu disparaîtras de ma vie !

Je raccroche. Mes mains tremblent. Je vérifie mon portable : aucun appel, aucun message. Savoir que, quelque part, quelqu'un sait me rend folle.

Dimitri essaie de me calmer, m'assure que tout s'arrangera.

Je ne le crois pas. Désormais, ce secret va me bloquer. Je ne pourrai plus jamais vivre ce qui m'arrive de façon naturelle, je ne serai toujours qu'une partie de moi-même. Que sait-on de soi quand on ignore ses origines ? Tout est biaisé. Je suis une erreur. Ma vie est une erreur. Les derniers instants de mon père me reviennent. Son pardon minable. Je peux me l'avouer : lui aussi, je le déteste. Peut-être plus que ma mère encore, parce qu'en lui, j'avais confiance. Il m'a fait croire que nous étions un clan. Foutaises.

— Viens, So. Déshabille-toi, le bain est prêt.

L'eau est chaude. Des bulles de mousse explosent à mesure que je pénètre dans la baignoire. En presque quarante ans, ni l'un ni l'autre n'ont trouvé le moyen de me dire la vérité. Qu'est-ce qu'ils croyaient, que j'allais découvrir les miettes qu'ils avaient laissées traîner et que j'allais continuer comme si de rien n'était ? Je les entends d'ici « ne t'inquiète pas pour Sophie, elle est robuste ! », « mais oui, indestructible, elle s'en sortira ! », salauds ! Non, je ne m'en sors pas. Comment voulez-vous que je m'en sorte ?

— So, tu m'entends ?

— Quoi ?

Dimitri me caresse la joue.

— Arrête de ruminer. Je sais que c'est dur, mais tu te fais du mal pour rien…

— Tu ne vas quand même pas t'y mettre toi aussi ?

— M'y mettre ? Mais je suis de ton côté… Simplement, tu ne t'es jamais dit que, peut-être, ne pas savoir pouvait avoir ses avantages ? Que les choses sont bien faites et que tu découvriras la vérité quand tu seras prête ?

— Pitié, ce genre de discours…

Je vais pour sortir du bain, il me retient et m'y rejoint. Je le laisse faire, le laisse m'embrasser.

— Je croyais que tu ne voulais pas coucher avec moi tant que cette histoire ne serait pas réglée.

— Je ne vais pas coucher avec toi. Je t'embrasse.

Je m'allonge sur lui. Je sens son sexe dans le bas de mon dos, la peau de son ventre contre moi. Il mouille mes cheveux et me lave la tête. Ses doigts s'attardent dans mon cou, derrière mon oreille, sur le haut de mon crâne. La mousse coule sur mon front, mes épaules.

Il me rince avec délicatesse, passant lentement le filet d'eau sur la pointe de mes seins.

— C'est dégueulasse ce que tu fais, dis-je tandis qu'il retient ma main entre ses jambes.

— Je suis tout sauf un garçon dégueulasse. Allez viens.

Il sort du bain et me tend une serviette. Nous enfilons les peignoirs de l'hôtel et retournons dans la chambre. Il ferme les volets, défait le lit.

— Viens dans mes bras.

Je me blottis contre lui. Glisse des baisers dans son cou, sur son torse.

— Je veux tout savoir de toi. Que tu me racontes qui tu es.

— C'est une blague ?

— Pas du tout. Tu n'es pas que ce mensonge… Je veux savoir ce que tu aimes faire, les livres, les films qui t'ont bouleversée. Je veux que tu me décrives ta fille, ton appartement… Aucun secret entre nous.

Je mets un moment à accepter puis je me lance. Des détails me reviennent que j'avais complètement oubliés. J'aime manger des glaces en hiver, je brosse ma langue aussi, pas seulement les dents, je pleure chaque fois que je regarde *Le Roi lion*… Dimitri rit. Cette conversation me fait un bien fou, comme si tout ne s'était pas évanoui.

— Et toi ?

Il réfléchit, commence par me décrire ses sœurs, prononce le mot qu'il préfère dans chacune des langues qu'il connaît, me décrit la robe que je portais quand nous nous sommes rencontrés, et mon regard à la fois déterminé et perdu. Puis il me dit :

— Tu sais, je vais te révéler quelque chose qui risque de ne pas te faire plaisir.

Je pense aussitôt aux femmes qui ont défilé dans sa vie depuis un an.

— Le mensonge, parfois, ça vaut mieux…

— Je ne suis pas d'accord avec toi.

Alors il me confie que, vers onze ans, il a surpris sa mère avec un autre homme, elle ne s'est rendu compte de rien. Comme son professeur était absent, il était revenu plus tôt de l'école. Sa mère embrassait un inconnu dans une voiture garée en double file, à quelques mètres de leur immeuble. Elle était sortie, avait lancé un terrible « à plus tard » à l'inconnu, avant de rentrer à la maison. Dimitri avait suivi quelques minutes après, bien décidé à la faire avouer. Elle s'était changée, recoiffée, démaquillée. Elle avait revêtu son costume de maman parfaite, d'épouse dévouée. Il s'était tu. Plus tard, elle avait accueilli son mari à bras ouverts.

Longtemps, Dimitri avait hésité à lui dire qu'il savait. Ça le torturait. Il avait l'impression de trahir son père, pire, de l'humilier. Il en avait détesté sa mère. Mais quelque chose le retenait. Puis le temps avait passé. Au final, ses parents étaient toujours ensemble, formaient un couple heureux, complice. S'il avait avoué, ils se seraient sûrement séparés, chaque membre de la famille aurait souffert…

— Bien sûr, si ma mère en était arrivée là, c'est que son quotidien n'était pas rose, mais rien n'est tout noir ou tout blanc… Le problème de notre époque, c'est de nous faire croire que la vie à deux est normale et surtout que c'est simple, que l'amour doit être le moteur, mais ça n'existe pas...

— Alors tu t'es sacrifié pour tes parents...

Il me regarde, étonné.

— Je n'avais jamais vu les choses comme ça...

Nous continuons de nous raconter jusqu'à la tombée de la nuit. Pour la première fois depuis des semaines, j'ai le sentiment qu'une vie m'attend après, malgré cette histoire. Que je suis autre chose que ces mensonges. Dimitri est là et j'ai envie de le connaître, de l'écouter, encore et encore. Toujours aucunes nouvelles de Bellu ni de personne.

— Je me demande vraiment ce que je fais là...

— Tu veux rentrer ? me demande-t-il.

— Peut-être... Ils ont tous mes coordonnées. Ça ne sert à rien de rester ici, non ?

— C'est toi qui décides.

Après tout, est-ce que ça rime à quelque chose d'attendre en vain dans une chambre d'hôtel ? J'ai envie de voir ma fille, ma sœur. Et d'être loin de ce pays. Avec Dimitri.

Nahuel

Jeudi 9 novembre 2017, Buenos Aires

Nahuel s'acharne sur le montage d'un documentaire pour une chaîne du câble. Un vieux chanteur russe oublié raconte son histoire, adossé à la façade de sa maison, une sorte de cabane près du lac Baïkal. Il décrit comment, une fois par semaine, il se rend à la ville la plus proche en patins, son sac à provisions harnaché à la taille. Impossible de lui donner un âge. Une barbe recouvre son visage buriné, cheveux en bataille, le bleu des yeux comme délavé. Un personnage de roman.

Ce témoignage sera la touche artistique du projet censé démontrer que la vie se fraie un chemin quel que soit le contexte, même en territoire hostile. Il y a un chasseur, un garde forestier, un ermite et ce chanteur. Joli résumé de l'activité humaine, se dit Nahuel.

L'idée de ce documentaire lui a tout de suite plu. Les premières images reçues par mail avaient achevé de le convaincre. Sublimes. La lumière, la neige à perte de vue. Ce ciel. Ce silence. Il a refusé de discuter avec le réalisateur, il préfère découvrir les rushs et imaginer la construction de son montage seul. Si on fait appel à lui, c'est pour avoir sa vision des choses, son interprétation. Il n'est pas là pour obéir mais pour révéler. Peut-être que cette fois, il aurait dû. Nahuel enrage devant son écran. Le journaliste qui a tourné les images a commis de grossières erreurs, on ne verra que ça… Il ne faut surtout pas qu'on entende sa voix, cela rendrait l'immersion impossible.

Nahuel découvre d'abord l'interview d'une vieille dame qui tient un bar-hôtel-épicerie. Elle parle du chanteur.

— Vous l'avez bien connu dans votre enfance ? demande le journaliste.

— Oui.

— Il paraît que c'était un enfant timide.

— Très.

C'est comme ça tout le long. Comment exploiter ces propos ? Si on coupe les questions, il ne reste que des « oui » ou des « très » ! Toujours pareil, les journalistes s'écoutent parler. Nahuel va devoir trouver des astuces improbables pour sauver le film. Les semaines qui arrivent vont être chargées… Il trace un schéma sur un papier : quel personnage, dans quel ordre, pour montrer quoi. Quel sens donner à l'ensemble ? Que veut-il démontrer ? Quelle impression le spectateur doit-il ressentir à la fin ?

Le téléphone sonne, interrompant ses pensées. Graziella. Il n'a pas envie de décrocher. Elle va encore lui reprocher de ne pas être venu à sa dernière « action de respect », comme elle les appelle. Mais Nahuel n'a pas mené ce combat contre les génocidaires pour devenir criminel à son tour. Il ne voit pas l'intérêt de peindre en rouge des insultes, de jeter des œufs sur les maisons de vieux messieurs, même s'ils ont participé à la dictature. À quoi bon rayer des voitures, voler les vélos de leurs enfants ? À quoi bon les suivre dans la rue ? Il fatigue. Où s'arrête la résistance et où commence le terrorisme ?

Alors oui, les télévisions en parlent, la presse savoure ces images de militaires décrépits choqués face à des murs recouverts de *Connard* et de *Fils de pute*. Oui, dans cette époque où l'on cherche à « aller de l'avant » en dépit du bon sens, ces petits symboles sont des rappels utiles. Mais Nahuel a passé l'âge d'enfiler une cagoule et de retirer de l'argent pour payer en espèces des bombes de peinture dans un magasin sans caméra…

Graziella insiste. Elle enchaîne avec des SMS, tous plus pressants les uns que les autres. Nahuel cède.

— Enfin tu décroches !

— Je suis occupé là, Grazie.

— Je sais, t'es toujours occupé en ce moment.

— J'ai pas envie de remettre ça…

Elle va encore lui rappeler la promesse qu'il lui avait faite lors de leur première rencontre, qu'il ne trouverait le repos dans cette vie que lorsque tous ces salauds croupiraient en prison. Il était jeune, enragé, seul. Il a fait ce qu'il a pu, il continue à sa manière… Et il n'a pas à se justifier. Il aime beaucoup Graziella, respecte son engagement. Chacun de ses appels ternit leur relation. Entière comme elle est, elle met un point d'honneur à ne pas essayer de le comprendre. Elle a renoncé à tout pour sa cause, mariage, enfant, travail, et s'attend à ce que l'on fasse pareil. Elle n'accorde son respect qu'à cette condition. Finalement, elle commence à ressembler à ceux qu'elle traque.

— Je t'appelle pour autre chose. J'ai eu Jose au téléphone.

— Qui ?

— Mon ami Jose, de *Justicia y Perdon* !

— Ah oui… L'association.

— Il m'a appelée. Il a surpris une conversation, j'ai pensé que ça pouvait t'intéresser.

— De quoi tu parles ?

— Une certaine Sophie Perez est venue aujourd'hui.

— Sophie Perez ?

— Oui. C'est pas d'elle que tu m'as tant parlé ?

— C'est son nom en tout cas… Qu'est-ce qu'elle faisait là-bas ?

— Elle cherche ses parents…

Les images sur l'écran d'ordinateur se troublent. Sophie à Buenos Aires ? Nahuel ose à peine y croire.

— Tu es sûre ? répète-t-il.

— Certaine…

Graziella confirme que cette Sophie était bien française, qu'elle a cherché des informations sur Thiago et Paula. Pas de doute, c'est bien elle. Toute sa vie, Nahuel a attendu ce moment. Peut-être est-ce la fin de ses années d'errance ? Il pense aussitôt à sa mère. Comment Sol va-t-elle réagir ? Doit-il lui en parler tout de suite ? Non, il doit s'assurer d'abord qu'il n'y a pas d'erreur. Prendre le temps de digérer cette nouvelle aussi. Sophie est à Buenos Aires. En ce moment, elle respire le même air que lui. Si ça se trouve, il l'a croisée dans la rue sans s'en rendre compte. Il en frémit.

Alors elle mène l'enquête… Il a pas mal de trains d'avance, mais à eux deux, ils vont pouvoir assembler le puzzle… Il n'ose y croire. La trouver, voilà ce qu'il doit faire en premier. Dans quel hôtel, pour combien de temps ? Est-elle avec Aurélie ? Avec Paula ? La mort de Thiago a-t-elle précipité des révélations ? Mais alors pourquoi n'a-t-elle pas cherché à contacter Sol directement ? Peut-être lui a-t-on menti encore ? Comment trouver les mots pour qu'elle le croie, lui ? Nahuel le sait bien, on n'accepte que les vérités pour lesquelles on est préparé… La chute risque d'être douloureuse.

Alors il prend conscience que, dans cette histoire, il risque d'être l'oiseau de mauvais augure, celui qui dévoile la face cachée de ceux qu'elle a tant aimés. Lui pardonnera-t-elle ? Parviendra-t-elle à surmonter ce traumatisme pour le voir lui, tel qu'il est ? Tant de fois il a imaginé ce moment, jamais il n'avait envisagé cette peur pourtant. Son rôle était clair. Mais aujourd'hui il se rend compte qu'il en a assez d'être celui qu'on déteste. Et si, finalement, il la laissait venir à lui ? Pourquoi serait-il l'élément déclencheur ?

— Nahuel, tu es là ?

Nahuel fixe le téléphone dans sa main. Il met un temps fou à se souvenir que Graziella est encore au bout du fil.

— Pardon, oui, marmonne-t-il. Merci, Grazie.

— Ne me remercie pas, on va dire que c'est en souvenir du bon vieux temps.

Sophie

Jeudi 9 novembre 2017, Buenos Aires

Nous arrivons à l'aéroport. Dimitri se charge des billets tandis que je préviens Aurélie de notre retour. Elle m'assure qu'elle viendra nous chercher. Au moment où l'hôtesse étiquette ma valise, mon téléphone sonne. Je m'attends à ce que ma sœur me rappelle pour me préciser le lieu de rendez-vous, mais un numéro inconnu s'affiche. Les grands-mères ?

— Sophie Perez ? me demande une voix d'homme avec un accent argentin.

— C'est moi.

— Je m'appelle Nahuel. Il faut que je vous voie.

Je repense aussitôt à la condition d'implication de *Justicia y Perdon*… Le tapage que mes révélations vont entraîner, les journalistes charognards qui vont se jeter sur mon histoire pour en faire un symbole, une saga à sensation…

— Je suis désolée, je prends l'avion pour Paris… Je reviendrai bientôt, laissez-moi votre numéro.

— J'ai des choses importantes à vous dire, me coupe-t-il.

— Ça devra attendre, désolée.

— Je.. je suis le fils de Sol, Soledad Romero… Elle a, comment dire… Elle a très bien connu vos parents.

Sophie

Jeudi 9 novembre 2017, Buenos Aires

Il s'appelle Nahuel Ramon Romero et parle français. Il m'attend dans un café du quartier San Telmo. Au téléphone, il m'a prévenue, il a beaucoup de choses à me confier, m'a demandé trois fois si j'étais prête. Je ne sais pas. Mais de toute façon, je n'ai pas le choix.

Nous fonçons dans la ville avec nos valises, pas le temps de repasser à l'hôtel. Rien ne va assez vite. Les feux semblent bloqués au rouge, les gens traversent si lentement, San Telmo est bien trop loin… Le taxi perçoit notre hâte, il tente de nous distraire. Dimitri me rapporte ses propos : San Telmo est le plus beau quartier de la ville, parmi les plus anciens aussi. Des maisons basses, des artistes à chaque coin de rue, un charme bohème qui ravit les touristes comme les habitants.

— Si vous êtes des chineurs, vous vous dirigez vers le paradis !

Difficile d'être plus loin de la réalité… Qui est Sol ? Que sait Nahuel de mon histoire ? De mes parents ? Et si j'avais pris cet avion ? À quelques minutes près…

Nous arrivons devant le café *Le Federal*, notre lieu de rendez-vous. On se croirait dans un vieux bateau. Boiseries au mur, bouteilles du sol au plafond, chaises et bar en chêne, sol patiné par le temps. Des vitraux ornent le haut des fenêtres. Des lampes de bibliothèque vertes éclairent faiblement les tables. Je tangue presque. Un homme se lève et nous fait signe. À peu près du même âge que moi, très maigre, des yeux bleus immenses, trop grands même, dont un se ferme presque.

— Sophie ? Je suis Nahuel.

Je reconnais son accent. Il nage dans ses vêtements délavés.

— Comment avez-vous eu mes coordonnées ? Qu'est-ce que vous savez sur mon histoire ?

Dimitri me fait signe de ralentir. Nahuel sourit.

— Qui est cette Sol ? Vous devez me répondre !

J'ai conscience de l'agresser, mais je ne peux m'en empêcher.

— Un peu de patience. Je vais prendre une bière. Et vous ?

— Pareil, répond Dimitri.

Nahuel vide la moitié de sa pinte d'un trait. J'ai envie de le secouer, je le déteste de me torturer ainsi. J'observe son visage et fixe sa paupière sans vie.

— Une Française, liée à Jorge Lederer, qui vient à Buenos Aires en quête de vérité, c'est le genre de nouvelle qui s'ébruite rapidement… Je m'intéresse beaucoup à cette période, aux tortionnaires, au régime… Je connais Bellu et tous ceux que vous avez rencontrés.

— Vous êtes journaliste ?

— Non, mais je suis concerné.

— Vous…

Je cherche quoi dire sans trouver.

— Mon père a servi dans l'armée pendant cette période. J'ai tout fait pour qu'il soit puni et, aujourd'hui, il croupit en prison.

Le regard de Nahuel s'assombrit soudain. Je perçois en lui une force insoupçonnée.

— Je ne fais partie d'aucune association. Je travaille en solo. En parallèle, je suis monteur pour une chaîne de télévision locale. Voilà ce qu'il y a à savoir de moi. Pour le moment.

Il se penche, saisit un sac à dos qui traîne à ses pieds et en sort une feuille de papier pliée en quatre, ainsi qu'une petite boîte en métal.

— Je vous ai apporté ça.

— Pour moi ?

— Oui.

Je déplie la feuille, nerveuse.

Au départ, je ne comprends rien. Pourtant, il n'y a que très peu de mots écrits. Aucun ne présente de difficulté de traduction. Presque que des prénoms. Mais mon cerveau refuse d'imprimer. L'information est bloquée en moi, inintelligible. J'avale quelques gorgées de bière.

— Qu'est-ce que ça veut dire ? Je ne comprends pas l'espagnol.

— C'est votre certificat de naissance… Enfin une copie… Ma mère a dormi avec pendant des années.

Dimitri se penche pour lire, je m'y attèle de nouveau. Les mots sont bien là, assassins.

Abril Lederer, fille de Soledad Romero Lederer et de Jorge Lederer, née le 8 mars 1979.

— Vous faites erreur, Nahuel… Je suis née le 3 juillet 79… Je m'appelle Sophie Perez… Mes parents sont…

Aussitôt, je m'interromps. Les mots dansent sous mes yeux. Ils s'emboîtent les uns dans les autres, comme un puzzle qui prend forme. Je vide mon sac sur la table. Le bruit alerte le barman. Nahuel lui fait signe de ne pas intervenir. Mes clefs, mon porte-monnaie tombent. Peu m'importe. J'ouvre à la hâte mon passeport : Sophie Abril Perez. Abril. Aurélie n'a pas de deuxième prénom. Mes parents m'avaient dit que c'était celui d'une vieille tante qui n'avait pas eu d'enfants. Se pourrait-il qu'ils m'aient aussi menti là-dessus ?

— Mais… Comment est-ce possible ?

Je ne demande pas à Nahuel, je l'implore de me donner une explication. Je vais m'effondrer.

— Je ne connais pas les détails. J'ai supplié ma mère pendant plus de trente ans… Nous n'avons pas le même père…

Pas le même père. Alors seulement je comprends l'autre message que comporte ce certificat : Nahuel est mon demi-frère.

J'ai la tête qui tourne. Bellu avait raison. Thiago et Jorge sont frères. Tout le reste était un mensonge.

— Sophie, viens ! On va prendre l'air.

Dimitri m'agrippe par la taille et m'entraîne dehors. Il m'aide à respirer.

— Je vais pas y arriver… Je sais plus quoi faire…

— Tu t'en sors très bien. Écoute ce qu'il a à te dire. Si ça se trouve, ce papier est un faux…

— Tu crois ?

— Non.

Pas de place pour l'espoir. Trop d'informations d'un coup, je préférais mon ignorance. Dimitri serre ma main et me reconduit à notre table.

— Je me doute que ça doit être un choc pour vous.

J'éclate de rire.

— Nahuel, je crois qu'à ce stade on peut se tutoyer.

Il rit aussi. Je ne vois que moi dans tout ce cirque, mais après tout, pour lui aussi, ce moment doit être difficile…

On commande de nouvelles bières. Moi qui déteste ça d'habitude, je ne me fais pas prier. Nahuel me raconte ce qu'il sait. Il a mené l'enquête, Jorge Lederer est mort il y a quelques années. C'était un vrai salaud, les témoignages se multiplient, sur des pages et des pages, décrivant les sévices qu'il exerçait sur ses victimes. Il a ordonné des centaines de meurtres. Un fou, d'ailleurs, on le surnommait El Loco…

Je comprends alors que je ne m'étais pas trompée : si le certificat dit vrai, je suis la fille d'un bourreau. Comment puis-je être la fille de cet homme ? Comment ai-je pu me retrouver en France avec Thiago et Paula ? Qu'a fait Thiago à la clinique Campo de Mayo ? Aidait-il son frère ?

— Je t'assure, Sophie, je n'en sais rien. Ma mère n'a jamais voulu en parler. Même bourrée, impossible de lui tirer les vers du nez.

Ce ton abrupt me surprend.

— Ah oui, je préfère te prévenir, maman est quelqu'un d'assez… spécial.

Je passe sur le fait qu'il parle de « notre » mère.

— Spécial ?

— Oui. Enfin, tu verras… Un jour. Elle a beaucoup souffert.

Il me dit qu'il connaît en revanche une bonne partie de l'histoire de ma famille. Nous avons les mêmes grands-parents maternels. Ils sont décédés depuis quelques années, mais il a des photos, des tas d'anecdotes. Si je le souhaite, il me conduira au cimetière. Ils auraient adoré me connaître.

— Ils étaient au courant de mon existence ? je lance, étonnée.

— Bien sûr.

Il a déjà rencontré aussi les parents de Thiago et ceux de Paula. Ils étaient voisins, agriculteurs, habitaient un petit village de la région de Buenos Aires : Villa Maria. J'en ai le souffle coupé. Je pense aussitôt à Pablo et Adelina. Comment pouvaient-ils posséder une photo de ma mère, savoir toutes ces choses, si mes parents n'ont aucun lien avec l'Espagne ? J'ai du mal à freiner le flot de questions qui m'envahit. Je suis prise dans un courant, les vagues sont trop hautes, je bois la tasse, encore et encore, à chaque nouvelle phrase de Nahuel. Personne ne se rend compte de mon naufrage.

Nahuel précise que la maison de Jorge et Thiago a été incendiée par des familles de victimes, mais celle des parents de Paula est restée intacte. D'ailleurs, la mère de Paula est toujours vivante.

— Pardon ?

— Elle est très vieille maintenant, mais je crois qu'elle espère toujours que sa fille reviendra… Paula était son unique enfant…

Je ne peux pas le croire. Ma mère, enfin Paula, a abandonné sa maman ? Toutes ces années, elle l'a ignorée ? Mais comment a-t-elle pu ? J'ai grandi avec des monstres. Qu'est-ce qui a pu justifier tout ça ? Que leur est-il arrivé pour qu'ils puissent se montrer si cruels ? J'ai besoin de changer de sujet… N'importe quoi pourvu que j'interrompe Nahuel.

— Et ça, qu'est-ce que c'est ? je demande en pointant la boîte métallique.

— Une correspondance entre nos mères. Enfin entre Paula et Sol.

Je le regarde, étonnée.

— Ça parle surtout de toi.

— Tu les as lues ?

— Oui.

Nouveau choc. J'imagine Paula se cacher pour écrire. Je la vois me souhaiter une bonne nuit et griffonner des pages à mon sujet sur la table de la cuisine, à l'abri des regards… Pour ma vraie mère. Thiago était-il au courant ? J'ai peur de ce que je vais trouver dans ces courriers. Une peur terrible.

Dimitri traduit. Nahuel le laisse faire. Paula m'appelle « la petite », Sol ne la corrige pas. Je n'ai plus de nom, ni Sophie ni Abril. Je suis saisie par le vide de leurs échanges. Quelques phrases factuelles égrenées sur du papier blanc. Combien je mesure, les mots que je prononce, ma sœur qui arrive. Pas d'allusions à Thiago non plus, ou des bribes. La correspondance s'étale sur des années. Apparemment, Paula a envoyé de nombreuses photos de moi.

Puis il y a cette lettre :

12 avril 1994

Sol,

Ce que j'ai à te dire est difficile mais nécessaire. Il ne faut plus jamais m'écrire. Sophie traverse des moments difficiles. Pour son bien, il faut effacer le passé, ne laisser aucune trace. Ne t'acharne pas, Sol, ce serait gâcher sa vie et celle des autres.

Je te renvoie tes lettres. Je ne te répondrai plus.

Paula.

« Sophie traverse des moments difficiles. » Je ne me souviens plus de rien. 12 avril 1994… À quoi Paula fait-elle référence ? Je prends ma tête entre mes mains et soudain la mémoire me revient. J'ai dans les quinze ans et je suis mal dans ma peau. Le clan formé par ma mère et ma sœur m'insupporte. Je me demande ce que je fais dans cette famille. Comment est-il possible que cette femme soit ma mère, cette fille ma sœur ? Je le répète à Paula, elle me rassure, me décrit son accouchement, le beau bébé que j'étais. Tous les enfants intelligents se posent des questions, et moi, je suis très intelligente, insiste-t-elle… Puis les crises commencent. Plusieurs fois par mois, je dois lever la main en classe pour aller à l'infirmerie. Spasmophilie, a diagnostiqué l'aide-soignante du collège. Je dois me reposer, prendre du magnésium et surtout cesser de me faire tant de mouron pour mes études ! Bien sûr, j'ai tout mis sur le compte des examens, de mes moyennes de maths et d'allemand...

Je ne dis rien à mes parents, j'ai honte. Honte de mes mains qui se mettent à trembler, honte de ne plus être capable de marcher, d'obliger mes camarades à relever mes jambes pour que le sang circule. Ils me remercient pourtant, grâce à moi, ils loupent les cours ! Ce serait super si je pouvais faire ça au prochain devoir sur table...

Arrive le mois d'avril 94. Je me souviens d'un jour en particulier et du printemps qui pointait. En allant au métro, j'avais été hypnotisée par le trottoir recouvert de fleurs violettes tombées des arbres bordant la rue. Chaque année, ce tapis de nature sur le bitume annonçait les beaux jours. C'est un cours d'histoire, je crois, une matière que j'apprécie beaucoup. Les tremblements reprennent et, cette fois, je m'évanouis. Je me réveille à l'infirmerie, j'essaie de poser des questions, mais personne ne me comprend. Apparemment, je délire. Je ne dois pas m'inquiéter, me répète l'aide-soignante, c'est mon cœur qui bat trop vite. Ma mère est au courant, elle va venir me chercher pour me conduire chez le médecin. « Je ne suis pas normale, je lui répète dans la voiture. J'ai l'impression qu'en moi, c'est le vide. » Ma mère me balance les mêmes banalités : je suis intelligente, sensible, tous les ados... bla-bla-bla. « Mais alors pourquoi il n'y a que moi à l'infirmerie ? » Elle se tait. Le médecin me prescrit de l'Euphytose, du magné B6, et me conseille d'aller nager au moins trois fois par semaine, ça m'aidera à réguler mes crises d'angoisse. Si elles persistent, il faudra penser à aller voir quelqu'un.

Ma mère avait semblé prendre tout ça à la légère. Le sujet avait été vite balayé à la maison. J'avais eu l'impression d'être un poids pour elle. Plus encore que lorsqu'elle n'était pas au courant de mes malaises.

En fait, elle avait compris. Et paniquée, elle avait effacé toutes les traces de Sol. Elle tenait plus à son mensonge qu'à moi.

— Tu vas bien ? murmure Dimitri à mon oreille.

— Oui, ne t'inquiète pas.

Le bar s'est vidé. Je regarde ma montre, il est minuit. Je n'ai pas vu le temps passer. Mon ventre gargouille, je n'ai rien avalé depuis des heures.

— Je pense qu'on devrait y aller, glisse Dimitri. On peut peut-être se revoir demain ?

— Oui, bien sûr !

Nahuel semble heureux de cette perspective. Il griffonne quelque chose sur un bout de papier.

— C'est mon adresse, venez dîner. Je vous ferai un vrai barbecue argentin, c'est la tradition ici !

Nous acceptons. Je range son adresse dans ma poche, ignore le naturel avec lequel il a proposé ça, comme si nous étions des amis de toujours. Nous traînons nos valises dehors. Au moment de nous séparer, Nahuel demande :

— Et Lisa ? Elle va bien ?

Je reste interdite quelques secondes. Comment connaît-il le nom de ma fille ?

Il prend un air grave.

— Avant qu'on se rapproche davantage, il faut que je te confie quelque chose.

Son œil me fixe derrière sa paupière inerte. Je sens qu'il prend énormément sur lui.

— Tu dois savoir qu'à cette époque, je n'étais pas vraiment moi-même… Je ne savais pas ce que je faisais, je voulais réparer un peu les choses…

— Nahuel, je ne comprends rien ! Qui t'a parlé de Lisa ?

— Personne. C'est moi qui ai découvert son existence. Je vous ai cherchés longtemps, tous. Tes parents, ta sœur, Baptiste et toi.

Il marque un temps, avant de reprendre, le souffle court.

— Ce jour-là, au parc Monceau, c'était moi.

— De quoi il parle ? me demande Dimitri.

— C'est moi qui ai enlevé Lisa… Je ne voulais pas lui faire de mal, à toi non plus…

Je le gifle de toutes mes forces. Sa joue porte la trace de ma main. Il baisse la tête.

— Espèce de connard !

Je hurle le dégoût qu'il m'inspire. La peur que j'ai ressentie ce jour-là, la culpabilité qui se terre encore dans chacune de mes pensées… Dites-moi que je rêve. J'essaie de me raisonner, mais la colère est plus forte. J'explose et lui colle une nouvelle baffe. Cette fois, Nahuel me retient. Sans que je m'y attende, il porte la main sur moi. Bruit sec. Douleur aiguë. Il m'a rendu coup pour coup. Dimitri s'interpose mais la rage de Nahuel est incontrôlable. Le barman nous rejoint, lui aussi essaie de nous séparer.

— Tu peux pas juger ! Ma vie a été un cauchemar à cause de toi, alors pas de caprices ! Tu crois quoi ?

Que je suis tranquille avec ça ? Pas une nuit, pas un jour sans y penser !

Il est à bout, peine à retrouver son calme.

— Demain soir, je t'expliquerai.

Il prend son sac à dos et disparaît dans la nuit.

Sophie

Vendredi 10 novembre 2017, Buenos Aires

20 heures. Avec Dimitri, nous arrivons devant un petit immeuble un peu décrépi. Nous montons à pied au deuxième étage, comme indiqué sur le mot griffonné. Nahuel nous attend devant la porte, il nous guettait. Sans un mot, il nous invite à entrer. Le salon est bien rangé, et pour cause, l'ameublement est monacal. Un canapé en tissu bleu marine, un meuble télé blanc dont les étagères sont occupées par de vieux livres. Une table aux pieds rouillés est dressée sur le balcon.

Nahuel s'affaire autour du barbecue. Il dispose des brindilles de bois, du papier journal, arrose les braises d'essence.

— C'est quoi ? me demande-t-il en désignant du menton les feuilles que je tiens.

— Mes questions, je veux rien oublier.

Je ne lui dis pas que j'y ai passé la journée, que j'ai demandé à Dimitri de me les lire pour les entendre. Sonnaient-elles correctement ? N'étais-je pas trop agressive ? Un casse-tête.

— Tu n'avais pas besoin de faire ça… Tout ce que je sais, je vais te le raconter.

Il alimente les flammèches d'un geste de la main.

— Je suis désolé pour hier, Sophie. Je n'aurais jamais dû…, se justifie-t-il, sans me regarder.

— Moi non plus.

Nahuel renifle un pull qu'il a laissé à côté du barbecue.

— J'adore cette odeur de feu, je le laisse toujours ici pour qu'il s'en imprègne, me dit-il en me tendant son vêtement.

Après un bref silence, il se lance enfin. Nahuel est né en 1982, un peu plus de trois ans après moi. Sa mère, Sol, a rencontré son père dans le camp où Jorge l'avait enfermée. Son ex-mari n'avait pas trop apprécié son « retournement », elle était alors considérée comme une subversive, ces jeunes et moins jeunes citoyens, plutôt de gauche, rêvant d'une Argentine plus égalitaire. Le père de Nahuel était un petit sergent, il devait faire régner l'ordre dans la prison, mais il s'est épris de sa détenue puis l'a aidée à s'échapper. Quand la dictature est tombée, il avait un alibi : il avait épousé une résistante, lui avait fait un enfant. Ça atténuait les charges… Mais les lois ne pouvaient le protéger contre la justice du peuple. Il craignait des représailles et un jour, il est parti. Nahuel était très jeune.

— A la fin des années 80, il est arrivé en Colombie puis il s'est installé en Italie où il s'est remarié. Il ne m'a plus jamais donné de nouvelles. Il a eu deux autres enfants ! J'ai déplacé des montagnes pour le retrouver. Il a toujours nié ses liens avec la dictature…

C'est remonté jusqu'à Interpol avec un mandat d'arrêt international...

— Et depuis ?

— Depuis il crève en cellule... Pendant des années, le seul souvenir que j'avais de mon père, c'était ses cris quand il me demandait de l'enfermer dans le coffre de sa voiture pour que la police ne puisse pas le trouver. Il y avait fait un gros trou avec son pistolet pour respirer et me menaçait de m'en foutre une si je l'ouvrais...

Nahuel dispose la viande sur la grille, y joint des aubergines et des poivrons, finement découpés, les pique à l'aide d'une grande fourchette. Les graisses retombent sur les braises dans un léger crépitement.

— On va dire que je suis loin de ce gamin terrorisé à présent !

Un sourire triste marque son visage. Il sert le repas. Nous mangeons par petites bouchées. Nos appétits sont coupés. Inutile de faire semblant.

Nahuel nous raconte ensuite que, toute sa vie, il a souffert de mon absence. Sol n'a cessé de se languir de moi, de me rêver, de me parler... J'étais sa fille, partie en France dans des circonstances tragiques qu'il ignorait. Il ne faisait pas le poids, ne le ferait jamais. Pour Sol, il n'était qu'un pansement, elle ne lui prêtait aucune attention. Pendant des années, il s'est drogué. Il n'avait pas le courage d'en finir franchement. À quinze ans déjà, il était accro à l'héroïne. Il en aimait tous les rituels, tous les effets, même la descente. Diluer sa drogue à l'acide, la chauffer, faire son garrot pour voir se gonfler ses veines, planter la seringue, ressentir ce pincement avant de relâcher l'élastique et s'injecter l'élixir…

Sa prof de français au lycée le trouvait très doué. Il se donnait un mal fou pour maîtriser cette langue que la plupart des Argentins méprisaient. Il voulait pouvoir me comprendre un jour. Il a toujours été convaincu que nous nous rencontrerions… C'est cette enseignante qui l'a conduit à sa première cure de désintox. Ça avait fonctionné un temps. Jusqu'à la fac. Mais il avait replongé. Il avait fini par abandonner ses études pour travailler dans un supermarché et se payer ses doses.

— Dans la famille, on est servis niveau addiction… Moi, c'est la drogue, ma mère, c'est l'alcool. Apparemment, toi, tu y as échappé, me taquine-t-il.

Je pense aussitôt à mes plaques, à ma maniaquerie, à mon acharnement au travail, ma drogue à moi.

Nahuel nous décrit ce que c'est que de ne penser qu'à la prochaine dose du matin au soir. Comment se la procurer, où la trouver, les questions qui ne tournent plus qu'autour de l'héroïne. Les vols, les mensonges.

— Ma paupière, c'est à cause de ça… J'ai fini par faire une attaque. Je m'en suis sorti de justesse avec une paralysie partielle ici et à la main gauche.

Peu avant, il s'était rendu à l'association des grands-mères. Il était certain d'être un enfant volé. Ses parents ne pouvaient pas être ceux qu'il avait connus. Il y avait erreur… Le test ADN avait coupé court à ses rêves. Alors il était parti à la recherche de son père, décidé à lui faire payer. Il avait suivi sa trace jusqu'en Italie. Il en avait profité pour faire un détour par la France et se rapprocher de moi… À sa façon. Il connaissait notre appartement par cœur, du moins, ce qu'il pouvait en voir du trottoir.

Le jour de l'enlèvement, au parc, il était en manque. Il ne savait plus ce qu'il faisait. Il avait longtemps hésité à venir me parler, mais je m'étais disputée avec Baptiste sur le chemin et il n'avait pas osé. Il avait voulu faire d'une pierre deux coups, sauver cette gamine d'un couple qui se déchirait et rendre une fille à sa mère. Sol avait perdu un enfant, moi. Ce n'était que justice de lui en ramener un. Il l'imaginait déjà lui sautant au cou pour le remercier… Enfin, il existerait à ses yeux. Il serait le bon fils.

Lisa dans ses bras, il avait appelé sa mère, qui avait aussitôt paniqué. Elle lui avait crié dessus, il allait finir en prison. Nahuel avait alors pris conscience de la gravité de son acte. Il avait voulu se dénoncer aux autorités mais Sol l'en avait empêché, elle ne pouvait pas risquer de perdre un autre enfant. Il avait laissé la petite près d'un kiosque, s'était assuré qu'un gardien la trouve avant de disparaître. Nahuel en fait encore des cauchemars. Il rêve qu'il tient le bébé dans ses bras et qu'elle se transforme en statue de sable qui s'effrite entre ses doigts.

Je ne sais pas quoi dire. La pire journée de ma vie, ma terreur… Tout ça pour ça.

— En rentrant, ma mère m'a avoué qu'elle aurait préféré que je sois mort pour pouvoir mourir à son tour. Ça a été une claque. Je suis allé de moi-même en cure. Cette fois, j'ai réussi. Je n'ai plus jamais touché à la drogue depuis.

À son retour, il avait rejoint plusieurs associations, avait manifesté avec elles contre l'allègement des peines des bourreaux. Et puis il avait repris son indépendance. Désormais, il fuit les groupes, il n'a plus besoin de l'approbation des autres. Des histoires tristes, glauques sur cette période noire de son pays, il en connaît à la pelle. Il ne veut plus qu'elles l'envahissent. Il a assez avec sa propre vie. Aujourd'hui, je suis là, avec lui, ça lui suffit.

J'ai l'impression qu'aucun mot, aucune attention ne sera suffisante face à ce qu'il a vécu. Il nous sert un verre pour accompagner les sorbets qu'il a prévus pour le dessert. J'attends que la proposition vienne de lui, mais comme il ne dit rien, je finis par le demander.

— Nahuel, est-ce que je pourrais rencontrer Sol ?

Sol

Vendredi 10 novembre 2017, Buenos Aires

La bataille est engagée. Aujourd'hui, Sol n'est pas allée au travail, il fallait qu'elle prenne le dessus sur la vieille d'en face. Sol est persuadée que cette râleuse la traque, qu'elle commente ses faits et gestes, colporte des rumeurs dans le quartier. Chaque fois qu'elle s'est approchée de son fauteuil en paille planté sur le trottoir, la vieille a levé les yeux au ciel, comme si elle avait mieux à faire que de lui adresser la parole.

Sol ne se fait aucune illusion : dans la balance, ses défauts l'emportent largement sur ses qualités, pourtant c'est à elle-même d'en tirer les conclusions. À Nahuel aussi, pourquoi pas. Mais sûrement pas à cette inconnue qui ignore tout de sa vie et qui, peut-être, n'a pas fait mieux. Avec ce genre d'increvables qui croient tout savoir, les mots ne servent à rien, il faut imposer sa force. Tenir bon jusqu'à ce que l'ennemi s'incline. Des jours que Sol n'en dort pas. Le regard de cette vieille l'obsède. Elle n'a pas le choix, elle doit la vaincre à son propre jeu.

Aux premières heures du jour, Sol s'est installée sur son balconnet, celui qui donne sur la rue. Quatre mètres au-dessus du trottoir. Elle était là quand la vieille a sorti sa chaise. Mamie a fait mine de ne pas la voir. Elle a déployé son éventail pour parler toute seule derrière les fines lamelles de bois. Comme chaque jour, elle a critiqué les passants. Personne n'est assez bien pour elle. Sol la toise. Elle veut lui renvoyer son propre dédain, qu'elle sente ce que ça fait d'être observée, jugée, sans raison.

Le duel dure déjà depuis plusieurs heures. Sol n'a pas mangé de la journée. Elle peut s'en passer. Le problème se situe ailleurs... Sa vessie va exploser. Une pression terrible dans le bas de son ventre. Elle doit rester immobile, c'est la seule façon de tenir. De petites inspirations. Chaque mouvement est une souffrance. Une voix en elle lui crie de se lever, que ce n'est pas grave, qu'elle a bien le droit de pisser, qu'elle retournera à son poste aussitôt après. Mais elle résiste. Elle a décidé qu'elle ne bougerait pas, elle va y arriver. La vieille rentrera chez elle en premier.

Enfin, la voisine se lève. Sol tressaille, regarde l'heure. À peine 18 heures. C'est un piège. La pimbêche va revenir. Preuve en est, sa chaise est restée dehors ! Sol a failli se faire avoir. À coup sûr, si elle s'absente pour aller aux toilettes, la vieille en profitera pour gagner la bataille. Une torture. Sol a tellement envie qu'elle en a des fourmis dans les pieds. Il faut qu'elle pense à autre chose. Quelque chose d'obsédant. Si elle comptait ses cheveux ? Elle s'est toujours demandé combien elle en avait.

Elle aperçoit un chien dans l'immeuble en face. Comme elle, il regarde la rue. Il remue la queue, gueule ouverte, langue tirée. Sol l'a déjà vu dans le quartier. Il appartient à un jeune couple. À l'étage du dessus, une dame met la table. Sol la connaît. Elle a deux enfants. Son mari rentre tard le soir, il travaille beaucoup. Souvent, quand elle se dit qu'elle a tout raté, Sol pense à eux, à cette image de perfection qu'ils renvoient. La famille idéale, la mère dévouée, les enfants bien élevés, le père au travail. Bien sûr, elle ne sait pas ce qui se passe dans les chambres. Mais côté rue, ce spectacle est bien séduisant. Sol scrute les autres façades à la recherche de familles. Elles sont si près, à quelques mètres à peine. L'heure du dîner approche… Elle épie les mouvements, flaire les odeurs. Des relents de choux, de viande. La rue s'anime.

La vieille est de nouveau assise sur sa chaise, au milieu du trottoir, occupée à dévisager les passants. Finalement, Sol ne vaut pas mieux que son adversaire. La vie des autres l'a emportée…

Au bout d'une heure, la vieille finit par rentrer chez elle. Sol jurerait qu'elle lui a lancé un coup d'œil mauvais, signe de sa défaite. Sol savoure sa victoire. Elle n'a pas perdu sa journée. Elle boirait bien un verre pour fêter ça. Elle se sent tellement moins coupable quand elle a un bon prétexte pour ouvrir une bouteille.

Vers 1 heure du matin, on frappe à sa porte. Les années ont beau avoir passé, ce genre de coups la terrorise encore. Ils lui rappellent l'époque où la police traquait le père de Nahuel. Elle regarde par le judas et aperçoit son fils. Elle ne retire pas la chaîne. Il ne peut pas entrer.

— Ouvre, maman, c'est important.

— Une minute !

Vite, débarrasser la table, cacher les bouteilles. Elle l'entend qui tambourine derrière la porte.

— Maman, ouvre bon sang ! Je me fiche que tu aies bu !

Elle sait bien qu'il ne le pense pas. Tôt ou tard, il va lui reprocher son laisser-aller, son haleine… Son haleine ! Vite, elle court à la salle de bains, se brosse les dents, la langue, l'intérieur des joues. L'alcool s'est infiltré partout…

— Maman !

Nahuel est à bout. Un dernier coup d'œil au salon. Ce n'est pas parfait. Tant pis. Si seulement il était venu quelques jours plus tôt, quand elle avait nettoyé la maison à fond…

— Enfin ! tonne-t-il en entrant.

Il semble préoccupé. Ses vêtements sentent le feu.

— Tu as fait des grillades ?

— Quoi ? Ah oui…

D'un geste las, il lui signifie que ça n'a pas d'importance.

— Il faut que je te parle, c'est très important.

Il prend la main de sa mère, la conduit vers le canapé où il s'assoit à côté d'elle.

— Maman, elle est là.

— Qui ?

— Sophie. Enfin Abril. Abril est à Buenos Aires.

— Comment ?

Sol perd pied. Son pouls s'accélère. Elle est une balle de flipper projetée vers le ciel, qui bute sur tous les obstacles. C'est impossible !

— Calme-toi, maman. Je sais que c'est un choc. Elle est au courant. Je l'ai vue hier. Elle est venue dîner chez moi ce soir. Elle voudrait te rencontrer. Je n'ai pas pu attendre, j'ai voulu te le dire tout de suite.

Nahuel décrit les dernières heures, ses échanges incroyables avec sa sœur. Il est à la fois inquiet et heureux. Il ne veut pas que Sol panique, il sait qu'elle attend ce moment depuis toujours.

— Je lui ai dit de venir pour déjeuner. Je t'aiderai à préparer le repas, d'accord ?

Sol ne parvient pas à répondre, elle est terrifiée.

— Bon, je vais te laisser dormir maintenant. À demain, maman.

Il pose un baiser sur son front et se lève.

Sol ne le raccompagne pas à la porte. Elle ne peut pas se redresser. Ses forces l'ont abandonnée. Abril… Abril est là. Abril connaît son existence, elle a demandé à la voir. Le monde entier a cherché à les séparer, mais la justice a été plus forte. Elle n'est pas sûre d'avoir mérité cette récompense… Elle a tant espéré, tant prié…

Une idée lui vient. Elle va rassembler toutes les robes, les jouets qu'elle a achetés à sa fille et entassés dans l'armoire, avec le temps. Peut-être va-t-elle les laver pour les débarrasser de cette odeur de renfermé ? Oui, voilà, elle va emballer ses cadeaux, briquer les sols, les vitres, récurer les toilettes, les lavabos. La maison va briller ! Un bain de lumière pour recevoir son ange. Elle se précipite dans sa chambre, dépose les robes, les blouses sur son lit. Soudain, l'évidence la frappe. Ces tenues sont pour une petite fille, huit à douze ans, pas plus. Abril a la quarantaine à présent. Sol rit de sa stupidité…

Elle sort la bouteille cachée dans la trappe d'aération, celle de l'ultime secours, vide quelques verres et se décide enfin. Le message à Nahuel est court, limpide : *Pas possible demain. Ne venez surtout pas.* Puis elle éteint son téléphone pour ne pas voir la réponse de son fils.

Sophie

Samedi 11 novembre 2017, Buenos Aires

— Comment ça, Sol ne veut pas ?

— Elle m'a laissé un SMS, depuis elle ne répond plus.

Nahuel est arrivé à l'hôtel tôt ce matin. Il avait peur de nous louper. Il est navré mais sa mère, enfin notre mère, préfère rester seule.

— Je pense qu'il faut lui laisser du temps… C'est un sacré choc pour elle, insiste-t-il.

— Et pour moi ? Tout ce en quoi je croyais est faux ! Je n'ai plus aucune idée de qui je suis vraiment, je ne sais rien de mes parents ! Qui peut vivre comme ça ? Dis-moi, qui ?

Nahuel baisse les yeux.

— Vraiment, Sophie, je suis désolé. Je la connais, il vaut mieux ne pas la brusquer… Maman est fragile…

— Moi aussi !

Dimitri range la chambre, essayant de faire diversion.

Soudain, je me souviens des mots de Nahuel avant-hier, au bar de San Telmo. Il a hurlé que je lui avais gâché la vie, qu'à cause de moi, il n'avait jamais existé pour sa mère. Alors tout s'éclaircit.

— Tu mens, Nahuel.

— Comment ça ?

— Tu ne veux pas que je rencontre Sol, tu as peur que je te vole ta petite maman !

— Enfin, So ! Qu'est-ce qui te prend ? intervient Dimitri.

— Tu ne lui as jamais dit que j'étais là ! Tu veux la garder pour toi !

Nahuel lève les bras au ciel, sourire au coin des lèvres, l'air de se plaindre au bon Dieu qu'une nouvelle folle soit entrée dans sa vie. Puis son visage se referme et il donne un violent coup de pied dans le meuble télé. Il se fait mal, hurle en serrant sa cheville.

— Tout va bien ? se précipite Dimitri.

— Ne m'approche pas ! Vous êtes tarés tous les deux ! Pourquoi est-ce que je te mentirais ? Pourquoi je t'aurais ouvert ma porte si c'était pour la refermer aussitôt ? Qu'est-ce que tu crois, que je veux garder le trésor pour moi ? Mais va la chercher, ta mère, et ramène-la avec toi en France, ça me fera des vacances ! T'es bien sa fille ! Une timbrée !

Je me rends compte que je suis allée trop loin. Je lui demande pardon. J'ai beau être sincère, je ne sais pas s'il me croit. J'insiste.

— Je pense qu'il faut qu'on y aille quand même.

— Et on débarque comme ça ?

— Oui. Si elle ne veut pas me laisser entrer, alors je m'en irai.

Nahuel réfléchit en massant sa cheville.

— Bon, d'accord.

Nous traversons la ville. Nahuel nous avertit : pour nous rendre chez Sol, il faut longer la Villa 31, un quartier délabré. On se croirait dans une cité HLM abandonnée. Parfois même, sur les ruines d'un champ de bataille. Immeubles sans fenêtres, façades qui s'effritent, habitants hagards. Bientôt, il y a de nouveau des arbres, des avenues, des immeubles de style européen. Les passants semblent marcher doucement ou peut-être que mes pensées vont trop vite. Je ne suis pas en rythme avec ce qui m'entoure. Enfin le taxi s'arrête à l'angle d'une petite rue. Du linge pend aux fenêtres des appartements. Les bâtiments sont bas, peints dans un camaïeu d'ocre.

Nous approchons du numéro 5, l'adresse de Sol. Une gamine saute à la corde sur le trottoir. À quelques mètres d'elle, une vieille femme fixe la chaussée, assise sur une chaise en paille, un éventail à la main. L'endroit est calme. Les discussions des voisins sont feutrées, même les gamines chuchotent, à croire que personne ne veut perturber ce moment.

Nous montons l'escalier. Nahuel nous met en garde, certaines marches sont abîmées. En tombant, on peut se faire très mal. Nous devons glisser nos pas dans les siens. Je suis terrifiée. J'ai tant insisté pour venir… À présent j'ai envie de fuir. J'ai passé neuf mois dans le ventre de cette femme. En reste-t-il quelque chose ? Vais-je être happée par un souvenir refoulé, la reconnaître malgré moi ? Acceptera-t-elle de m'ouvrir ? De me raconter mon histoire ? Je pense aux témoignages de ceux qui ont frôlé l'au-delà. Attirés vers une lumière, ils avancent. Autour d'eux, les ténèbres, les doutes, la vie matérielle qu'ils abandonnent, obsédés par ce blanc si prometteur au bout du chemin, un autre monde. Je suis comme eux. Je fais abstraction de la cage d'escalier vétuste pour gravir les marches jusqu'au troisième étage où se trouve la lumière. Mais parfois, la lumière, on s'y brûle.

11 h 30. Ma mère est à quelques mètres, derrière la cloison. Nahuel sonne. Rien. Il frappe, appelle Sol. Pas de réponse. Il attend un moment et essaie de nouveau. Pas plus de résultat. Il sort son trousseau.

— J'espère qu'elle n'a pas mis la chaîne…

Il tourne la clef, la porte s'ouvre. L'appartement est plongé dans l'obscurité. Nahuel file ouvrir les doubles-rideaux. Les rayons du soleil s'engouffrent dans la pièce. Un petit salon où s'empilent des tonnes de babioles : danseuses en bois miniatures, boules à neige, coquillages, drapeaux, crayons de toutes les couleurs, livres, bloc-notes… Un fouillis sans nom qui me met mal à l'aise. La cuisine est délimitée par un petit bar. Un seul tabouret. Sur le frigo, et tout le long du mur qui conduit à la chambre, des photos sont accrochées. Des photos de moi. Je n'en reviens pas. Déguisée en princesse, en maillot de bain sur une plage, le jour de la rentrée à l'école, au ski, au bois, à trois, quatre, dix ans… Moi, partout et à tous les âges. J'ai un vertige. Je mesure l'ampleur du mensonge. À quel point mon ignorance m'a protégée. À quel point j'ai vécu sans me douter que je faisais tant souffrir quelqu'un.

Un cliché m'intrigue. Je m'approche. Je reconnais mes parents, enfin Thiago et Paula. Ils sont assis sur de vieilles chaises de jardin. À côté d'eux, un couple du même âge. Je devine qu'il s'agit de Sol et je reconnais Jorge des coupures de presse… Mais ce n'est pas ce qui enfonce la lame dans ma poitrine. Non, c'est cette lune qui sourit, ces couleurs, la montagne au fond et l'arbre au premier plan… Le même paysage que sur la seule photo que mes parents ont gardée « d'Espagne », cette vue que je n'ai pas reconnue en Andalousie.

Un cri. Une conversation étouffée. Des portes qui claquent. Voilà ce qui nous parvient de la chambre. Dimitri caresse ma cuisse. S'il croit que ça va suffire à m'apaiser… Puis un long silence. Si long que je me demande si nous ne devrions pas partir.

Sol

Samedi 11 novembre 2017, Buenos Aires

11 h 30. Ils sont là. La petite est là, sur le palier. Sol n'est pas prête, pas présentable. Ils ne l'ont pas écoutée, ils sont venus quand même. Nahuel insiste, l'appelle derrière la porte. Fuir, c'est tout ce qu'elle peut faire. Elle court se cacher dans sa chambre, bloque la porte avec la table de chevet et se moque d'elle-même. Au moment de rencontrer sa fille tant attendue, elle redevient une enfant. Capricieuse qui plus est. Elle se recroqueville sous ses draps tandis que la porte d'entrée claque.

Voilà, ils sont à l'intérieur. Elle a oublié de mettre la chaîne. Imbécile ! Ou est-ce un acte manqué ? Elle entend des chaises que l'on traîne, des pas jusque dans la chambre. Quelqu'un essaie d'ouvrir. Le chevet vacille mais tient bon.

— Maman, je peux venir ?

— Non !

— S'il te plaît.

— Partez !

Alors il élève la voix, lui assène qu'elle lui a suffisamment gâché la vie avec « sa fille ». Maintenant elle doit assumer. Elle n'a pas d'autre choix.

— Sophie aussi a le droit de savoir. Elle est là pour ça, alors tu viens la voir.

Il ne transigera pas. Sol connaît son fils. Une tête de mule. Il donne des coups à la porte, de plus en plus fort. La table de nuit tangue. Bientôt, elle cédera. Soudain un pied se brise et elle tombe par terre. Nahuel apparaît, visage fermé.

— Allez, ça suffit ! Tu es ridicule !

Elle se débat, le menace de ses poings. Pourquoi ne la laisse-t-il pas tranquille ? Il cherche des mots plus tendres pour la rassurer. Elle a tellement espéré ce moment, comment peut-elle se conduire ainsi ? Après tout, un lien charnel l'unit à son enfant. Elle est sa vraie mère, elle mérite cette place, mérite d'être reconnue. Elle n'a pas d'argument. Plus la force de lutter et finit par accepter de se rendre dans le salon. Elle tangue. Elle a si peur… Toutes ces larmes, ces bouteilles, l'araignée dans sa gorge chaque fois qu'elle se rappelait… Dans quelques minutes, elles seront vaines. Et si son drame était sa seule vérité ? Si une fois délivrée de sa souffrance, elle n'était plus qu'une coquille vide ? Nahuel la soutient tant bien que mal. Elle peine à avancer, se raccroche aux photos d'Abril sur le mur du couloir. Dans quelques minutes, sa petite fille ne sera plus un rêve qu'elle est seule à posséder…

La voilà. Elle l'aperçoit dans le salon, droite sur une chaise. Abril l'observe, elle. Sol ne parvient pas à décoder l'expression de son visage. De la déception sûrement… Abril est une femme. La petite fille a disparu. Sol s'assoit juste en face. Incroyable comme elle lui ressemble. Paula a dû en souffrir ! Elle ne l'a pas volé ! Et Thiago, qu'est-ce que ça lui faisait ?

— Holà Soledad, murmure Abril.

Soledad… Personne ne prend jamais la peine de prononcer son nom en entier. Puis Abril parle en français et aussitôt un jeune homme traduit.

— Je suis Dimitri, l'ami de So… d'Abril. Je vais vous aider à vous comprendre. Votre fille tient à vous remercier du fond du cœur d'accepter de nous recevoir. C'est capital pour elle. Elle est consciente qu'il s'agit d'une épreuve très difficile pour vous.

Sol hoche la tête. Que faire d'autre, face à un discours si bien rodé ?

— Pas la peine. Je parle français. J'ai appris… Pour aujourd'hui.

Abril écarquille les yeux. Sol se contient. Elle va raconter son histoire. Leur histoire.

Sophie

Samedi 11 novembre 2017, Buenos Aires

Au moment où je me tourne vers Dimitri, une femme arrive à petits pas vers moi. On dirait une vieille grand-mère. Les jambes très maigres, longues, l'exacte copie des miennes, le dos voûté, les yeux bouffis, la peau des joues piquetée de taches rouges. Elle s'agrippe au bras de Nahuel pour marcher, comme si chaque pas était une victoire sur elle-même.

Elle me dévisage. Sa main s'approche de moi, elle la tend vers mes cheveux mais la ramène aussitôt vers son cœur. Me toucher, c'est trop. Nahuel l'aide à s'asseoir à table. Elle frotte nerveusement la toile cirée. Ses ongles laissent une trace sur leur passage. De fines rainures, presque des griffes. Elle ne semble pas s'en rendre compte. Nahuel lui apporte un verre d'eau, chuchote en espagnol à son oreille.

Je bredouille quelques mots. Dimitri me vient en aide. Je ne sais même pas si mes phrases ont un sens. Je suis aspirée par elle, par la situation. Je suis face à ma mère.

— Demande-lui ce que tu veux, Sophie, elle est d'accord, assure Nahuel.

Sophie

Samedi 11 novembre 2017, Buenos Aires

Sol commence par me mettre en garde. Je ne dois juger personne. Il faut du temps pour se faire un avis. Elle tient à ce que je sache qu'elle a pensé à moi chaque jour… Elle pourrait me regarder des heures, me savoir ici est extraordinaire, aussi terrible que merveilleux. Elle doit se pincer pour y croire… J'ai en effet le droit de connaître la vérité. Elle va tout me dire. Elle a les larmes aux yeux. Je sens qu'elle lutte pour tenir. Pour moi. Elle me prie de ne pas l'interrompre. Si je le souhaite, je pourrai lui poser mes questions quand elle aura terminé. Autrement, elle craint de ne pas pouvoir finir. Il n'y aura plus de secrets entre nous. Je vois bien qu'elle est fragile. Nahuel avait raison. Il y a quelque chose de cassé dans son regard, un corps vidé. Sol n'a plus de substance. C'est à cause de moi. Je suis gênée d'avoir forcé sa porte. Je l'écoute, opine. Je ferai ce qu'elle voudra.

Sol demande à Nahuel de fermer un peu les rideaux, la lumière l'aveugle. Dimitri recule sa chaise pour nous laisser seules, elle et moi, l'une face à l'autre. Sol se racle la gorge et se lance, le regard de biais, comme si elle décrivait une scène à côté de nous.

— C'était il y a plus de quarante ans. J'ai l'impression que mille vies se sont écoulées depuis, et à la fois, c'était hier… J'oublie d'acheter du pain, les anniversaires de mes collègues, mais les détails de cette histoire sont gravés en moi à jamais. Enfant, je n'aurais jamais cru vivre de tels drames. J'étais fascinée par la littérature, je n'avais pas compris la souffrance d'être un personnage de roman. Je n'ai pas réussi à parler avant. Peut-être parce que je ne voulais pas admettre la vérité. Parce que la tragédie de notre séparation m'était insupportable. Mais aujourd'hui tu es là… Tu es là.

Sol ose un timide sourire. Comme si se réjouir enfin risquait de faire encore disparaître « sa fille ».

— J'étais très jeune lorsque j'ai rencontré Jorge Lederer, ton père.

Elle précise qu'elle devait avoir dix-sept ans, dix-huit ans peut-être, qu'elle était très naïve. Elle n'était pas du même milieu que lui, elle venait de la ville. Elle avait toujours vécu au cœur des avenues et du ciment. Jorge arrivait de la campagne, un petit village à quelques kilomètres de Buenos Aires, Villa Maria. Ses parents y étaient agriculteurs. Pauvres, bien sûr, et peu instruits. Sol était passionnée de littérature, elle voulait enseigner dans un collège, un lycée peut-être. Elle n'avait rien en commun avec cet homme, mais il y avait quelque chose chez lui qui la troublait. Comme s'il éveillait une part d'elle qu'elle ignorait.

Sol sourit. La timidité d'une jeune fille devant son premier amour. Les émotions semblent encore si vives en elle.

— Aux côtés de Jorge, je me sentais libre, puissante aussi quelquefois.

Elle ajoute que Jorge nourrissait une grande ambition. Il voulait devenir riche. Pour lui, seul l'argent garantissait la liberté. Ses parents avaient été soumis toute leur vie, hors de question qu'il se fasse piétiner à son tour. Lui, on le respecterait.

— En réalité, plutôt que de me faire peur, ces phrases m'attendrissaient. Jorge avait des caprices de rêveur, comme ces ados aux cheveux longs et T-shirt informes des lycées. Renverser la table pour se faire une place au soleil.

Sol sourit, le regard las, avant de reprendre, la voix plus faible.

— Il était prêt à tout pour sortir de sa misère, quand moi, je voulais faire avec le monde tel qu'il était. Ses joies et ses limites.

Un bruit me ramène à la réalité. Les champs de Villa Maria disparaissent de mon esprit. C'est mon téléphone qui vibre. J'ai reçu un appel. Je ne peux pas interrompre Sol. Aussi discrètement que possible, je regarde l'écran de mon portable : Aurélie. Elle doit s'inquiéter. Je lui ai dit que j'allais rencontrer ma vraie mère. Ma sœur s'impatiente, comme toujours. Depuis qu'elle m'a conseillé de venir ici, quelque chose a changé. Ne plus être de la même famille nous a donné envie de nous rapprocher. Elle m'a aidée à préparer ce voyage, nous nous parlons gentiment. Nous ne sommes plus en compétition. Elle sera la première personne que j'appellerai en sortant. En attendant, je cache mon téléphone sous la table, actionne le mode silencieux. Sol ne s'est rendu compte de rien. Elle continue, décrit l'Argentine de cette époque, les espoirs de la jeunesse. Puis elle s'interrompt, soupire, jette un coup d'œil inquiet à Nahuel.

— Qu'est-ce qu'il y a, maman ? murmure-t-il.

Sol esquisse un sourire désabusé avant de reprendre.

— Un soir, Jorge a voulu me présenter son frère.

Elle rougit. Je comprends avec un temps de retard qu'il s'agit de mon père. Enfin celui que je croyais être mon père. Elle prononce son nom, Thiago. C'est si étrange de l'entendre dans la bouche de cette femme que je ne connaissais pas trente minutes plus tôt… Je sens que je pourrais essayer de fuir encore. Mes questions sont prêtes à me jouer des tours. Mes parents ont-ils essayé de m'avouer la vérité ? Pourquoi ne l'ont-ils pas fait ? Sol leur en veut-elle encore ? Mais celle-ci me rattrape au vol.

Elle me décrit Thiago, sa façon de se tenir, de placer sa voix, d'écouter surtout.

— Nous étions nés la même année tous les deux, à quelques jours d'intervalle. Des presque jumeaux, ça nous avait fait rire.

Elle est à bout de souffle, comme si fouiller le passé lui demandait un effort effroyable.

— Thiago faisait ses études d'infirmier à Buenos Aires. Je me souviens d'avoir été très étonnée que deux frères puissent être si différents. Quand Jorge était un orateur-né, à la limite de la prétention, Thiago préférait les silences. Les blancs dans les conversations ne le gênaient pas. Au contraire, il semblait s'épanouir dans ces respirations. Il regardait Jorge avec tendresse.

J'ai du mal à accepter que Thiago ait pu être cet homme si différent de celui que j'ai connu... Sol marque un temps encore.

— À la fin du dîner ce soir-là, je savais que les problèmes seraient inévitables. J'ai tout de suite aimé Thiago, s'excuse-t-elle presque.

Nahuel se lève brusquement de son tabouret pour gagner le canapé. Je comprends qu'il s'est effacé du champ de vision de sa mère. Quand il se rend compte qu'il nous a interrompues, il demande pardon, nerveux, et nous invite à poursuivre d'un geste vif de la main.

Sol avait senti que son attirance pour Thiago était réciproque. Une attirance comme on en connaît peu dans la vie. Jorge n'avait rien vu. À plusieurs reprises, de retour à la maison, il avait évoqué Paula, la fiancée de son frère, si empotée. Il s'était moqué de son cadet aussi qui n'avait connu qu'une seule femme, sa voisine et camarade depuis l'enfance !

— J'étais au courant, mais je m'en fichais. Un coup de foudre, quand ça arrive, on ne peut pas faire semblant..., justifie Sol.

Mon téléphone vibre. Je jette un coup d'œil. Aurélie encore. Cette fois, elle m'a envoyé un SMS : *Rappelle-moi, s'il te plaît. Vite. Rien à voir avec Lisa. Je t'embrasse.* Je ne comprends pas qu'elle s'impatiente autant. Elle doit craindre que je l'abandonne... Aurélie, calme-toi, je reviens bientôt. Je me répète cette phrase en espérant qu'à l'autre bout de la terre elle m'entend et s'apaise.

— Des années durant, Thiago et moi avons lutté contre nos sentiments, sans même nous les avouer. Ces choses-là ne s'expliquent pas. Le frisson, l'envie de se voir, de se toucher, les sourires discrets… Nous avons laissé s'épanouir une amitié ambiguë, qui bien sûr ne nous satisfaisait ni l'un ni l'autre. Mais c'était comme ça. Nous avions des engagements.

Sol insiste sur l'affection et le sens du devoir de Thiago vis-à-vis de Paula, évoque sa propre incapacité à tromper Jorge, celui qu'elle avait initialement choisi…

Quelques mois après avoir rencontré Sol, Thiago avait épousé Paula comme il le lui avait promis. Une petite fête sans prétention. La famille, quelques amis, réunis dans le jardin de la ferme familiale. Paula, toute à sa joie, semblait ne pas y croire. Thiago remerciait les invités, le visage fermé.

— J'avais deviné qu'il n'était pas heureux avec elle, commente Sol. Mais que dire ? S'il faisait semblant alors il fallait le suivre.

Sol s'était promis d'être la parfaite belle-sœur. Rien de plus.

Ensuite, la vie avait repris son cours. Les études, les projets, les rêves… Souvent ils sortaient à quatre, elle et Jorge, Thiago et Paula. Paula la dévisageait, désespérée.

— À cette époque, précise Sol, j'étais plutôt jolie…

Sol avait ressenti le malaise de Paula et, comme une maîtresse prise en faute, elle essayait de rassurer l'épouse légitime en la flattant. Une fois, Sol l'avait interrogée sur son travail, espérant la mettre en valeur, persuadée que pour être l'épouse de Thiago, Paula devait être quelqu'un d'instruit. Paula travaillait dans une usine de conserves, ne lisait ni livres ni journaux. Elle avait foudroyé Sol du regard. Encore une humiliation.

Plus tard, Thiago avait raconté à Sol que Paula était rentrée en pleurs chez eux, persuadée qu'il la trompait avec « cette intello qui se croyait supérieure ». Désemparée, elle lui avait fait jurer de ne jamais la quitter, surtout pas pour Sol. Paula avait toujours craint de se retrouver seule, et cette peur s'était accrue au fil des mois. En réalité, un mal bien plus profond la détruisait : l'enfant tant désiré ne venait pas...

— Je n'ai su tout cela que plus tard. Sur le moment, je pensais que Paula me jalousait simplement parce que j'étudiais et elle non...

Sol se tait. Elle boit quelques gorgées et m'observe, cherchant sûrement les traces d'un malaise sur mon visage. Je tente de la rassurer.

— Ça va, ne vous inquiétez pas.

Elle propose de l'eau à Dimitri qui refuse, et s'empare alors de la bouteille, la vidant d'une traite.

— En fait, je n'avais pas idée de ce que Paula endurait ni de ce qu'elle s'imposait pour avoir un enfant...

Ma mère, des difficultés pour tomber enceinte. Je n'en reviens pas.

— Sa stérilité la rendait littéralement malade, dans son corps mais surtout dans sa tête.

Selon Thiago, Paula alternait des phases de dépression qui la laissaient dans un désarroi total avec des périodes de colère sans limites, durant lesquelles il constituait sa première cible. Mais il ne lui en voulait pas. Il avait confiance en l'avenir. Et puis peu lui importait d'avoir un enfant, en tout cas à cette époque. Il ne savait plus comment rassurer sa femme, et à la fois, il se lassait que leurs conversations ne tournent qu'autour de ça.

Les médecins n'avaient aucune solution. Paula essayait tous les remèdes de grand-mère, se frappait les cuisses avec des plantes miracles, allumait des bougies sur des coquilles d'œufs réduites en poudre, se rendait à l'église chaque jour… Une obsession morbide. Elle insultait les femmes enceintes qu'elle croisait dans la rue, refusait de voir ses amies qui avaient des bébés. Elle se sentait inutile, un ventre vide, un corps maudit. Faire l'amour était devenu une corvée, un acte calculé qui s'avérait toujours décevant. Thiago réitérait sa promesse : il ne la quitterait jamais, l'aimerait avec ou sans enfants. Il avait promis, pour la vie, pour le meilleur et pour le pire. Mais Paula sombrait.

Puis Jorge s'était engagé dans l'armée, quelques années avant le renversement militaire.

— J'avais aussitôt eu une mauvaise intuition, se justifie Sol. Pour moi, l'armée est toujours associée à la guerre, plus qu'à la paix… Mais Jorge m'avait convaincue. Pour lui, c'était une occasion unique de s'élever dans la société.

En réalité c'était surtout une façon d'exercer un pouvoir. Sol nous explique que commander était la seule façon pour Jorge de se révéler. Donner des ordres, un but ultime… Un schéma banal finalement. Se cacher derrière l'uniforme, la protection d'un ordre établi, plutôt que de tracer sa propre voie, envers et contre tous. Pour Jorge, l'armée représentait la chance de sa vie. Une chance qu'il avait saisie en connaissance de cause. Il s'était investi comme jamais. En peu de temps, il avait changé. De plus en plus autoritaire, inflexible. Il ne riait plus, évitait ses anciennes fréquentations, « ces lâches qui ne soutenaient pas les mêmes valeurs que lui », sans expliquer ce que cela signifiait.

— Et bien sûr, il a fini par s'en prendre à moi…, raconte Sol. Il y avait trop de violence en lui. Une colère infinie, dont je n'ai jamais vraiment compris la source. Au début, c'étaient de simples bousculades. Il me poussait contre un mur, par terre, quand il s'énervait. Je me relevais, lui rendais la pareille. Mais les bousculades sont devenues des coups. De plus en plus forts, de plus en plus traîtres. Un bleu qu'on cache, un autre qu'on justifie par un mensonge… On ne veut pas y croire…

Elle essuie son front avec un Kleenex que Nahuel lui tend. Cette histoire la dessèche. Dimitri se lève, marche doucement vers la fenêtre pour ouvrir. Une légère brise parcourt la pièce. Nous parviennent aussi les bruits du dehors, la petite fille qui joue toujours. Sol me sourit timidement, comme si elle s'excusait auprès de moi d'avoir vécu ce calvaire.

— Je me disais : « Ce n'est pas possible, ça, ce n'est pas ma vie ! » Le plus dur, c'est d'admettre qu'on en est là, tu comprends ?

Elle décrit la honte. Elle était considérée comme une intellectuelle, une personne qui voit clair dans le jeu de chacun, dans ce qu'est la nature humaine, quelqu'un d'élevé dans la société, qui ne devrait jamais se retrouver confronté à ce genre de situation… La certitude d'être coupable de ce qui lui arrivait décuplait sa souffrance. Ce sentiment d'infériorité l'empêchait d'en parler à quiconque.

Toujours la même histoire. J'ai envie de la rassurer. J'en ai tant vu passer dans ma carrière d'avocate. Chaque fois, je me demandais comment ces femmes avaient pu attendre si longtemps avant de réagir. Comment avaient-elles pu rester chez elles, préparer le dîner, repasser les chemises de leur bourreau ? L'aimer même ? Parce que, souvent, il y a encore de l'amour, pour un temps du moins. Au cœur de cette anesthésie, il y a l'incapacité à reconnaître sa propre faiblesse, à accepter de s'être tant trompée car l'autre n'est responsable que de ses actes, pas de notre stupidité à les tolérer, pense-t-on…

— Un jour, il m'a frappée au mauvais endroit, en plein dans les côtes. J'avais très mal. Il m'a accusée d'en rajouter pour le faire culpabiliser et il est parti à la base. J'avais du mal à respirer, j'ai eu peur de mourir. C'est stupide, je sais, mais tout se mélangeait. Je n'ai pas réfléchi, je suis allée voir Thiago à l'hôpital. Il était la seule personne en qui j'avais confiance. La seule aussi auprès de qui j'avais envie d'être. Il s'est occupé de moi.

Sol passe sa main sur son torse, comme si la blessure était toujours là.

— J'avais deux côtes fêlées, reprend-elle. Quand il m'a vue, Thiago a voulu s'en prendre à son frère. Ses joues ont viré au rouge, ses yeux étaient injectés de sang. Malgré tout le bien que provoquait en moi cette réaction, je l'ai convaincu de ne rien tenter. Ça n'aurait fait qu'empirer les choses… Ce qui me soulageait, c'était de savoir qu'il était là en cas de besoin. Puis il a ouvert ma chemise, a recouvert ma peau meurtrie d'argile et m'a embrassée. Ce baiser comblait tant de frustration et d'espoir vain. Un baiser qui jamais ne devait se reproduire. Après, il ne faudrait plus se voir, mais ce jour-là fut une parenthèse bénie.

J'ai du mal à imaginer mon père capable d'une telle passion. Enfin Thiago. Ce n'est pas l'homme que j'ai connu. Mesuré, distant avec les femmes, avec Paula surtout. Jamais de tendresse, jamais de caresses, de promenades main dans la main. Je n'ai jamais vu mes parents s'embrasser. Je prends conscience que j'imputais à tort ce comportement à une pudeur excessive... Tandis que j'essaie de me souvenir d'indices qui pourraient faire correspondre ce que je sais de mon père avec ce que me raconte Sol, mon portable vibre sur mes cuisses. Aurélie.

So, s'il te plaît, rappelle-moi.

Sol

Samedi 11 novembre 2017, Buenos Aires

C'est plus simple que ce qu'elle s'était imaginé. Les mots, les phrases s'enchaînent comme un texte qu'elle aurait appris par cœur. Abril boit ses paroles. Sol décrit la rencontre avec Jorge, l'amour pour Thiago, la jalousie de Paula. Elle parle comme un automate pour ne pas laisser de place au terrible constat qui se forme dans son esprit : Abril n'est pas sa fille. Abril est Sophie, une inconnue. Elle va terminer son récit, et après ? Sol s'imagine broder un torchon au nom de sa fille, lui acheter un bol qu'elle empilerait au-dessus du sien et de celui de Nahuel. Peut-être passeront-elles un peu de temps ensemble, un Noël ? Mais rien ne remplacera les années volées.

Sol se rend compte, là, devant cette étrangère, qu'elle a aimé une image, l'idée de sa fille, ce que Sophie n'est pas. Elle n'a pas câliné cette petite avant de l'endormir, n'a pas soigné ses angines, apaisé ses peurs. Elle ne l'a pas félicitée pour une bonne note ou un spectacle de danse, ne l'a pas grondée pour être rentrée en retard à la maison. Cette femme, elle en est la mère, mais aujourd'hui, elle sait qu'elle ne sera jamais sa maman.

Elle retient ses larmes. Des années à attendre ce moment et la voilà incapable d'ouvrir son cœur, battue par la réalité.

Elle ne doit pas se laisser aller. Raconter. Tout dire, penser après, quand tout le monde sera parti et qu'on se promettra de s'écrire, de s'appeler peut-être, sans le faire jamais.

Nahuel

Samedi 11 novembre 2017, Buenos Aires

Elles sont assises l'une en face de l'autre. Nahuel oscille entre joie et angoisse. Jamais il n'aurait pensé assister à cette scène un jour. Il se croyait condamné à errer, sa mère accrochée à lui. Rien ne pouvait combler le manque d'Abril. Que faisait-elle ? Avait-elle des doutes sur son identité ? Ses parents lui avaient-ils raconté la vérité ? Les questions restaient en suspens. Seuls demeuraient le vide et les remords. Mais aujourd'hui, la vie bouscule ses habitudes. Sa mère et sa sœur se parlent enfin. Invraisemblable. Elles se ressemblent. Même silhouette, mêmes jambes longues et fines, mêmes cheveux, un grain de voix similaire.

Nahuel essaie de décrypter les attitudes. Sol croise les jambes. Elle parle vite, trop peut-être, comme si Sophie risquait de partir avant la fin. Sophie se tient droite. On la croirait adossée à un mur. Elle se donne une contenance, mais son regard perdu la trahit. Son monde s'effondre, son corps refuse de l'admettre encore.

Nahuel songe à toutes ces nuits où il s'est réveillé en sueur. Le même cauchemar en tête. L'image du cadavre de Lisa entre ses mains. Que lui avait-il pris ce jour-là ? La petite en avait-elle gardé des séquelles ? Était-il responsable du divorce de sa sœur ? Jamais il ne se le pardonnerait. Le malheur n'excuse pas tout… Mme Alvarez lui avait pourtant répété que se lamenter ne servait à rien. Il faut faire avec, accepter celui qu'on a été, admettre de toucher le fond pour se reconstruire. « Nahuel, tu dois affronter le vide de l'existence, le chaos des questions sans réponses, la vanité de nos actions. Dans quelques années, toi et moi n'existerons plus. Relativise ton importance et fais de ton mieux. » Cette phrase s'était à jamais gravée dans sa tête. La vanité de nos actions… C'est exactement l'impression que lui laisse le récit de sa mère. Une série de catastrophes, de frustrations, d'incompréhensions, pourtant ce ne sont que des mots. « Seul existe notre présent », insistait son ancien professeur. Il en a la preuve déchirante. Le récit ne transmet ni la peur ni les cicatrices. Le passé a disparu, seules demeurent ces phrases, transmises d'une étrangère à une autre.

Plus il y réfléchit, plus il se demande si Sophie n'écoute pas Sol comme on assiste à une pièce de théâtre. Qu'en restera-t-il ? Il s'imagine les heures qui vont suivre son départ. Sol délivrée de ses secrets. Mais Sol orpheline de ses secrets. À quoi se raccrochera-t-elle ensuite ? Et quel avenir pour elle ? Tourner autour d'un téléphone qui ne sonnera que trop rarement ? Se réjouir de miettes, un voyage de temps en temps, une lettre… L'ennui retrouvera sa place, lesté de désillusion. Et lui, Nahuel, sera seul à payer.

Sa sœur retournera à sa vie tranquille, retrouvera sa fille, baisera probablement avec ce Dimitri qui se plie en quatre pour elle, et il sera encore le dindon de la farce. Celui que la voisine appellera en pleine nuit quand sa vieille alcoolique de mère fera des siennes, celui qui nettoiera l'appartement et fera semblant que tout est normal.

Pourquoi Sol avait-elle toujours refusé de lui raconter sa vie ? Pourquoi les mots lui viennent-ils si facilement pour Sophie qu'elle ne connaît pas ? Nahuel peine à se calmer. Il aimerait être au-dessus de tout ça, se réjouir d'enfin tout savoir, mais l'enfant en lui se rebelle, crie son sentiment d'injustice, son trop-plein de mal-être. Oui, il en a assez.

Sophie jette de furtifs regards à son téléphone, caché sur ses genoux, sous la table. Pense-t-elle vraiment que personne ne s'en rend compte ? Sol fait comme si de rien, mais elle se crispe chaque fois que Sophie baisse la tête. Il en a la conviction, ils sont tous amorphes. La vérité leur a explosé au visage. Les minutes défilent, comme l'arbitre décompte le temps que le boxeur passe à terre. Se relever ou pas ? Et après ?

Sol

Samedi 11 novembre 2017, Buenos Aires

Sol les plonge bientôt dans ces jours maudits où la vie des Argentins a basculé, quand la junte a pris le pouvoir. Les chars, les uniformes dans les rues, les cris, toujours suivis d'un silence de mort, et la peur. Peur de parler, de se plaindre, même auprès de ceux que l'on connaît depuis toujours. Elle raconte les conséquences du coup d'État pour elle aussi, avec les nouvelles responsabilités que Jorge s'était vu confier. Cette phrase qu'il répétait : « Éliminer les subversifs, les faire payer. » Il ne racontait jamais comment il s'y prenait, mais dans le quartier, des rumeurs couraient à son sujet. Très vite, il commença à ordonner des arrestations parmi leurs voisins. Sol avait peur de lui et peur de le quitter, qu'il la fasse arrêter elle aussi.

— C'est à ce moment-là que je me suis aperçue que j'étais enceinte, souffle-t-elle.

Soudain, Nahuel bondit du canapé et court aux toilettes. Abril part le rejoindre. Des bruits de vomissements parviennent jusqu'au salon. Dimitri se lève à son tour. Sol le suit. Ils découvrent Nahuel, appuyé sur la lunette, pâle comme de la craie, et Abril qui arrose son visage d'eau fraîche sans commentaire. Comme s'ils avaient grandi ensemble et que s'entraider leur était naturel.

— Il lui faudrait quelque chose de sucré, dit-elle.

Dimitri fonce à la cuisine. Sol se retrouve seule, avec ses deux enfants. Elle ne sait comment réagir.

— Qu'est-ce que j'ai dit ? hésite-t-elle. Qu'est-ce que j'ai fait ?

Sol se sent coupable. Nahuel se redresse.

— Rien, lâche-t-il. On y retourne.

Il tire la chasse. Abril l'accompagne, une main sur son épaule.

Cette fois, tout le monde s'assoit autour de la table. Nahuel et Abril côte à côte, comme s'ils faisaient front face à Sol. Elle se sent perdue, jugée.

— Je... Je ne sais plus où j'en étais...

— Tu venais de découvrir que tu attendais Sophie, maman, siffle Nahuel.

Sol tente un sourire pour calmer l'agressivité de son fils.

— Ah oui, pardon... Au début, j'étais complètement paniquée, et puis j'ai essayé de voir les choses autrement.

Sol ne supportait plus Jorge mais elle voulait tenir bon pour son enfant. Ce petit pouvait représenter une nouvelle chance pour son couple. Face au sourire d'un bambin, Jorge se radoucirait... Au final, ce ne fut pas le cas, malheureusement. Jorge imaginait son fils, déterminait les grands principes qu'il voulait lui transmettre, les règles strictes qui régneraient dans la maison pour parfaire son éducation. L'héritier n'aurait pas droit à l'erreur. Sol déchantait.

Quelques semaines plus tard, Jorge avait fait arrêter un ami d'enfance auquel Sol tenait beaucoup. Jorge et elle l'avaient croisé alors qu'ils se promenaient. En quelques phrases, Jorge avait compris que cet inconnu ne soutenait pas la junte, ça lui avait suffi. Il avait fait son coup en douce.

— Ça a été le déclic. J'en ai été si écœurée qu'il a fallu que je me venge. Je me suis mise à aider les subversifs. Je fouillais dans les papiers de Jorge quand il dormait, je le suivais pour découvrir qui étaient ses nouvelles cibles, et je les prévenais pour qu'ils fuient. Jorge en était fou. Il suspectait un type de son régiment, il était loin de se douter que la taupe vivait sous son toit…

Était-ce l'inquiétude ? Sol avait fait un malaise et avait perdu un peu de sang. Affolée, en dépit du pacte qu'ils avaient conclu lors de leur dernière rencontre, elle s'était rendue à la clinique pour consulter Thiago. Elle lui avait tout avoué, les actes de Jorge et sa revanche à elle. À son tour, Thiago s'était effondré. Il avait admis que son frère était devenu un étranger pour lui. Pire en fait, un ennemi. Puis il s'était confié, lui aussi.

Quelques mois plus tôt, Paula, habitée par une colère noire contre sa vie dénuée de sens, contre Dieu qui la privait d'enfant, avait voulu en finir, Thiago ne savait plus comment la raisonner. Pourtant, un soir, elle était rentrée le sourire aux lèvres, clamant qu'elle avait trouvé un nouvel objectif. Elle allait combattre le régime, devenir une subversive. Puisqu'elle n'avait pas d'attache, elle serait une parfaite révolutionnaire, une résistante que rien n'arrêterait. Thiago avait essayé de lui faire abandonner cette ambition qui ne lui correspondait en rien, en vain. Les parents de Paula avaient eux aussi tenté de calmer leur fille, lui opposant des dizaines d'arguments, en premier lieu le fait qu'elle perdrait probablement son mari dans cette vie fort peu convenable. Puis ils avaient lancé des mots si blessants que Paula avait fini par les rayer de son existence. Elle se rendait à des réunions secrètes, servait de relais aux rebelles qui cherchaient à quitter le pays, récoltait les preuves des maltraitances des soldats sur les prisonniers. Elle revivait, obsédée par cette cause. Enfin, elle était quelqu'un.

Mais Jorge l'avait su. Il avait averti Thiago qu'il était au courant des activités « indésirables » de son épouse, et depuis, il lui faisait un chantage ignoble : si Thiago ne couvrait pas Jorge à l'hôpital, Paula irait en prison. À lui de soigner les torturés, de falsifier les certificats de décès et, surtout, les certificats de naissance… Jorge avait besoin d'un personnel médical dévoué. Au début de la dictature, et pendant longtemps, les vols d'enfants devaient rester secrets et les complices volontaires étaient rares. Les activités illégales de Paula étaient donc devenues une aubaine.

Trois fois déjà, Jorge avait promis des enfants de « subversifs » à des supérieurs. Il espérait ainsi monter en grade. En temps voulu, Thiago devrait inscrire le nom des parents « d'adoption » sur les papiers de l'hôpital. Un moment d'horreur où il lui faudrait affronter le regard de ces femmes encore en salle de travail, si jeunes, qu'on avait enfermées, torturées, dont on volait l'enfant et que Jorge enverrait sûrement à la mort quelques jours plus tard, les balançant avec des dizaines d'autres prisonniers d'un avion au-dessus de l'océan. La junte ne faisait pas vraiment de morts… Juste des disparus. Sol était désolée pour lui. Thiago était un homme bon. Son frère allait faire de lui quelqu'un qui se haïrait pour le restant de sa vie.

Sol et Thiago se révélaient des choses terribles, et pourtant, l'instant était doux. Il l'avait examinée, elle n'avait rien, juste besoin de repos. Elle s'était lovée dans ses bras, il s'était amusé des petits coups de pied de l'enfant qui formaient des vagues à la surface de son ventre. Ils auraient voulu que ce moment ne cesse jamais, mais il avait fallu partir. Chacun était retourné à sa vie, frustré de ne pas pouvoir rester auprès de l'autre, las du quotidien misérable, et sans espoir de changement.

Un jour, Jorge avait découvert la trahison de Sol, son rôle auprès des subversifs.

— Aujourd'hui encore, j'ignore comment.

Sol penche pour une dénonciation. Une pratique courante chez ceux qui voulaient sauver leur peau quand l'armée leur mettait la main dessus…

— J'étais enceinte de huit mois. Il est rentré du travail dans un état de rage qui dépassait tout ce que j'avais pu imaginer.

Il avait tout cassé chez eux, l'avait traînée par les cheveux jusqu'à la salle de bains où il lui avait fait boire l'eau des toilettes. Elle n'était qu'un rat, de la vermine, elle méritait qu'on la traite comme tels. Si elle n'avait pas porté son enfant, il l'aurait tuée sur-le-champ. Il l'avait enfermée dans la cuisine, les mains liées par une ficelle. Elle devrait y rester jusqu'à l'accouchement, dormir sur le carrelage, manger à même le sol. Pour ses besoins, sa toilette, elle n'aurait qu'à se débrouiller. Dès le lendemain, il enverrait des soldats monter la garde pour qu'elle comprenne la gravité de ce qu'elle avait fait. Ensuite, il se débarrasserait d'elle. Elle allait comprendre ce qu'il en coûtait de trahir Jorge Lederer.

Sol n'avait plus le choix. Il fallait fuir tout de suite. Attendre l'arrivée des militaires signerait son arrêt de mort. Jorge avait emporté les couteaux et tous les ustensiles de cuisine avec lui. Elle avait dû frotter la ficelle sur l'angle de la table jusqu'à ce qu'elle soit suffisamment fine pour qu'un coup sec la rompe, le tout sans faire de bruit. À intervalles réguliers, Jorge venait lui donner quelques coups de pied. Pour Sol, aucune importance, elle était prête. Elle avait attendu longtemps, blottie derrière la porte, que Jorge baisse la garde pour aller se coucher.

Vers 4 heures du matin, elle l'avait entendu ronfler. Elle avait ouvert les placards. Un réflexe. Elle avait besoin d'emporter quelque chose qui lui appartenait avant de quitter cette vie. Elle avait glissé une boîte de haricots dans son vieux sac à commissions. C'était stupide, mais elle s'en était sentie soulagée. À côté de l'évier traînait son magnétophone. Elle aimait cuisiner en musique. Son père le lui avait offert des années auparavant. Elle s'en était saisie comme d'un trésor.

Elle avait ouvert la petite fenêtre. Ils habitaient au deuxième étage. Impossible de sauter. Sur la droite, à un peu plus d'un mètre, il y avait une gouttière. Il faudrait l'attraper et se laisser glisser. Non, elle n'avait pas peur, pas le vertige non plus, se répétait-elle sans trop y croire. Elle avait essayé de se convaincre que l'opération serait simple, pourtant, dès la première étape, son corps l'avait ramenée à la réalité. Son ventre coinçait. Elle était trop grosse ou la fenêtre trop petite. Elle étouffait, à moitié penchée au-dessus du vide. Elle avait supplié le bébé de se faire minuscule, lui avait dit qu'elle en était là pour lui aussi. Elle avait appuyé sur son ventre. Une douleur à en crever. Mais elle avait fini par passer.

Elle avait manqué de tomber en tentant de s'agripper à la gouttière. Elle tenait son sac à commissions entre ses dents et le serrait de toutes ses forces pour ne pas crier. Ses pieds avaient balayé la façade en plâtre de l'immeuble, jusqu'à ce qu'elle sente une fine crevasse. Sol y prit appui et y trouva l'élan pour se hisser jusqu'à la gouttière. Le tuyau fragile tremblait entre ses mains. Elle priait le ciel pour qu'il ne plie pas. Enfin, elle était arrivée sur la terre ferme, avait fait quelques pas et avait été forcée de s'arrêter.

Une flaque à ses pieds, le ventre pris dans un étau qui se resserrait. Elle avait perdu les eaux, le travail commençait… Un cauchemar. Elle pensa aussitôt à Thiago, il était le seul à pouvoir l'aider. Campo de Mayo était à trente minutes à pied. Plusieurs fois en chemin, elle avait eu envie d'abandonner, de se laisser mourir sur un trottoir. La douleur était insoutenable et le chemin à parcourir trop long.

Il lui avait fallu le double de temps qu'à l'accoutumée pour apercevoir les néons blancs et rouges du hall d'entrée de la clinique. Elle était entrée dans une cabine téléphonique située à l'extérieur et avait contacté l'accueil. Elle avait demandé à parler à Thiago. Malheureusement, il ne travaillait pas ce soir-là. Alors elle avait enfreint sa promesse et téléphoné chez lui. Paula décrocha. Sol expliqua la situation. Ses phrases étaient entrecoupées de cris de douleur. Il fallait faire vite, le bébé poussait.

Thiago et Paula étaient arrivés peu après. Personne ne devait voir Sol. À coup sûr, elle serait recherchée dès le petit matin, quand Jorge se réveillerait… Si ce n'était pas déjà le cas ! Thiago avait emprunté un fauteuil roulant, l'y avait installée et conduite dans un bloc inutilisé. Paula devait faire le guet et Sol se taire. Un accouchement sans calmant et sans bruit. Pas le choix. Ils ne devaient laisser aucune trace. Thiago avait tenu sa main tout du long. Puis le bébé s'était montré. Une petite fille, que Thiago avait déposée sur le ventre de Sol.

Il avait demandé à Paula d'aller chercher la voiture et d'attendre devant l'hôpital. Il ne tarderait pas à arriver avec Sol et l'enfant. Ils avaient tout prévu. Des amis de Paula engagés dans la résistance à la junte les accueilleraient tous les quatre, jusqu'à ce qu'une solution soit trouvée. Thiago était retourné auprès de Sol, avait rempli l'acte de naissance : Abril Lederer, fille de Soledad Romero Lederer et de Jorge Lederer, née le 8 mars 1979. Pas le temps de se reposer, ils avaient rejoint Paula à l'extérieur.

Dans un couloir en chemin, Thiago avait croisé des collègues. Un militaire et un médecin. Tous deux connaissaient bien Jorge. Et même s'ils n'avaient jamais vu Sol auparavant, tôt ou tard, le puzzle se reconstituerait. Jorge mènerait son enquête et il trouverait les coupables.

— On est foutus, c'est ça ? demanda Sol, qui avait perçu la crispation de Thiago.

— Non, pas encore. On a quelques jours avant qu'ils fassent le rapprochement, répondit-il. Demain, j'irai au travail, comme si de rien n'était, et on verra.

Une fois chez les amis de Paula, la pression avait laissé place à une immense fatigue et une peur si palpable qu'elle semblait concrète. Une véritable boule située entre le cœur et le ventre de Sol. Le bébé devait le sentir. Abril ne cessait de pleurer, des hurlements déchirants. Elle ne voulait ni téter ni dormir. Les voisins finiraient par se plaindre et il faudrait fuir à nouveau... Mais pour aller où ? Sol avait alors eu une idée, elle avait sorti son magnétophone et l'avait enclenché. À l'intérieur, elle avait laissé la cassette d'une chanson qu'elle aimait bien, *Porque te vas*. L'effet fut immédiat. La petite se calma. Chaque fois qu'elle s'agitait, il suffisait d'allumer l'appareil pour qu'elle s'apaise.

Sol venait d'accoucher, elle devait se reposer, alors Paula la secondait. Le spectacle de Paula berçant Abril, lui fredonnant des berceuses, l'embrassant dans le cou, sur les joues, lui parlant comme à la plus belle des merveilles, remplissait Sol de joie. Abril recevait de l'amour. Sol se rendait compte à quel point la blessure de Paula de ne pas être mère était encore à vif. Tous les combats qu'elle avait menés n'avaient pu combler ce manque. Lorsque Abril était dans ses bras, son visage s'apaisait. Même sa voix se faisait plus douce. C'était beau.

Très vite, il fallut décider de la suite. Comme tous s'en étaient doutés, Jorge avait lancé ses hommes aux trousses de sa femme. Encore quelques heures et Thiago et Paula s'ajouteraient à la liste. Impossible de rester à Buenos Aires, ni même en Argentine. Ils devaient partir tous les quatre loin de ce pays de fous. Les amis de Paula se chargèrent des passeports. Ils avaient un réseau très bien rodé. Ils changèrent leur nom de famille pour Perez et Rodriguez, parmi les plus répandus, espérant ainsi se fondre dans la masse. Thiago parvint à récupérer quelques économies. Le départ était fixé deux jours plus tard. En voiture jusqu'en Uruguay, puis le bateau jusqu'en Espagne et ensuite, on verrait bien. Pourquoi pas la France ?

En arrivant à la frontière, le petit groupe aperçut l'armada de militaires postés à la frontière.

— J'avais peur, mais je te serrais fort dans mes bras à l'arrière de la voiture. Je me disais que nous y arriverions, ce n'était que justice… Devant nous, les gardes contrôlaient chaque véhicule, vérifiaient les papiers… Mais j'avais l'impression qu'ils tuaient le temps plus qu'ils ne s'impliquaient dans cette tâche ingrate. Nous étions loin dans la file, dix autos peut-être attendaient devant nous. Je me répétais que, si on gardait notre calme, tout irait bien. Puis ce fut le tour d'une voiture verte. Je me souviens d'une valise sur son toit. À la vue du passeport du conducteur, le garde-frontière s'était raidi. Il avait appelé ses collègues. Ils avaient discuté une quinzaine de minutes, la main sur le revolver à la ceinture. C'était interminable. Une chaleur terrible nous écrasait et tu pleurais beaucoup. Paula et Thiago ne soufflaient mot. Soudain, un des militaires avait saisi l'homme par le col et l'avait tiré hors de la voiture. Les autres l'avaient rejoint et, ensemble, ils l'avaient battu. Sa femme était sortie en hurlant, son bébé encore au sein, les suppliant d'arrêter. Ils l'avaient giflée, elle s'était écroulée sur le sol, le bébé à côté. Je me suis mise à paniquer. J'étais recherchée par Jorge Lederer, ils avaient sûrement ma photo, des ordres clairs… S'ils me démasquaient, ils nous tueraient tous, ou pire. Quatre policiers sont arrivés, gyrophares tonitruants, et ont embarqué la petite famille. J'étais terrifiée… À ce moment-là, je me suis effondrée. Thiago m'a demandé de me ressaisir. Son ton sec traduisait son désarroi. Nous allions être arrêtés à notre tour, c'était évident. Je pris conscience aussi que, si je disparaissais, Jorge s'en prendrait à ma mère, à mes amis… Il chercherait à me faire du mal par tous les moyens. J'étais perdue.

Sol fixe Abril, les yeux dans les yeux, mendiant un soutien. Sa fille lui adresse un sourire timide. Peut-elle espérer plus ?

— Petit à petit, une idée s'est frayé un chemin dans mon esprit. J'avais beau lutter contre, elle m'apparaissait comme la seule issue possible.

Sol prend son temps. Elle n'a jamais dit à personne ce qu'elle s'apprête à révéler.

— J'ai demandé à Thiago et Paula de te garder. Je voulais qu'ils t'emmènent loin de ce pays. Loin de moi aussi, puisque j'étais la principale menace.

Sol se met à tousser. Un râle violent.

— Je sentais mon cœur s'effriter, reprend-elle, mais l'image du couple tabassé juste avant me hantait, m'assurant que c'était la bonne décision.

Sol insiste sur le fait que la vie d'Abril était tout ce qui lui importait alors. Qu'elle vive, qu'elle ne soit jamais privée de rien, surtout pas de liberté, qu'elle connaisse la joie, l'amour, la paix… Sol avait promis de les rejoindre vite, le temps de se faire oublier et de mettre les siens à l'abri. Thiago s'offusquait : hors de question qu'ils l'abandonnent. Sol s'était contentée de déposer le bébé dans les bras de Paula, l'avait suppliée d'en prendre soin. Elle avait glissé le magnétophone dans le sac du bébé et avait reculé. Il n'y avait pas d'autre possibilité. Abril devait être en sécurité, le reste n'avait aucune importance. Et ils n'avaient pas le temps d'échafauder un autre plan.

— Paula me promit de veiller sur toi comme une lionne. Elle serait une mère de remplacement le temps qu'il faudrait, irait jusqu'à tuer pour te protéger… Elle avait tant d'amour à donner. Sur le moment, c'était ce que j'avais besoin d'entendre. J'étais rassurée, heureuse presque de savoir que tu allais vivre loin de la terreur. Je ne pouvais pas me douter que ce choix se retournerait contre moi.

Thiago se rangea sur le côté de la petite route bordée de champs, ouvrit le capot et fit mine de réparer le moteur. Sol rampa et disparut derrière un buisson. Là, elle les regarda s'éloigner, attendant que la barrière se lève, des nœuds dans le ventre. Les gardes inspectèrent le coffre, les papiers et, après un temps qui lui parut infini, les laissèrent passer. Abril était sauvée.

Aussitôt, le manque terrible avait commencé. Une amputation. Sol n'avait passé que deux jours avec sa fille, deux petits jours, mais Abril avait déjà pris toute la place, gonflé son cœur de mère pour le vider aussitôt. Plus rien n'avait de sens ni de saveur. Son enfant était devenu son tout et elle n'était plus là.

Peut-être Sol avait-elle manqué de prudence alors, ou peut-être Jorge était-il plus fort, quoi qu'il en soit, il la retrouva vite. Il fit arrêter ceux qui l'avaient aidée dans sa fuite et l'envoya, elle, à l'ESMA, l'École supérieure de mécanique de la marine, un centre clandestin de détention. Elle raconta que l'enfant était mort et s'accrocha de toutes ses forces à cette version, malgré les doutes qu'on lui opposait. Elle ignorait aussi ce qu'il était advenu de Thiago et Paula, elle n'avait jamais été proche d'eux. Tortures morales et physiques, chaque jour était un supplice. Et pour cause, elle était une détenue privilégiée : elle avait trahi Jorge Lederer, fait disparaître son enfant. En réalité, Jorge se fichait d'être père. Bien sûr, Sol était promise à la mort, mais avant, elle devrait comprendre par la souffrance ce qu'il en coûtait de s'être mesurée à son mari. Seule son amie et codétenue Suzanna l'empêchait de sombrer. Elle était enceinte, rappelant à Sol qu'elle devait tenir pour retrouver Abril un jour.

Sol sourit à Nahuel, comme si la suite de son récit lui était adressée.

— Mais j'ai fini par recevoir de l'aide... De façon très inattendue.

Leandro, le sergent qui surveillait sa cellule, s'était pris de pitié pour elle. Il lui parlait, lui apportait un peu de nourriture. Peu à peu, il s'était attaché à elle, jusqu'à en tomber amoureux. Il avait fini par l'aider à s'échapper du camp et l'avait recueillie chez lui. Jamais on ne le soupçonna. Il torturait les prisonnières avec trop de bonne volonté pour pouvoir être considéré comme un traître.

Sol marque une pause. Elle observe ses enfants. Que ressentent-ils ? La détestent-ils ? Lui donnent-ils raison ou tort ? Elle se sent si fébrile. Le temps semble suspendu. Elle cherche au plus profond d'elle-même la force de poursuivre.

— Vous avez été très courageuse, Soledad, l'interrompt Dimitri.

Nahuel et Abril s'étonnent de son intervention.

— Vous avez fait le choix le moins égoïste pour votre fille et vous ne vous êtes pas épargnée, insiste-t-il.

Silence. Personne ne commente. Abril et Nahuel n'acquiescent pas. Mais ils ne le contredisent pas non plus. Sol aimerait serrer Dimitri dans ses bras, mais elle est vidée de ses forces.

— Plus tard, Nahuel est né, finit-elle par reprendre, adressant un léger sourire à son fils. Au début, ça se passait plutôt bien, mais quand la dictature militaire a été renversée, Leandro a commencé à craindre des représailles. Il a fini par s'enfuir je ne sais où… Il nous a abandonnés… C'est la vie.

Sol se redresse, comme si elle avait oublié quelque chose. Elle fixe Sophie. Ces yeux… Incroyable, les mêmes que ceux de Jorge. Un regard noir qui vous transperce. Les cheveux, en revanche, tiennent du côté maternel. Elle reconnaît la bouche qu'elle a vue sur les photos, observe les mains. Les mains de sa fille. Les petits doigts d'Abril qui agrippaient les siens… Cette femme, est-ce vraiment le nourrisson que Sol a serré dans ses bras ? À la fois proches et séparées par un fossé infranchissable, des traits communs mais deux corps qui s'ignorent. Comment est-ce possible ? Sol inspire profondément. Elle voudrait se souvenir de l'odeur de son bébé, la garder en elle à jamais…

— Et qu'avez-vous fait quand Leandro est parti ? l'interrompt Abril.

Elle veut savoir. Elle ne se rend pas compte de ce que Sol traverse.

— La première chose que j'ai faite fut d'écrire à Thiago et Paula.

Trouver leur adresse avait été compliqué, des mois à remuer ciel et terre. Ils n'avaient pas laissé de traces… Mais grâce à de nombreux intermédiaires, elle avait fini par y parvenir.

— Je leur ai demandé comment tu allais, je voulais savoir aussi comment ils avaient réussi à gagner Paris. Il me fallait des détails, combler les blancs. Mais je n'ai pas eu de réponse. J'ai imaginé qu'ils me pensaient morte et croyaient à un piège de Jorge alors j'ai insisté.

Sol décrit cette deuxième lettre à laquelle elle avait cru bon de joindre une photo d'elle avec un journal pour prouver qu'elle était récente, comme on le fait pour les otages. À celle-ci, Paula avait répondu de façon succincte. La « famille » se portait bien. Le périple avait été long, mais à présent, c'était derrière eux, et ils préféraient ne plus y penser pour « regarder vers l'avant ». Cette phrase l'avait sidérée. Ils étaient décidément sur des planètes différentes… Elle devait les faire réagir.

— J'ai repris mon stylo et leur ai raconté les tortures, la rage de Jorge. J'étais une femme détruite et j'attendais du réconfort. Je pensais qu'ils me soutiendraient et me permettraient de te retrouver... Face à eux, j'ai rendu les armes, avoué que je me sentais dépassée, incapable de croire en un avenir heureux. Que j'avais songé plusieurs fois à mettre fin à mes jours. Je ne me sentais plus capable d'enseigner, mais je ne savais pas quel travail pouvait me convenir... Les tortures que j'avais subies m'avaient laissé des douleurs terribles, et des traumatismes qui limitaient ma capacité à me lier aux autres, à me trouver même en leur présence... Bref, je pense que je suis allée trop loin dans cette lettre... Il ne faut jamais avouer sa faiblesse...

— Comment ça ? demande Abril.

— Paula a dû craindre pour ta vie. Elle a dû penser que je n'étais pas en état de m'occuper de toi. Peut-être qu'elle avait raison... Sans compter Jorge, toujours à leur recherche... Alors pour te protéger, elle a décidé du déroulement des choses.

Paula avait édicté des règles strictes. La petite s'appelait Sophie, elle était leur fille avec Thiago et sa date de naissance était celle de leur arrivée en France. Il ne faudrait jamais lui parler ou lui écrire directement.

— Elle m'expliqua qu'une fois établis à Paris, ils avaient fait l'impossible pour me retrouver. Leurs contacts en Argentine avaient presque tous été arrêtés, leur enquête avait duré un temps fou, jusqu'à ce qu'ils découvrent que j'avais été envoyée à l'ESMA et qu'il n'y avait aucune chance que j'en sorte vivante. Alors ils avaient établi leur vérité, me rayant de la carte dans ce qu'ils t'avaient raconté de ta naissance. Difficile ensuite de modifier cette version de l'histoire... Et puis je n'avais aucun avenir à t'offrir, pas de maison, pas de moyens pour venir te voir. De leur côté, Thiago et Paula ne pouvaient revenir en Argentine... Aux yeux de la justice, Thiago avait collaboré avec le régime en facilitant les vols d'enfants. Dans ton intérêt, ils resteraient en Europe. Thiago avait entrepris de devenir avocat pour se consacrer à la justice parmi les hommes, son seul salut désormais. J'étais désespérée, je me sentais au pied d'un nouveau mur. J'ai essayé d'attendrir ta mère. Je lui ai raconté que Leandro était parti, que je devais m'occuper seule de Nahuel, mon autre enfant, sans savoir comment m'y prendre ni si je tiendrais le coup. J'avais appris aussi que Jorge avait promis qu'il se vengerait, que jamais je n'aurais la paix. Je m'inquiétais pour nos vies. Mais pour Paula, il fallait faire un choix. Elle avait promis de te protéger, elle tiendrait parole. Même à mes dépens et quitte à endosser le mauvais rôle. Les règles étaient fixées pour ton bien. Et si je voulais de tes nouvelles, je devais m'y tenir, ce que je fis.

Dès lors, Paula avait écrit régulièrement, elle envoyait des photos, censées rassurer Sol. Puis il y avait eu la naissance d'Aurélie, et le ton avait encore changé, une simple distance, mais Sol s'était sentie dépossédée. Impossible de se plaindre, elle ne voulait pas risquer de rompre un lien déjà fragile... À mille reprises, elle avait hésité à venir récupérer sa fille en France, mais chaque fois, elle y avait renoncé. Et si la petite la rejetait ? Si personne ne la croyait ? Si on l'enfermait avec les fous ?

Un jour pourtant, une lueur d'espoir s'était formée : Thiago l'avait appelée. Elle lui manquait. Sophie lui ressemblait tant… Il comprenait la détresse de Sol, doutait du bien-fondé de la situation pour Sophie. Il promit d'en parler à Paula, d'essayer de la convaincre de dire la vérité à la petite. De toute façon, tôt ou tard, Sophie la découvrirait et ce qu'ils avaient évité de toutes leurs forces leur reviendrait en pleine figure. Mais trois semaines plus tard, Thiago avait rappelé, dépité. Paula avait tranché : il était hors de question qu'on lui « arrache sa fille pour l'envoyer en enfer ».

— Ta mère… Enfin, Paula avait peur que tu t'écroules, peur que Jorge te retrouve. À Paris, loin de la vérité, tu pouvais mener une vie normale… Il ne fallait pas que mon égoïsme l'emporte sur ton bien-être. Pour elle, ton équilibre passait avant tout.

Paula avait alors trouvé une solution : un mensonge pour renforcer le premier. Des années plus tôt, elle avait déjà balisé le terrain : ils viendraient d'Espagne. Ils seraient arrivés en France après un drame qui aurait effacé toute trace de leur vie passée. Restait à trouver lequel, ça ne lui prit que quelques jours. Sur une carte, elle avait repéré un petit village andalou, Puebla Maria. Elle y avait vu un signe. Villa Maria, Puebla Maria… Une telle ressemblance minimisait les choses… Prouvait aussi qu'elle avait raison de s'entêter dans cette voie. Elle avait appris que la ferme de Thiago avait été brûlée… Elle s'engouffra dans cette histoire et la légende familiale de l'incendie ravageur de Puebla Maria était née.

Alors quand Sol avait demandé à se rapprocher de « sa fille », Paula avait pris peur. Il fallait qu'elle assure ses arrières. Elle s'était envolée pour l'Espagne. Sur place, elle avait discuté avec les habitants, pris la température du village et fini par trouver une famille prête à l'aider.

Contre une coquette somme d'argent, Pablo, sa femme et sa fille, Adelina, acceptèrent d'apprendre par cœur l'histoire que Paula avait inventée. Si Sophie et Aurélie s'y rendaient un jour, la légende familiale serait assurée. Puis elle avait écrit à Sol, lui avait confié que Sophie n'était pas bien dans sa peau, qu'elle se posait beaucoup de questions. Il fallait qu'elles rompent tout lien, Sophie ne devait jamais savoir, c'était une jeune fille fragile. Paula avait renvoyé presque toute leur correspondance, en guise de souvenir, et ça s'était fini comme ça.

Le cœur de Sol se pince. « Gâcher sa vie et celles des autres. » La dernière lettre. La blessure saigne encore.

— Il y a trois ans, reprend-elle, Jorge a été retrouvé mort près d'une benne à ordures au Brésil. Personne ne sait qui a fait le coup. Un règlement de comptes, sûrement… Tout ça pour ça…

Sol marque un temps avant de continuer, sur un ton plus mesuré.

— Et puis un jour, Nahuel a appris la mort de ton père… J'ai longtemps hésité mais j'ai fini par écrire à Paula. Quelques lignes seulement. Elle ne m'a jamais répondu.

— Elle n'a pas pu te répondre, murmure Sophie.

— Pourquoi ?

— Elle est dans un état végétatif. Depuis environ dix ans.

— Mon Dieu !

— Un AVC, le jour où Lisa… Enfin le jour du parc Monceau.

Nahuel se décompose. Sol tente de cacher son malaise.

— Je n'ai pas envie de parler de ça. Ni d'elle, conclut Sophie.

Sophie

Samedi 11 novembre 2017, Buenos Aires

J'ai prétexté un besoin de prendre l'air pour quitter cet appartement au plus vite. Une heure et vingt-sept minutes. Voilà le temps qu'il aura fallu à Sol pour tout me raconter. À quoi nos vies tiennent-elles ? À peine la durée de cuisson d'un gigot. Si peu, et pourtant cette parenthèse vient de changer mon existence, sa perspective, ses piliers. Je suis bien la fille d'un salaud. Pas celui auquel je pensais, mais un beau salopard quand même. Mon père a tué, torturé, menacé, fui… Je suis le fruit de ses gènes. Son sang coule dans mes veines. Mon cœur bat si fort à cette idée que mes oreilles bourdonnent.

— Ça va ? me demande Dimitri.

— Je sais pas.

— Viens, on marche un peu…

— Je suis la fille de Jorge Lederer. Cette fois, c'est sûr.

— Tu es toi, c'est tout. La même qu'avant de savoir.

— Je n'en suis pas certaine.

Il se contente de prendre ma main.

Tout me revient en flash. La peur de Paula quand Lisa avait été enlevée, le pardon de mon père sur son lit de mort. À qui s'adressait-il en fait ? À moi, oui, mais peut-être aussi à Sol, et à lui-même. Finalement, ils étaient juste des gens qui m'ont aimée et qui se sont empêtrés dans des mensonges plus gros qu'eux. Ont-ils eu raison ? Tort ? Et cette question est-elle utile ?

Je ne sais pas si je reverrai Sol et Nahuel. Nahuel, Sol… Ma nouvelle famille… Pourront-ils vraiment l'être un jour ? J'ai cru déceler de la déception dans les yeux de ma mère. S'attendait-elle à autre chose en me rencontrant ? Qu'aurais-je pu dire ? Dû dire ? C'est étrange, je mesure le choc, mais je n'en suis pas ébranlée. Au contraire, pour la première fois depuis des mois, je respire mieux. Ma peau ne me gratte pas. Chaque chose est enfin à sa place et, à la fois, je ne sais plus vraiment où est la mienne. Et eux ? Veulent-ils de moi ?

Une porte claque. C'est Nahuel qui sort de l'immeuble pour courir dans ma direction. Il me serre dans ses bras.

— Je ne sais pas ce qu'on va faire de tout ça, mais je ne veux pas qu'on se perde encore.

Que lui répondre ? Il me paraît soudain si fébrile.

— Je viendrai bientôt vous voir, reprend-il. Si tu veux bien, j'aimerais rencontrer Lisa.

— D'accord.

— Tu sais, avant, j'en voulais à un fantôme. Aujourd'hui, je crois que j'ai peut-être une famille.

Je le serre à mon tour. Un geste irréfléchi. Je ne sais pas ce qui se passe mais mon instinct me pousse vers lui. Vers eux.

— Je t'appelle de Paris.

Il sourit avant de nous laisser.

Soudain, une autre réalité me rattrape. Mon téléphone sonne. Aurélie. J'ai complètement oublié de la rappeler. Je décroche, prête à lui raconter ce que je viens d'apprendre. Après tout, ça la concerne aussi. Je m'interromps aussitôt. La voix de ma sœur est saccadée.

— So, c'est terrible, murmure-t-elle.

— Qu'est-ce qui se passe ?

— C'est maman, me dit-elle.

Le sol se dérobe.

Frissons de la nuque aux pieds. Dimitri m'observe, cherche des réponses dans mon regard.

— Elle a fait un nouveau malaise. C'est grave. On ne sait pas si elle va s'en sortir.

Aurélie me rapporte la description des infirmières. À l'aube, Paula a passé *Porque te vas* sur son magnétophone. La musique a résonné dans le couloir, plus forte que d'habitude. Personne ne s'en est soucié. Au moment de la toilette, les infirmières ont trouvé notre mère inanimée, allongée sur son lit. Elle s'était habillée toute seule, tenait son magnétophone sur son cœur. Arrêt cardiaque. Les médecins espèrent trouver les causes et limiter la casse, mais ils ne se prononcent pas. Ils n'expliquent pas non plus comment Paula a réussi à se vêtir sans aide. L'évidence s'impose : elle savait ce que j'allais découvrir, ses faiblesses, sa lâcheté, son humiliation aussi. J'allais la voir comme elle était, elle n'a pas dû supporter, n'a pas voulu s'expliquer.

Je suis à une centaine de mètres de l'appartement de Sol. Ma vie m'apparaît soudain comme une vaste blague.

— Et il y a autre chose, ajoute Aurélie.

— Quoi ?

— Elle a écrit un mot.

— Comment ça ?

— Le médecin a retrouvé un papier près de son lit, sur lequel il y avait un unique mot. Ça ne veut rien dire, mais elle a pris un stylo, So, et elle a écrit ! Elle en a été capable ! Je ne comprends pas. Pourquoi elle ne l'avait jamais fait avant ?

— C'est quoi ce mot ?

— Heinz.

— Heinz ?

— Oui.

— Comme le ketchup ?

— C'est ça.

J'éclate de rire. Jusqu'au bout, notre mère se sera moquée de nous.

— Je sais, c'est n'importe quoi…

Nous nous taisons. Entendre sa respiration me fait du bien, malgré les circonstances.

— Qu'est-ce qu'on va faire ? me demande ma sœur.

Sophie

Dimanche 12 novembre 2017, Buenos Aires

Nuit blanche. Nous avons réussi à réserver un vol pour midi. Nous rassemblons nos affaires aussi vite que possible. Dimitri descend régler la note de l'hôtel tandis que j'appelle Lisa. Il faut que je parle à ma fille.

— Je prends l'avion dans quelques heures, ma chérie. Je serai bientôt là.

— T'as fini ton travail en Argentine ?

— Oui, mon trésor. À présent, je ne vais m'occuper que de toi.

Elle ne répond rien mais je perçois un sourire à l'autre bout du fil.

— Maman, tu me raconteras tout ?

— Tout. Plus jamais de secret entre nous.

Nous nous promettons beaucoup d'autres choses, de l'amour surtout.

Dimitri m'attend dans le hall, sérieux. Il me tend une enveloppe.

— Quelqu'un a déposé ça pour toi à l'accueil.

— Qui ?

— Je ne sais pas.

J'ouvre à la hâte.

Une lettre signée Sol. Mon cœur s'emballe. Plusieurs pages. Je ne suis pas sûre d'avoir la force de supporter d'autres révélations.

— Le taxi nous attend, tu veux que j'annule ? m'interrompt Dimitri.

— Non, il faut rentrer.

— Tu trembles, dit-il en saisissant ma main.

— Ne t'inquiète pas.

Ne pas s'éterniser. Je le devance, indique la destination au chauffeur, enfouissant la lettre au fond de mon sac, près du vieux doudou de ma fille.

À l'aéroport, j'erre de hall en hall, de tapis roulant en couloirs trop éclairés. J'évite tout le long de glisser la main près de mon portefeuille qui contient l'enveloppe. Les minutes, les heures défilent jusqu'à ce que nous prenions place dans l'avion. Dimitri ne prononce pas un mot. Il faut qu'on décolle. Je ne veux pas me laisser le choix. Attendre d'être au-dessus de l'océan pour lire est la seule façon de ne pas sombrer.

Décollage. Le signal lumineux s'éteint. Le pilote annonce un vol sans turbulences, une température hivernale à Paris. Un choix de films nous est proposé, dans une heure, un repas. Tout est chronométré, pas de place pour l'imprévu. Et pourtant, je possède le grain de sable capable d'enrayer la machine. Du moins pour moi.

— Tu veux que je te laisse ? demande Dimitri.

— Surtout pas.

Je sors la lettre, la déplie doucement. Sol a écrit en français.

Ma chère Sophie-Abril,

Puisque tu es encore les deux et que tu es la seule à pouvoir choisir la façon dont tu veux être appelée.

J'ai déjà envie d'abandonner, mais rester dans l'ignorance serait plus douloureux.

Hier, je n'ai pas su te dire combien te revoir m'a désarmée. Toute ma vie, je t'ai attendue, imaginée. Je voulais que ce moment soit parfait, mais c'était impossible. Parce que nous ne cherchions pas la même chose. Je courais après une chimère, tu étais en quête de vérité. J'aurais voulu tenir ta main, te dire que je n'ai cessé de chercher un moyen de te récupérer, nouer un contact, des années durant. Je ne jette pas la pierre à tes parents, ils avaient leurs raisons. Mais ne crois pas que je t'ai abandonnée. Après l'ESMA, je n'étais plus rien et je devais quand même m'occuper de ton frère. Plusieurs fois, j'ai cru pouvoir m'en sortir, mais des démons me rattrapaient inlassablement. Le plus tenace d'entre eux était sûrement cette effroyable peur. Peur de me confronter au passé. Peur que tu ne m'aimes pas ni ne veuilles me connaître. Il y avait d'autres obstacles. Le manque d'argent, la situation avec tes parents, ton état… Mais aucun ne tenait la distance face à ma terreur du vide.

Quant à tes parents, je ne veux pas parler à leur place, mais je crois que lorsque l'on commence avec les mensonges, on ne s'en sort jamais. On se promet de briser les chaînes de cet enfer qui fausse tout ce que l'on vit mais les craintes d'un effondrement l'emportent toujours. On repousse encore et encore, et un jour il est trop tard.

Aujourd'hui, je sais que ce n'est pas grave si tu ne ressens rien pour moi, enfin c'est normal. On n'invente pas des sentiments, même si on en a envie. Moi-même, je ne sais rien de la femme que tu es. Mais quand tu es repartie, je me suis sentie ébranlée, comme si une part de moi que j'avais enterrée refaisait surface. Un chamboulement dans mon ventre. Le corps se souvient de tout, il faut croire. Des frissons, le cœur qui battait vite, des tiraillements. Pendant près de neuf mois, tu as grandi là, laissant une empreinte indélébile.

En naissant, tu n'as pas beaucoup pleuré, c'est venu plus tard, avec la peur et l'agitation autour de toi. Pourtant, dans tes premières minutes, tu m'as regardée. Intensément. L'air de dire que tu savais que les choses seraient difficiles mais qu'un jour tout reprendrait sa place. Tu clignais à peine des yeux, comme pour ne pas perdre une seconde de notre face-à-face. J'ai caressé ta main, tu as saisi mon doigt, l'as serré fort et, on ne me croira pas si je le raconte, car un nourrisson de quelques minutes ne fait pas ce genre de chose, mais je te jure que tu m'as souri. Une esquisse, oui, mais un sourire quand même, rien que pour moi. Ces moments-là m'appartiennent à jamais, ils sont à nous maintenant. Toutes ces histoires, les guerres, les autres, la distance ou le temps perdu n'y changeront rien. Et parce que tu me les as offerts alors que j'en avais besoin, je serai toujours là pour toi, de la façon que tu voudras.

J'ai aussi pensé que tu aimerais lire cette lettre. Ta mère me l'avait envoyée par mail, je ne sais toujours pas comment elle a trouvé mon adresse. C'était le jour de l'accident au parc Monceau… Enfin tu sais à quoi je fais référence. Personne n'est au courant, je n'en ai jamais parlé et n'y ai jamais répondu. J'avais peur qu'elle me manipule, qu'elle ait compris pour Nahuel, et que ma réponse se retourne contre nous. J'ai pensé qu'elle pourrait tout de même t'éclairer.

Nous avons tous été pris dans un tourbillon de violence qui nous dépassait. Nous avons passé le reste de nos vies à colmater les brèches créées par cette situation que nous n'avions pas vraiment choisie.

Depuis hier, certaines choses ont pris fin, mais d'autres aussi peuvent commencer.

À bientôt peut-être.

Je l'espère en tout cas.

Soledad

J'essuie mes joues mouillées.

— Je crois que je reverrai Sol, finis-je par lancer à Dimitri pour toute explication.

— Tu n'as rien à perdre…

— Je retournerai avec Lisa et Aurélie à Buenos Aires.

Il sourit.

— Et toi, si tu acceptes. Mais pas comme traducteur.

En guise de réponse, il m'embrasse.

La lettre de Paula est en espagnol. Dimitri me la lit, serrant ma main.

Sol,

Je ne peux plus vivre comme ça. Il est arrivé quelque chose de terrible. Je l'ai vécu comme si c'était normal, comme si j'avais toujours su que ça arriverait. Jorge est en France. Je ne sais pas si c'est lié mais, cet après-midi, ma petite-fille a été enlevée. La fille de Sophie. Oui, je suis grand-mère. Enfin, nous sommes grands-mères. La petite se nomme Lisa. Un ange. Mais ce n'est pas la question... Je ne sais pas s'il s'agit d'un avertissement ni comment la situation va évoluer. J'ai peur. Une peur terrible de recevoir des menaces, qu'on s'en prenne encore à elle, à nous, que l'enfer que je redoute depuis si longtemps s'abatte sur nos vies.

Je ne sais pas pourquoi je t'écris. Tu dois penser que nous n'avons que ce que nous méritons. Tu as raison. Plus le temps passe et plus je me demande pourquoi nous avons fait ces choix. Je te revois encore, descendant de cette voiture et nous guettant à travers les buissons. Nous voulions sauver la vie de ta fille, éviter à tout prix que Jorge nous la vole mais, finalement, nous sommes devenus les voleurs.

Sol, je ne sais plus quoi faire. Je ne peux plus vivre avec ce poids.

La première fois que tu as déposé Abril dans mes bras, j'ai éprouvé une sensation inexplicable, comme si le monde s'offrait à moi, comme si enfin, je découvrais ce qu'était la paix. Elle était si jolie, si fragile. Elle s'est blottie contre ma poitrine et j'ai su que je ne pourrais jamais m'éloigner d'elle. Ce jour-là, face au barrage, dans la voiture, j'ai été heureuse que tu n'aies pas d'autre choix. Heureuse de ton malheur. Je voulais Abril pour moi. Je pensais la mériter. J'ai vite su que Thiago te préférait, que tu étais plus forte, plus désirable, plus belle que moi. Des années, je t'en ai voulu pour ça. J'avais tant rêvé d'un enfant. Tant souffert. Je me disais que, si je tombais enceinte, alors tout serait réglé, Thiago t'oublierait, et je n'aurais plus mal. Mal de cette douleur qui me faisait haïr tout et tout le monde. Cette impression d'être invisible, surtout de Dieu. Une oubliée. Plusieurs fois, j'ai voulu disparaître. Je n'en ai jamais eu le courage. J'étais dévastée, Sol.

Alors ce bébé, cette petite fille dans mes bras, qui avait besoin de moi… Je suis devenue un animal. J'ai perdu la raison. Elle devait être pour moi, à moi. Puis nous avons cru que tu étais morte, alors mes dernières résistances ont cédé. Ses premières années, nous étions fusionnelles. Je ne dormais plus. Pas parce qu'elle pleurait, mais parce qu'il fallait que je la regarde, que je vérifie chaque minute que je ne rêvais pas, qu'elle était là. Elle a marché, m'a appelée maman. Je n'en revenais pas de ce bonheur qui m'était accordé. Je ne voulais pas voir le reste. J'en avais presque oublié Jorge et l'Argentine. J'avais fini par croire à mon propre mensonge.

Puis tu as réapparu. J'étais heureuse que tu aies survécu, mais ton état, Sol… Je ne voulais pas de cette noirceur pour Sophie, elle ne méritait pas ça. Enfin c'est ce que je me racontais pour assumer ce que j'allais t'infliger. Pour m'autoriser aussi à rester à « ma » place.

Peu après, je suis tombée enceinte. Un miracle. Après tant d'années d'échecs. C'était impossible. Et pourtant… J'étais aux anges. Deux enfants ! Tu imagines ?

Mais quand Aurélie est née, quelque chose s'est brisé. La terreur m'a envahie. Les souvenirs de l'Argentine me sont revenus de façon brutale. Tout ce que j'avais cru effacé a refait surface. Je me suis posé des questions auxquelles je n'avais jamais pensé. Comment m'occuper de ces deux petites filles sans qu'elles comprennent ce qui les séparait ? Se considéreraient-elles vraiment comme des sœurs ? Je m'inquiétais chaque jour de faire des différences entre elles. D'instinct, je rejetais Aurélie, puis je m'en voulais tant que je la gâtais finalement deux fois plus… Et puis surtout, j'ai pensé à toi, tu t'es mise à me hanter. J'ai pris conscience de ce que je t'avais imposé, j'en étais malade. Je ne pouvais ni l'avouer ni le montrer. J'étais prisonnière d'un engrenage, tu comprends ?

Abril a tout de suite ressenti mon malaise. Mais elle l'a compris de travers. Elle a toujours cru que je lui préférais sa sœur. En réalité, c'est moi que je détestais et j'avais peur d'elle. Elle te ressemblait tant… J'avais l'impression qu'elle voyait clair dans mon jeu, dans ma petitesse. Plus elle grandissait, plus elle découvrait mes limites. Je n'étais plus la maman chez qui elle se réfugiait, je devenais une personne sans intérêt, sans surprise. Elle a commencé à douter de tout. Nous avions si peu de points communs…

J'ai paniqué. J'ai encore fait les mauvais choix. J'avais peur de la perdre. De tout perdre. Encore une fois, c'est toi qui as payé. Alors je t'ai écrit cette horrible lettre. Jusque-là, je me satisfaisais que ta vie t'empêche de nous rejoindre, j'étais soulagée que tu n'aies pas d'argent, que tu boives, que tu aies Nahuel… Je me disais qu'un jour, bien plus tard, nous trouverions une solution. Mais je me mentais. J'étais si ravie du personnage que la vie m'avait permis de m'inventer et je ne voulais pas que mes filles sachent que leur mère était une égoïste qui s'aimait trop pour assumer ses erreurs. J'ai pensé qu'en te rayant de mon existence, je rayais le passé. Mais c'est impossible.

Tu la verrais, elle est merveilleuse. Brillante, volontaire, belle. Ton exact portrait. Elle est avocate, comme Thiago. La soif de justice coule dans ses veines. Chaque jour, j'en suis sidérée, comme si quelque part, elle savait et cherchait à vaincre la fatalité. Celle de mes fautes. Quelquefois, j'ai envie de tout lui dire, peu importent les conséquences, mais j'ai peur de la détruire, qu'elle pense aussi que, si je n'ai pas été honnête là-dessus, alors tout le reste ne vaut rien.

C'est étrange, j'espère qu'elle découvrira la vérité un jour et, à la fois, je le redoute plus que tout. Je me demande comment nous avons pu tenir toutes ces années sans que la machine déraille. Ce mensonge, Sol, je finirai par en mourir.

Plus le temps passe, plus je me dis que la vie n'est qu'une série d'illusions. Après tout, ne sommes-nous pas ce que nous laissons paraître ? Nous trimballons notre collection de masques, nous nous cachons quand le monde extérieur se fait trop dur, adoptons des attitudes différentes selon les personnes avec lesquelles nous nous trouvons. Où est le vrai dans tout ça ? Parfois, je me demande si je n'ai pas inventé mes souvenirs.

J'ai si peur de l'appeler Abril par mégarde, peur qu'elle creuse, me pose des questions auxquelles je ne pourrai pas répondre, qu'elle me voie pour ce que je suis. J'ai eu beau me battre toute ma vie pour devenir quelqu'un de valable, je resterai cette femme qui a fui avec ton enfant.

Aujourd'hui, j'ai cru que c'était la fin. Et quelque part, c'en est une. Bien sûr, l'essentiel est que la petite va bien. Nous sommes tous sains et saufs. Mais jusqu'à quand ? J'ai une impression étrange, comme si mon corps cherchait à me faire payer. J'ai mal partout, une douleur insoutenable dans la tête. Ces pensées que j'ai étouffées se révoltent. J'explose à l'intérieur. J'ai peur, Sol. Peur de toi, peur de Jorge, peur de l'avenir. Et si tout se savait ? Si mes filles me fuyaient ? Si l'Argentine, ses bourreaux, ses menaces refaisaient surface ? Je n'ai plus la force de tenir. Je suis perdue.

Sol, je te demande pardon. Pardon pour tout.

Je replie la lettre. Quelques heures plus tard, Paula faisait son AVC… Je ne sais que dire de tout ce gâchis. Je suis sans voix, sans mot face à ce mélange de terreur, d'amour et de désespoir.

Les lumières dans l'avion s'éteignent. Nous planons au-dessus de l'océan. J'en aperçois les hautes vagues, comme du velours froissé. La lune s'y reflète en des milliers d'éclats. Tout est différent et, à la fois, je suis la même. Les mêmes mains, le même visage, seule mon histoire a changé.

Des voyageurs font la queue devant les toilettes. Une mère dispute son fils qui a renversé son Coca, un homme ronfle, bouche grande ouverte. La vie continue et elle m'entraîne. Je me laisse porter. *Porque te vas* résonne soudain dans ma tête. Cette chanson, je la connais par cœur, mais les mots revêtent enfin leur signification. Pour chacun d'entre nous. *Porque te vas*… Puisque tu pars.

Aujourd'hui à ma fenêtre, le soleil brille, et mon cœur
Se remplit de chagrin tandis que je contemple la ville.
Puisque tu pars.
Comme chaque nuit, je me suis réveillée en pensant à toi
Et sur ma montre j'ai vu défiler les heures…
Puisque tu pars.
Toutes les promesses d'amour s'en vont avec toi,
Et tu m'oublieras, tu m'oublieras,
Près de la gare je pleure comme une enfant,
Puisque tu pars.

Six mois plus tard

Sophie

Mardi 29 mai 2018, Paris

Il fait vingt-cinq degrés, pourtant je suis gelée dans le cimetière de Bagneux. Je m'approche à petits pas des tombes de mes parents. Six mois bientôt que Paula a rejoint son mari. J'ai pleuré, regretté, crié, nié, dans cet ordre puis dans d'autres, et j'ai finalement accepté. On ne peut rien faire face à la mort. Aurélie est orpheline. Et moi… Je ne sais plus.

Le matin, à la télévision, les présentateurs se réjouissent de ce magnifique printemps qui nous est offert. Les plages ouvrent plus tôt, les terrasses peinent à accueillir tout le monde, et je suis en dehors. À côté.

Demain est un grand jour, je dois expliquer à mes parents ce qui nous a conduites, Aurélie et moi, à faire ce choix qui va troubler leur repos. Le service des pompes funèbres m'a donné rendez-vous à 7 h 30, je ne serai pas obligée de tout regarder, m'ont-ils précisé, mais je devrai tout de même identifier les corps, c'est la loi. J'en ai la nausée. À cela s'ajoute cette culpabilité qui me torture. Ai-je eu raison d'accepter ? Mes parents n'ont jamais clairement formulé ce souhait, et pour cause…

Par où commencer ?

Je m'adresse d'abord à Thiago.

— Je suis désolée, je ne suis pas venue depuis longtemps… Mais tu sais sûrement pourquoi. D'où tu es, tu vois tout, non ? Je ne t'en veux plus, papa. Je regrette simplement que tu n'aies pas eu suffisamment confiance en mon amour pour toi.

Un vent frais s'infiltre sous ma chemise, je frissonne.

Je réfléchis, puis je me dis que finalement, tout est mieux expliqué dans ces quelques pages que j'ai imprimées avant de venir. Je les plie, les place entre leurs deux tombes, sous un gros caillou pour empêcher le vent de les emporter.

— Je vais vous laisser ça, c'est pour vous deux. C'est l'article qui paraîtra le lendemain de votre nouvel enterrement dans *Clarin*, avant d'être relayé dans le *Courrier international* et d'autres titres un peu partout dans le monde. Le journaliste a pris soin de nous envoyer sa maquette à l'avance pour être sûr que ça nous convenait, à Aurélie et moi ! Je vous avoue que cette considération n'en finit pas de m'étonner.

Je sens les larmes monter, il ne faut pas que je m'attarde.

— J'espère que vous comprenez notre choix. Après tout, cet honneur, vous le méritez…

Je dépose l'article sur la dalle de marbre que l'on brisera au petit matin.

— Je vous aime.

Un dernier signe de la main et je m'éloigne.

Clarin, *rubrique société*
Paris, 20 mai 2018
Propos recueillis par Luis Gonzales

Lorsque l'Association des grands-mères de la place de Mai m'a parlé de cette histoire, j'ai eu du mal à y croire. Depuis une bonne quinzaine d'années, je suis tous les procès, les décisions judiciaires et politiques qui concernent les bourreaux de la dictature militaire. Chaque fois, je déplore de grands oubliés : les victimes, survivants ou disparus sans laisser de traces. Aujourd'hui, les noms retrouvent un passé, grâce à Thiago et Paula Lederer. J'ai pu interroger leurs filles, Sophie (SL) et Aurélie (AL), à l'autre bout du monde, un témoignage qui m'a bouleversé.

Vous avez grandi à Paris, mais quels liens entreteniez-vous avec l'Argentine ?

SL : Jusqu'à il y a quelques mois, aucun…

AL : Et moi, je n'y suis encore jamais allée.

SL : Nos parents nous avaient raconté que nous étions d'origine espagnole. Ce n'est qu'à la mort de notre père, en mars 2016, que l'on a découvert que des choses ne collaient pas.

Comment cela ?

AL : Sophie s'est rendue dans le fameux village andalou de nos ancêtres et seules deux personnes se « souvenaient » d'eux. Aucune trace de leur passage, pas de ressemblance avec la seule photo que nous avions.

SL : Alors, à mon retour, j'ai fouillé la maison de fond en comble et j'ai retrouvé des passeports argentins, ceux de nos parents. J'ai cru que mon monde s'écroulait... Tout ce en quoi je croyais n'avait plus de sens, à commencer par ma propre identité.

Que s'est-il passé ensuite ?

SL : Le déni d'abord, pendant des mois, puis j'ai approfondi les recherches comme j'ai pu.

AL : Ce fut une période très difficile pour ma sœur. Elle n'en avait parlé à personne, elle avait l'impression de devenir folle, et elle a fini par s'écrouler.

SL : Oui... Découvrir que les personnes en qui vous aviez le plus confiance vous ont menti n'est pas quelque chose qui s'assume d'un coup. J'ai procédé par étapes.

Lesquelles ?

SL : D'abord, j'ai épluché les coupures de presse que conservait ma mère, ensuite j'ai fait des tests ADN. Il n'y avait plus de doutes possibles. Aurélie était bien leur fille, mais pas moi...

AL : C'est là qu'elle s'est effondrée et qu'elle a fini par tout m'expliquer.

SL : Et ma sœur m'a dit de partir à Buenos Aires pour tenter de trouver les pièces manquantes du puzzle.

Quel était votre état d'esprit alors ?

SL : J'étais persuadée que Thiago, mon père, enfin le père que j'avais toujours considéré comme tel, était un ancien tortionnaire en fuite, et que Paula, ma mère, était sa complice…

Et ?

SL : Et j'avais tout faux… En réalité, mon père biologique était bel et bien un ancien militaire qui a joué un rôle déplorable sous la dictature.

AL : Mais il s'agissait de Jorge Lederer, le frère de Thiago.

SL : Je suis née de Jorge Lederer et de Soledad Romero, avant qu'il ne l'enferme à l'ESMA.

AL : Et qu'elle ne s'en échappe…

Vous avez donc été élevée par votre oncle et sa femme ?

SL : Exactement.

AL : Ensuite, je suis arrivée, et pendant des années, nous avons formé une famille comme les autres, avec ses bons et ses mauvais moments.

Pourquoi n'avoir pas demandé d'abord à votre mère de tout vous raconter ?

AL : Notre mère a passé plusieurs années dans une forme de léthargie très avancée, après un AVC…

SL : Elle ne pouvait pas parler. Je l'ai juste informée par téléphone que je me trouvais à Buenos Aires et que j'allais tout découvrir.

Comment s'est passé ce premier voyage ?

SL : Sur le moment, plutôt difficile, mais avec le recul, j'y ai trouvé une seconde mère et un frère, donc je m'en sors plutôt bien…

AL : Je pense que ces rencontres ont été ambiguës des deux côtés… Soledad a attendu Sophie toute sa vie, sans jamais oser se manifester, et Nahuel a grandi dans l'ombre de cette sœur absente…

SL : Oui… Lorsque nous nous sommes tous parlé, face à face, j'avais l'impression de passer sous un train.

Est-ce là que vous avez découvert les fameuses listes ?

SL : Pas tout de suite, non…

AL : Pendant que Sophie était à Buenos Aires, notre mère, Paula, a de nouveau fait une attaque… Quand je suis arrivée à l'institut où elle était placée, on m'a expliqué que, pour la première fois depuis des années, elle s'était habillée seule, avait enclenché une musique qu'elle écoutait toujours et s'était allongée… comme si elle s'était préparée à mourir. Puis on m'a remis un bout de papier sur lequel elle avait écrit le mot « Heinz ».

SL : Quand Aurélie m'a raconté ça, j'ai cru à une blague, je n'y ai pas fait attention…

AL : Puis notre mère est décédée, quelques semaines plus tard, sans explications bien sûr.

Alors comment avez-vous découvert les listes ?

AL : En fait, ce « Heinz » ne me lâchait pas. Notre mère n'avait pas été capable de tenir un stylo pendant presque dix ans, et soudain, elle écrit ce mot... Il avait forcément son importance. Alors je me suis mise à fouiller à mon tour.

SL : Elle a remué ciel et terre, sans me le dire !

AL : J'ai commencé par les cartons de la chambre de ma mère à l'institut, j'ai fait des recherches sur la marque Heinz, vidé tous les tiroirs, les étagères de l'ancien appartement de mes parents.

SL : Elle a même vidé les pots de fleurs !

Et où étaient-elles finalement ?

AL : J'ai épluché tous les dossiers de l'ordinateur de mon père, sans trop y croire. Bien sûr, à première vue, il n'y avait rien.

SL : Notre père était un magistrat plutôt carré... Chaque fichier était rangé à une place bien précise.

AL : Et puis je me suis dit qu'il avait peut-être participé à un procès impliquant le groupe Heinz, qui l'avait marqué plus qu'un autre, au point d'en parler à notre mère...

SL : Aurélie a lu plus de deux cents dossiers de clients avant de tomber sur une note, cachée au milieu d'autres conclusions...

AL : Une note qui contenait le mot « Heinz »...

Qu'y avait-il dans cette note ?

AL : Une lettre de mon père. Il s'adressait à Sophie et moi. Il nous disait que, si nous en étions à lire ces quelques mots, c'était que nous avions découvert une partie de la vérité. Il espérait qu'on trouverait un moyen de leur pardonner, à lui et à maman. Puis il nous indiquait l'adresse d'une banque, avec un numéro de coffre et un code secret.

SL : On se serait crues dans un film…

Vous vous êtes rendues ensemble à la banque ?

AL : Oui. Je ne pouvais plus avancer seule…

SL : Dans le coffre, il y avait trois cahiers, assez minces. On s'est jetées dessus. Et on y a reconnu l'écriture de notre père…

Que contenaient ces cahiers ?

AL : D'abord une explication sur ce que nous allions découvrir, et une date qui situait le début de leur écriture, dix ans auparavant environ. En Argentine, quand la junte était au pouvoir, notre père travaillait comme infirmier à la clinique Campo de Mayo. Jorge, son frère, avait appris que notre mère était une « subversive », alors il le faisait chanter, lui demandant de « couvrir » des tortures ou de permettre des vols d'enfants aux prisonnières.

SL : Et au lieu de garder les détails pour lui, notre père a tout raconté à notre mère. Les noms des torturés, le type de traitement qu'ils avaient reçu, les dates d'hospitalisation, les dernières phrases prononcées. Quand il s'agissait de naissance, mon père indiquait l'identité de la mère, les détails de l'accouchement et, surtout, le nom des familles où les enfants avaient été placés…

AL : Ensuite, notre mère a mené l'enquête sur ces familles, pour savoir où elles habitaient, connaître leurs liens avec le régime. Elle essayait aussi de retrouver la trace des pères biologiques des enfants…

SL : Bref, ces cahiers contenaient ce que cherchaient depuis près de quarante ans toutes les associations argentines de victimes, toutes les familles dont les enfants avaient « disparu » ou été tués.

AL : Au total, nous avons pu retracer l'histoire de cent sept personnes, et informer autant de familles en deuil. Douze enfants ont également découvert leur véritable identité…

Comment avez-vous fait pour informer ces familles argentines ?

SL : À Buenos Aires, j'avais fait la connaissance de plusieurs grands-mères de l'association. On leur a envoyé les cahiers et elles se sont mises au travail.

AL : Elles n'en revenaient pas…

Pardon pour cette question, mais n'était-ce pas égoïste de la part de vos parents de laisser ces familles dans l'ignorance jusque-là ?

AL : C'est ce que nous avons pensé au début…

SL : Quand ils sont arrivés en France, ils ont rayé l'Argentine de leur vie, oublié leur statut de réfugiés et donc les autres victimes aussi. Le mensonge est une fuite sans fin. Si on y pense, on s'enfonce. J'ai souvent imaginé mes parents tentant de tout nous révéler, leurs peurs. Et si la famille n'y survivait pas ? Alors on repousse à plus tard, « un jour, on dira tout ». Mais ce jour n'est jamais arrivé. Sauf qu'un événement personnel est survenu quand Jorge Lederer a été repéré en France… Quelque chose qui concerne ma fille, et je pense que ça a tout déclenché.

AL : À la suite de cela, notre mère est tombée malade et notre père a restitué toutes leurs découvertes. Une façon aussi de rendre hommage aux risques que notre mère a pris à Buenos Aires.

Ces cahiers ont-ils changé la perception que vous aviez de vos parents ?

SL : Sûrement…

AL : Oui, c'est certain… Ils se sont montrés courageux en menant ces enquêtes et en consignant tous ces détails…

Pourquoi ne pas vous les avoir communiqués plus tôt ?

SL : Pour nous protéger, je pense… S'ils l'avaient fait, nous aurions découvert la vérité…

AL : Et puis il y avait Jorge…

Jorge Lederer ?

SL : Oui. Mon vrai père avait juré de se venger un jour…

AL : On l'a retrouvé mort près d'une poubelle au Brésil, il y a quelques années…

SL : Nous n'en avons pas encore la preuve formelle, mais nous sommes persuadées que notre père n'est pas étranger à ce « règlement de comptes »…

AL : Pour nous, il aurait fait n'importe quoi. On sait maintenant qu'il avait engagé des détectives en Amérique du Sud. La suite, on préfère l'imaginer.

Dernière question : pourquoi « Heinz » alors ?

AL : Quand nous étions petites, nous adorions les frites avec de la mayonnaise…

SL : Heinz était notre « mayo » préférée… Un clin d'œil sûrement à la clinique Campo de Mayo où toute l'histoire a commencé… L'humour noir de nos parents, il faut croire. Mais aussi une façon de nous dire peut-être que même sans le savoir, l'Argentine nous accompagnait depuis toujours…

Remerciements

Comme pour beaucoup, cette année 2020 n'a pas été tendre avec moi. Pleine de changements et de remise en question. Ma vie s'en est trouvée chamboulée. Et peut-être n'est-ce pas plus mal finalement…

Une occasion de renouer avec ce qui fait que je suis moi. Ceux qui font que je suis moi.

Ce roman n'aurait pas existé sans cette envie de beau que m'insuffle ma fille chaque jour. Merci, ma Lalah adorée, de me donner la force de me battre pour nous, pour toi, pour que ton sourire anéantisse toutes mes mélancolies, que dans tes yeux se reflètent les joies de l'enfance le plus longtemps possible. Tu es ce que j'ai fait de mieux.

Merci à ma mère pour sa douceur inépuisable, son amour inconditionnel et son sang-froid infaillible dans les situations difficiles. Ce livre devait forcément t'être dédié.

Merci à mon père de m'avoir montré encore une fois que le rôle de parent n'avait ni limite temporelle, ni limite géographique, qu'il serait toujours là et que défier les lois de l'Univers ne lui faisait pas peur.

Merci à mon frère Laurent, mon Lolo international, d'avoir été si présent, si attentionné et si sincère cette année, alors qu'il était si loin.

Merci à ma sœur Karen et à mon beau-frère Aharon d'avoir fait de moi la tata comblée de ma Batya jolie, de m'avoir tant soutenue, tant fait rire, tant entourée. Je vous aime tellement.

Merci à mes trois blondes chéries, ma grand-mère Denise, ma tante Pascale et ma cousine Victoria, d'être mes drôles de dames, mes petites fées, toujours là.

Évidemment, merci à Jean-Étienne Cohen-Séat d'être ce guide visionnaire, cet ami bienveillant, cet être sensible qui m'émeut si souvent et qui trace cette route littéraire à mes côtés.

Merci à, dans l'ordre d'apparition, Philippe Robinet, Lisa Liautaud, Cécile Rivière et toutes les personnes qui composent la merveilleuse équipe des Éditions Calmann-Levy pour leur enthousiasme, leur simplicité, leurs encouragements, leurs idées, leurs conseils, leurs mots si rassurants, leur envie… Je suis heureuse d'avancer avec vous.

Je pense bien sûr aussi à Véronique Guattari sans qui je n'en serais probablement pas à cette étape de ma vie. Vous m'avez réconciliée avec tant de choses, et en particulier avec moi-même, ce qui n'était pas gagné.

Je n'ai pas toujours été l'amie que j'aurais voulu être. J'en remercie d'autant plus tous ceux qui ne m'ont pas laissée pour autant, ceux qui ont eu la curiosité de creuser derrière mes barrières et de passer au-delà de mes absences, en particulier Amélie Quintana, Delphine Thabard, Julie et Vincent Klingbeil, Margot Lévy, Rachel Dahan et Vincent Gelly, et Sylvia Hayoun.

Sans oublier Abnousse Shalmani, Anne Pellé, Audrène Éloit, Audrey Siourd, Aurélie et Chloé Saada, Barbara Maman, Camille Nahum, Capucine Bailly, Chloé Chamla, Chloé Grabli, Christine de Gennes-Sanciaume, David Benaym, David Garnier, Débora Kahn-Sriber, Débora Rozenberg-Dahan, Deborah Sankowicz et ses adorables Ava et Esther, Dorothée Boulard, Elsa Reagan, Elsa Valensi, Géraldine Ketz-Octernaud, Isabella Zajde, Jessica Cymerman, Johanna Dahan, Julie Mamou-Mani, Laurent Boudin, Lydia Weintraub, Maëlle Guillaud, Magalie Maier, Marcy Méira, Marie et Jérémie Kopaniak, Marie Kowarski, Myriam Levain, Nicolas Levy-Beff, Nicole Czecowski, Pascaline Leroux, Ruben et Nancy Jochimek, Sophie Chemla, Sophie Tofoni et Yasmine Auquier.

Merci à Florence Behar-Aboudaram pour son sens du détail et son talent.

Une pensée pour Nicolas Bernier qui nous a quittés bien trop tôt. Promis, je ferai des efforts sur le style et le glamour ! J'en profite pour raviver les souvenirs de Pépé Léon, tonton Alain et Mo…

Arthur, le passé ne s'efface pas, le mauvais, comme le bon, mais la vie, quelles que soient les circonstances, fait de nous des parents, réunis au moins dans ce rôle merveilleux.

Je pense à mon clan Barukh-Barouch-Coscas, si doux avec moi ces derniers temps. Arié et Arielle, David, Fabien et Joëlle, Fabienne, Jenny et Yves, Johanna et Stéphane, Jonathan et Andrea, Judith et Steve, Liora et Ilann, Michaël, Nicole, Paul et Josée, et tous leurs adorables enfants. Je n'oublie pas non plus Christiane et Jean-Jacques Ajuelos, Daniel et Martine Jacquinot, Gad et Margaux Drillech, Nathalie et Marc Sitbon, Nathalie Skrzypczyk et Luc Sulimovic.

Merci à Sylvie Moysan pour sa clairvoyance et son soutien.

Merci à Catherine Segala qui m'a ouvert son cœur un triste dimanche de juin et parlé des fenêtres grandes ouvertes sur l'horizon bleu.

Je viens d'une famille, d'un milieu sans aucun lien avec le monde littéraire ou culturel. J'aime les histoires par-dessus beaucoup de choses, mais je me rends bien compte que je ne suis pas la seule à vouloir m'y faire une place… Je dois beaucoup à ceux qui me soutiennent et m'accueillent depuis le début, dont la vocation est de transmettre le goût des mots, mes libraires adorés, leurs encouragements, leurs messages, leurs vitrines, en particulier Amandine de la librairie Saint-Pierre, Antoine de la librairie Michel Fontainebleau, Antonin de la libraire Écriture de Chabeuil, Arnaud et Val de la librairie Noires Merveilles, Catherine de la librairie Darrigade, Dan de la librairie Albin Michel, David et Sébastien de la librairie Henri IV, Eva et Yolaine de la librairie Au ptit prince de Nivelles, Fabienne de la librairie Pithiviers, Isabelle de l'espace culturel de Moisselles, Hélène de la Machine à lire, Isabelle et Jean-Philippe de la librairie Appel, Madleen de la librairie Hisler, Manon de la librairie Masséna, Nicolas de L'Ancre des mots et Sandrine de la Fnac de Grenoble.

Une mention spéciale et pleine de tendresse pour le Cercle des lectrices bienveillantes de Sandrine Bourgeois Senges, celui de l'Apostrophée de Julie Vasa et la bise à Bruno Amato.

Et puis merci à Christophe Mangelle, Hélène Schoumann, Jérémy Fdida, Laurence Lucchesi, Liliane Mosca, Magali Buy, Michel Primault, Monique Ayoun, Patricia Drai, Patrick Van Langhenhoven, Sandrine Sebanne, Yaelle Scemama, et le duo Yohann Assayag et Arno Bittan.

Enfin, je ne m'attendais pas à recevoir tant de douceur et d'encouragements sur les réseaux sociaux. J'y ai trouvé une chaleur insoupçonnée. J'ai hésité à citer les vrais noms de ceux qui presque chaque semaine me font signe ou parlent de mes textes… Mais pour que vous puissiez découvrir la beauté de ce qu'ils racontent sur la littérature et la vie en général, j'ai choisi de donner leurs pseudos :

1book2dream, 2fillesalapage, abookisalwaysagoodidea, Agathe. the. book, Alice_au_pays_des_livres, Alombredunnoyer, Alu_alire, Astrid.rvk, Au_fil_despages,

Au. fil. des. livres, Azzed, Bibli-de-nana, Blondie_bower, Brigitte Bourgeois Cure, Chouette_maman_bouquine, Dan Burcea, Delphinefolliet, Ellydesmots, emilie_trigo, Enjoybooksmathieu, eva_tuvastabimerlesyeux, Fineboush, Hana. tu. lis. quoi, Hanyrhauz, In_the_mood_for_books, Jadorelalecture, jiemde, K_sandra, Kimmy_and_co, La_fille_qui_lit, La_terre_livresque10, Labelettestephanoise_, Labiblidelili, Laplumedemasquee, Lapostrophée, Larbre_a_palabre, Larousse. bouquine, Laviededo, Lepassagedesmots, Les_miscellanees_de_Cookie, lex_libris, Lheuredelire, Livraisondemots, lu. et. adore, Maman_bouquine, Manonlit_et_vadrouilleaussi, mesmotssurlesleurs, Mlle_Cocotte07, Mounezine, Myriam_is_in_the_kitchen, Nath_delaude, nine_entre_les_lignes, paulettehirschfeld, Paulineswgdw, Pauselecture, petites. histoires. de. lectures, Point.a.laligne, Readbooksandsunshineeveryday, Serial_lecteur_nyctalope, Shaalorstulisquoi, Syboulette_, Thaelh, valmyvoyou_lit, valsemelancolie, val_weni.vga et tant d'autres…

Alors oui, je vous le concède, il y a beaucoup de monde ici.

Et pour seule justification face au temps que cela vous aura pris de lire tous ces noms, j'emprunterai les mots de celui qui les a toujours mieux agencés que n'importe qui à mes yeux :

« C'est une époque où tout le monde gueule de solitude et où personne ne sait qu'il gueule d'amour. Quand on gueule de solitude, on gueule toujours d'amour. Et je ne vous dis pas que l'on ne peut pas vivre sans amour : on peut, et c'est même ce qu'il y a de si dégueulasse. »

Romain Gary, *Clair de femme*.

J'ai hâte de vous retrouver, de vous rencontrer, d'échanger avec vous en librairie, dans la rue ou sur des salons littéraires.

Et si vous le souhaitez, vous pouvez m'écrire sur Instagram @hellohellosarahbarukh ou sur Facebook @SarahBarukhAuteur.

Je réponds toujours.

Photocomposition PCA

Achevé d'imprimer en février 2021
par l'imprimerie Laballery 58500 Clamecy
pour le compte des éditions Calmann-Lévy
21, rue du Montparnasse 75006 Paris

PAPIER À BASE DE
FIBRES CERTIFIÉES

CALMANN LEVY s'engage
pour l'environnement en réduisant
l'empreinte carbone de ses livres.
Celle de cet exemplaire est de :
1,300 kg éq. CO_2
Rendez-vous sur
www.calmann-levy-durable.fr

N° d'éditeur : 1466793/02
Dépôt légal : mai 2021
Imprimé en France.